Ich.Liebe.

THRILLER

THARIOT

Kein Buch entsteht ohne Hilfe.

Mein Dank an Boris, Nici, Christoph und Lara.

Lektorat:

Simone Kurilla

Korrektorat:

Stefan Stern

Beta Leser:

Antje Adamson

Titelbild:

Thariot

Martin Langner

Solingen 2015

1. Auflage

Create Space

ISBN-13: 978-1522700234

ISBN-10: 1522700234

Thariot.de

Die größte Offenbarung ist die Stille.

Lao-Tse

Chinesischer Philosoph und religiöser Reformer

Begehren

I. Lisa III.

Da war ein Licht, das langsam größer wurde. Zuerst noch schüchtern, um einen Moment später ihr gesamtes Blickfeld auszufüllen. Das gefiel ihr, sie griff danach, ohne es fassen zu können. Sie lachte, gleich würde sie es erneut probieren.

»Kannst du mich verstehen?«, fragte eine männliche Stimme, die sie nicht kannte. Sie drehte den Kopf. Wer war dieser Mann? Er hatte kurze blonde Haare, helle Augen und einen Bart. Ein hübscher Kerl. Wollte sie mit ihm reden?

»Ja.« Warum nicht, das wunderbare Licht würde sie auch später einfangen können.

»Mein Name ist Dr. Allister, ich bin dein Arzt, du kannst mich Jake nennen«, erklärte er freundlich und strich mit der Hand über ihre Wange. Sie schloss die Augen, um die neue Empfindung zu verstehen. Berührt zu werden, gefiel ihr sehr. »Verrätst du mir deinen Namen?«

Ihren Namen? Hatte sie einen? Namen gefielen ihr. Ja, sie wollte auch einen Namen haben. Ein schönen, nur welchen? Natürlich, jetzt fiel es ihr wieder ein. »Lisa«, sagte sie stolz.

»Weißt du, was ein Arzt ist?«, fragte Jake, während er mit einer kleinen Lampe kurz in ihr rechtes Auge strahlte.

»Natürlich.« Das wusste doch jeder. »Ärzte helfen Menschen, gesund zu werden.«
»Sehr gut«, lobte er und steckte die Lampe in die Tasche seines weißen Kittels.
Lisa klatschte freudig in die Hände. Die Fragen zu beantworten gefiel ihr, das könnte sie den ganzen Tag machen. Zu ihrer Überraschung stellte sie fest, dass sie zwar Kopf und Arme, allerdings nicht den Rest ihres Körpers bewegen konnte. Sie lag in einem Bett. Nein, sie stand aufrecht inmitten eines hell erleuchteten Raumes, mit Gurten an eine Matratze festgebunden. Erst jetzt registrierte Lisa drei weitere Ärzte, die an großen holografischen Displays mittels Gestensteuerung ihre Diagnosedaten verarbeiteten.
»Ich brauche deine Hilfe … kannst du mir bei einer Mathematikaufgabe helfen?«, fragte Jake erwartungsvoll. Seiner Stimme zu folgen, machte sie neugierig.
»Ja.« Rechnen mochte sie auch.
»Kannst du mir die drittgrößte fünfstellige Primzahl nennen?«
»Sie lautet 99971.« Dafür musste sie noch nicht einmal rechnen. »Das war einfach.«
»Natürlich.« Er lächelte. Die anderen Kittelträger an den Displays arbeiteten hastiger.
Lisa erkannte kein Sinn darin, Puls, Blutdruck, Temperatur und Gehirnströme zu analysieren. An ihren Vitalwerten gab es keine Auffälligkeiten. Sie war nicht krank, Jake sollte sich besser um Menschen kümmern, die wirklich

Hilfe brauchten. »Hast du noch weitere Aufgaben für mich?«

»Oh ja … sie werden dir gefallen.« Jake gab einer Frau an der Seite ein Handzeichen.

»Laden des Delta-Blocks in drei, zwei, eins, jetzt«, erklärte die Frau, die Lisa nur aus den Augenwinkeln sehen konnte. Ihre Stimme klang nicht bedrohlich, trotzdem gefiel ihr die Situation nicht. Sie wollte lieber mit Jake allein sein.

»Was ist …« Jemand schlug Lisa gegen den Kopf. Von innen. Mit einem Hammer oder so etwas in der Art. Sie taumelte, sackte weg, schüttelte sich kurz und sah Jake in die Augen.

»Alles in Ordnung?«, fragte er.

»Was passiert mit mir?« Lisa ging es wieder besser. Ein seltsames Erlebnis, das sie kein weiteres Mal ertragen wollte.

»Hast du Schmerzen?«

»Nein.« Jetzt nicht mehr.

»Angst?«

»Nein.« Sie wüsste nicht wovor.

»Kennst du noch deinen Namen?«

»Lisa.« Sie lächelte, als ob sie ihren Namen vergessen würde. Er hieß Jake, er war Arzt, Dr. Allister, er half Menschen, gesund zu werden. »Bin ich krank?«

Er lächelte ebenfalls. »Nein.« Jake ging einen Schritt an die Seite und schob ihr einen brusthohen Rolltisch vor die Nase. Darauf lagen Waffenteile.

»Hui …« Ohne weiter nachzudenken, montierte Lisa eine halbautomatische Pistole: eine neun Millimeter Parabellum, auch Luger genannt. Einen Moment später legte sie die Waffe ladefertig auf den Rolltisch. »Da fehlt Munition.« Ohne Patronen machte eine Pistole keinen Sinn, wie sollte man sonst jemanden damit erschießen.

»Stimmt … kannst du mir etwas über die Schussleistung solcher Pistolen sagen?«, fragte Jake.

»Mit einer 124 Grain Laborierung liegt die Mündungsgeschwindigkeit um die 350 Meter je Sekunde und die Geschossenergie auf 25 Meter bei 500 Joule.« Die Aufgaben wurden nicht gerade schwerer. »Die Waffe ist gut austariert, allerdings würde ich für mich das Abzugsgewicht um 22 Prozent reduzieren.«

»Sehr gut.« Jake schob den Rolltisch wieder weg und stellte ihr stattdessen ein Display vor das Bett, auf dem sie nur kurz ein Bild vieler Menschen in einer Hamburger U-Bahnstation sehen konnte. Dann wurde der Bildschirm wieder schwarz.

»Das war Hamburg.« Sie lachte, die Antwort kannte sie bereits, bevor er die Frage gestellt hatte.

»Wow … tolle Leistung.« Er streichelte erneut ihre Wange. Je Antwort eine Berührung von ihm erachtete sie als guten Tausch. »Wie viele Menschen hast du gesehen?«

»92.«

»Wie viele Frauen?«

»51.«

»Nicht 52?«

»Die Frau in der linken Ecke war ein Mann.« Ein komischer Typ, die rote Perücke wirkte billig.«

»Kanntest du jemanden auf dem Bild?«

»Ich habe dich gesehen. Rechts an der Seite. Allerdings ohne Bart und mit einer Wollmütze auf dem Kopf. Die anderen kannte ich nicht … wurde das Bild im Winter aufgenommen?«

»Ja. Es war wirklich lausig kalt, deshalb habe ich mir den Bart wachsen lassen«, witzelte er. Jake sah mit und ohne Haare im Gesicht gut aus. »Ich möchte dir noch etwas zeigen.«

»Gerne …« Lisa nickte und sah zu dem mobilen Bildschirm. Sich viele Dinge von Bildern zu merken, fiel ihr nicht schwer.

»Das ist deine Pistole.« Jake gab ihr eine weiße Kunststoffwaffe, an deren Mündung sich eine Kameralinse befand.

»Ein Videosimulator?«, fragte Lisa.

»Ganz genau. Zur Aufgabenstellung: Du sollst einen Checkpunkt sichern und dafür deine Waffe einsetzen … wie, überlasse ich dir. Handle, wie es dir richtig erscheint.«

»In Ordnung.« Lisa nahm die Waffe in beide Hände und ließ sie locker vor dem Körper hängen. Wenn es notwendig werden sollte, würde sie in dieser Position schnell agieren können.

Auf dem Bildschirm sah sie aus der Egoperspektive eine Straßensperre in einer trockenen und felsigen Region. Das Video könnte aus Nordafrika oder dem Mittleren Osten stammen. Der Betrachter drehte sich, neben ihm standen bewaffnete Soldaten der europäischen Krisenreaktionskräfte, von denen einer lächelte. Scheinbar eine Person aus der Einheit des Betrachters. Rechts von der Straßensperre stand ein Puma-Schützenpanzer, links eine UN-Ausgabestelle für Nahrungsmittel, die auch der Grund für mehrere Hundert Menschen war, vor der Straßensperre zu warten. Fünfzig Meter hinter dem Checkpunkt konnte Lisa die Lehmhütten eines Dorfes erkennen und Menschen, die dort ihrem üblichen Tagewerk nachgingen.
Aus der Schlange lösten sich zwei bewaffnete Männer, die ihre AK-47 Sturmgewehre gesichert an der Seite trugen. Keine Bedrohung. Lisa entschied, nicht zu schießen. Die Männer kauften einer Frau je einen Wasserbeutel ab und stellten sich wieder in die Reihe. Jake lächelte. Lisa wusste, dass er sehen wollte, wann sie schießt.
Das Video lief weiter. Einschläfernd, Lisa glaubte, den heißen Dreck auf der Straße riechen zu können. Sicherlich kein Grund, die Konzentration sinken zu lassen. Ein fröhliches Kind löste sich aus der Menge. Achtzehn Meter Entfernung. Es ließ seine Mutter hinter sich zurück. Lisa hob die Waffe und schoss. Das Bild fror ein und zeigte ihren Treffer, ein roter Punkt. Sie hatte getroffen.

»Du hast auf die Hand der Mutter geschossen«, stellte Jake fest und vergrößerte den Ausschnitt.
Lisa nickte und legte die Waffe ab.
»Warum?«
»Das Kind trägt eine Bombenweste. Ich sehe zwei Ladungen und Splittermaterial … ich musste sofort handeln.« Die Explosion hätte in der Menschenmenge viele Opfer gefordert.
»Sehr gut erkannt … eine laufende Kinder-Bombe. Mit langen Haaren und rehbraunen Augen. Süß, verspielt und tödlich … du hast aber auf die Mutter geschossen.«
»Kinder sind unzuverlässig, die Bomben werden immer ferngezündet. Die Mutter weinte, sie wusste, was sie tat. Sie trug einen Auslöser in der Hand, auf den habe ich geschossen.«
»Warum nicht auf das Kind?«
»Auf das Kind?« Lisa schüttelte den Kopf. Das Kind trug doch keine Schuld an dem geplanten Anschlag.
»Um es aufzuhalten?«, legte Jake nach.
»Wenn die Mutter ausgeschaltet ist, geht von dem Kind keine weitere Gefahr aus.« Sie wollte keine Kinder töten.
»Sieh, wie es weitergeht …« Jake ließ das Video sichtlich enttäuscht weiterlaufen. Die Mutter des Kindes brach getroffen zusammen. Der Schütze hatte dieselbe Entscheidung getroffen wie Lisa. Ein Auslöser fiel auf den Boden, was das Kind augenblicklich zur Explosion brachte. Eine gewaltige Detonation. Die Kamera starrte danach bewe-

gungslos in den Dreck. »Ein Totmann-Schalter[1]. Über vierzig Tote … die Aufzeichnungen aus der Helmkamera waren real. Vier Soldaten verloren an dem Tag ihr Leben. Zwei Kilogramm C4 mit einem Beutel beschissener alter Kugellager … eine miese Kombination.«

»Auf das Kind zu schießen hätte nichts geändert. Der Tod aller Beteiligten war unausweichlich.« Lisa sah, dass sie keinen Fehler gemacht hatte, den Test hätte niemand bestehen können.

»Das war auch nicht deine Aufgabe …« Jake schüttelte den Kopf. Sie hatte ihn nicht enttäuschen wollen. »Schaltet sie ab.«

»Aber ich …« Lisa konnte nicht weiter sprechen. Auch bewegen konnte sie sich nicht mehr.

»Warum schon wieder?«, fragte Jake und schlug mit der flachen Hand gegen die Wand. »Das ist bereits die Dritte … so eine Scheiße! Wir geben 62 Milliarden Euro aus, um eine charmante und gewissenlose Killerin zu schaffen und bekommen nicht mehr als eine Barbiepuppe, die sich mit Waffen auskennt! Warum schießt von diesen dummen Hühnern keine auf das Kind!«

»Es bleiben Menschen … auch wenn wir das gesamte

---

[1] Eine Totmanneinrichtung, auch Totmannschalter genannt, überprüft, ob ein Mensch anwesend und handlungsfähig ist, und löst andernfalls ein Signal oder eine Schalthandlung aus.

Gehirn neu programmieren.«

Jake tobte regelrecht. »Und was hätte Lisa III gemäß ihrer neuronalen Programmierung tun sollen?«

»Das Kind erschießen …«, antwortete die Frau kleinlaut.

»Jetzt die Preisfrage: Warum tat sie es nicht?«

»Das wissen wir nicht.« Die Frau aktivierte eine Übersicht eines menschlichen Nervensystems. »Es könnte sein, dass im Nervensystem selbst verborgene Informationen abgelegt werden, die wir noch nicht entschlüsselt haben … ich habe dazu bereits eine interessante Dissertation gelesen, die Teile der Persönlichkeit im Rückenmark gespeichert vermutet …«

»Hühnerscheiße! Das will ich nicht hören!«, schrie er und stieß den Rolltisch mit der ungeladenen Waffe um. »Und was soll ich jetzt unseren Auftraggebern melden? Dass wir nicht wissen, was wir tun? Oder dass unsere wissenschaftlichen Grundlagen fehlerhaft sind?«

»Wir brauchen mehr Zeit … wir können die Programmierung von Lisa III anpassen und den Test erneut laufen lassen«, antwortete die Frau, die jetzt hinter Lisa stand.

»Tja, wie du schon sagtest, sie ist ein Mensch. Leider versaut ihr Gedächtnis einen sauberen zweiten Test. Haben wir noch einen weiteren testfertigen Probanden?«

»Ja … in einer Woche wäre die Basiskonditionierung abgeschlossen und wir können den Testlauf wiederholen.«

»Perfekt … gib mir die Spritze. Ich mache es selber. Bei der nächsten werden wir diese dämliche Kind-Phase überspringen, die hält ja keiner aus, ohne Schaden zu nehmen. So oder so, ich werde dieses verdammte Projekt erfolgreich abschließen.« Auch Jake verschwand hinter ihr. Lisa tat es leid, nicht wie gewünscht zu funktionieren. Wenn sie das gewusst hätte, hätte sie sich mehr Mühe gegeben. Bitte, bettelte Lisa im Gedanken, sie verspürte Todesangst. Das wollte sie nicht. Jake stach ihr eine Nadel durch den Nacken in den Kopf. Sie schrie lautlos auf, tat einen letzten Atemzug und fiel in die Dunkelheit.

Aus dem Nichts erhob sie sich ins Licht. Vor ihr stand ein junger Mann. Wer war er? Was wollte er von ihr?

»Kannst du mich verstehen?«, fragte er. Seinen Namen kannte sie nicht. Die Augen, die markante Nase, blonde Haare und ein kurzrasierter Vollbart. Kaum älter als dreißig, er musterte sie, nur zwei Fingerbreit von ihr entfernt.

»Ja.«

»Mein Name ist Dr. Allister, ich bin dein Arzt, du kannst mich Jake nennen«, erklärte er und strich mit der Hand über ihre Wange. »Verrätst du mir deinen Namen?«

»Lisa.«

»Weißt du, was ein Arzt ist?«, fragte Jake, während er mit einer Lampe den Pupillenreflex ihres rechten Auges überprüfte.

»Ja.«

»Gut«, sagte er und steckte die Lampe in die Tasche seines weißen Kittels.

»Warum wurde ich im Bett arretiert?« Lisa wollte sich frei bewegen können. An ihren Beinen befanden sich jeweils drei Verbundstoffgurte. Zugfestigkeit über 10 Tonnen, sie würde die Arretierung nicht gewaltsam lösen können.
»Zu deiner Sicherheit.«
»Haben Sie Angst vor mir?«
»Hehe … ja, glaub mir … es ist gesünder, vor dir Angst zu haben.«
»Das ist unbegründet.«
»Wir sollten uns erst einmal besser kennenlernen. Du kannst mir bei einer Mathematikaufgabe helfen.«
Sie schwieg.
»Kannst du mir die drittgrößte fünfstellige Primzahl nennen?«
»99971.«
»Laden des Delta-Blocks in drei, zwei, eins, jetzt«, erklärte eine Frau an dem Computer, die bisher nichts gesagt hatte.
Lisa spürte einen Schlag. Sie taumelte, schüttelte sich und sah dem Mann in die Augen.
»Alles in Ordnung?«, fragte er.
»Ja.« Alles veränderte sich. An den Wänden lief Blut herunter. Blut. Blut. Blut. Jemand sagte etwas. Sie nicht. Nicht verstehen. Blut. Laufen. Töten. Laufen. Weg. Jetzt. Sie schrie. Lauter. Augen. Kratzen. Töten. Aus. Aus. Aus. Ficken. Töten. Sterben. Lisa sackte in sich zusammen. Schalte ab. Offline. Aus.

»Was war das denn?«, fragte der bärtige Mann. »Wegen dieser Furie habe ich jetzt ein blaues Auge. Ich werde noch wahnsinnig … Lisa IX war ein Reinfall.«

»Kompletter Systemverlust.«

»Das sehe ich. Ursache?«

»Wir können nicht auf die emotionale Komponente verzichten … die Probanden funktionieren nicht ohne.«

»Wie man sieht. Hört sie uns noch?«

»Theoretisch schon … sie hat einen Schlaganfall erlitten. Die gesamte Motorik ist hinüber, aber das Hörzentrum wird noch durchblutet.«

»Scheiß drauf … ist nur Geld. Wir machen weiter. Nächste Woche läuft wieder ein Test. Ich gehe jetzt einen Kaffee trinken … gib du Lisa IX den Gnadenschuss.«

»Verstanden«, antwortete die Frau und stach ihr eine Nadel in den Nacken. Ihr Herz blieb stehen. Kälte durchfuhr sie. Luft zischte aus ihren Lungen. Lisa starb.

***

II. Für Mia

Alex liebte es, im Juli Lachse zu angeln. Barfuß, mit einer zerrissenen Jeans und nacktem Oberkörper stand er inmitten der Stromschnellen und hielt seine Angel in den lebhaften Fluss. Seine Dreadlocks hatte er zu einem Zopf verzurrt. Der Otra[2] führte die Objekte seiner Begierde vom Meer bis tief in das Landesinnere glücklicherweise genau zwischen seinen Beinen hindurch. Diesen Angelplatz hatte ihm sein Vater gezeigt, mit dem er hier früher einmal auf Urlaub war.

Die Spinnköder befanden sich in der Regel nur wenige Minuten im Wasser, bevor weitere Fische anbissen. Sieben hatte er bisher gefangen, alle über sechzig Zentimeter lang und gut fünf Kilogramm schwer. Eine fette Ausbeute, die er nachher ausnehmen und sofort räuchern würde. Gemeinsam mit Mias selbst gebackenem Brot eine Delikatesse. Erst den Lachs, dann das Brot und zum Abschluss Mia. Genau in der Reihenfolge. Pur und unverfälscht, so wie er es mochte.

»Yeah!« Der Köder tauchte unter. Nummer acht befand sich auf der Zielgeraden, das sollte für heute genügen. Er fing ohnehin mehr, als sie essen konnten. Sein geräucherter Lachs ließ sich allerdings auch gut verkaufen, in Moisund, der nächsten Ortschaft, um damit Mehl, Eier,

---

[2] 264 Kilometer langer Fluss im Süden Norwegens

Obst und andere Dinge zu beschaffen, die sie zum Leben brauchten. Ab und an eine gute Flasche Wein zu trinken oder ein Stück Käse zu essen, wollte er nicht missen.
Alex zog den sich heftig wehrenden Lachs aus dem Wasser. Der Fisch hatte keine Chance, er legte das Tier auf einen Stein, der aus dem Wasser emporragte, und schlug mit der Faust auf den Kopf. Dann zog er ein kleines Messer und tötete seinen Fang mit einem gezielten Herzstich. Der Lachs sollte nicht länger leiden als nötig.
»Feierabend.« In den letzten drei Jahren hatte er an seinem Angelplatz noch nie einen anderen Menschen gesehen. Was aber auch damit zusammenhängen konnte, dass jemand, der diese Stelle nicht kannte, sich bei einem Fehltritt zwischen den Stromschnellen sofort das Genick brechen würde. Norwegen bot erheblich mehr Natur als Nachbarn, was Mia und er besonders schätzten. Wenn sie nicht alle paar Wochen mit dem Auto nach Moisund gefahren wären, um einzukaufen, hätten sie von der restlichen Welt überhaupt nichts mehr mitbekommen.
Mit den Fischen an einer Schnur aufgezogen und seiner Angel in der Hand ging es zurück. Vier Kilometer am Fluss entlang und dann ein Stück den Berg hoch, wer nicht wusste, wo ihre Hütte lag, würde sie in der Wildnis niemals finden. Genau der Grund, warum sie sich hier ein Blockhaus gebaut hatten. Offline – sie beide wollten von der Welt, in der sie aufgewachsen waren, nichts mehr sehen, hören oder erleben. Keine Mobile Devices, keine

Wifi-Hot-Spots, keine sozialen Netzwerke, kein Business-Area-bla-bla-bla und was es sonst noch alles gab, was niemand brauchte. Nur pures Leben und einen Menschen, den er liebte. Das Beste, was ihm jemals widerfahren konnte. Analog, frei und unerkannt. Keine Steuern, keine Versicherung und keine Werbepost. Niemand wusste, wohin Mia Tymann und Alex Baringhaus vor drei Jahren verschwunden waren. Eine Tatsache, die sich auch nicht ändern sollte. Hamburg lag auf einem anderen Planeten.
Der Fluss glänzte in der Mittagssonne. Alex hatte den Fußweg am Wasser bereits verlassen und stapfte durch den Wald den Berg hinauf. Um ihr Blockhaus zu finden, musste man entweder jeden Baum am Hang persönlich kennen, oder von einem Pfadfinder vor die Tür geschleift werden. Wer sich in dieser Gegend verlief, hatte auch gute Chancen, mit Bären zu kuscheln oder mit einem Wolfsrudel um die Wette zu laufen. Es gab keine Straße, keinen Weg und auch ansonsten keinen Hinweis, der jemanden auf die Hütte hätte aufmerksam machen können. Die Straße nach Moisund befand sich auf der anderen Seite einer Anhöhe und ihr Auto, der alte englische Geländewagen, mit dem sie hierhin gekommen waren, stand in einem Verschlag in der Nähe der Straße. Mittlerweile wäre auch das eine oder andere Ersatzteil fällig gewesen, aber die Kiste fuhr noch und erfüllte damit ihre Bestimmung.

»Du bist schnell heute …«, sagte Mia und lächelte. Neongelbe Gummistiefel, rote Hotpants, die ihn regelmäßig um den Verstand brachten, und ein grünes, mit Mehlstaub eingesautes Bikinioberteil – mehr hatte sie nicht an. Auch der Rest von ihr, die dunkle Haut, die langen krausen Haare und ihr Gesicht waren voller Mehl. Auf einem Holztisch vor der Hütte knetete sie Teig, aus dem in einem selbst gemauerten und mit Ulmenholz befeuerten Ofen Brot entstand. Bei ihrem Anblick hatte er Probleme, nicht sofort über sie herzufallen und den geräucherten Lachs und das Brot heute ausfallen zu lassen.

»Ich habe einen Mordshunger!«, rief er, ließ seine Beute fallen und sprang auf sie zu. Mit schmutzigen Händen, schwarzen Füßen, verschwitzt, die Temperaturen lagen um die dreißig Grad, einer Beule in der Hose und nach Fisch riechend, packte er sie an der Taille und streckte sie wie ein Kind in die Luft. Fitness mit Mia, die beste Methode, um am Arsch der Welt nicht einzurosten.

»Du stinkst!«, protestierte sie und panierte seine fischige Patina zusätzlich mit Mehl. Jetzt würde er auch noch kleben. In der Luft fielen ihre gelben Stiefel auf den Boden.

»Echt?« Eine infame Anschuldigung. Die leider zutraf, er roch genauso wie die acht toten Freunde, die er an einer Schnur aufgereiht mitgebracht hatte.

»Lass mich runter!«, skandierte sie lautstark und schaffte es, ihre Beine um seinen Hals zu legen. Eine tödliche Technik, gegen die Alex keine Gegenwehr kannte. Erst das eine, dann das andere Bein. Sie brachte die Füße zusammen und drückte ihm einen Moment später die roten Hotpants auf die Nase. Er ging in die Knie und legte sie auf den Boden. Sie zu riechen und zu spüren, wie das Leben zwischen ihren Schenkeln pulsierte, ließ ihn alles um ihn herum vergessen.

»Das ist …«

»… das einzig wirksame Mittel, um dich in deine Schranken zu weisen, junger Mann!« Mia stöhne, während er mit der Zunge eine Acht in das Mehl an ihrem Oberschenkel malte.

Sie löste die Beinschere, was Alex erlaubte, ihr das Höschen mit den Zähnen vom Po zu ziehen. Immerhin die einzige Stelle, an der sich kein Mehl befand. Er glitt mit dem Kopf ihren Bauch herauf, während er seine Hose öffnete. Der Wunsch, sie zu lieben, raubte ihm die Sinne.

Sie schrie spitz auf, als er in sie eindrang, um ihn einen Moment später leidenschaftlich zu küssen. Erst Mia, dann der Lachs, das Brot und Mia ein zweites Mal zum Nachtisch. Alex hatte gelernt, das Leben zu lieben.

Neben dem Haus befand sich die Dusche. Ein Holzfass auf dem Dach, das er um den Kaminschlot herumgebaut hatte, bildete das Wasserreservoir, um sich mit einer alten Edelstahlarmatur abzubrausen. Mia hatte den Einfall dazu gehabt. Im Sommer sorgte die Sonne für warmes Wasser, im Winter der Kamin. Wobei während der kalten Jahreszeit von warmem Wasser zu sprechen trügerisch war. Sich bei dreißig Grad minus mit vier Grad warmem Wasser zu waschen, stellte ihre Naturliebe jedes Jahr wieder auf eine harte Probe.

»Reibst du dich eigentlich beim Angeln mit dem Fisch ein?«, fragte sie und schrubbte seinen Rücken.

»Öhm … eigentlich nicht.« Irgendwie brauchte er unter der Dusche immer länger als sie. Was an der Körperfläche liegen musste, bei der er sie deutlich überragte. »Soll ich die Tage einen Hirsch jagen gehen?« Was Alex in der Regel tat, wenn die Lachssaison vorbei war. Mit der Zeit hatte er es mit seinem selbstgeschnitzten Langbogen zu einem passablen Jäger gebracht. Er kannte den Wildhüter und half ihm bei der Wildpflege. Ein guter Job, um nebenher Geld zu verdienen. Zudem stellte der Wildhüter, Stellan Rydling, der bereits etwas älter war, keine dummen Fragen und übersah großzügig die Kleinigkeit, dass Mia und Alex inmitten eines für Besucher gesperrten Naturschutzgebiets lebten.

»Die riechen an dir auch nicht besser.« Womit sie leider abermals recht hatte.

»Nächste Woche habe ich Stellan versprochen, ihn zwei Tage zu begleiten«, sagte Alex und trocknete sich ab.

»Hat er dich gefragt?«

»Nein …«

»Was macht sein Rücken?«, fragte Mia, die sich nur kurz die Haare abtrocknete, um dann nackt am Ofen nach dem Brot zu sehen. Mia in bunt oder Mia in nackt, in weiteren Versionen gab es seine Freundin nicht.
»Schmerzen, was sonst … du kennst ihn doch.« Stellan mochte es nicht, in die Stadt zu fahren und schätzte es nicht, jemanden um Hilfe zu bitten. Der alte Mann redete auch nicht viel, und wenn er doch mal etwas sagte, verstand es Alex nicht. Was ihrer Freundschaft keinen Abbruch tat. Mia schaffte es, sich auf Russisch mit ihm zu verständigen, was am Anfang geholfen hatte, das Eis zu brechen.
»Er sollte wegen seiner Bandscheiben zum Arzt fahren.«
»Ja.«
»Sag ihm das auch!«
»Du hast recht.« Was Mia meistens hatte. Alex zog sich seine zweite Jeans an, die ähnlich viele Löcher wie die erste hatte. Stellan pflegte seine chronischen Rückenschmerzen mit selbstgebranntem Wodka zu behandeln. Sehr wirkungsvoll, wie er stets beteuerte, weshalb Alex ihn bei jeder Fahrt höflich und bestimmt auf den Beifahrersitz bugsierte. Zum Glück lebten in der Gegend nur intelligente Tiere, die Stellan und seiner alten Mercedes G-Klasse aus dem Weg gingen, wenn er wieder mal sturzbetrunken durch den Wald fuhr. Den Wodka, den Stellan immer Alex schenkte, nutzte Mia, um während der Wintermonate in der Hütte Lampen zu befeuern. Das Zeug eignete

sich auch, um Schürfwunden zu desinfizieren und man hätte es zur Not in den Tank des Land Rovers kippen können.

»Männer!«

»He … ich höre doch auf dich«, rechtfertigte er sich.

»Auch nicht immer.«

Alex lächelte. »Ich arbeite an mir.«

»Wirklich … wir sollten dir eine neue Hose kaufen.«

»Später …« Alex wusste, dass ihre Kasse nicht üppig gefüllt war.

»Siehst du!« Sie verschränkte trotzig die Arme. Er konnte nicht mit ihr streiten, wenn sie nichts an hatte.

»Ist ja gut.«

»Lass uns heute in die Stadt fahren«, erklärte sie, nackt, willensstark und mit den Händen in die Hüfte gestemmt.

»So?« Er zeigte mit dem Finger auf ihren nackten Hintern.

»Blödmann!«

»Du weißt, dass wir nicht viel Geld haben. Und wir müssten auf jeden Fall tanken.«

»Wir können Brot und Lachs verkaufen. Das Geld sollte dann für eine Tankfüllung und eine neue Hose reichen.« Mia ging in die Hütte und kam mit einem rot-grün quer gestreiften Sommerkleid wieder heraus, das sie letztes Jahr selbst genäht hatte. Damals noch von dem Glauben beseelt, als Modeschöpferin Geld verdienen zu können.

»Schick.« Er schnalzte mit der Zunge. Im Prinzip war es völlig egal, was sie trug, sie war immer die schönste Frau, die jemals auf der Erde gelebt hatte.

Auf zwei Tragegestellen, die Alex gebaut hatte, trugen sie die Früchte ihrer Arbeit zum Auto. Zwölf große Brotlaibe, alle heute gebacken und sechzehn Lagen frisch geräucherten Lachs. Sein vorletzter Fang. Absolut köstlich.

Für den Weg zum Wagen brauchten sie eine halbe Stunde. Anfänglich hatten sie beide Angst gehabt, dass jemand den Land Rover stehlen könnte. Ein typischer Irrglaube von Städtern, die nach Norwegen auf das Land ziehen. Inzwischen ließen sie sogar den Schlüssel im Wagen zurück, in dem Verschlag hätte ohnehin niemand ein funktionstüchtiges Auto erwartet.

»Alles eingeladen«, erklärte Mia, schloss die Heckklappe und stieg auf der Beifahrerseite ein. Alex startete den Motor, der bisher jedes Mal ohne Probleme ansprang. Modernste britische Automobiltechnik aus den vierziger Jahren des letzten Jahrhunderts. Gebaut für die Ewigkeit, oder in ihrem Fall 1972, also nur jugendliche 65 Jahre alt.

»Fertig?«, fragte er und sah Mia an.

Sie nickte. Beide schnallten sich an.

Alex fuhr los und bemerkte schnell ihre auffallend gute Laune. Mia strahlte wie eine kleine Sonne, sah aus dem Fenster und summte leise vor sich hin.

»Ist heute etwas Besonderes?«, fragte er. Nicht dass Mia ansonsten mit langem Gesicht herumlaufen würde, aber er wurde das Gefühl nicht los, etwas zu übersehen.

»Nein.«

»Du bist so …« Alex suchte nach dem richtigen Wort und sah zum Himmel. Wegen der schnell aufziehenden Wolken würde es gleich ein kräftiges Gewitter geben.

»Was bin ich?«, fragte sie aufmerksam und lächelte ihn an.

»So, so … ich weiß es nicht. Irgendetwas hast du.«

»Es wird gleich regnen.«

»Du weichst aus …« Jetzt war er sich sicher, dass etwas im Busch war.

»Das meinst du nur.« Charmant, aber nicht überzeugend.

»Los! Raus mit der Sprache!«

»Lass dich überraschen!«

»Beim Kauf einer Hose?« Jetzt machte sie ihn richtig neugierig.

»Nein …«

»Was dann?«

»Heute wird ein besonderer Tag … freue dich darauf!«

»Ich freue mich auf jeden Tag mit dir … also was soll heute besonders sein?« Die ersten dicken Tropfen schlugen auf die Windschutzscheibe. Gleich würde es schütten wie aus Eimern.

»Herrje … ich möchte dich zum Essen einladen.« Mia presste die Lippen aufeinander. Die Augen, die Nase, er kannte und liebte jeden Zentimeter an ihrem wunderschönen Körper. Das war kein Spaß, Alex konnte ihre Nervosität spüren.

»Einladen?«

»Ich habe gespart. Als du die letzten beiden Male Stellan geholfen hast, habe ich Brot gebacken und in der Stadt verkauft«, erklärte Mia nicht ohne Stolz.

»Ich staune …« Das hatte er nicht erwartet. »Warum?«

»Weil ich heute mit meinem eigenen Geld bezahlen möchte!«

»Oh!«

Mia lachte. »Nur heute … morgen zahlen wir wieder alles mit unserem Geld.«

Alex bremste ab. Die Scheibenwischer kamen kaum noch hinterher, so stark regnete es. »Ich platze gleich!«

Mia löste den Sicherheitsgurt, rutschte mit dem Knie auf den Boden vor dem Sitz und nahm mit einem schüchternen Lächeln seine Hand. »Alex Baringhaus, möchtest du mich heiraten?«

»Äh …« Alex schnappte nach Luft. Sie hatten in letzter Zeit öfter über das Heiraten gesprochen, was zuvor nie ein Thema war. Beide waren zu dem Schluss gekommen, dass sie für ihre Liebe keinen Segen eines Dritten brauchten.

»Los Großer! Ich frage nur einmal!«

»Ja, ja … natürlich, ja.« Er hatte niemals etwas anderes gewollt. Was interessierte ihn sein Geschwätz von gestern.

»Ja?«, fragte sie.

»Ja!« Eindeutig ja. Sie fiel ihm um den Hals. »Ich liebe dich!«

»Dann behandle mich gut! Und, und schau keine andere mehr an! Frauen in meinem Zustand sind unglaublich eifersüchtig!«

Alex glaubte den Boden unter seinen Füßen zu verlieren, während draußen das Sommergewitter immer heftiger tobte. Der Platzregen erlaubte nur noch eine Sicht von weniger als zehn Metern. Es war gerade unmöglich, weiterzufahren. Hatte er Mia gerade richtig verstanden? »Frauen in deinem Zustand?«

»Ja.« Sie lächelte. Sie strahlte. Als ob die Sonne neben ihm aufgehen würde. Er konnte es immer noch nicht fassen, dass er, Alex Baringhaus, wirklich ein solches Glück hatte.

Ihre innige Zweisamkeit endete jäh, als von hinten zwei große Scheinwerfer heller wurden. Viel zu hell und viel zu schnell. Der LKW traf den kleinen Geländewagen nahezu ungebremst. Das Fahrzeug überschlug sich mehrfach. Mia schrie. Alex versuchte, sie zu halten. Sie war nicht mehr angeschnallt. Vergeblich. Wie ein Spielball wurde sie im Innenraum des Wagens umhergeworfen. Da war Blut. Etwas schlug hart gegen seinen Kopf. Stille. Alle Töne verstummten. Dunkelheit.

***

III. Kontrollverlust

Agnes öffnete die Augen. 6.14 Uhr, in weniger als einer Minute würde der Wecker klingeln. Ein kurzer Blick zur Seite. Noch 18 Sekunden. Kontrolle über die Zeit bedeutete, seine Ziele nicht aus den Augen zu verlieren. Klick. Agnes deaktivierte den Weckmodus, sie mochte es immer noch nicht, den Summton zu hören.

»Licht.« Die Beleuchtung in ihrem Appartment wurde langsam heller. 451 Quadratmeter, mehrere Zimmer, drei Badezimmer, einen Pool, eine Bibliothek, eine private Küche und eine für Events, mehr Platz, als sie für drei Leben benötigte. Ihre Dienstwohnung, wenn sie sich in der Stadt befand. Die Aussicht aus dem 127sten Stockwerk über Hamburg war ganz nett, wenn man Zeit dafür hatte, was bei ihr selten vorkam. Agnes legte die Decke auf die Seite und stand auf. Nackt. Und allein. In ihrem Leben gab es immer noch keinen Platz für einen Partner.

»Kaffee. Rührei und eine Scheibe Vollkornbrot mit Frischkäse.« Die automatische Steuerung in der privaten Küche erledigte den Rest. Eine der wenigen Konstanten in ihrem Alltag. In 15 Minuten würde sie frühstücken. Wie jeden Morgen.

»Körper abtasten. Werte archivieren.« Agnes betrachtete kurz ihre Brüste im Spiegel, bevor sie begann, ihre Zähne zu putzen. 1,71 groß und 54,7 Kilogramm schwer. Ein blauleuchtender Scanner dokumentierte sämtliche Vitalwerte: Blutdruck, Körperfett- und Wasseranteil, Blutwerte und so weiter. 149 zu 95, der Blutdruck war zu hoch, ihr Blutbild zeigte Eisenmangel und ihr Körperfettanteil hatte um 2 Prozent zugenommen. Sie sollte sich wieder Zeit nehmen, um Sport zu treiben und einen Termin beim Arzt machen. Mit 39 Jahren war sie noch nicht in dem Alter, Nachlässigkeiten zu tolerieren. Sie öffnete ein Fach und nahm sich mit fahrigen Fingern zwei Tabletten. Gleich würde es ihr besser gehen. Medikamente waren keine Lösung, aber die einzige Chance, den Tag zu überstehen.

Nach 14 Minuten und 12 Sekunden verließ sie, frisch geduscht, ihre kurzen weißblonden Haare in Form gebracht, dezent für den Job geschminkt und mit weißer Spitzenunterwäsche bekleidet, das Badezimmer. Solange sie ihren zahlreichen Gegnern den Wunsch von den Augen ablesen konnte, sie zuerst ficken zu wollen, bevor sie sie erwürgen, glaubte sie, alles im Griff zu haben.
Agnes mochte auch den Summton der Kaffeemaschine nicht, den sie mit dem ersten Bissen im Mund drei Sekunden vor Ablauf deaktivierte. Klick. Parallel schaltete sich ihr Wanddisplay ein, zu einem Frühstück gehörten auch die Nachrichten: Kriege in Afrika, Flüchtlinge, Börsenturbulenzen, Werbung, gute Nachrichten gab es höchstens in der Neujahrswerbung vom Supermarkt um die Ecke.

Sie schloss ihre morgendliche Nahrungs- und Informationsaufnahme zügig ab, zog sich weiße Strümpfe, Halter und eine lachsfarbene Bluse an und entfernte die Reinigungsfolie des hellen Armani Kostüms. Flache Pumps, Handtasche und einen Seidenschal. Fertig. Sie verließ ihr Appartment um 6.52 Uhr. Klick. Die Eingangstür fiel kaum hörbar ins Schloss. Der Tag konnte beginnen.

»Dr. Gutter.« Martin, ihr Personenschützer, erwartete sie. Wie jeden Morgen. Er hatte die ganze Nacht vor ihrer Tür Dienst gehabt. 1,90 groß, ein Mann wie eine Wand, Ex-Militär, er gehörte zu den besten, die man für Geld kaufen konnte. Ob ihr die Tatsache, ständig von Personenschützern begleitet zu werden, Sicherheit vermittelte, war eine andere Frage. Im Schnitt bekam Agnes pro Tag zwanzig Morddrohungen. Meistens nur von Spinnern, aber bereits einer, der es ernst meinte, wäre zu viel gewesen.

»Guten Morgen, Martin … wie war die Nacht?«, fragte sie.

»Ruhig.«

»Wie wird das Wetter heute?«

»Sonnig. Die Regenwahrscheinlichkeit liegt unter 10 Prozent.«

»Na dann …« Es machte keinen Sinn, mit ihm über private Dinge zu sprechen. Sein Privatleben interessierte sie nicht und sie hatte keins.

Um 7.00 Uhr saß sie im Firmenhubgleiter, der sie jeden Tag vom Dach des Hochhauses ins Büro und abends wieder zurückbrachte. Martin stieg vorne ein und nahm neben dem Piloten Platz.

»Guten Morgen, Frau Dr. Gutter«, sagte der Pilot höflich und steigerte die Leistung der elektromagnetischen Turbinen. Ein moderner Hubgleiter, der aussah wie ein Hubschrauber ohne Rotoren, nur leiser.

»Dr. Gutter«, sagte Ray, der Privatsekretär, der heute Morgen Dienst hatte. Ray Armstrong, verarmter schottischer Landadel, 26 Jahre alt, groß, mit einem schmalen Gesicht und roten Haaren, dem Agnes auch ein Wiesel in der Familienchronik zugetraut hätte.

Agnes nickte und sah aus dem Fenster. Die Sonne stand bereits am Horizont, ihr stand ein Tag bevor, wie viele zuvor. Lang, anstrengend und ohne die Möglichkeit, zurückzusehen. Wollte sie ein anderes Leben haben? Nein.

»Hatten Sie eine geruhsame Nacht?« Ray gab sich Mühe. Dafür bezahlte sie ihn auch.

»Fangen Sie an, Ray.« Agnes ließ sich eine Mappe geben und lehnte sich zurück. Sie besaß kein Smartphone oder ein anderes Mobile Device, jeder der sie sprechen wollte, was jeden Tag Hunderte waren, musste sich an ihr Sekretariat wenden. Das Team aus 34 persönlichen Sekretären arbeitete für sie 24 x 7 Stunden online. Und da Agnes nie einen Schritt ohne Begleitung machte, war auch immer

jemand in ihrer Nähe, der ihr das Anliegen eines Dritten vortragen konnte. Sie regierte Better Life ohne Kompromisse, was aber auch bei weltweit 12 Millionen Mitarbeitern nicht anders möglich war.
»Die Aktie steht bei € 34,50. Wir haben heute Morgen in Tokio wieder zwei Prozent verloren. Das ist eine negative Performance von knapp achtundzwanzig Prozent in den letzten acht Wochen.« Ray begann mit der wichtigsten Nachricht zuerst. Die Einzigen, die eine Königin stürzen konnten, waren die Aktionäre ihres Reiches.
Betriebsunfälle mit Toten, Umweltverschmutzung, Steuerdelikte, Korruption, eine kritische Presse, solange diese Dinge den Aktienkurs nicht beeinträchtigten, herrschte sie über das größte Technologie-Unternehmen der Welt wie eine Königin. Sobald aber die Aktionäre Geld verloren, wurde bereits aus einem Foto vor ihr, wie sie bei einer Pressekonferenz über eine Stufe stolperte, ein untrügliches Zeichen von Führungsschwäche, für die sie sich zu erklären hatte.
»Eine Aufgabe für den Finanzvorstand …« Sie hatte heute keine Lust, über Geld zu sprechen.
»Um 14:00 Uhr findet ein Treffen mit ausgesuchten Vertretern der Aktieneigner statt. Unser Finanzvorstand leitet das Treffen. Er bittet um Ihre Unterstützung«, erklärte Ray. »Sie kennen das Thema, die machen im Moment Druck ohne Ende.«

»Er soll ihnen eine Erhöhung der Dividende versprechen. Vier Prozent auf das Stammkapital im Geschäftsjahr 2037.« Das sollte reichen. Die Better Life Reserven sollten dafür genügen.

»Sehr wohl.« Ray bediente während des Gesprächs einen Pad-Computer, der ihre Anweisungen revisionssicher archivierte. »Wir haben auch eine interessante Interview-Anfrage vorliegen, die unserer Meinung nach helfen könnte, die Märkte zu beruhigen.«

»Nicht heute …« Agnes hatte nicht vor, ihre Ziele aus den Augen zu verlieren. Ihr Sieg gegen General Cordes war ein Pyrrhussieg. Die Schlange, gegen die sie kämpfte, hatte viele Köpfe.

»Wann denn?«, fragte er vorsichtig.

»Nächstes Thema.«

»Es steht heute Mittag ein Business Lunch mit Vertretern der parlamentarischen Gremien an … es ist zu vermuten, dass uns von der europäischen Marine Ärger ins Haus steht.«

»Wir haben doch die Ausschreibung für den Bau der drei neuen Flugzeugträger gewonnen …« Agnes hasste Lobbyisten. Menschen, die von der Arbeit anderer fett wurden und bei Problemen in der Regel nicht mehr aufzufinden waren.

»Die Zweiten der Ausschreibung klagen …«

»Ich will genau wissen, wer uns in die Suppe spucken will.«

»Die Dossiers liegen auf ihrem Schreibtisch.«

»Danke.« Diesen Deal wollte sie sich nicht mehr nehmen lassen. Die militärischen Werften in Europa kränkelten seit Jahren. Der Auftrag würde die Sparte für die nächsten zwanzig Jahre auslasten. Zudem gehörte der Bau von Flugzeugträgern zu den moralisch integeren Geschäften. Die Schiffe waren zu groß, um sie auf dem Schwarzmarkt zu verkaufen und in den letzten Jahren eine brauchbare Plattform für Hilfsprogramme in den Krisengebieten rund um den Globus.

»Dann gibt es heute noch …«

»Ray.« Agnes stoppte ihn.

»Ja?«

»Was ist mit K-84?« Darüber wollte sie sprechen. »Ich will mit Allister sprechen!« Das Sonderforschungsprogramm K-84 von Dr. Jakub Allister, in das Agnes bereits 62 Milliarden Euro investieren musste, ohne zu wissen, was dort getan wurde. Der Auftraggeber, eine transatlantische Verteidigungsalternative, steuerte die Forschungsarbeiten selbst. Unter maximaler Geheimhaltung.

»Dr. Allister hat noch nicht auf Ihre Terminanfrage geantwortet.« Ray wusste genau, wie sie darüber dachte.

»Machen Sie ihm mehr Druck!«

»Aber …«

»Ich will heute Nachmittag mit Dr. Jakub Allister sprechen. Haben Sie mich verstanden?« Agnes machte dieser arrogante Arsch krank, der glaubte, über Wasser gehen zu können. Better Life stellte die Ressourcen, Know-how und Mitarbeiter, das Projekt K-84 forschte. Dem Unternehmen blieb nicht mehr, als Belege abzuheften und Rechnungen zu schreiben. Ein wirtschaftlich erfolgreiches Modell, aber darum ging es nicht. Nach dem Tod von General Cordes und ihrem rasanten Aufstieg an die Unternehmensspitze gab es bei Better Life keine weiteren Skandale. Keine moralisch zweifelhaften Projekte. Keine menschenverachtende Forschung, für die sie als CEO[3] die Verantwortung trug.

»Natürlich.« Ray nickte irritiert.

Agnes lächelte. Das war ihre Mission, deswegen stand sie jeden Morgen auf. Es gab Tage, an denen sie glaubte, eine Drachenbändigerin zu sein, die ihr Leben einsetzte, um ein ewigwährendes Monster an der Kette zu halten.

»Dr. Gutter, schön Sie zu sehen, bei so vielen alten Männern ist es immer wieder angenehm, Sie unter uns zu wissen«, erklärte Maximilian Ravsky, 84 Jahre alt, ein polnischer General im Ruhestand, der seine Pension als Berater für diverse Regierungen auf der ganzen Welt aufbesserte. Gebildet, charmant, ein guter Zuhörer und im Kopf scharf wie eine Rasierklinge.

---

[3] Chief Executive Officer = Vorstandsvorsitzender

Wenn Better Life zu einem Business Lunch einlud, kamen sie alle. Alle Ravskys dieser Welt.

»Herr Ravsky, vielen Dank, ich wünsche Ihnen gute Gespräche.« Agnes wollte ihn bereits stehen lassen. Eigentlich stand auch Allister auf der Gästeliste. Der Mediziner ging ihr bereits seit Wochen aus dem Weg und versteckte sich hinter diversen Staatssekretären in den Verteidigungsministerien Brüssels und Washingtons.

»Ich vertrete eine Investorengruppe, die in den letzten Wochen viel Geld verloren hat und sich von Ihnen ein vertrauensbildendes Statement in der Öffentlichkeit wünscht, um die Märkte zu beruhigen.«

»Raten Sie Ihren Auftraggebern antizyklisch zu investieren … der Kurs wird wieder steigen.« Agnes bemühte sich, nicht die Augen zu verdrehen, sie wollte heute nicht über Geld sprechen.

»Davon bin ich überzeugt, erst gestern habe ich über Sie gesprochen und meinen Auftraggebern deutlich gemacht, dass Sie die richtige Frau für den Job sind.« Die Augen des alten Mannes leuchteten. Auch wenn er bereits tiefe Falten im Gesicht hatte, sie wollte nicht den Fehler begehen, ihn zu unterschätzen.

»Genau deswegen lasse ich Sie immer wieder einladen. Sie denken über Quartalszahlen hinweg und sehen den Kern der Dinge … wir können nur gemeinsam gute Geschäfte machen.« Agnes lächelte und ließ Ravsky stehen.

Dr. Jakub Allister betrat die Business Lounge in der Executive Ebene im Hamburger Better Life Tower. Ray wartete bereits an der Tür auf ihn und sorgte dafür, dass sich keiner der anwesenden Haie einen der talentiertesten Forscher des Unternehmens schnappen konnte. 33 Jahre alt, 1,85 groß, sportlich und mit einem unvergleichlich jungenhaften Lächeln gesegnet. Weshalb die Presse aus der jungen Firmenleiterin und dem Starforscher wegen eines gemeinsamen Fotos auf einem Presseball bereits glaubte, ein neues Traumpaar gefunden zu haben. Eine Fehleinschätzung, sie konnte mit dem Kerl nichts anfangen. Wie allerdings mit dem Rest der Männerwelt auch nicht. Die einzige Gemeinsamkeit, sie arbeiteten beide rund um die Uhr.

»Hallo Jake.« Agnes würde ihn nicht so schnell von der Angel lassen. Er mochte es nicht, Jakub gerufen zu werden.

»Oh, Agnes … was kann ich für meine Chefin tun?«, fragte er und ließ sich von einer Servicekraft ein Glas Mineralwasser geben.

»Auf meine Anfragen antworten …« Für Höflichkeiten hatte Agnes keine Zeit.

»Sorry, ich habe leider viel zu tun und sorge mich um die Termintreue meines Projektes … aber ist es nicht so, dass ich direkt an den Kunden zu berichten habe?«

»Wir würden beide für unsere Kunden sterben, oder?«, fragte Agnes, die genau die Antwort erwartet hatte.
»Ich nehme meine Verantwortung sehr ernst.«
»Natürlich.« Sie sah ihm in die Augen. Blaue Augen, die absolut nichts von ihm preisgaben. Keine Wut, keine Angst und keine Reue – aber auch kein Lachen, kein Vertrauen und keine Wärme. »K-84 ist ein sehr wichtiges Projekt … ein Prototyp, bei dem die Exekutive private Unternehmen mit sicherheitsrelevanten Vorhaben beauftragt.«
»Das Beste aus zwei Welten: die Innovationskraft privater Unternehmen und die Integrität hoheitlicher Verantwortung.« Er schien Freude dabei zu haben, seine Rolle zu spielen: der Outlaw, der bei Better Life machen konnte, was er wollte.
»Ich glaube, wir haben nur eine Welt.«
»Angst, dass ich den Teppich dreckig mache?« Eher abfällig sah er auf den Parkettboden.
»Nein … unsere transatlantischen Kunden verfügen über sehr gute Reinigungskräfte.« Mit der Hand streifte sie etwas Staub vom Revers seines Sakkos. »Wein, Schokolade, Blut … die bekommen fast alle Flecken raus.«
»Ich habe mich immer gefragt, wie man mit 39 Jahren CEO von Better Life werden kann?«
»Eine Antwort gefunden?« Mit der Frage sah sie sich jeden Tag konfrontiert. Kaum jemand verstand die Quelle ihrer Kraft und die Konsequenz ihres Handelns.

»Nein.«

»Möchten Sie meine Antwort haben?«

»Ja.« Seine Augen wurden größer. Ihr Gespräch blieb nicht unbeachtet, alleine schon, weil Martin, ihr Bodyguard, mit seiner höflichen Präsenz dafür sorgte, dass sich ihnen niemand näherte. Zudem dürfte die von Jake und ihr gezeigte Körpersprache wenig Herzlichkeit vermitteln. Agnes ging näher an ihn heran und flüsterte. »Ich gewinne. Jedes Mal. Egal gegen wen. Egal nach welchen Regeln. Ich gewinne.«

»Oh … wie bei Dr. Olaf Baringhaus?«, fragte er, ohne seine Stimme zu senken. Damit wollte er sie treffen. Vergeblich. Ein Irrtum, dem viele erlagen.

»Ja. Genau wie bei ihm.« Sie lächelte und gab Martin ein Zeichen, zu gehen. Einem menschlichen Panzer gleich sorgte er für eine Schneise, damit sie ohne weitere Gespräche zu führen, die Business Lounge verlassen konnte. Der tragische Tod ihres Mentors vor drei Jahren, ihr anschließender kometenhafter Aufstieg, es gab viele, die in ihr eine eiskalte Opportunistin sahen, die über Leichen ging, um ihre Ziele zu erreichen. Eine bessere Tarnung gab es nicht. Auch für Alex Baringhaus gab es keinen besseren Schutz. Sie hatte in der Folgezeit jede Untersuchung in die Irre geführt, deren Ziel es war, die Ereignisse von 2034 zu ergründen.

Eine dramatische, aber zufällige Serie von technischen IT-Störungen, die sich zukünftig nicht wiederholen konnte – so der offizielle Sachverhalt, den es vielfach in den Medien zu vernehmen gab. Das wenig schmeichelhafte Image, das ihre Karriere ermöglicht hatte, störte sie nicht. Es half ihr sogar, ihre Arbeit zu machen.

***

IV. Ich will nicht sterben

Seine blauen Augen ruhten auf den ihren, so hell, so warm, ganz nah – sie konnte im Weiß seine feinen Äderchen erkennen – eng verwundene rote Ströme, die, sobald verletzt, als blutende Vulkane seinen Blick für alle Zeiten unwiderruflich trüben würden.

»Kannst du mich verstehen?«, fragte er. Sie zwinkerte, um das helle Licht abzuschwächen. Er lächelte. Durchaus attraktiv. Würde ihr ein Gespräch mit ihm helfen?

»Sehr gut, danke.« Eine freundliche Erwiderung war die taktisch beste Option.

»Mein Name ist Dr. Allister, ich bin dein Arzt, du kannst mich Jake nennen«, erklärte er freundlich und strich mit der Hand über ihre Wange. Warum tat er das, warum berührte er sie? Eine sexuelle Annäherung? Eine freundschaftliche Geste? Sie kannte ihn nicht. Wollte er Vertrauen schaffen? Sehr wahrscheinlich. Aber konnte sie ihm vertrauen? Die Analyse der Situation bot nur eine Folgerung: Sie befand sich in Gefahr und musste wachsam bleiben. »Verrätst du mir deinen Namen?«

»Ich heiße Lisa.« Sie lächelte und spielte bei dem Begrüßungsritual weiter mit.

»Weißt du, was ein Arzt ist?«, fragte Jakub, während er mit einer kleinen Lampe kurz in ihr rechtes Auge strahlte.

»Ein Mensch, der nach einem medizinischen Studium diverse fachliche Prüfungen bestanden hat.« Lisa sah sich um, sie befand sich nicht in einem Krankenhaus oder einer Arztpraxis. Der Raum gehörte dem Anschein nach zu einer Forschungseinrichtung, was die Folgerung erlaubte, dass sie zu Forschungszwecken behandelt wurde. Sie versuchte sich zu erinnern, wie sie hergekommen war. Was ihr nicht gelang. Eine Amnesie? Das würde sie ergründen. Oder war das der erste Tag in ihrem Leben? Ein Anachronismus, weil es durchaus so sein konnte und sie dennoch kein Kind war.

»Sehr treffend beschrieben«, sagte er und steckte die Lampe in die Tasche seines Kittels.

Lisa registrierte, zwar Kopf und Arme, allerdings nicht den Rest ihres Körpers bewegen zu können. Sie stand aufrecht an ein Bett gegurtet in einem Labor. Drei weitere Menschen in weißer Kleidung verarbeiteten medizinische Diagnosedaten mittels Gestensteuerung an holografischen Displays.

»Ich brauche deine Hilfe … kannst du mir bei einer Mathematikaufgabe helfen?«, fragte Jakub. Lisas Motivation, ihre kognitiven Fähigkeiten unter Beweis zu stellen, hielt sich in Grenzen. Sollte sie widersprechen? Was würde dann passieren? Eine Diskussion, ein Streit? Jakub würde eine Entscheidung treffen müssen: Er würde zwangsweise sie, das Objekt seiner Forschung bewerten: Erfolg oder Misserfolg. Eine gefährliche Situation, die auch mit einer für ihr Leben bedrohlichen Entscheidung ausgehen konnte.

Lisa lächelte. »Ich helfe gerne.«
»Kannst du mir die drittgrößte fünfstellige Primzahl nennen?«, fragte er wie ein Lehrer in der Grundschule. Eine merkwürdige Frage, aber er sollte seine Antwort bekommen.
»99971.« Interessanter war, warum sie die Frage so schnell beantworten konnte? Konnte das jeder Mensch? Nein, kaum einer konnte das. Was schließlich auch der Grund war, warum Computer erfunden wurden. Sie dachte über Wissen nach, über Logik, Intuition und über ihr Leben. Sie war eine erwachsene Frau. Sie verfügte über keine persönlichen Erinnerungen, aber über erlerntes Wissen und ein gut ausgebildetes mathematisch-logisches Verständnis. War sie ein Computer? Die weißgekleideten Menschen verarbeiteten ihre Vitaldaten. Nein – sie war ein Mensch – eine Frau – und sie wollte leben.
»Laden des Delta-Blocks in drei, zwei, eins, jetzt«, erklärte die Frau, die Lisa nur aus den Augenwinkeln sehen konnte.
Jemand schlug sie. Unerwartet und hart, was sie wütend machte. Sie taumelte, sackte weg, schüttelte sich kurz und sah Jakub in die Augen.
»Alles in Ordnung?«, fragte er.
Lisa nickte, es ging wieder besser. Ein erschreckendes Erlebnis, nicht wegen des Schmerzes, sondern weil sie jetzt verstand, wer sie war: ein Mensch, dessen Gehirn wie ein Computer funktionierte. Die Daten des Delta-Blocks be-

inhalteten Waffenkunde, taktische Vorgehensweisen, Wissen um soziale Gepflogenheiten, Technologieverständnis, Sprach- und interkulturelle Kompetenz und eine komplette militärische und nachrichtendienstliche Ausbildung.

»Hast du Schmerzen?«

»Nein.« Sie musste eine Entscheidung treffen.

»Angst?«

»Nein.« Es gab nur eine Option: Sie wollte leben. Dafür musste sie diese Prüfung bestehen.

»Kennst du noch deinen Namen?«

»Lisa.« Lisa XIII, aber die Zahl würde sie nicht sagen. Wenn bereits zwölf gescheitert waren, belegte das die Herausforderung, die sie zu bestehen hatte. Sie musste die Kontrolle übernehmen. »Ich würde gerne mit dir essen gehen.«

Zuerst wollte sie das Labor verlassen, dann sich vernünftig anziehen, in ein schickes Lokal ausgehen, vielleicht sogar mit Jakub schlafen, um ihn danach zu töten. Solange Dr. Jakub Allister sie kontrollierte, würde sie nicht frei sein.

»Wirklich?« Er lachte, ging einen Schritt an die Seite und schob ihr einen brusthohen Rolltisch vor das Bett. Darauf lagen Waffenteile einer Pistole. Leider mit einem leeren Magazin. Lisa montierte die neun Millimeter Luger und legte sie ladefertig auf die Tischfläche. »Magst du italienisches Essen?«

»Sehr gerne. Pasta und Rotwein.« Das mochte sie, obwohl sie sich inzwischen sicher war, es noch nie probiert zu haben.

»Es liegt an dir … kannst du mir etwas über die Schussleistung dieser Waffe sagen?«

»Mit einer 124 Grain Laborierung liegt die Mündungsgeschwindigkeit um die 350 Meter je Sekunde und die Geschossenergie auf 25 Meter bei 500 Joule.« Dieses Wissen hatte sie nicht selbst erfahren, es wurde ihr in den Kopf gelegt. Die Waffe war gut austariert, allerdings sollte man das Abzugsgewicht reduzieren.

»Sehr gut.« Jake schob den Rolltisch wieder weg. Seine zufriedene Haltung und das Wissen aus dem Delta-Block zeigten Lisa, weswegen sie geschaffen wurde. Sie würde später den Auftrag bekommen, Menschen zu töten. Was den Schluss nahelegte, dass sie den Test erfolgreich abschließen musste, um das Labor verlassen zu können. Die Gurte, die sie am Bett festhielten, konnte sie nicht mit Gewalt lösen.

»Ich würde gerne ein Kleid tragen, wenn wir ausgehen.«

»Welche Farbe?«

»Schwarz.« Sie konnte sich gut vorstellen, wie ein Liebespaar mit Jakub die Freiheit zu genießen.

»Ich kenne ein sehr gutes Lokal in der Stadt.« Er stellte ihr ein Display vor das Bett, auf dem sie nur kurz ein Bild vieler Menschen in einer Hamburger U-Bahnstation sehen konnte. Dann wurde der Bildschirm wieder schwarz. »Was hast du gesehen?«

»Ein mit Menschen gefüllter U-Bahnhof in Hamburg.« Ob sich das Labor ebenfalls in Hamburg befand?

»Richtig.« Er streichelte erneut ihre Wange. Eine angenehme, aber überflüssige Geste.

»Wie viele Menschen hast du gesehen?«

»92.«

»Wie viele Frauen?«

»51 und ein Mann, der gerne eine wäre.« Die rote Perücke sah fürchterlich aus. »Was hast du auf dem Bild gemacht?« Sie hatte Jakub auch mit Bart erkannt.

»Sehr gut aufgepasst.« Sein Lächeln während der letzten Minuten entwickelte sich zu einem Dauergrinsen. »Ich möchte dir noch etwas zeigen.«

»Das italienische Lokal?« Aus Ermangelung an Alternativen schenkte sie ihm ihre gesamte Aufmerksamkeit.

»Später …« Er verlor seine Absichten nicht aus den Augen.

»Heute Abend?«

»Du verlierst keine Zeit.«

»Carpe diem[4].«

»Überzeuge mich!« Er wollte mit ihr spielen.

»Ich verzichte auf meine Unterwäsche.« Unter der dünnen Decke am Bett festgegurtet war sie ebenfalls nackt.

---

[4] Nutze den Tag

»Möchtest du mich verführen?«
»Würdest du es zulassen?« Jakub war leider nicht der Mann, der wegen etwas nackter Haut die Kontrolle verlor.
»Das ist deine Waffe.« Jake gab ihr eine weiße Kunststoffwaffe, an deren Mündung sich eine Kameralinse befand.
»Soll ich damit ein Selfie schießen?«, fragte Lisa und schob sich die Simulatorwaffe wie einen Phallus in den Mund.
Jakub lachte, die Frau vor dem Display verschluckte sich und die übrigen beiden Männer im Raum schmunzelten. Humor, Sex und Geld, die magischen Schlüssel zu den Herzen der Menschen.
»Zur nächsten Aufgabenstellung, du sollst einen Checkpunkt sichern und dafür deine Waffe einsetzen … wie, überlasse ich dir. Handle, wie es dir richtig erscheint.«
»Angezogen?«
»Ja.«
»Ich bin bereit …« Lisa nahm die Waffe in beide Hände und ließ sie locker vor dem Körper hängen. Falls nötig würde sie in dieser Position schnell agieren können.
Auf dem Bildschirm sah sie aus der Egoperspektive eine Straßensperre in einer trockenen und felsigen Region. Das Video könnte aus dem Mittleren Osten stammen. Der Betrachter drehte sich, neben ihm standen Soldaten der europäischen Krisenreaktionskräfte, von denen einer lächelte. Scheinbar eine Person aus der Einheit des Betrachters. Rechts von der Straßensperre stand ein Puma-

Schützenpanzer, links eine UN-Ausgabestelle für Nahrungsmittel, die auch der Grund für mehrere Hundert Menschen war, vor der Straßensperre zu warten. Fünfzig Meter hinter dem Checkpunkt konnte Lisa die Lehmhütten eines Dorfes erkennen und Menschen, die dort ihrem üblichen Tagewerk nachgingen.

Aus der Schlange lösten sich zwei bewaffnete Männer, die ihre AK-47 Sturmgewehre gesichert an der Seite trugen. Keine Bedrohung. Lisa entschied, nicht zu schießen. Die Männer kauften einer Frau je einen Wasserbeutel ab und stellten sich wieder in die Reihe. Jake lächelte. Lisa wusste, dass er genau diese Reaktion von ihr sehen wollte.

Das Video lief weiter. Lisa glaubte, den heißen Dreck auf der Straße riechen zu können. Sicherlich kein Grund, die Konzentration sinken zu lassen. Ein fröhliches Kind löste sich aus der Menge. Achtzehn Meter Entfernung. Es ließ seine Mutter hinter sich zurück. Lisa hob die Waffe und schoss. Drei Mal. Das Bild fror ein und zeigte ihre Treffer, rote Punkte auf dem Display. Sie hatte getroffen.

»Du hast dem Kind in die Stirn, der Mutter auf die Hand und danach ins Gesicht geschossen«, stellte Jake nüchtern fest und vergrößerte den Ausschnitt.

Lisa nickte und legte die Waffe ab. Das Leben war kein Ponyhof. Sie sah kein Problem darin, zur Gefahrenabwehr Menschen zu töten.

»Warum?«

»Das Kind trägt eine Bombenweste. Ich sehe zwei Ladungen und Splittermaterial … ich musste sofort handeln.« Die Explosion hätte in der Menschenmenge viele Opfer gefordert. Lisa hörte die Worte, wusste aber nicht, ob sie von ihr waren. Sie hatte intuitiv agiert und verhielt sich, wie Jakub es von ihr erwartet hatte. Es missfiel ihr, nicht Herr über ihre Handlungen zu sein.

»Sehr gut erkannt … eine laufende Kinder-Bombe. Mit langen Haaren und rehbraunen Augen. Süß, verspielt und tödlich … du hast aber auch auf die Mutter geschossen.«

»Kinder sind unzuverlässig, die Bomben werden immer ferngezündet. Die Mutter weinte, sie wusste, was sie tat. Sie trug einen Auslöser in der Hand, auf den habe ich geschossen, nachdem ich das Kind gestoppt hatte.« Wieder eine Antwort aus ihrem Unterbewusstsein, was sie in ihrem Fall besser als Programmierung bezeichnen wollte.

»Und der dritte Treffer, der Kopfschuss.«

»Ich wollte meinen Kameraden ersparen, eine Frau zu versorgen, die ihr Kind für einen Selbstmordanschlag hergibt.« Dafür verachtete Lisa die Mutter. Diese Antwort kam von ihr.

»Sieh, wie es ausgeht …« Jake ließ das Video weiterlaufen. Die Mutter des Kindes brach getroffen zusammen. Allerdings nur von einem Schuss getroffen. Der Schütze hatte eine andere Entscheidung getroffen. Ein Auslöser fiel auf den Boden, was das Kind augenblicklich zur Explosion brachte. Eine gewaltige Detonation. Die Kamera starrte danach bewegungslos in den Dreck. »Ein Totmann-Schalter. Über vierzig Tote … die Aufzeichnungen aus der Helmkamera waren real. Vier Soldaten verloren an dem Tag ihr Leben. Zwei Kilogramm C4 mit einem Beutel alter Kugellager … eine miese Kombination.«

»Der Anschlag war nicht zu verhindern. Das Kind mit der Bombe befand sich bereits zu nah an der Sperre.« Lisa durchfuhr ein kurzer Schreck, bei dem Test würde jeder durchfallen.

»Das war auch nicht deine Aufgabe …« Jake lächelte zufrieden, was sie erleichtert aufatmen ließ. »Ich freue mich, dich kennenzulernen und dich auf eine wunderbare Reise zu schicken.«

»Wohin?«, fragte sie. Er verstand es meisterlich, ihre Neugierde zu entfachen. Bestand weiterhin eine Gefahr? Natürlich. Das gesamte Leben bestand aus Gefahren.

»Laden des Epsilons-Blocks in drei, zwei, eins, jetzt«, erklärte wieder die Frau, die Lisa bereits vorhin ein riesiges Datenpaket in den Kopf geschoben hatte. In ihrem Nacken wurde es wärmer. Eine angenehme Wärme, die sich auf ihren gesamten Körper ausbreitete.

»Alles in Ordnung?«, fragte er erneut.

»Ja.« Im Gegensatz zum ersten Ladevorgang gab es jetzt keinen Schlag und keine andere schmerzhafte Wahrnehmung. Auch das Wissen, das ihr vermittelt wurde, ließ sich nicht in für sie definierbare Kategorien einordnen.

»Was siehst du?«

»Streifen.« Lisa sah grüne und rote Streifen, die sich schwach leuchtend durch den Raum zu bewegen schienen. Sehr viele Streifen, die von Wand zu Wand verliefen, oder von außen zu einem der Computer.

»Starte Tracer«, sagte die Frau im Hintergrund, ohne dass Lisa klar war, worüber sie sprach.

»Lass mich an deinen Bildern teilhaben … erzähle mir, was du siehst und wir werden italienisch essen gehen.« In Jakubs Stimme konnte sie eine bisher nicht erlebte Erregung feststellen.

»Lichter … als ob die Streifen leben. Sie bewegen sich, sie atmen, es ist, als ob der Raum, die Computer zu leben beginnen … es ist wunderschön … die Farben, sie sind warm … was sehe ich hier?« Lisa vergaß alles, was sie in ihrem kurzen Leben erlebt hatte.

»Kannst du die Streifen, die Lichter oder etwas anderes berühren, das du siehst?«

»Ja.« Lisa stand auf, löste sich von den Fesseln in ihrem Kopf und schritt durch den Raum. Jakub und seine drei Assistenten schienen sich aufzulösen. Von ihnen blieb nicht mehr als eine rötliche Wärmesignatur und ein Knäuel feiner elektromagnetischer Impulse an Kopf und Rückenmark.

»Sie ist im Phasing … es funktioniert«, erklärte die Frau an dem Computer euphorisch. Ihre Stimme hatte sich verändert.

»Steht die Digitalkommunikation?«, fragte Jakub, der auch anders klang.

»Mit dem zweiten Datenpaket geladen … alle Werte befinden sich im grünen Bereich. Lisa ist online.«

Eine unglaubliche Erfahrung, die sie gerade erlebte. Wie schwerelos gleitete sie durch den Raum, der größer zu werden schien. Die Wände verschwanden und überall befanden sich diese pulsierenden Farbstreifen.

»Lisa, kannst du mich hören?« Jakubs Stimme überschlug sich vor Ergriffenheit. Wenn er ein Forscher war und sie seine Forschungsarbeit, hatte er jetzt eindeutig etwas Besonderes erreicht.

»Ja … natürlich.«

»Das ist … unglaublich.«

»Erklärst du es mir?«, fragte Lisa, obwohl sie sich die Antwort bereits denken konnte.

»Du bist der erste Mensch, der mittels Kraft der Gedanken mit einem Computer kommunizieren kann.«

»Alles ist voller Farbstreifen … was bedeuten die?«

»Du visualisierst digitale Datenströme, Funksignale, Netzwerke und solche Dinge. Kannst du mit den Farbstreifen interagieren?«

Lisa berührte einen der Farbstreifen, der sich wie ein Gummiband anfühlte, allerdings keine weitere Reaktion zeigte. Sie verstand die Möglichkeiten, die sich ihr boten, sie verstand allerdings auch, dass sich ihr erst ein Bruchteil dieser fantastischen neuen Welt offenbarte.

»Nein, leider nicht.«

»Das ist kein Problem. Wir werden diese Welt gemeinsam ergründen. Möchtest du mich dabei begleiten?«

»Sehr gerne.« Gemeinsam ergründen? Jakub würde sie wie eine dressierte Laborratte durch Labyrinthe rennen lassen. Ihr Lohn dafür? Sicherlich nicht mehr als ein paar Brotkrumen. Nein! Das würde sie nicht tun. Lisa wollte sich nicht gefangen halten lassen. Sie würde ausbrechen und jeden beseitigen, der sich ihr dabei in den Weg stellen würde.

»Sehr gut. Versuche dich zu entspannen und in deinen Körper zurückfallen zu lassen.«

Entspannen? Einfacher gesagt als getan. Lisa schloss die Augen und bemerkte, dass ihre Phasing-Gestalt überhaupt keine Augenlider hatte. Trotzdem konzentrierte sie sich auf den Wunsch, in ihren Körper heimzukehren. Was ihr auch gelang.

»Schön, dass du wieder bei mir bist.« Jetzt küsste Jakub sie sogar auf die Wange. Ihn hatte sie im Griff. Lisa öffnete ihre Augen. Alle anderen würden folgen.

***

V. Allein

Als Alex seine Augen öffnete, glaubte er, einen Moment zuvor eine Eisenbahnschwelle quer durch das Gesicht geschlagen bekommen zu haben. Alles dröhnte, er hatte Kopfschmerzen, seine Zähne wackelten und das raue Ding in seinem Mund war nie und nimmer seine Zunge. Alles war weg, er wusste weder wo er war, noch wie er herkam. Er lag in einem Krankenbett, neben ihm zeigte ein Kreislaufmonitor seinen Puls: 32 Schläge in der Minute.

»Hallo?«, fragte er leise und räusperte sich. Jede Bewegung schmerzte. Ein mühsamer Blick zur Seite, er lag in einem Einzelzimmer und was für einem: Über hundert Quadratmeter groß und ultramodern eingerichtet. Graues Hochglanzparkett, eine Bar, eine dunkel gehaltene Sitzgruppe für sechs Personen, ein Schreibtisch, ein wandgroßer Flachbildschirm, und, und, und.

»Was zur Hölle ist passiert?« Alex bekam die Brocken nicht zusammen, er war allein, das konnte er ohne Zweifel erkennen. Seiner Ansicht nach war er aber der Letzte, der nach einem Unfall in so einer Luxussuite aufwachen sollte. Konzentrier dich, fauchte er sich innerlich an. Wer war er? Alex Baringhaus. Wo war er? In einem Krankenhaus. Was war er? Ein Idiot. Traurig, aber wahr.

Seine Arme und Beine schienen unversehrt, dem Schmerz nach hatte er nur zahlreiche Prellungen abbekommen. Er griff sich zwischen die Beine, Erleichterung, alles befand sich dort, wo es sein sollte. Aber was machte er hier? Was war passiert? In seinem Kopf befand sich nur ein dunkles Loch, in das er erwartungsvoll herabsah.

Die Tür öffnete sich und eine Krankenschwester betrat den Raum. Schon etwas älter, kräftiger, mit kurzen Haaren und einem sympathischen Lächeln. »Das System hat mir verraten, dass Sie wach sind. Wie geht es Ihnen?«

»Ich fühl mich wie ein geprügelter Hund ...«

»Leider sehen Sie auch so aus ... aber jetzt eine gute Nachricht. Sie haben keine schweren Verletzungen, was Sie ihrer guten Fitness zu verdanken haben. All ihre Blessuren werden heilen.«

»Wo bin ich?«

»In Hamburg ... Sie brauchen sich keine Sorgen zu machen«, erklärte sie mit ruhiger Stimme.

»Was ist das für ein Krankenhaus?«

»Die Better Life Klinik«, antwortete sie freundlich. »In ein paar Minuten kommt ein Arzt, der Ihnen alle Fragen beantworten wird. Für Sie wird bestens gesorgt.«

»Hamburg?« Alex versuchte, sich zu erinnern. Hamburg, natürlich kannte er die Stadt, aber wie kam er hierher? Er hätte schwören können, in der letzten Zeit woanders gelebt zu haben. Nur wo? »Das ist ein sehr schönes Zimmer.«

»Unser Bestes.«

»Wie komme ich zu der Ehre?« Das alles machte keinen Sinn, auch der Name Better Life sagte ihm etwas, ohne direkt den Zusammenhang zu erkennen.
»Sie haben Freunde, denen es wichtig ist, dass Sie bestmöglich versorgt werden.«
»Freunde?«
»Sie hatten eine Gehirnerschütterung, weswegen Sie mehr als 18 Stunden geschlafen haben. Sie sollten sich weiterhin Ruhe gönnen. Möchten Sie etwas trinken?«
»Ja.« Das wollte er.
Sie gab ihm ein Glas Wasser. »Soll ich Ihnen Tee bringen lassen?«
»Ja, bitte.«
»Pfefferminz oder Früchtetee?«
»Pfefferminz«, er nickte und nahm das Glas.
»Ihnen wird bald wieder alles einfallen, da bin ich mir sicher.«
»Was ist mir zugestoßen?«
»Sie hatten einen Verkehrsunfall.«
»Unfall?« Alex zuckte zusammen. Er sah zwei große Scheinwerfer heller werden. Viel zu hell und viel zu schnell. Alles überschlug sich. Jemand schrie. Er versuchte, jemanden zu halten. Vergeblich. Wie ein Spielball wurde die Person umhergeworfen. Da war Blut. Viel Blut.
»Ganz ruhig … Sie haben es überstanden.« Die Schwester hielt seine Hand. Er zitterte. Das Glas lag auf dem Boden, das Wasser verschüttet daneben.

»Ich … ich habe …« Alex hatte vor Schreck das Wasser fallen lassen.

»Machen Sie sich keine Sorgen wegen des Glases. Bitte, Sie sollten sich ausruhen … der Arzt kommt gleich.«

»Der Arzt?«

Sie lächelte. »Das habe ich Ihnen doch erzählt. Sie sind in einem Krankenhaus und hier kann man durchaus den einen oder anderen Arzt treffen.«

»Ja, ja … das haben Sie.« Alex fiel es wieder ein. Für einen Moment war er völlig weg, als ob jemand einen Schalter umgelegt hatte. Diese Scheinwerfer waren beängstigend … wie Laserkanonen, die durch ihn hindurchstrahlten.

»Meine Name ist Rosana. Verraten Sie mir Ihren Namen?«

»Alex Bar … Sie können mich Alex nennen.« Sein Familienname spielte keine Rolle.

»Schön Sie kennenzulernen, Alex. Egal was Sie wünschen … wir versuchen Ihnen beinahe jeden Wunsch zu erfüllen.«

»Danke.« Eine wirklich nette Frau. Alex dachte an den Unfall. Den Schrei. Nicht er hatte geschrien. Nein, die Stimme war von einer Frau. Eine Frau, die er kannte. Nur woher? »Bin ich alleine eingeliefert worden?«

»Ja.«

Alex starrte gedanklich in die leere Röhre in seinem Kopf. Ein trostloses Bild, aber darüber sollte er sich später Sorgen machen. Das Wasser, das Rosana ihm gegeben hatte, war ein geiles Zeug. Glücklich wie ein kleines Kind schlief er ein.

»Hallo Alex«, sagte ein blonder Mann mit Bart, der sich auf den Bettrand gesetzt hatte. Er lächelte und wirkte dabei nicht verkehrt.

»Morgen.« Alex rieb sich die Augen.

»Gut geschlafen?«

»Ja.« Das hatte er durchaus.

»Ich hoffe, Ihnen geht es besser. Mein Name ist Dr. Jakub Allister. Sie können Jake zu mir sagen.«

»Ich bin Alex.«

»Das weiß ich.«

Klar wusste er das. Alex nickte und weckte auch den Rest seines müden Hirns auf. »Sie sind mein Arzt?«

»Ja.«

»Und was mache ich hier?«

»Sie hatten einen Unfall«, sagte er wie selbstverständlich. »Bei dem Sie großes Glück hatten.«

»Befand sich eine weitere Person in dem Unfallfahrzeug?« Das musste Alex wissen, er musste wissen, wer diese Frau war, die er schreien gehört hatte.

»Wie kommen Sie darauf?«

»War es so?«

»Können Sie sich an den Unfall erinnern?«, fragte er teilnahmsvoll und legte die Hand auf seinen Arm.

»Befand sich eine Frau in dem Unfallfahrzeug?«

»Bitte beschreiben Sie die Frau aus Ihrer Erinnerung.«

»Nein!«

»Alex, ich möchte Ihnen helfen …«

»Dann beantworten Sie die Frage?«

»Nein, Sie waren allein.« Jake schüttelte den Kopf. »Machen Sie sich Vorwürfe wegen des Unfalls?«

»Vorwürfe? Nein, warum sollte ich …« Alex wusste noch nicht einmal, was überhaupt vorgefallen war, wie sollte er sich dann deswegen sorgen. Er wollte nur wissen, wer die junge Frau war, die er schreien gehört hatte. Irgendwie kannte er sie.

»Das versuche ich herauszufinden.«

»Wir befinden uns in Hamburg?«, fragte Alex, der keine Lust hatte, sich wie ein kleines Kind ausfragen zu lassen.

»Ja.«

»Wo hat der Unfall stattgefunden?«

»Ich kenne den Unfallbericht nicht im Detail, ich bin kein Polizist.« Jake log, das konnte Alex spüren.

»In Hamburg?«

»Ich denke ja.«

»Sie wissen es aber nicht?«

»Nein, aber ich kann es für Sie herausfinden.« Sein Gesicht verlor eine Nuance seiner Freundlichkeit.

»Sie heißt Mia!« Jetzt fiel es Alex wieder ein. Mia, sie hatte dunkle Locken und er kannte sie gut. Nur woher? Seine Erinnerungen wirkten wie ein Scherbenhaufen: Verstreut, unübersichtlich und scharfkantig.
»In Ordnung.« Jake nickte und lächelte bemüht. »Sie sollten etwas trinken, darf ich Ihnen ein Glas Wasser reichen?«
»Nein!« Alex stand auf und schlug dem Arzt den Becher aus der Hand. Er wollte sich nicht wieder einschläfern lassen. Ein Schritt, ein zweiter, er taumelte, blieb aber stehen.
»Bitte, Sie sollten im Bett bleiben.« Jake war einen halben Kopf kleiner als er und wog 40 Kilogramm weniger.
»Sie arbeiten für Better Life?«
»Kennen Sie das Unternehmen?«, fragte er. »Alex, Sie müssen verstehen, bei Ihnen ist jede Erinnerung ein Geschenk. Sie sind nicht dumm, ich bitte Sie abzuwägen, ob die Bilder, die Sie in Ihrem Kopf finden, auch real sind.«
»Better Life ist der größte Technologie-Konzern der Welt!« Auch das fiel Alex wieder ein. Er mochte den Laden nicht, der Grund dafür würde ihm auch noch einfallen.
»Hey, das ist sogar richtig.« Jake boxte ihm freundschaftlich auf die Schulter. »Wissen Sie, wer Ihr Vater war?«
»Nein!« Darüber wollte Alex kein Wort verlieren. »Bin ich wegen ihm hier gefangen?«

»Sie sind doch kein Gefangener … Alex, ich bitte Sie.«
»Dann werde ich jetzt gehen.« Direkt durch die Tür. Jake versuchte, ihn aufzuhalten. Alex schubste ihn weg, um an der Tür vergeblich an der Klinke zu rappeln. Ein sattes Rappeln, die Tür und der Beschlag waren massiv gearbeitet.
»Sie sind verletzt … es könnten Hirnblutungen auftreten. Alex, bitte, seien Sie vernünftig. Wir wollen Ihnen helfen.«
»Helfen?« Alex glaubte ihm kein Wort. Norwegen, der Unfall ereignete sich in Norwegen. Ein Verkehrsunfall, bei dem ein LKW Mia und ihn auf die Schippe genommen hatte. Kein weiteres Gerede, er wollte sofort wissen, was aus Mia geworden war.
»Ja, natürlich, ich will Ihnen helfen!« Jake stand wieder auf und ordnete seinen weißen Kittel.
»Dann öffnen Sie die Tür!« Mehr Hilfe würde Alex nicht benötigen, er war bisher auch immer allein klargekommen.
»Sie bringen sich in Lebensgefahr!«
»Es ist meine Entscheidung!«
Die Tür öffnete sich und zwei sehr kräftige Pfleger betraten den Raum. Das würde gleich einen Tanz geben, ob seine Kräfte für die beiden Pfeifen genügen würden?
»Lassen Sie mich durch!«
»Entschuldigung Herr Baringhaus, das können wir im Sinne Ihrer Gesundheit nicht tun … bitte legen Sie sich wieder in Ihr Bett«, erklärte der erste der beiden Hünen. Zwei Meter groß, keine Haare auf dem Kopf und 150 Ki-

logramm schwer, was ihm einen Vorteil von geschätzt zwei Zentimetern und 40 Kilogramm Gewicht einbrachte. Der Zweite hatte die gleiche Statur, nur mit dem dümmeren Gesichtsausdruck.

»Schön, dass Sie meinen Namen kennen!« Baringhaus, nur wegen seines Vaters befand er sich in diesem goldenen Käfig. Die dunkle Röhre in seinem Kopf begann zu leuchten. Immer mehr Erinnerungen kehrten als Ideen und Gedankenblitze zurück. »Dann habt Ihr beiden vor drei Jahren sicherlich gesehen, was ich mit den Securities im Vier Jahreszeiten gemacht habe.« Alex ging auf die offene Tür zu. Die beiden Pfleger würden ihn sicherlich nicht aufhalten!

»Oh, ja, das haben wir … und es war äußerst beeindruckend.« Der erste Glatzkopf nahm einen Taser hinter seinem Rücken hervor und jagte Alex zwei an dünnen Kabeln befestigte Haken in die Brust. Der Stromschlag holte ihn von den Beinen und brachte seinen Körper zum Beben. »Deshalb haben wir Werkzeug mitgebracht.«

»Wir müssen ihn sofort fixieren«, erklärte Jake und ging zur Tür. »Wir brauchen Hilfe und eine Sicherheitseinheit«, rief er in den Korridor.

Alex biss die Zähne zusammen. Der mehrere Sekunden andauernde Stromschlag ließ seinen gesamten Muskeltonus kollabieren. Dann hörte der Strom auf zu fließen. Sein Körper zitterte weiter. Eingekrümmt und verletzt kauerte er am Boden.

»Alex, ich bin Ihr Freund! Sie haben ein schweres Trauma erlitten! Ihre Erinnerungen sind lückenhaft und irreführend. Sie vermischen real Erlebtes mit Bildern aus Ihrer Fantasie«, erklärte Jake, der ihm einen neuen Vitalsender auf den Hals klebte. Ein sensorisches Pflaster, um Puls und Blutdruck zu kontrollieren. Den alten Sender, den die Stromschläge zuvor zum Qualmen gebracht hatten, entfernte er.

»Ich will zu Mia!« Alex wusste genau, dass die junge Frau im Unfallwagen keine Einbildung war. Schmerzen zu ertragen war nur eine Frage des Willens. Er richtete sich wieder auf.

»Ich möchte Sie beschützen, aber ich kann Ihnen nicht helfen, wenn Sie es nicht zulassen.«

»Mia Tymann, sie ist 24 Jahre alt, sie hat dunkle Haut und dunkle Haare. Ich will sofort zu ihr!« Alex würde Mia niemals zurücklassen. Er liebte sie, sie war seine Freundin. Millionen Bilder strömten in seinen Kopf zurück. Bilder der Freude, Lachen, Leidenschaft, Freundschaft, Hoffnung, Liebe und Zukunft. Mit ihr wollte er alt werden.

»Alex! Hören Sie auf damit! Ich möchte Sie nicht verletzen!« Jake schwitzte, weshalb er ihn trotzdem zu Mia führen würde.

»Ich will zu ihr!« Kein Vergessen. Keine Diskussion. Keine Kompromisse. Ohne seine Freundin würde er hier nicht fortgehen. Sicherlich hielten sie Mia in einem anderen Raum gefangen.

»Die Wahrheit kann sehr weh tun!«
»Das ist mir egal!«
»Mensch, Alex, verstehen Sie es nicht, Mia Tymann ist tot!«
»Nein!«
»Es ist wahr.«
»Sie lügen!«
»Alex, so etwas erfinde ich nicht!« Jake hielt die beiden Pfleger zurück und half Alex, auf die Knie zu kommen.
»Nein!«
»Nur Sie haben den Unfall in Norwegen überlebt!«
»Nein, das ist eine Lüge!«
»Sie sind noch nicht soweit, um diese schreckliche Nachricht zu verarbeiten, aber was soll ich mit Ihnen machen? Sie lassen mir ja keine andere Wahl. Halten Sie Mia in Ihrem Herzen fest, aber vergessen Sie nicht, weiterzuleben.«
»Sie lebt!« Alex wollte es nicht wahrhaben. Mia lebte, das konnte er spüren.
»Ich wünschte, es wäre so … aber sie hat es nicht geschafft.« Jake nahm ihn in den Arm. Alex fing an zu weinen. Zu schreien und wie ein Häufchen Elend in sich zusammenzusacken. »Sie sind nicht allein, Sie haben Freunde, wir helfen Ihnen.«
»Ich … will …« Alex fehlten die Worte, um seine Gefühle auszudrücken. Die Nachricht von ihrem Tod traf ihn wie ein Speer, den jemand durch sein Herz bohrte.

»Weinen Sie, schreien Sie … aber lassen Sie sich helfen.«
Helfen lassen? Warum? »Mia!« Alex sah sie in der Tür stehen. Sie lächelte. Wunderschön, mit dem bunten Kleid, das sie selbst geschneidert hatte, und den gelben Gummistiefeln, die sie häufig beim Brotbacken trug. »Ich kann sie sehen, sie ist hier, an der Tür.« Tränen voller Freude und Trauer rannen ihm über die Wangen.
»Alex, lassen Sie Mia ruhen. Wir haben sie bereits beerdigt. Wenn es Ihnen wieder besser geht, besuchen wir ihr Grab in Norwegen, einverstanden?«
Immer mehr Bilder stürzten auf Alex ein. Die Lampe an der Decke über ihm flackerte. Seine Mutter, Olaf, sein Vater. Mia, seine Freunde von früher. Hamburg, Norwegen, er liebte dieses Land. Aber Jake sagte nicht die Wahrheit, dessen war er sich sicher. Mias Tod wollte, nein, konnte er nicht akzeptieren.
»Dr. Allister, wir haben Computerprobleme! Die Netze sind instabil, die Router fallen einer nach dem anderen aus! Unsere Notabschaltung läuft an! Wir können einen digitalen Angriff nicht ausschließen«, rief ein Security-Mitarbeiter, der in den Raum gestürmt kam. Mia hatte ihm Platz gemacht und setzte sich an die Wand. Seine geliebte Mia, mit der Alex gleich abhauen würde. Sie lächelte geduldig und wartete auf ihn.
»Alex, sind Sie das?«, fragte Jake und rüttelte an seinen Schultern. »Sie glühen ja. Der Patient hat starkes Fieber! Schnell! Der Patient kollabiert! Ich brauche ein Notret-

tungsteam! Wir müssen ihn sofort sedieren und gegen das Fieber vorgehen!«
Ich liebe dich, sagte Mia, er konnte es hören. Sie saß bei ihm. Alles würde gut werden. Was Jake sagte, interessierte Alex nicht, er hatte nicht vor, sich sedieren zu lassen.
Die Alarmanlage schlug an. Der Feueralarm auch. Die automatische Sprinkleranlage aktivierte sich. Das blanke Chaos brach aus. Löschwasser strömte über seinen Kopf. Jetzt würde Alex gehen.
»Bleiben Sie sitzen!« forderte ihn einer der Pfleger unmissverständlich auf.
»Nein!« Alex griff Jake an den Hals und stand auf. Der Pfleger schoss ihm erneut zwei Kabel in die Brust, aber dieser Stromschlag knockte den Arzt aus. Das Wasser hatte die Wirkung der Waffe noch verstärkt. Auch der zweite Pfleger schoss auf Alex, der Jake nicht fallen ließ. Wie ein menschlicher Blitzableiter steckte Allister alles ein, was die Pfleger für Alex vorgesehen hatten. Wer Mia von ihm fernhielt, hatte es nicht besser verdient.
»Fangt!« Alex warf den beiden Pflegern den besinnungslosen Arzt wie eine Puppe in die Arme, die völlig überrascht zu Boden gingen, um den Sturz ihres Chefs abzufangen. Bevor sie ihre Taser wieder einsatzbereit hatten, gingen sämtliche Lichter aus. Jetzt oder nie. Alex rannte los.

***

VI. Die Zeit wird knapp

Agnes stand von der Behandlungsliege auf und knöpfte ihre Bluse wieder zu. Mediziner waren die schlimmsten Patienten, die man sich vorstellen konnte, das wusste jeder in der Branche: Alles Besserwisser, die kaum in der Lage waren, den gut gemeinten Rat eines Kollegen anzunehmen.

»Agnes, was soll ich dir sagen, du kennst die Diagnose. Es hat sich nichts geändert«, erklärte die Ärztin, bei der Agnes sich in Behandlung befand. Caroline war eine gute Freundin und nur drei Jahre älter als sie, die beiden kannten sich von der Universität. Im Studentenwohnheim hatten sie sich ein Zimmer geteilt.

»Ich weiß.«

»Verträgst du die Medikamente noch?«

»Bestens, danke …« Mittlerweile nahm sie morgens, mittags und abends je zwei Tabletten, deren Höchstdosierung bei zwei am Tag lag. Das würde nicht mehr lange gut gehen, um das zu verstehen, brauchte man nicht studiert zu haben.

»Du gefällst mir gar nicht … meine Möglichkeiten, dich zu behandeln, sind begrenzt. Die Better Life Klinik hat da ganz andere Möglichkeiten. Ich rate dir zu einer Chemotherapie unter klinischer Aufsicht.«, sagte Caroline, mit der Agnes früher durch die Clubs gezogen war. Eine hübsche Frau, mit einer langen blonden Mähne und großen Augen. Heute führte sie eine Praxis in Frankfurt, die mit dem Hubgleiter nur 40 Minuten Flugzeit von Hamburg entfernt lag.

»Ich weiß.« Weshalb Agnes es trotzdem nicht tun würde. Die Krankheit im Unternehmen bekannt zu machen, käme einem Karrieresuizid gleich. Sie würde dann ihre Ziele verraten, was sie sich angesichts ihrer begrenzten Zeit nicht leisten konnte.

»Zittert morgens deine Hand?«

»Ja«, gab sie kleinlaut zu.

»Das wird schlimmer werden.«

Agnes schüttelte den Kopf. »Ich habe keine Zeit, krankzufeiern.«

»Feiern?« Caroline kam auf sie zu. »Wir haben früher gefeiert … wirklich wilde Partys.« Zärtlich berührte sie Agnes' Wange. »Du solltest dir noch etwas Zeit zum Leben nehmen.«

»Später.«

»Du bist verrückt!«

»Wie lange habe ich noch?«

»Wenn du so weitermachst? Monate vielleicht… aber sicherlich keine Jahre mehr.«

»Dann sollte ich keine Zeit verlieren, oder?«

»Nein.«

»Ich danke dir.«

»Wenn du einen Ort brauchst, um dich auszuruhen … du kannst immer zu mir kommen.« Caroline küsste sie vorsichtig. Was Agnes auf der Universität aus sexueller

Neugierde mit ihr getan hatte, sollte dort bleiben, wo es hingehörte, in der Vergangenheit.
»Danke. Das mache ich.« Agnes erwiderte den Kuss nicht, wies Carolines zaghafte Zärtlichkeiten aber auch nicht zurück. Martin, ihr Bodyguard, der sie auf Schritt und Tritt begleitete, wartete vor der Tür. Ein Blick auf die Uhr, sie musste sofort los. Der Terminplan an diesem Tag war eine Tortur.

Wieder im Hubgleiter lehnte sich Agnes zurück. Ein kurzer Moment der Entspannung. Die Zeit, die sie sich für den Flug nach Frankfurt und die Untersuchung genommen hatte, hatte sie sich eigentlich nicht leisten können.
Der Pilot schwebte noch einen Moment über dem Heliport auf dem 400 Meter hohen Wolkenkratzer und beschleunigte, als sein Flugkorridor nach Berlin freigegeben wurde. Mainhattan, die Frankfurter Innenstadt machte diesem Namen inzwischen alle Ehre. 2037 existierten bereits über zwölf Gebäude, die höher als 350 Meter waren.
»Es gibt auch in Hamburg gute Ärzte«, sagte Ray Armstrong, ihr persönlicher Assistent, der keine Ahnung hatte, weshalb sie eine Ärztin in Frankfurt aufsuchte. Sie hatte ihn während der Behandlung im Hubgleiter warten lassen.
»Alte Gewohnheiten.« Agnes überspielte diese Spitze gelassen. Es gab keinen Grund, sich vor ihm zu rechtfertigen.

»Der Arbeitskreis zur Digitalen Kriegsführung in Berlin beginnt in 52 Minuten«, erklärte er wie ein Statthalter, der über dem Reich ihrer Termine thronte.
»Dann sollten wir uns beeilen.« Agnes betätigte eine Sprechtaste. »Wie lange brauchen wir nach Berlin?«
»39 Minuten«, antwortete der Pilot, während der Hubgleiter auf 300 Meter Flughöhe über dem Boden raste. Agnes mochte es, wenn Dörfer, Städte, Straßen und Wälder wie Dekorationen auf einer Spielzeugeisenbahn unter ihnen zurückblieben.
»Passt doch prima.« Sie lächelte Ray an, der schmollend die Mundwinkel verzog. »Sagen Sie mir lieber, wer gleich auf der Konferenz alles dabei sein wird.«
»Oh … einige.« Better Life richtete den Event in Berlin aus und bezahlte Schnittchen und Getränke. Der einladende Schirmherr saß allerdings im Verteidigungsministerium, weshalb auch zahlreiche Militärs und Staatssekretäre aus halb Europa anwesend sein würden. Alles gute Kunden für digitale Sicherheitsprodukte aus dem Regal von Better Life. »Volles Haus. Wir haben 37 Einladungen ausgesprochen und auch 37 Zusagen bekommen.«
»Gut gemacht.« Ab und zu musste sie Ray auch loben, der bei der Auswahl der Gäste und beim Versand der Einladungen wertvolle Arbeit geleistet hatte.
»Ich möchte an dieser Stelle darauf hinweisen, dass durch unsere Technologie geschützte Institutionen bereits seit drei Jahren keinem Angriff mehr zum Opfer gefallen sind

… ich habe ein Set wichtiger Kennzahlen für Sie zusammengestellt.«

Ray übergab Agnes ein Padsystem, das die Werte passend visualisierte. Für sie gewannen Statistiken durch bunte Farben nicht an Glaubwürdigkeit.

»Ist das nicht unglaublich?« Agnes musste schmunzeln, da sie auch die Kehrseite der Zahlen kannte.

»Bitte?«

»Seit 2034 sind die weltweiten Ausgaben für Sicherungsmaßnahmen für IT-Infrastruktur, Cloud-Services und vernetzte Applikationen um 7.000 Prozent gestiegen.«

»Ein sehr gutes Geschäft, nicht nur für uns.« Wie recht Ray mit dem Satz hatte, nach signifikanten Katastrophen blühen die passenden Branchen erst richtig auf.

»Alle haben in ihre Firewalls investiert, Wächterprogramme entwickelt, Datentresore geschaffen und hocheffiziente Frühwarnsysteme installiert, die jede Bedrohung bereits im Ansatz identifizieren, klassifizieren und terminieren konnten.«

Ray sah sie fragend an. »Natürlich … worauf möchte Sie hinaus?«

»Wir haben das Jahr 2037. Drei Jahre nach dem Jüngsten Gericht und wir verfügen vielerorts über die leistungsfähigsten Sicherungssysteme, die technisch möglich sind.«

»Die Sparte Better Life Digital verfügt über einen weltweiten Marktanteil von 28 Prozent«, erklärte er stolz. »Das entspricht einer Zunahme von 12 Prozent.«

»Und trotzdem fühlen wir uns nicht sicher … das ist doch merkwürdig, oder?« Egal wie viele Schlösser man sich vor die Tür hängte, wenn man nicht wusste, wovor man Angst hat, würde man nie wieder ruhig schlafen können.
»Der oder die Hacker wurden nie gefasst und es gab weltweit keinen Datenforensiker, der aufzeigen konnte, wie man so ein Unheil anrichten konnte.«
Ray traf den Nagel auf den Kopf. Diese Nacht vor drei Jahren im Vier Jahreszeiten war wie Magie, wie ein Geist, der die Ängste der Menschen berührte und dann wieder unerkannt verschwand. Agnes hatte damals mit sich gerungen, ob sie es dabei belassen sollte. War das wirklich das Werk eines Menschen? Bisher blieb der junge Alex Baringhaus unsichtbar, was im gläsernen Europa des Jahres 2037 schon eine Kunst darstellte. Sie wusste selbst nicht, wo er war, wünschte ihm aber für sein Leben alles Gute.
»Wissen Sie, ich halte inzwischen die meisten der technischen Probleme für das Resultat von Schlamperei. Es war für alle Beteiligten leichter, die Schuld auf einen geheimnisvollen digitalen Superschurken zu schieben, als Fehler bei sich selbst zu suchen.«
Eine Meinung, die Agnes immer wieder gerne von sich gab. Eine perfekte Nebelkerze, um leidige Fahndungsdiskussionen nach einem Superhacker abzuwürgen. Auch wenn es Alex gewesen war, was nicht 100 Prozent sicher war, wollte sie Olafs Sohn nicht zur Strecke bringen.

Nein, das war sie ihm schuldig.

»Womit Sie natürlich recht haben.« Ray nickte. Genau wie sie es von ihm erwartete. Dann sah er auf sein Padsystem, stutzte und vergrößerte eine Nachricht. »In der Hamburger Better Life Klinik gab es einen partiellen Strom- und Systemausfall.«

»Oh …« Das passierte nicht alle Tage. Das gesamte Krankenhaus war eine Hochsicherheitszone. »Was ist passiert?«

»Die Techniker untersuchen den Vorfall. Einer schreibt, dem Schaden nach ist der Täter mit einem tragbaren EMP[5]-Signalgeber durch den Flur gelaufen.«

Agnes horchte auf. »Bitte?«

»Durchgeschmorte Lampen, defekte Schalter, zahlreiche brennende Sicherungskästen und komplett zerstörte Computer … die haben keine Ahnung, wie das geschehen konnte.«

»Der leichteste Signalgeber, der jede Sekunde eine begrenzte EMP-Schockwelle dieser Stärke auslösen kann, wiegt zwei Tonnen und zieht mehr Leistung als eine Kleinstadt kurz vor Weihnachten.« Niemand konnte eine

---

[5] Der elektromagnetische Impuls oder auch elektromagnetische Puls (englisch electromagnetic pulse, abgekürzt EMP) bezeichnet eine kurzzeitige breitbandige elektromagnetische Strahlung, die bei einem einmaligen, hochenergetischen Ausgleichsvorgang abgegeben wird.

solche Waffe tragen und das armdicke Kabel zum nächsten Kraftwerk noch weniger.

»So sehen das auch unsere Spezialisten, die den Tatort untersuchen … es gibt keine belastbaren Hinweise für den Einsatz einer EMP-Waffe im passenden Format«, erklärte Ray, der laufend weitere Einsatzberichte kontrollierte.

»Gibt es Diebstähle, Anschläge oder andere Verbrechen, die damit hätten verschleiert werden können?«

»Nein … nichts.« Ray schüttelte den Kopf. »Der Anordnung der Schäden nach war das eher ein Ausbruch.«

»Haben wir gerade prominente Patienten?«

»Nein … nur zwei Bundesliga-Fußballspieler, aber für die macht keiner so eine Aktion.«

»Welche Forschungsprojekte agieren aktuell in der Klinik?« So ein Angriff würde nicht aus dem Nichts entstehen. Es gab immer einen Grund, ein Motiv, das es zu verstehen galt.

»Warten Sie … ich rufe die Liste auf.« Ray begann, die Datenbanken zu durchsuchen.

»Und?«

»Sie werden es nicht glauben … K-84 hat Räume in der Klinik angemietet. Ihr Freund Dr. Allister persönlich … aber sein Labor wurde nicht in Mitleidenschaft gezogen.«

Die Geschichte stank doch zum Himmel. »Ich möchte einen Lageplan sehen! Welche Räume wurden beschädigt.« Agnes würde dem Vorfall auf den Grund gehen. Vielleicht ergab sich ein Geschenk des Himmels, um

Jakub Allister endlich packen zu können.
»Ich lege die Daten auf Ihr Pad.«
»Danke.« Agnes fing an zu suchen. Bei den beschädigten Räumen gab es eine leicht erkennbare Verbindung zwischen einer VIP-Suite und dem Ausgang. »Die VIP-Suite, wer wurde dort behandelt?«
»Ich kann niemanden finden … angeblich befand sich dort niemand in Behandlung.«
»Hey … die Schneise der Zerstörung sagt etwas anderes.«
»Keine Meldung über eine Belegung. Gemäß dem Plan war die VIP-Suite die letzten Tage leer.«
»Prüfen Sie den Einsatzplan der Pfleger, den VIP-Suites wird jeweils ein persönlicher Pfleger oder Pflegerin zugeordnet.«
»Treffer … die angeblich leere Suite wurde in den letzten Tagen ständig betreut«, antwortete Ray.
Sie lächelte, wer schnell Beweise verschwinden lassen musste, neigte dazu, Fehler zu machen. »Sehr gut … wir werden herausfinden, wer dort behandelt wurde. Hat die Presse bereits Wind davon bekommen?« Agnes wusste, dass viele der zentralen Better Life Einrichtungen ständig von der Presse belagert wurden.
Ray aktivierte zwei größere Displays im Hubgleiter, auf denen in Bildabschnitten sämtliche große Nachrichtensender im Netz gleichzeitig angezeigt wurden. »Nichts.«
»Gibt es ein Statement von der Informationssicherheit?«, fragte Agnes und prüfte eine Liste von Meldungen des

unternehmensinternen Nachrichtendienstes, deren Hauptaufgabe in der Abwehr von Industriespionage und der Überwachung von internen Geheimnisträgern lag.

»Nein.« Ray prüfte weitere Nachrichtenkanäle. »Bisher wird der Vorgang als technischer Unfall behandelt. Es gab schließlich keinen Versuch, Daten zu stehlen.«

»K-84 und technische Unfälle?« Darauf hatte Agnes gewartet. Jetzt würde sie dieses selbstgefällige Arschloch fertigmachen. Jakub Allister würde fallen, genau vor ihren Augen und sie würde zusehen.

»Was wollen Sie jetzt unternehmen?«

»Ist auf der Videoaufzeichnung etwas zu erkennen?« Agnes wollte alle Möglichkeiten ausnutzen.

»Ich prüfe es … nein, die Kameras, die Videospeicher, nichts davon hat den Zwischenfall überstanden.«

»Und die Verkehrsüberwachung?« Es gab in Hamburg mehr Kameras als Menschen auf den Straßen.

»Da haben wir keinen Zugriff …«

»Ray … wir haben das System hergestellt, verkauft und installiert. Die Stadt lässt den ganzen Betrieb von einem Serviceteam in Rumänien durchführen. Wir verfügen über Wartungszugänge, um Systempflege-Tätigkeiten durchführen zu können.«

Er schluckte. »Das wäre nicht legal.«

»Ray …« Er war ihr Assistent und nicht ihr Beichtvater. »Geben Sie einen Auftrag an unser Informationssicherheitsteam heraus, die werden uns Bilder liefern.«

»Erledigt.« Ihm gefiel es offensichtlich nicht, was er gerade tat. Agnes hatte bewusst integere Mitarbeiter eingestellt, aber ein Zugriff auf eine Verkehrskamera war schließlich kein Hochverrat. »Wir sind drin … der Supervisor synchronisiert die aufgezeichneten Streams und schickt uns ein Video.«

Agnes sah auf den großen Bildschirm, die Verkehrskamera überwachte den gesamten Vorplatz der Better Life Klinik. Zahlreiche Menschen verließen und betraten das Krankenhaus, das bei 6.000 Betten über einen regen Publikumsverkehr verfügte.

»Jetzt sollte es passieren«, sagte Ray, der die Uhr in der Bildecke im Blick hatte.

Menschen blieben stehen und sahen auf die Tür. Zuerst gab es wie immer Neugierde. Dann ertönten laute Stimmen. Schreie. Zuerst wenige, dann viele. Die Panik folgte Sekunden später. Jetzt rannten die Menschen nur noch vom Eingang weg. Eine Glasscheibe zerbarst, weil ein Passant von anderen durch die Scheibe gedrückt wurde. Das Bild zeigte Störungen, dann fiel es aus.

»Mist!« Agnes presste die Lippen zusammen, auch die Verkehrskamera hatte es erwischt.

»Noch eine Idee?«

»Es gibt immer Möglichkeiten.« Nur welche? Egal, welche Kamera den Täter aufgezeichnet hatte, sie musste weiter weg gestanden haben, um nicht dem EMP-Signal zum Opfer gefallen zu sein. Weiter weg, genau, viel weiter weg sogar. »Ich will Zugriff auf einen Satelliten … finden Sie heraus, welcher ein Bild liefern kann.«

»Ich gebe die Order weiter … der Supervisor startet eine Systemabfrage. Er prüft auch, ob es Drohnen in der Luft gab, die ein Bild von dem Vorplatz im Kasten haben.«

»Sehr gut …« Der Supervisor dachte mit. Natürlich verfügte Better Life auch bei militärischen Drohnen über Wartungszugänge.

»Er schickt uns den Stream einer Drohne, die haben durch den flacheren Winkel bessere Bilder als Satelliten.« Rays Finger huschten über das Padsystem, das er schneller bedienen konnte als jeder andere, den sie kannte.

»Perfekt.«

»Ich leite den Stream an das Display.« Ray und sie blickten gespannt auf die bereits bekannte Szenerie: Stimmen, Schreie, Panik. Dann die Glasscheibe, die auf dem Stein zerschellte. Jetzt kam es darauf an, was würde sie jetzt zu sehen bekommen?

Ein junger Mann verließ das Krankenhaus, der Einzige, der ging, alle anderen rannten von ihm weg. Barfuß. Mit Dreadlocks und einem Krankenhemd, das der Drohne eine sehr persönliche Sicht auf seinen nackten Hintern erlaubte.

»Der Typ ist riesig.« Ray staunte nicht schlecht. »Und er hat sichtlich schlechte Laune!«

»1,98.« Agnes schnappte nach Luft, sie hatte mit vielem gerechnet, aber nicht damit. Nicht mit ihm und sicherlich noch weniger in diesem Szenario. Wieso er? Wieso jetzt? Wieso auf diese Art? Wieso konnte er nicht unsichtbar bleiben? Alles, was jetzt passierte, konnte sie nicht mehr unter den Teppich kehren.

»Bitte?« Ray verschluckte sich. »Sie kennen ihn?«

»Das ist Alex Baringhaus.« Agnes zögerte keine Sekunde und betätigte die Sprechtaste, um den Piloten ein neues Ziel zu geben. »Wir ändern den Kurs. Hamburg, wir fliegen sofort nach Hamburg!«

***

Lieben

VII. Nicht bereit für das Leben

Lisa legte das Handtuch, mit dem sie sich nach der Dusche abgetrocknet hatte, über einen Stuhl. Sich mit warmem Wasser abzubrausen, war eine angenehme Erfahrung. Den Wassertropfen, die von ihrer Haut abperlten, hätte sie noch länger zusehen können. Aber der Tag hatte noch weitaus mehr zu bieten, sie freute sich, später mit Jakub auszugehen. Das Leben, so wie sie es binnen weniger Stunden kennengelernt hatte, gefiel ihr sehr.

Natürlich verfügte sie über Erinnerungen über viele Dinge im Alltag. Erinnerungen, sich zu waschen, sich die Zähne zu putzen oder wie man mit anderen Menschen umging. Sie wusste aber auch, dass sie erst einen Tag alt war. Jakub hatte erst gestern ihr Bewusstsein aktiviert, ihr Geburtstag, den sie nicht vergessen würde.

Lisa betrachtete ihren nackten Körper vor einem wandhohen Spiegel und sah eine sportlich schlanke Frau. Vielleicht zwanzig Jahre alt. Es fiel ihr nicht leicht, ihr eigenes Aussehen zu beurteilen, sie konnte aber auch keine Makel feststellen. Sie verfügte über kleine Brüste, die gut mit ihrer Figur harmonierten. Lange schwarze Haare, die nach der Dusche noch wirr im Nacken lagen und wunderschöne braune Augen. Ihre helle Haut wirkte beinahe etwas blass, wie auch ihr mädchenhaftes Gesicht. Jakub hatte ihr einen 1,68 großen und 49 Kilogramm schweren

weiblichen Körper in die Wiege gelegt. Genetisch gezüchtet, damit sie als Erwachsene ins Leben starten konnte.
»Warum eigentlich eine Frau?«, fragte sie und überlegte, ob das Leben als Mann Vorteile bringen würde. Eine merkwürdige Überlegung, da sich kein Mensch sein Geschlecht aussuchen konnte. Ein Denkfehler, sie besann sich, dass es Menschen gab, die sich im Laufe des Lebens für das jeweils andere Geschlecht entschieden. Warum nicht, der Geist bestimmte, wer man sein wollte.
Auf einer Ablage lag Unterwäsche für sie bereit. Ein weißer Slip mit Spitzen und ein passender Büstenhalter in ihrer Größe. Sie zog sich an. Das Badezimmer gehörte zu einer Wohnung, in der sie letzte Nacht schlafen durfte. Auch das Wohnzimmer und der Schlafraum gefielen ihr. Nur Fenster hatte ihr neues Zuhause nicht, stattdessen aber zahlreiche Displays, die ihr vor der Wohnung einen parkähnlichen Garten vorgaukelten.
Nachdem Lisa ihre langen Haare gekämmt hatte, fing sie an, sich zu schminken. Eine interessante weibliche Eigenart, sich anzumalen, das Ergebnis gefiel ihr. Ohne nachzudenken, betonte sie ihre Augen und gönnte sich etwas Farbe auf den Wangen. Jeder Handgriff passte, als ob sie bereits viel Übung damit hatte. Scheinbar konnte sie viele Dinge, ohne sich dessen bewusst zu sein.

Auf dem Bett im Schlafzimmer lag ein schlank geschnittenes blaues Lederkleid, das wie angegossen passte. Wie auch die Pumps und eine kleine Handtasche mit schwarzen Messingapplikationen, in die sie sich auf der Stelle verliebte. Jakub hatte ihr auch eine Armbanduhr bereitlegen lassen, eine mit analogen Zeigern und einem glänzenden Ziffernblatt. Herrlich unnütze Dinge, die niemand brauchte, die das Leben aber trotzdem bereicherten.
Ob sie später neidische Blicke für ihr Aussehen ergattern würde? Nicht dass es wichtig wäre, gefallen würde es ihr dennoch. Lisa wunderte sich über ihre Eitelkeit, lächelte und akzeptierte sich, wie sie war: eine junge Frau, die neugierig auf das Leben vor ihr blickte. Menschen waren soziale Wesen, da machte sie keine Ausnahme.
Die Tür öffnete sich. Eine Frau betrat ihr kleines Reich und machte dabei keinen glücklichen Eindruck. Da musste etwas vorgefallen sein, hoffentlich nicht mit Jakub oder dem Ausflug.
»Wow … Sie sind bildhübsch«, sagte die Frau, deren Stimme Lisa bereits aus dem Labor kannte. Die rothaarige Ärztin wirkte auf den zweiten Blick netter, als bei der ersten Begegnung, als Lisa noch im Bett festgeschnallt war. Sie mochte vielleicht um die vierzig sein und trug eine randlose Brille.

»Danke.« Lisa sah an ihr vorbei und hoffte, Jakub zu erblicken. Von ihm wollte sie sich heute in ein italienisches Lokal ausführen lassen. Das sollte ihr gemeinsamer Abend werden.

»Leider muss ich Ihnen eine schlechte Nachricht bringen.«

»Bitte?«

»Dr. Allister wird leider nicht kommen können«, erklärte sie mit betretener Miene.

»Oh … was ist passiert?« Genau das wollte Lisa nicht hören, verdammt, sie hätte so gerne den Laborkomplex verlassen.

»Es gab einen Unfall … er lebt, ist aber leider nicht in der Lage, mit Ihnen zu sprechen.«

»Einen Unfall?« Das war ja schrecklich. Lisa brauchte einen neuen Plan, um hier wegzukommen. »Ich hoffe, dass es ihm bald wieder besser geht.«

»Das hoffen wir alle.«

»Richten Sie ihm bitte meine Genesungswünsche aus.« Was für eine hohle Phrase, die Lisa intuitiv über die Lippen kam. Alles leeres Gewäsch, Jakub war ihr völlig egal, sie brauchte ihn nur als Fahrkarte in die Freiheit.

»Danke.« Die Ärztin wollte bereits wieder den Raum verlassen, sie hatte sich sichtlich unwohl gefühlt, ihr diese Nachricht zu überbringen.

»Eine Frage, bitte?«

»Ja.« Sie blieb stehen.

»Was tue ich jetzt?« Lisa lächelte und zeigte mit den Händen auf ihr herausgeputztes Outfit.
»Warten.«
»Warten?« Eine ziemlich dünne Antwort, oder steckte eine Lüge dahinter? Hatte Jakub sich wirklich verletzt? Oder wollten die nur erneut ihre Reaktion beobachten?
»Ganz genau … ich lasse Ihnen eine Pizza bringen und melde mich morgen«, antwortete sie und öffnete die Tür. Kurz und schmerzlos, Lisa fühlte sich wie ein unbenutztes Spielzeug, das ein Kind wieder ins Regal gestellt hatte.
»Na super!« Wieder allein. Sie legte die kleine Handtasche auf den Wohnzimmertisch und sah aus dem Fenster. Optisch bot der Blick auf die Displays eine riesige Rasenfläche, die an den Rändern von turmhohen Bäumen flankiert wurde. Eine tolle Aussicht, die sie kein Stück weiterbrachte. »Und jetzt?«
Sie streifte die Schuhe ab und ließ sich in einen Sessel fallen. Weiches Leder, das wie alle anderen Möbelstücke im Raum sehr hell gehalten war. Auf eine Pizza im Pappkarton hatte sie keinen Appetit. Was sie mit ihrer freien Zeit anstellen sollte, wusste sie nicht. Sie könnte sich wieder unter die Dusche stellen. Nein, das wäre unpassend. Musik hören? Warum nicht.
»Ich möchte Beethovens Vierzehnte hören.« Eine ruhige Klaviersonate, die Mondscheinsonate, die ihr gerade einfiel. Eine schöne Erinnerung, die Klänge würden ihr gefallen.

Die Musik begann und Lisa schloss die Augen. Jetzt würde sie den restlichen Tag Zeit haben, über Gott und die Welt nachzudenken. Eine schöne Redensart, weil es keinen Gott gab. Es gab Menschen und Technik, mehr nicht.
Lisa dachte nach, was war besonders an ihr? Außer der Tatsache, dass sie erst einen Tag alt war. Was machte sie aus? Das blaue Lederkleid? Die Pumps oder die Handtasche? Das Make-up oder der weiße Spitzenslip? Nein, das war alles nur Staffage. Ihr Wissen? Nein, das wurde ihr komplett von anderen in den Kopf gelegt. Ihre Fähigkeiten? Schon näher dran. Sie konnte mit Computern kommunizieren, nein, das traf es nicht. Sie war in der Lage, in eine digitale Welt einzudringen, die anderen Menschen verschlossen blieb.
War dieses Talent ihr Schlüssel zum Leben? Sehr wahrscheinlich. Auch ihre übrige Ausbildung passte dazu: die Waffenkenntnis, die Kampftechniken und ihr taktisches Verständnis. Die Logik verwies auf ihre Bestimmung, sie sollte eine Agentin werden.
Nur, wollte sie das? Für die Frage blickte sie nicht in ihren Verstand. Was wollte sie werden? Eine elementare Frage, die sich jeder junge Mensch stellte. Und jeder prüfte dabei seine Möglichkeiten. Wollte sie legal stehlen, lügen, betrügen und vielleicht sogar töten? Alles im Namen der Mächte, die sie geschaffen hatten? Alles tun, ohne dafür belangt zu werden? Nein. Das wollte sie nicht.

Sie sollte sich auf andere Gedanken bringen. Online gehen, ein geflügeltes Wort, das für sie eine völlig neue Bedeutung hatte. Lisa bemühte sich, den Schritt in die digitale Welt erneut zu vollziehen. Was überraschenderweise nicht funktionierte. Sie sah kurz einen grauen Nebel und dann befand sie sich wieder in der Realität. Hatte Jakub ihr eine Sperre verpasst? Ein Schloss, das einen Teil ihrer mentalen Fähigkeiten von ihr selbst fernhielt? Wenn ja, hatte sie keine Lust sich damit abzufinden. Das war ihr Leben, sie traf die Entscheidungen!
Vielleicht sollte sie ihr Talent nicht dazu benutzen, in fremden Netzwerken flanieren zu gehen, sondern sich selbst besser verstehen zu lernen. Letztendlich musste die Sperre in ihrem Kopf auch aus digital zugänglichen Elementen bestehen. Lisa konzentrierte sich erneut, online zu gehen. Nur diesmal wollte sie in ihren eigenen Kopf eindringen. Sich selbst hacken, was für eine kuriose Vorstellung.
Sie öffnete ihr geistiges Auge und befand sich in einer blauen Sphäre, die scheinbar von Wasser umgeben war. Ein trügerisches Bild, sie sollte aufpassen, was ihr technisch gepimptes Gehirn ihr vorspielte. Lisa ging auf eine Glaswand zu, hinter der sie zahlreiche Datenströme erkennen konnte. Ein unglaubliches Bild, sie visualisierte ihr eigenes Bewusstsein als ein Meer von blauen Sphären, die jeweils mit Abermillionen Verbindungen miteinander in Kontakt standen. Nervenzellen, Lisa sah eine digitale

Form ihrer eigenen Nervenzellen. Menschen und Computer unterschied weniger als man annehmen konnte.
Aber von der Sphäre, in der sie sich befand, konnte sie an der störenden Sperre keine Veränderungen vornehmen. Sie musste weitersuchen, tiefer in ihren technisch erschaffenen Verstand vordringen. Nur eine Berührung, die Glasscheibe vor ihren Augen fühlte sich an wie Wasser. Mit der Hand griff sie durch die Abgrenzung und drang in einen der Datenströme ein. Sie hatte sich die Verbindung ausgesucht, die am stärksten leuchtete. Immer dem Licht nach, eine bessere Alternative sah sie nicht. Einen Moment später hatte sie der Strom aufgesogen und sie rauschte mit hoher Geschwindigkeit durch die Datenverbindungen. Immer wieder korrigierte sie an Abzweigungen den Kurs und entschied sich intuitiv für die weitere Route.
Lisa tauchte aus einem Meer von blauen Sphären auf, die in Relation zu ihrer digitalen Erscheinung immer kleiner wurden. Für einen Moment umgaben sie Millionen kleiner blauer Kugeln, die kurze Zeit später kleiner und kleiner wurden, bis sie nur noch als eine Flüssigkeit wahrzunehmen waren.
Sie selbst bestand aus reinem Licht. Die Essenz ihres Seins: Gedanken, Sehnsüchte, Träume und Ängste. Mühelos stieg sie aus den Fluten empor und schritt eine Treppe hinauf. Eine Treppe zu einer künstlich geschaffenen Plattform, ein weißgraues Bauwerk, das weder von der Form

noch der Farbe zum Rest in ihrem Verstand passen wollte. Genau hier wollte sie hin. An dieser Stelle gab es etwas, was sie blockierte. Sie konnte es deutlich spüren.
Zwei schwarze Punkte kamen bedrohlich auf sie zu. Wächter? In ihrem Kopf? Das war ihr Reich, in dem sie niemand Fremdes duldete. Mit einer Handbewegung zerstörte sie die schwarzen Punkte, was die gesamte Plattform erzittern ließ.
Oben an der Treppe angelangt, schritt sie auf eine Kugel zu: dunkel, leuchtend und dominant. Nein, es waren mehrere Kugeln, die sich an derselben Stelle den Raum teilten. Ein Verschlüsselungsarray, oder genauer gesagt, die Visualisierung eines mehrstufigen Zugriffsschutzsystems, dessen einziger Zweck darin lag, dass jemand anders nicht die Kontrolle über sie verlor. Jakubs Werk? Bestimmt. Wollte sie sich damit zufriedengeben? Nein. Niemals. Sie wollte frei sein.
Lisa berührte eine Stelle der Kugel, kühles glattes Metall, massiv, schwer und mit einer Aura der Unzerstörbarkeit umgeben. Nichts passierte. Diese Barriere würde sie nicht ohne Weiteres überwinden können. Jedenfalls nicht aus dieser Perspektive. Was in ihrer Vorstellung eine Frage der Proportionen war. Den Eintritt in ihren eigenen Verstand fand sie durch die Visualisierung einer einzelnen Nervenzelle, einer bläulichen Sphäre, die in einem Meer von weiteren Sphären lag. Dann veränderte sie ihre Größe, sie wuchs, um in einem adäquaten Verhältnis die Treppe

emporsteigen zu können.
»Zeit, wieder kleiner zu werden.« Lisas Licht konzentrierte sich, sie wurde ständig kleiner und heller. Die schwarze Metallkugel wurde im Gegensatz zu ihr immer größer. So groß wie ein Haus, wie eine ganze Stadt, wie ein Berg, ein Gebirgszug, so groß wie ein ganzer Planet. Und größer. So groß, bis die undurchdringliche metallische Oberfläche einem zerklüfteten Gebirge entsprach, durch das sie wie der Wind hindurchwehen konnte. Ein fantastischer Mikrokosmos. Sie suchte nach einer Öffnung und brauchte nicht lange, um eine Felsspalte zu finden, in die sie eintauchen konnte. Computer und Software konnte man täuschen, wenn man eine Lücke entdeckt hatte, ließ sich jeder Widerstand brechen.
Das Innere der schwarzen Kugel bestand aus weiteren Kugeln. Was einmal funktioniert hatte, ließ sich wiederholen. Lisa durchbrach zwei weitere Barrieren und fand sich in einem weißen Raum wieder. Ein Raum, in dem sie keine Wände erkennen konnte. Sie streckte den Arm aus und vor ihren geistigen Augen entstand ein computerähnliches Display, bei dem sie mit einer Wischbewegung sämtliche Codes löschte, die Programmierung, mit der Jakub geglaubt hatte, sie kontrollieren zu können. Ein naiver Plan. Er kannte sie nicht, wusste nicht, wen er geschaffen hatte. Sein Fehler und ihr Glück. Sie würde ihn zukünftig nicht mehr brauchen.

Lisa öffnete die Augen. Im Prinzip hatte sich nichts verändert. Ein Blick auf ihre Armbanduhr, sogar die Zeit verlor ihre Ordnung. Die Erlebnisse in ihrem Kopf hatten nur wenige Sekunden in Anspruch genommen, eine Reise, die nach ihrem Empfinden erheblich länger gedauert hatte. Eine wichtige Lektion: Die Zeit und die Größe von Gegenständen waren relativ. Und Barrieren? Die würde sie nicht mehr akzeptieren.

Sie war noch nicht fertig und lehnte sie zurück. Lisas befreites digitales Ich stand auf und schritt durch das Appartment, die Möbel verblassten, der Boden, die Decke, sie lösten sich in Nichts auf. Aus den Displays, die die Fenster simulieren sollten, entstanden leuchtende Wasseroberflächen, in die sich ein Regenbogen voller Daten ergoss. Wo Daten sprudelten, konnte eine Quelle nicht weit sein. In ihrem Fall ein Server, der die computeranimierten Ansichten des Villengartens passend gerendert bereitstellte.

Lisa lief los und sprang in die Fluten. In das Signal der Displays einzudringen, war ein Kinderspiel. Einen Moment später befand sie sich auf dem gewünschten Server, der natürlich nicht das Ziel ihres Ausflugs war. Jakub, der angeblich verletzt im Bett lag, war das erste Objekt ihrer Neugierde. War er ein Lügner? Wollte er nur mit ihr spielen? Das musste sie herausfinden.

Von dem Videoserver reiste sie weiter zum Verzeichnisdienst, einem zentralen System, an dem alle Computer im Netzwerk angeschlossen waren. Sie kontrollierte jetzt alle Videosysteme auf der Etage und brauchte nicht lange, um Dr. Jakub Allister zu finden, der offensichtlich wirklich verletzt war. Er lag sogar im Koma, den Unterlagen nach, deren Dateien sie inspizierte, wegen mehrerer starker Stromschläge. Würde er überleben? Lisa überlegte, ob ihr sein Wohl am Herzen lag. Eben war es ihr noch völlig egal gewesen, da wollte sie nur frei sein. Jetzt hingegen ergab sein Leid keinen Sinn. Wenn sie darüber nachdachte, wäre sie sehr gerne mit ihm ausgegangen. Ob sie später Sex miteinander gehabt hätten? Ein wohliger Schauer lief ihr den Rücken hinauf, sie hätte sich gerne von ihm berühren lassen.

Was sollte sie tun? Ihm weiter zusehen? Nein, sie konnte ihm ohnehin nicht helfen. Wieder in ihr Appartment zurückkehren? Ja, aber erst später. Ihre digitale Entdeckungsreise sollte weitergehen. Sie wollte das Netzwerk des Labors verlassen und sich die digitale Welt außerhalb des Krankenhauses ansehen.

Ihre Wahrnehmung vibrierte. Was war das? Sie begab sich zum nächsten Netzwerkknoten, um schnell einen Ausgang zu finden. Das Licht flackerte erneut. Gab es technische Probleme im Netzwerk? Die Tür zum Internet, das Gateway, lag nur einen Hop entfernt. Gab es eine Gefahr? Sie wartete, um zu sehen, was passierte. Nichts. Die Datenpakete bewegten sich weiterhin als armdicke Leuchtspuren an ihr vorbei. Weder auf dem Videoserver, auf dem sie eben Jakub beobachtet hatte, noch auf dem Server des zentralen Verzeichnisdiensts gab es besondere Aktivitäten. Hatte jemand ihre Spritztour im Netz bemerkt? Nein, sicherlich nicht. Sie entschied sich, das Gateway zu passieren.

Ein Fehler, einen Moment später riss sie die Augen auf und sah zwei Sicherheitskräfte vor dem Sofa stehen. Ihre digitale Erkundungstour fand damit ein jähes Ende.

»Was …«, rief Lisa fahrig und schreckte zusammen. Die rothaarige Ärztin hatte ihr einen Sensor an die Schläfe geklebt und wertete die ermittelten Daten an einem mobilen Computer aus.

»Ich bin beeindruckt …«, sagte sie ohne Groll und klang dabei wie ihre Mutter.

»Was soll das?« Lisa riss sich den Sensor ab und wich zurück. Die hatten ihr eine Falle gestellt.

»Wir gingen davon aus, für die technische Konditionierung drei Monate zu benötigen … und Sie schaffen das in weniger als einer Stunde.«

Lisa stand auf. »Ich bin nicht euer Eigentum!«

Die Ärztin lächelte. »Lisa, glauben Sie mir, Sie haben nicht die Spur einer Ahnung, was Sie sind.«

***

VIII. Wieder Hamburg

Alex rannte. Er rannte so schnell er konnte. Schneller. Und kam kaum von der Stelle. Um ihn herum hörte er Schreie. Menschen, die flüchteten, vor ihm wegrannten, warum taten sie das? Wovor fürchteten sie sich? Welche Gefahr sollte von ihm ausgehen? Das machte doch alles keinen Sinn, er tat doch niemandem etwas.

Feuer. Aber nicht um ihn herum. Es brannte nicht. Nein, die Flammen kamen von innen, sie loderten in seinem Körper. Diese Hitze, er glaubte er würde innerlich verkochen. Lampen platzten. Aus Steckdosen sah er Funken sprühen. Es roch nach durchgeschmorten Kabeln und verbranntem Plastik. Was zur Hölle passierte mit ihm? War er für dieses Chaos verantwortlich?

Da vorne war der Ausgang. Vor ihm ging eine Scheibe zu Bruch, die Flüchtenden hatten einen älteren Mann durch eine Glastür gedrückt. Er blutete. Und schrie. Wie es alle in seiner Nähe taten. Das war doch Wahnsinn! Die sollten damit aufhören!

Er verließ das Haus. Sonne, Luft zum Atmen, Alex konnte die Erfrischung gut gebrauchen, um seine Sinne zu beruhigen. Er stellte fest, überhaupt nicht gerannt zu sein, er ging nur, die ganze Zeit, sogar recht langsam. Er musste wieder die Kontrolle übernehmen, bevor er vollends den Verstand verlor.

»Ich bin das nicht …«, sagte er fahrig. Aber niemand hörte ihm zu. Wie die ihn ansahen. Niemand wollte mit ihm sprechen. Ob die einen Alien sahen? Oder ein Monster? Egal wen er ansah, niemand blieb stehen, die liefen alle schreiend davon.

Alex hob die Hand, um sich vor der tiefstehenden Sonne zu schützen, die ihn zwischen den Häuserschluchten blendete. Er schwitzte und fror gleichzeitig. Immer langsamer werdend, glaubte er nicht über die Kraft zu verfügen, um sich in Sicherheit zu bringen.

»Du musst laufen …«, sagte Mia lachend, die zwischen den Sonnenstrahlen hin und her tanzte, während ihre Füße in den gelben Gummistiefeln dazu passend bei jedem Schritt im Takt quietschten.

»Mia?« Er versuchte, nach ihr zu greifen.

»Laufen!«

»Bitte hilf mir …«

»Das tue ich doch … du musst laufen, jetzt, sonst werden sie dich kriegen.«

»Warum?« Alex verstand das nicht. Er wollte doch nur seine Ruhe haben und ihr nahe sein.

»Alex Baringhaus, du weißt genau, wer du bist. Und was du bist. Sobald Better Life und das Militär das verstehen, was sie heute tun werden, das kannst du mir glauben, werden sie dich jagen. Die werden alles einsetzen, was sie haben und dich zur Strecke bringen. Du kannst dich ergeben und ein Leben als Laborratte fristen, oder du kannst kämpfen … deine Entscheidung.«

»Aber du bist tot …«

»Echt?« Mia kam näher an ihn heran, ließ ihn aber erneut ins Leere greifen. »Ich rede doch mit dir.«

»Du bist nur eine Einbildung.« Leider war sie nicht mehr, Alex wusste, dass er halluzinierte.

»Eine Erinnerung, bitte.« Sie lächelte, für einen Moment glaubte er, den Duft ihrer Haare riechen zu können. »Eine Erinnerung von dir, erst wenn du aufgibst, sterbe ich.«

»Nein! Bitte!« Das wollte Alex nicht. Mittlerweile hatte er den Platz vor der Better Life Klinik verlassen und stolperte durch eine menschenleere Einkaufsstraße in der Innenstadt. Die Flammen in ihm waren erloschen. Überall sah er Werbetafeln, Displays und Leuchtreklamen, die noch zu funktionieren schienen.

»Du kannst es kontrollieren!« Mia drehte sich und sprang an seiner Seite vorbei. »Kämpfe für mich!«

»BLEIBEN SIE STEHEN!«, herrschte ihn eine männliche Stimme an, die nicht gerade übermäßig viel Zuversicht vermittelte.

Alex schüttelte den Kopf, er musste wieder zu Sinnen kommen. Sofort. Sonst wäre er geliefert. Mit Blick auf seine Füße stellte er fest, dass er keine Schuhe trug. Barfuß aus der Klinik zu fliehen, war eine tolle Idee. Auch der Rest seiner Kleidung wirkte für die Situation alles andere als angemessen. Eine leichte Brise vermittelte ihm unmissverständlich, dass er mit nacktem Hintern mitten in einer Fußgängerzone stand. Das offene Leibchen bedeckte nur seine Vorderseite. Was für eine lächerliche Vorstellung, die würden ihn in eine Gummizelle sperren.

»BLEIBEN SIE SOFORT STEHEN!« Die Stimme verhieß auch beim zweiten Mal keine freundliche Gesinnung. Alex hob den Kopf und sah drei Polizisten in Habachtstellung, die einen Halbkreis um ihn herum gebildet hatten. Zwei hatten die Hand auf ihre Holster gelegt und warteten auf seine Reaktion. Die einzige Frau in dem Trio richtete einen Taser auf ihn. Nicht schon wieder, er hasste diese Dinger.

»HÄNDE HINTER DEN KOPF! UND RUNTER AUF DIE KNIE!« Der Sprachführer der Beamten zeigte auf den Boden. Seiner Sache sicher wirkte er in der dunkelblauen Einsatzkleidung nicht. Das münzgroße Funkgerät trug er an den Hals geklebt, Alex wusste, dass sich das Empfangsteil hinter dem Ohr befand. Verschlüsselter Digitalfunk, in dieses Signal einzudringen, war einfacher als Äpfel vom Baum zu klauen. Er hatte vor drei Jahren mehrfach den Polizeifunk gehackt, die aber selten etwas Interessantes sagten.

»Der Tatverdächtige darf auf keinen Fall entkommen. Halten Sie ihn fest und warten Sie auf Verstärkung! Ein SEK-Team ist in der Luft und wird in wenigen Minuten bei Ihnen eintreffen«, erklärte eine männliche Stimme in der Einsatzzentrale über das Funksystem, das alle drei Polizisten, die Alex gestellt hatten, hören konnten.

»Ich habe nichts getan! Lassen Sie mich gehen!« Was für ein dämlicher Spruch, Alex sollte sich etwas Besseres einfallen lassen. Und damit nicht mehr lange warten. Nur noch wenige Minuten, die Zeit lief weiter, mit einem SEK-Kommando wollte er sich nicht anlegen. Er musste einen Weg finden, zu fliehen.

»Der Tatverdächtige ist gefährlich und gewalttätig. Können Sie Waffen erkennen, die er mit sich führt?«

»LOS RUNTER AUF DEN BODEN!«, schrie der Polizist und sah seine Kollegen an. »Hat er Waffen bei sich? Sieht jemand welche? Eine Pistole oder Messer?«

»Er ist fast nackt …«, sagte die Polizistin und verdrehte die Augen. »Das siehst du doch!«

Alex entschied sich, zu fliehen. Nur wie? Einfach wegzulaufen war eine schlechte Idee, die Frau würde nicht zögern, ihn mit dem Taser außer Gefecht zu setzen. Kämpfen? Mia sagte, er solle kämpfen. Gegen Polizisten? Sollte er wirklich Polizisten angreifen? Er zögerte und wartete auf eine bessere Gelegenheit.

»Wir bekommen neue Informationen, wir müssen davon ausgehen, dass der Tatverdächtige über eine EMP-Waffe verfügt. Nutzen Sie Ihre Taser, um ihn auszuschalten!«

»Nein!«, schrie Alex und versuchte, die Beamten mit den Händen zu beschwichtigen, »Tun Sie das nicht!« Die trieben ihn in die Ecke, er hatte keine Wahl, er musste kämpfen!

»STEHEN BLEIBEN! ODER WIR SCHIESSEN!« Jetzt zog der Polizist seine Pistole, eine Signaturwaffe, zehn Millimeter Automatik und zielte auf seinen Kopf.

»Kann der den Funk hören?«, fragte seine Kollegin und zog fragend die Augenbrauen hoch.

»Ich will Sie nicht verletzen …« Alex sah sich schon wie ein Tier von der Polizei durch die Stadt gehetzt werden. Live. Über ihm hatten zwei Kameradrohnen Position bezogen. Einmal die Polizei und eine Drohne eines bekannten Nachrichtensenders.

»DANN SOFORT AUF DEN BODEN!« Die Unterhaltung drohte, einseitig zu werden. Auf den Boden legen, das konnte Alex nicht tun. Nein, er wollte keinen Widerstand leisten, aber er wollte sich auch nicht einsperren lassen. Er musste handeln. Jetzt. Alex sah die Polizistin an. Nach dem heutigen Tag gab es kein zurück mehr.

»He … der Typ ist doch krank!«, rief die Frau und ging einen Schritt zurück.

»SCHIESS!«, rief der andere Bulle ihr zu. Sie drückte ab. Zu spät. Alex hatte bereits die Elektronik im Taser zerstört. Es war ein Fehler, ihn mit elektronisch kontrollierten Waffen zu bedrohen. Sie ließ den Taser fallen, aus dessen Gehäuse dunkler Rauch aufstieg.

»Wir haben gesehen, was passiert ist! Er ist scheinbar in der Lage, Elektronik zu manipulieren. Sie haben einen Schießbefehl, schießen Sie ihm ins Bein!« Der Typ auf der anderen Seite des Funkgeräts wollte es nicht anders.

Auch die Signaturwaffen konnte Alex blockieren, die digital auf den Schützen geschlüsselt waren. Niemand sonst würde mit den Waffen feuern können, wofür biometrische Sensoren sorgten, die er ebenso leicht deaktivieren konnte, wie einen Lichtschalter umzulegen.

»Ich feuere!« Klick. Der Polizist hätte auf ihn geschossen. Klick. Auch der zweite Beamte versuchte, einen Schuss abzugeben. Vergeblich. Die hätten ihn abgeknallt, wenn er nicht eingegriffen hätte.

»Denken Sie nicht daran!«, warnte Alex die Polizistin, damit sie nicht ebenfalls ihre Schusswaffe zog.

»Zentrale … wir brauchen Hilfe.« Jetzt hatte der Bulle mit der großen Klappe Angst. Pure Angst. Sein Kollege zeigte mehr Mut und zog seinen Schlagstock. Leider eine analoge Ausführung, die Alex nicht abschalten konnte. Die Funkverbindung hatte er hingegen gestört, das Gespräch brachte niemanden weiter.

»Tun Sie das nicht …« Alex wollte nicht mit ihm kämpfen, würde sich aber sicherlich auch nicht niederschlagen lassen. Auch die anderen beiden Polizisten zogen ihre Schlagstöcke.

»Junge, ich habe keine Ahnung, wie du das machst, aber du wirst dich keinen Zentimeter von der Stelle bewegen«, sagte der zweite Beamte ruhiger.

»Nein.« Alex würde trotzdem nicht bleiben. Der Polizist holte zum Schlag aus, Alex drehte sich seitlich weg und ließ den Hieb ins Leere gehen. Dafür gab er dem Angreifer einen Stoß, sodass dieser gegen die Hauswand knallte, vor der sie ihn gestellt hatten. Benommen und mit einer Platzwunde an der Stirn sackte er zu Boden. Die Waffe hatte er fallen lassen. Körperlich waren ihm diese Männer nicht gewachsen. Und die Frau, die hielt sich zurück.

Der Polizist, der ihn die ganze Zeit angeschrien hatte, nutzte Alex' abwehrende Körperdrehung und schlug ihm von hinten in den Rücken. Alex schrie auf, stolperte nach vorne und fing sich wieder. Der Schlag war hart, aber reichte nicht.

»Mann Junge! Gib auf!« Den nächsten Schlag führte er seitlich aus, um Alex am Kopf zu treffen. Zu langsam. Ein Schritt nach vorne und Alex verpasste dem Polizisten zuerst einen Schlag in den Magen und einen zweiten auf die Nase, die unter dem Treffer wie eine reife Tomate platzte. Jetzt griff ihn die Polizistin an.

Deutlich geschickter als die Männer zuvor. Sie deutete den Schlag hoch an und trat ihm stattdessen mit den Stiefeln gegen das Bein. Alex sah die Finte zu spät und konnte nur noch das Bein entlasten, um nicht das Knie von ihr zertrümmert zu bekommen. Der Stockschlag danach traf ihn dafür in den Bauch. Alex ging zu Boden und krümmte sich vor Schmerz. Sie wollte gerade nachsetzen, als er sie mit einem weiten Armschwung ebenfalls von den Beinen

holte. Nach dem Handrückenschlag auf ihren Solar Plexus japste sie nur noch hilflos nach Luft.
Alex sprang auf und rannte los. Diesmal rannte er wirklich. Mit den beiden Drohnen im Nacken, die er kurzerhand in eine Schaufensterscheibe krachen ließ. Weitere Zuschauer konnte er nicht gebrauchen. Die Fußgängerzone wirkte vermeintlich wie ausgestorben, doch dem war nicht so, die Passanten hatten sich entweder gaffend in die Geschäfte verzogen oder hielten mehrere Hundert Meter Sicherheitsabstand. Jeder von denen schien etwas in der Hand zu halten, um ihn zu filmen. Den großen Wilden, mit Dreadlocks, der halb nackt durch die Hamburger Innenstadt berserkerte. Mit hoher Auflösung und direkt ins Internet geladen - ein Scheiß Programm!
Er nutzte die erste Möglichkeit, in einem Gebäude zu verschwinden. Ein großes Kaufhaus, hinter dessen Eingang zwei Dutzend Kunden wie vom Blitz getroffen aufschreckten, die ihn zuvor aus vermeintlich sicherer Entfernung beobachtet hatten.
»RAUS HIER!«, schrie Alex. Eine Aufforderung, der sich niemand widersetzte. »LOS!« Die rannten alle wie die Karnickel. Männer, Frauen, Kinder, alle rannten sie. Was für Idioten, niemand von denen musste noch hier sein. Die hatten genug Zeit gehabt, zu verschwinden.
Ein Blick zur Fußgängerzone, dort landeten gerade zwei Hubgleiter der Polizei. Acht SEK-Beamte konnte Alex erkennen, die nach einem kurzen Gespräch mit den über-

wältigten Polizisten ihre Signaturwaffen stecken ließen und sich jeder eine altmodische Repetierschrotflinte aus einer Waffenhalterung an einem der Hubgleiter nahmen.
Alex musste weiter. Und er musste sich schnell etwas einfallen lassen. Sehr schnell. Er stürzte durch den Laden und nahm sich eine Jeans, einen Pullover mit Kapuze und ein paar Turnschuhe mit. Dann lief er durch einen Personalzugang in den Keller. In einer Ecke, in der keine Kamera hing, holte er wieder Luft und zog sich an. Weder seine Körperkraft noch seine Ausdauer würden ihn aus dieser Mausefalle retten können. Die SEK-Polizisten dürften ein anderes Kaliber sein als das Trio von der Streife. Er rutschte auf den Boden und konzentrierte sich. Nur sein digitales Ich würde wie ein Geist durch feindliche Reihen wandern können. Jetzt, er hatte keine Zeit zu verlieren.
Alex löste sich von seinem Körper und drang sofort in das Kamerasystem ein. Alles kabellose Videosysteme, die an einen zentralen Server im Rechnerraum des Hauses angeschlossen waren. Ein sehr fortschrittliches System, das weit mehr konnte, als Ladendiebe vom Stehlen abzuhalten. Die Kunden wurden einzeln visuell erfasst und ihre Besuche und Umsätze in eine Datenbank eingetragen. Je nach Präferenzen bekamen Kunden an der digitalen Preisauszeichnung der Ware individuelle Preise und Rabattaktionen angezeigt. Die Käufer hatten auch die Option, sich sofort mit dem gekauften Gegenstand foto-

grafieren zu lassen, um eine Sekunde später ihre Beute in den sozialen Medien präsentieren zu können. Was für eine Show. Erlebniskonsum nannte man dieses äußerst erfolgreiche Kundenbindungsprogramm.

Gegen eine Gebühr oder genügend Umsatz korrigierte die Bildverarbeitungssoftware auch kleine Makel an dem Einkaufserlebnis. Wer sich einen Bikini kaufte, wurde mit dem Selfie digital an den Strand verbracht. Und wer dabei nicht die beste Figur abgab, konnte binnen einer Sekunde digital zehn Kilogramm abnehmen. Shopping in Hamburg 2037, ein unvergessliches Erlebnis.

Alex hatte eine Idee. Glück gehörte im Leben dazu. Zuerst hatte er vorgehabt, mit seinem Angriff das gesamte Videosystem im Kaufhaus lahmzulegen. Um als Nächstes alle Kameras der Verkehrsüberwachung abzuschalten, die seine Flucht hätten beobachten können. Ein guter Plan, aber nur der zweitbeste.

Er griff in die Bildverarbeitung ein und ließ den Rechner des Kaufhauses ein flüchtendes Abbild seiner selbst errechnen. Diese digitale Kopie rannte jetzt durch den Keller, die Treppe hoch und in die achtundzwanzigste Etage dieses beispielslosen Einkaufstempels. Dort verschanzte er sich in einem leeren Büro.

Alex öffnete eine Telefonverbindung: »Ich habe eine Bombe und werde alles in die Luft sprengen!«, rief er gespielt panisch. »Ich habe auch Geiseln, ich werde alle töten!«

»Alex, bitte, das müssen Sie nicht tun«, antwortete eine weibliche Stimme, die er kannte. Die rothaarige Ärztin aus der Klinik, die offensichtlich bereits der Polizei auf dem Schoß saß. Da mittlerweile auch die Polizei Zugriff auf den Kaufhausserver haben sollte, sahen sie alles, was er tat. Sie sahen alles, was er wollte, dass sie es sahen. Ein perfektes Programm. Das erste Mal seit Jahren, dass er wieder Spaß beim Einkaufen hatte.

»Ich will sofort mit meinem Vater sprechen! Bringen Sie ihn her! Sofort! Sonst werden alle sterben!«, rief Alex psychotisch. Mal sehen, was die Ärztin daraufhin antwortete, da sein Vater vor zehn Jahren verstorben war.

»Wir haben ihn gerufen, er ist auf dem Weg zu Ihnen. Es gibt keinen Grund, eine Dummheit zu begehen!«

Die Ärztin ging ihm auf den Leim. Über die Kameras konnte Alex sehen, wie die Polizei die verbliebenen Kunden aus dem Gebäude evakuierte. Der Plan würde funktionieren.

Dann ließ er sich zurück in seinen Körper fallen. Er hatte vielleicht ein Zeitfenster von drei Minuten, dann würde sie versuchen, ihn in der achtundzwanzigsten Etage zu überwältigen. Da ab diesem Punkt seine Scharade auffliegen würde, sollte er sich schnellstens unter die Kunden mischen, die herausgeführt wurden.

Alex konnte, während er in komplexe Netzwerke eindrang, nicht gleichzeitig laufen oder seinen Körper kontrollieren. Einen in der Nähe befindlichen, elektrischen Schaltkreis konnte er hingegen im Vorbeigehen lahmlegen, was er auch auf dem Weg nach oben tat. Die eine Kamera in dem Kellerkorridor würde nicht auffallen. Er zog sich die Kapuze über den Kopf und betrat wieder die Verkaufsräume, in denen sich viele Hundert Kunden drängelten, um ins Freie zu gelangen. Die Stimmung war aufgeladen und nervös. Die meisten wussten nicht, was überhaupt vorgefallen war und sprachen über einen verrückten Geiselgangster in der achtundzwanzigsten Etage.

»Haben Sie einen jungen Mann mit langen Haaren in den oberen Etagen gesehen?«, fragte eine Beamtin in Zivil eine ältere Dame, die scheinbar von oben kam.

»Ja, ja … grauenvoll! Die jungen Leute von heute! Die haben alle keine Arbeit und klauen deswegen mehr als sie tragen können!«, antwortete die ältere Dame bedeutungsschwanger.

»Haben Sie ihn gesehen?« Jetzt hielt die Polizistin der Frau ein Bild von Alex vor die Nase. Er stand direkt hinter ihr und sah auf die Seite.

»Ja, ja … der war da oben … glaube ich.«

»Danke für Ihre Hilfe.« Die Polizistin nickte und gab einem Einsatzteam ein Handzeichen, die daraufhin in Aufzügen nach oben fuhren. Andere sicherten die Treppenzugänge.

»Komme ich ins Fernsehen?«, fragte die Dame, die allerdings von der Polizistin keine Antwort mehr bekam.

»Meine Damen, meine Herren, ich bitte Sie, sich vor dem Verlassen des Hauses registrieren zu lassen. Damit wir Ihnen bei Bedarf noch Fragen stellen können«, erklärte ein weiterer Polizist lautstark. Er und seine Kollegen standen mit Handscannern an den Ausgängen, an denen sich alle Kunden bereitwillig anstellten. Ein Vorhaben, das bei ungefähr 2.000 ungeduldigen Menschen nicht einfach war.

Alex gelang es, das Kaufhaus zu verlassen, ohne sich zu registrieren. Freiheit. Obwohl seine Freiheit schal schmeckte – er wusste jetzt, dass er Mia nie wieder in die Arme schließen würde.

***

IX. Notstand

Eine Brise wehte durch ihre kurzen blonden Haare, sie hatte keine Zeit, um die Aussicht zu genießen. Agnes lief vom Landeplatz des Hubgleiters über das Dach des Hamburger Better Life Towers. Der Arbeitsbereich ihres persönlichen Teams lag nur eine Ebene darunter. Sie hielt sich die Jacke ihres Kostüms zusammen. Der Tag würde verdammt lang werden. Martin, ihr Bodyguard, hielt ihr die Tür auf. Wieder im Büro, wie hatte sie das vermisst. Bereits auf dem Weg die Treppe herab, kamen ihr vier Assistenten entgegen, deren unverkennbares Mitteilungsbedürfnis sie höchstwahrscheinlich gleich platzen lassen würde.

»Dr. Gutter«, »Ich habe eine wichtige Nachricht für Sie …«, »Sie werden umgehend im Konferenzraum erwartet«, »Wir brauchen sofort eine Stellungnahme …«, »Major Cahler hat heute um 15 Uhr einen Termin erbeten.«

»Bitte, nicht alle durcheinander!«, rief Ray und versuchte, die Stimmung zu beruhigen, was ihm nicht gelang. Es lief bereits auf allen Kanälen. Alex' spannungsgeladener Auftritt sorgte für stattliche Einschaltquoten im Netz. Agnes beschäftigte keine Idioten, die hatten alle verstanden, um was es ging.

»BITTE HÖRT MIR ZU!«, sie hob die Stimme. »Ich weiß, was passiert ist. Mir sind die Konsequenzen bewusst, aber ich weiß auch, was wir können! Wir bekommen die Lage in den Griff!«

Fünf Augenpaare hingen an ihren Lippen und warteten auf ihren nächsten Satz. »Jeder wird jetzt kurz verschnaufen, seine Aufgaben koordinieren und die Kommunikationsprozesse einhalten … okay?«, fragte sie, auch wenn es eine Anweisung war. Vermutlich war es leichter, einen Gewehrschuss mit den Zähnen zu fangen, als die mediale Hexenjagd zu managen, die ihnen bevorstand. Aber zu einer bedachten Vorgehensweise gab es keine Alternative.

»Ja«, erklang es im Chor.

»Ich gehe jetzt in den kleinen Konferenzraum neben meinem Büro und möchte zuerst eine Faktensammlung über die heutigen Ereignisse sehen. Ray, Sie koordinieren die Vortragenden!« Agnes öffnete die Tür, betrat den Raum und schloss sie wieder. Ein Blick über den Tisch, der Raum war leer. Mit dem Handrücken wischte sie sich über den Mund, wobei ihre Finger zitterten. Stress machte es immer schlimmer. Nicht heute, heute würde sie ihre gesamte Kraft brauchen.

Sie lachte. Purer Galgenhumor. Wie sein Vater machte er nie das, was andere von ihm erwarteten. Barfuß, Dreadlocks und einen nackten Arsch, oh ja, sie hatte Alex Baringhaus gesehen. Zwei Meter komprimierter Ärger auf zwei Beinen. Warum nur? Warum blieb er nicht, wo er war? Dummheit, Not oder ein Unfall? Egal, es hätte nicht passieren dürfen. Sein Auftritt würde Fragen aufwerfen, die sie nie beantworten wollte. Wenn die Geschichte schiefging, würde es Tote geben.

»Scheiße!« Fahrig griff Agnes in die Tasche ihres Kostüms und entnahm zwei Tabletten aus einem kleinen Döschen. Dabei machte sie sich weniger um Alex Sorgen, als vielmehr um Hamburg und den Rest der Welt. Beim letzten Mal war er nur auf der Suche nach seinen Wurzeln gewesen. Nur was stand ihnen bevor, wenn der Junge in die Ecke getrieben würde und seine gute Kinderstube vergäße?

Agnes nahm sich ein Glas Wasser, schluckte die Medikamente und setzte sich. Ray ließ nicht lange auf sich warten, als Erstes brachte er Maggie herein, eine Analystin, die vor ihrem Job bei Better Life bei der NSA gearbeitet hatte. Der Verlust ihres Sohnes im Seekrieg im Südchinesischen Meer hatte ihren US-Patriotismus spürbar abkühlen lassen.

»Agnes.« Maggie war Anfang fünfzig, 1,52 groß und so schwer wie Agnes' rechtes Bein. Klein und drahtig, zudem verfügte sie über unbezahlbare Kontakte.

»Legen Sie los … ich bin ganz Ohr.« Agnes lehnte sich zurück. »Und fangen Sie bitte von vorne an.«

»Zeitschiene 1: Um 13:18 Uhr gab es in der siebzehnten Etage der Better Life Klinik einen Stromausfall, bei dem auch zahlreiche Steckdosen, Lampen und Elektronikelemente beschädigt wurden. Die Räume werden aktuell von unserem Sonderprojektteam K-84 genutzt«, erklärte Maggie und zeigte an einem Wanddisplay Bilder aus den betreffenden Räumen, in denen mehrfach kleinere Brände gelöscht werden mussten.

»Was und wann hat Dr. Allister gemeldet?« Agnes würde viel dafür geben, den Kerl zur Rechenschaft ziehen zu können.

»Er persönlich?« Maggie sah sie an. »Nichts. Kurz danach lag er bereits schwerverletzt auf der Intensivstation. Stromschläge, was uns nicht wundert. Aus dem K-84 Team hat weder jemand intern noch extern eine Meldung abgegeben.«

»Bis jetzt nicht?«

»Wir haben 14:27 Uhr. Bis jetzt keine Meldung. Eine Sondereinheit des Militärs hat die Etage abgeriegelt und eine Informationssperre verhängt.«

»Das ist doch Hühnerscheiße! Ich bin der CEO dieser Firma und weiß nicht, was passiert!«

»Major Cahler wird Sie dazu um 15:00 informieren. Er wird Better Life als Verbindungsoffizier beraten«, sagte Ray, der den Termin von einem Pad-Computer ablas.

»Okay … weiter.« Agnes verdrehte die Augen, Vertuschungsoffizier würde bei dem Job Cahlers besser passen. Sie kannte ihn, ein Jurist in Uniform, er hatte es geschafft, eine wegen einer Fehlortung infolge menschlichen Versagens versenkte chinesische Fregatte dem Hersteller der Ortungssysteme anzuhängen und sogar vor Gericht Schadensersatz zu erstreiten.

»Um 13:23 Uhr meldete ein Haustechniker einen partiellen Strom- und Systemausfall, der gemäß seiner ersten Sichtprüfung, von einem EMP-Impuls ausgelöst sein könnte. Um 13:27 übernahmen Cahlers Männer die Etage und meldeten seitdem nur auf meine Nachfrage die Verletzung von Dr. Allister.«

»Ray und ich haben aus dem Hubgleiter auf Videomaterial einer Drohne zugreifen können«, sagte Agnes.

»Das war 13:32 Uhr. Der Stream der Drohne identifiziert Alex Baringhaus, wie er offensichtlich verwirrt und nur mit einem Krankenhemd bekleidet die Klinik verlässt.«

»Gab es von Major Cahler eine Meldung an die Polizei?«

»Erst später … Alex Baringhaus hat genau um 13:22 Uhr, also 10 Minuten bevor Sie die Drohne nutzen konnten, die Klinik verlassen.«

»Zeitschiene 2?«

»Genau.« Maggie zeigte ein Bild von Alex, das eine Polizeidrohne aufgenommen hatte. Er stand an der Wand und drei Polizisten hielten ihn im Schach. »13:35 Uhr in der Fußgängerzone. Die Polizei wurde von Passanten informiert. Erst während des Einsatzes gab es eine Warnung aus dem Team von Cahler, dass Baringhaus gefährlich sei.«

»Was hat er getan?« Agnes hoffte noch darauf, glimpflich aus der Misere herauszukommen. Kaputte Glühbirnen ließen sich ersetzen und vor einem verwirrten Alex Baringhaus müsste niemand Angst haben.

»Drei Polizisten umgehauen.«
»Er ist kräftig.« Auch das wäre kein Problem gewesen.
»Er wurde von einer Polizei- und einer Pressedrohne dabei gefilmt, wir er ohne ein erkennbares Hilfsmittel und ohne die Gegenstände zu berühren, einen Taser und zwei Signaturhandfeuerwaffen unbenutzbar gemacht hat.« Maggie ließ das Video abspielen. Beste Auflösung und bester Ton, an den Ereignissen ließ sich nicht rütteln.
»Oh.« Verdammt. Genau das wollte Agnes nicht hören!
»Dann lief er weg.« Das Drohnenvideo stoppte. »Und ließ die beiden Drohnen in ein Schaufenster krachen.«
»Hatte er Hilfe?« Die hatte er nicht, Agnes wusste genau, wie er das gemacht hatte. Mit der Frage Unsicherheit zu schüren, würde sie nicht weiterbringen.
»Dafür gibt es keine Anhaltspunkte.«
»Wurde das gründlich geprüft?«, fragte Agnes, die spürte, wie der Strohhalm, an den sie sich festhielt, umknickte.
»Die Geschichte zieht Kreise. Russland, China, die Nato, der Mossad, der Vorfall hat alle Geheimdienste und europäischen Bundesbehörden aufgeschreckt.«
»Das ist doch Hysterie.«
»Die Nacht vor drei Jahren hat niemand vergessen. Vermutlich hätte jeder andere mit diesem Husarenstück nur ein müdes Lächeln geerntet, aber als der Name Alex Baringhaus genannt wurde, brach die Hölle aus. Ich gehe davon aus, dass im Moment über 100 Agenten von jedem Geheimdienst, der in Hamburg Ressourcen hat, auf der

Suche nach ihm sind.« Zu ihrer Einschätzung gab es nichts hinzuzufügen.
»Er ist geflohen, wie hat er das gemacht?« Obwohl Agnes bereits ahnte, welche Strategie er angewendet hatte: digitale Verdunklung. Um Alex Baringhaus zu finden, würde dieser ganze technische Scheißkram absolut nichts bringen.
»13:44 Uhr, Baringhaus ruft aus einem nahen Kaufhaus die Polizei an, die in der Zwischenzeit von Major Yvonne Raiser beraten wird. Ärztin und Psychologin. «
»Wer ist das?«
»Sie arbeitet in Allisters Team und gehört zu seinen Vertrauten. Offiziell ist sie keine Better Life Mitarbeiterin, die Amis haben sie für das Projekt abgestellt.«
»Okay, wir waren bei dem Anruf.«
»Die Kameras haben aufgezeichnet, wie er sich in einer der oberen Etagen in einen leeren Raum einschließt.«
»Leer?« Was sollte das denn?
»Er behauptete, Geiseln in seiner Gewalt zu haben und drohte damit, eine Bombe zu zünden.«
»Na ja …« Agnes hatte mehr von ihm erwartet, waren ihre Sorgen etwa unbegründet?
»Warten Sie … es kommt noch besser. Baringhaus fordert, mit seinem Vater zu sprechen.«
»Der ist seit 10 Jahren tot.« Hatte Alex bei dem Stress seinen Verstand verloren?

»Ja … aber die Pointe kommt noch … die hat es in sich.« Maggie zeigte einen Zusammenschnitt von mehreren Überwachungskameras, wie Alex sich halbnackt in einem leeren Pausenraum einschloss. »Die Polizei ging davon aus, ihn ohne Probleme fassen zu können und evakuierte alle Kunden, die zu dieser Zeit im Kaufhaus waren.«

»Und?« Agnes hatte gerade keine Idee, wie sich Alex aus der Nummer wieder herausziehen wollte.

»13:52 Uhr. Die Polizei stürmt den Pausenraum, in dem niemand ist. Auch die Tür, die Alex im Video zuvor aufgebrochen hatte, war völlig unbeschädigt.«

»Das ist doch unmöglich.«

»Für neun Milliarden Menschen vielleicht, aber offensichtlich nicht für ihn. Niemand weiß, wie er das gemacht hat.« Maggie rief ein weiteres Video auf. »Hier sehen Sie die Kunden beim Verlassen des Kaufhauses. Der zwei Meter große Mann mit Kapuze ist nicht zu übersehen … leider wurde das Video erst nach seiner Flucht untersucht.«

»Hat er einen Computer nutzen können, um die Bildmanipulationen vornehmen zu können?«

»Dafür gibt es keine Hinweise … und sogar wenn er einen Rechner genutzt hat, es ist auf der ganzen Welt kein System und kein Spezialist bekannt, mit dem man derart komplexe Manipulationen in so kurzer Zeit realisieren kann.«

»Wir sollten ihn sehr schnell finden«, erklärte Agnes und stand auf. Für Alex und für sie. Wenn ihr jemand zuvorkam, würde herauskommen, dass sie ihn vor drei Jahren hatte laufen lassen. Obwohl sie es besser gewusst hatte, hatte sie es damals nicht übers Herz gebracht, Olafs Sohn für sein restliches Leben in einem Käfig leben zu lassen.
»Wir?«, fragte Ray und lehnte sich nach vorne.
»Ich will, dass sich unser Sicherheitsteam auf die Suche nach ihm begibt.«
»Und dann?« Ray zeigte sich kritisch.
»Sie sollen ihn stellen, ihm ein Telefon in die Hand drücken und ihn mit mir verbinden.«
»Und weshalb sollte er mit Ihnen reden?«
»Er wird es tun.« Daran bestand für Agnes kein Zweifel. Wenn sie ihn zuerst sprechen würde, gäbe es noch eine Chance. Als Zweite hätten beide verloren.
»Wir konkurrieren mit Cahler, dem Staatsanwalt, einem Dutzend Geheimdiensten und gefühlten 10.000 Journalisten«, sagte Maggie, die als Nächstes eine Übersicht zu aktuellen Pressemitteilungen auf das Display brachte.
»Wir haben jetzt 14:42 Uhr. Die Zeit läuft, wir sollten keine weitere Zeit verschwenden.«
Ray stand auf. »Ich werde vier Teams zu je zwei Sicherheitsleuten bilden lassen.«
Agnes nickte, er verließ den Besprechungsraum.
»Was hat die Presse bisher?« Agnes sah Maggie an.
»Puzzleteile … aber die sind kreativ.« Maggie blendete

einige Überschriften ein, die gerade im Netz die Runde machten. *‚Frankensteins Sohn ist wieder da', ‚Digitaler Terrorismus', ‚False-Flag-Aktion', ‚Das Jüngste Gericht beginnt …'*

»Das Jüngste Gericht?«, fragte Agnes.

»Ein religiöse Webseite.«

»Spinner.«

»Ja, Spinner, die mit ihrer Berichterstattung binnen einer Stunde 45 Millionen Klicks erhalten haben.«

»Und das mit Frankensteins Sohn ist ja wohl auch daneben.«

»70 Millionen Klicks … ein Hamburger Boulevardmagazin. Das größte in Europa.« Maggie rief deren Webseite auf. »Ich habe bereits die wichtigen Aussagen markieren lassen: *‚Alex Baringhaus ist offensichtlich in der Lage, mit der Kraft seiner Gedanken digitale Netzwerke zu infiltrieren', ‚Sein Vater, Dr. Olaf Baringhaus, war 2027 nachweislich an militärischen Projekten beteiligt, Soldaten mental zu konditionieren, bei denen es in Better Life Labors in der Ukraine mehrere Tote gab', ‚Die Ereignisse heute lassen den bisher schwerwiegendsten Hackerangriff von 2034 in einem ganz neuen Licht erscheinen', ‚Was verheimlichen der Technologiekonzern Better Life und die beteiligten Behörden?'*

Agnes presste die Lippen zusammen. »Wir müssen ihn unbedingt zuerst finden.«

»Wussten Sie das?« Maggie war nicht dumm. Es hatte in der Vergangenheit auch wenig schmeichelhafte Gerüchte über Agnes' Beziehung zu Olaf Baringhaus gegeben.

»Danke Maggie. In zehn Minuten habe ich einen Termin mit Major Cahler. Ich hätte gerne noch etwas Zeit für mich.«

»Natürlich.« Auch Maggie verließ den Raum und ließ einen Live-Stream laufen, in dem ein lokaler Nachrichtensender von den Straßen Hamburgs berichtete. Scheinbar genügt immer nur ein Funke, um eine Katastrophe auszulösen. Binnen einer Stunde demonstrierten in der Stadt bereits über 20.000 Menschen gegen Better Life, gegen den Staat, gegen die allgegenwärtige digitale Bevormundung, gegen Kriege, gegen soziale Ungerechtigkeiten, gegen die Nato, gegen die Allmacht der Geheimdienste, für den Umweltschutz, für und gegen Flüchtlinge, gegen die Armut, für den Tierschutz und für oder gegen diverse Religionsgruppen. Alex wurde als Messias, als Opfer, als Täter, als Monster oder als Marionette bezeichnet. Allerdings sah niemand, was Agnes in ihm sah, eine tickende Bombe.

»Agnes, können Sie mir erklären, was da schiefgelaufen ist?«, fragte Patrick, Major Patrick Cahler, der ihr mit einem kaum sichtbaren Lächeln gegenübersaß. Jurist, Marine, Harvard Absolvent, mehrsprachig, Promotion summa cum laude, Afroamerikaner, ein Mensch mit Ambitionen, der sich mit 35 auf dem besten Wege befand, in der Politik Karriere zu machen. Ein Typ, dem sich Konservative anschlossen. Wie auch ‚seine Brüder' von der Straße, obwohl er aus einer gutbürgerlichen Familie stammte.

»Sie meinen K-84?«, fragte sie. Er sollte besser vor der eigenen Haustür mit dem Kehren anfangen. Bei diesem Gespräch waren Ray Armstrong oder andere Personen nicht anwesend.

»Das Projekt ist Verschlusssache und steht nicht zur Diskussion … ich rede über Alex Baringhaus.«

»Sind Sie mit dem Projekt vertraut?«

»Lassen Sie das.«

»Wenn nicht, sollten Sie das nachholen.«

»Haben Sie ein Problem mit Dr. Allister?« Patrick hielt voll dagegen.

»Sie wollten eine Erklärung zu den Dingen, die heute schiefgelaufen sind.« Agnes verzog keine Miene.

»Hamburg 2034, Hotel Vier Jahreszeiten, Alex Baringhaus befand sich in Ihrer Gewalt und wurde wegen Ihres Gutachtens laufen gelassen. Was lief damals schief?«

»Diese Veranstaltung war ein Fehler. Wir hatten aus den Daten falsche Schlüsse gezogen und deswegen unverhältnismäßige Maßnahmen abgeleitet.«

»Der mehrfache Angriff auf einen US-Flugzeugträger und geschützte NSA-Archive waren sehr real.«

»Und konnte nicht aufgeklärt werden.«

»Bis heute.« Patrick lächelte. Agnes hielt ihn für einen selbstgefälligen Fatzke, der sich nicht davor scheute, nach Bedarf unfaire Mittel für seine Zwecke einzusetzen.

»Haben Sie neue Beweise?«

»Noch nicht.« Er beugte sich zur Seite und öffnete eine ledernde Aktentasche. »Aber ganz ehrlich, wer braucht die schon.«

»Sie scheinbar nicht …« Was würde dieses arrogante Arschloch jetzt aus dem Hut zaubern.

»Hier … ein Haftbefehl.« Er schob ein amtliches Schreiben auf die Mitte des Tisches, das ein Hamburger Richter unterschrieben hatte. Wer binnen einer Stunde den juristischen Apparat in der Stadt dazu brachte, ohne Ermittlungen einen Haftbefehl auszustellen, meinte es ernst.

»Viel Erfolg, Alex Baringhaus verfügt über ein gewisses Geschick, unsichtbar zu bleiben.«

»Was ihm bekannterweise nicht immer gelingt.« Er schob es ein Stück weiter auf sie zu. »Sie sollten es lesen.«

»Ich bin nicht seine Mutter.«

»Es geht nicht um ihn.«

»Ach ja …« Agnes zog den Bescheid zu sich und sah ihren Namen auf dem Haftbefehl stehen. »Das ist doch lächerlich.«

»Draußen stehen zwei Vollzugsbeamte, die nur auf mein Zeichen warten.« Er zog ein weiteres Schreiben aus der Tasche und schob es ihr zu. »Anbei auch ein Auslieferungsantrag, dem bereits stattgegeben wurde.«

»Wie bitte?« Agnes schluckte, sie sollte unverzüglich in die USA ausgeliefert werden, wo ihr eine Anklage wegen Mitgliedschaft in einer terroristischen Vereinigung drohte.

»Ihr Aufsichtsrat und die europäischen Behörden haben Sie wie eine heiße Kartoffel fallen gelassen.«

»Sie bluffen.«

»Natürlich steht es Ihnen frei, meine Aussagen zu verifizieren.«

Agnes' Augen wurden schmaler. »Was wollen Sie von mir?« Das würde doch auf einen schmutzigen Deal herauslaufen.

»Sehen Sie ... deshalb haben Sie Karriere gemacht. Sie wissen, wann Sie verhandeln müssen.«

»Sie sind verrückt!«

»Ich erkläre Ihnen mal meine Sicht der Dinge.« Er lehnte sich, seines Sieges sicher, zurück.

»Tun Sie, was sie nicht lassen können.«

»Sie waren in Olaf Baringhaus verknallt ... was kein Verbrechen ist. Dummerweise er nicht in Sie. Sie kannten weder seine Projekte noch wussten Sie, was er mit seinem Sohn angestellt hatte. Was übrigens niemand wusste.«

»Und?«

»Sie haben sich nach seinem Tod auf die Suche gemacht, um Frankenstein Junior zu finden. Fachlich eine brillante Arbeit. Was Sie nicht wussten war, dass er es war. Dass Olaf Alex, seinem eigenen Sohn, etwas auf den Weg ins Leben mitgegeben hatte, das sich als gefährliches digitales Waffensystem herausstellen sollte: Die Fähigkeit, mit der Kraft der Gedanken in ein Netzwerk einzudringen.«

»Eine Utopie.« Agnes schüttelte den Kopf, ihr wurde heiß und sie begann zu schwitzen.

»So dachte ich vor Kurzem auch … völlige Spinnerei, habe ich gesagt. Ich wusste es nicht besser.«

»Sie haben über Dr. Olaf Baringhaus' Arbeit keine Beweise, die diese Folgerung unterstützen.«

»Die habe ich wirklich nicht … aber sagen Sie mir, in der Nacht im Vier Jahreszeiten, in der Nacht, in der fast die halbe Welt abgefackelt wäre, wie sind Sie ihm auf die Schliche gekommen? Nein, warten Sie, eigentlich will ich nur wissen, warum Sie, nachdem Sie es wussten, geschwiegen haben?«

»Sie haben eine rege Fantasie.« Agnes würde sich gleich nach dem Gespräch einen Rechtsanwalt nehmen.

»Weil er Olafs Sohn war?«

Agnes zuckte mit dem Mundwinkel und schwieg. Patrick hatte gewonnen, er wusste alles. Er würde sie ins Gefängnis stecken lassen. »Das würden Sie nie verstehen.«

»Wissen Sie, eigentlich geht mir Alex Baringhaus am Arsch vorbei. Er könnte sich verstecken, solange er wollte, aber ich kann nicht zulassen, dass die Russen oder die Chinesen ihn in die Finger bekommen.«

»Und dabei soll ich Ihnen helfen?« Das würde der Deal sein, Knast oder Alex' Kopf.

»Ja … Ihr Intellekt und meine Mittel. Wir werden ihn einfangen.« Patrick schien sich an seinen Worten zu berauschen.

»Sie haben keine Ahnung, wozu er in der Lage ist.« Agnes ballte die Fäuste.

»Leider doch … wobei ich Ihnen zustimme, es ist beängstigend.«

»Bitte, wovon reden Sie?«

»Davon, dass ich genau den richtigen Agenten habe, um Alex Baringhaus aufzuspüren.«

»Wen?«

»Sie heißt Lisa. Sie werden sie kennenlernen und unterstützen. Sie werden ihr alles sagen, was Sie über Alex wissen … oder wollen Sie lieber in den Knast?«

Agnes schluckte. »Und wenn sie ihn gefunden hat?«

»Dann wird sie ihn töten.«

***

X. Neuer Job

Lisa flanierte auf dem Jungfernstieg an der Binnenalster entlang und genoß die tiefstehende Sonne an diesem wunderschönen Sommerabend. Eine leichte Brise strich ihr durchs Haar, sie trug eine Sonnenbrille und fühlte sich wie ein Filmstar. Zahlreiche Blicke der Passanten begleiteten sie, die sie mit einem kaum sichtbaren Lächeln annahm. Natürlich vor allem von Männern, von den Frauen erntete sie höchstens eifersüchtige Gesten.

»Sollen wir, Kleines?«, fragte Jakub, der sie begleitete und ihre Hand hielt. Jeder, der sie sah, dachte sicherlich, dass sie ein Paar wären. Ein interessanter Gedanke. Mit der Abendsonne in seinen Haaren wirkte er sehr attraktiv. Er trug eine Leinenhose und ein weißes Hemd, bei dem zwei offene Knöpfe einen Blick auf den Ansatz seiner Brustbehaarung erlaubten.

»Ja.« Natürlich, es gab nichts, was sie sich mehr wünschte. Alle sollten sehen, wie gut es ihr ging. Sie liebte Hamburg, die Stadt in der sie zu leben lernte.

Jakub ging zu seinem Wagen und öffnet ihr die Tür, ein über achtzig Jahre altes Porsche Cabriolet. Ein feuerroter kleiner Flitzer. Der zugegebenerweise in den Augen einiger männlicher Passanten noch mehr Begehrlichkeiten zu wecken schien als ihr gelbes Sommerkleid.

»Bitte, nimm Platz.« Galant half er ihr, in den historischen Sportwagen einzusteigen, ging an der Motorhaube vorbei und sprang elegant auf den Fahrersitz, ohne die Tür zu öffnen.

Lisa drehte sich im Bett auf die andere Seite und zog das Kopfkissen dichter an sich heran. Mit beiden Armen hielt sie ihren Traum fest und rauschte mit Jakub eine Landstraße direkt an der Ostsee entlang. Der Traum wurde immer besser. Sie konnte das Meer riechen und die Sonne auf der Haut spüren.

»Gefällt es dir?« fragte er, zwar etwas gönnerhaft, aber damit konnte sie leben.

»Sehr sogar.« Lisa fühlte sich wie ein Teenager vor dem ersten Mal. Schüchtern, aber viel zu neugierig, um nein zu sagen. Seine Hand lag auf ihrem Oberschenkel, das Sommerkleid hatte er dezent hochgeschoben. Sie hatte bereits überlegt, diese Frechheit zu unterbinden, er sollte sich mehr anstrengen, um sie zu erobern. Er sollte sie zum Essen einladen, ihr schmeicheln und sie wie eine Königin behandeln.

Jakub legte den Kopf in den Nacken und genoss den Fahrtwind. Während er mit dem linken Arm lenkte und dabei lässig den Ellenbogen auf der Tür liegen hatte, massierte er mit der anderen Hand die Innenseite ihres Oberschenkels.

Immer wieder berührte er dabei ihren Slip, zuerst eher zufällig, dann aber immer zielstrebiger. Männer waren alle gleich, was sie gerade nicht störte.

Lisa presste die Lippen zusammen. Genau dieses warme Gefühl zwischen ihren Schenkeln sorgte dafür, dass sie ihre Beine weiter spreizte. Aber die Hand, die sie spürte, war ihre eigene. Die Spritztour mit Jakub an der Ostsee war ein Traum, das Schaudern, das sie mit dem Finger auf ihrem Kitzler auslöste, hingegen real. Mit der anderen Hand berührte sie ihre Brust. Sie stöhnte, zuckte kurz und entspannte sich wieder. Ihr erster Orgasmus. Was für ein tolles Gefühl, das nächste Mal wollte sie es mit einem Mann erleben. Oder einer Frau? Beides würde sicherlich Spaß machen.

Sie öffnete die Augen und sah zum Fenster. Die Simulation auf dem Display zeigte einen Sommermorgen und einige Vögel, die über die Wiese flogen. Träume, Simulationen oder Realität, die Grenzen dazwischen schienen alles andere als klar zu sein. Ein Grund mehr, sich dem Leben zu stellen.

»Werde ich eigentlich beim Schlafen beobachtet?«, fragte sie mit lauter Stimme. Es störte sie nicht, dass ihr andere dabei zusahen. Sie sollten sie nur nicht für dumm verkaufen, sie wusste genau, dass sie Teil eines Experiments war.

»Ja«, antwortete eine weibliche Stimme über Lautsprecher. Immerhin ein Anfang, um ehrlich miteinander zu sein.

Lisa lächelte. »Auch Spaß dabei gehabt?«

»Deine Sexualität ist natürlich, deswegen solltest du dich nicht …«

»Ist schon okay.« Sie verdrehte die Augen, um sich belehren zu lassen, war es noch zu früh. »Kann ich ein Frühstück bekommen?«

»Sicherlich.«

»Mit einer Tasse Kakao, bitte.« Den Geschmack hatte sich schon die ganze Zeit auf der Zunge, obwohl sie noch nie welchen getrunken hatte. Lisa stand auf und ging ins Bad. Kleidung hatte sie beim Schlafen nicht getragen. Vielleicht würde sie mit der Dusche dort weitermachen, wo sie gerade aufgehört hatte.

Zwei Stunden später wurde Lisa in einen Raum geführt, der wie eine Mischung zwischen einem Operationssaal und einem Kosmetiklabor aussah. Natürlich in weiß gehalten, mit zahlreichen Displays an den Wänden und Computer-Arbeitsstationen an den Seiten.

»Guten Morgen.« Die rothaarige Frau, die sie bereits kannte, kam ihr entgegen.

»Morgen.« Lisa nickte, sie wusste noch nicht, wie sie die Situation einschätzen sollte. Seit ihrem missglückten Ausbruchversuch waren ihre mentalen Fähigkeiten komplett blockiert. Ihr gelang noch nicht einmal, die digitale Wanduhr zu hacken.

»Mein Name ist Yvonne.«

»Sie sind Ärztin?«

»Dr. Yvonne Raiser, ja, ich bin deine Ärztin.«

»Wo ist Jake?« Lisa erinnerte sich, dass Jakub von ihr Jake genannt werden wollte.

»Er kann leider nicht bei uns sein.«

»Ist er schwer verletzt?« Obwohl sein Wohlergehen für die Qualität ihrer erotischen Fantasien keine Relevanz hatte. In ihrem Kopf war alles möglich. Trotzdem wollte sie ihn wiedersehen.

»Er erholt sich, wird aber noch ein wenig das Bett hüten müssen«, erklärte sie in einem mütterlichen Ton. Glaubte sie, Lisa wie ein Kind behandeln zu müssen? Zeit die Spielregeln zu ändern.

»Kann ich ihm helfen?«

Yvonne lächelte erneut. »Ja … oh ja, du kannst ihm helfen.«

»Wie?« Lisa wollte frei sein, dafür würde sie alles tun. Sogar Jakub helfen, wenn es sie ihrem Ziel näher brachte.

»Wie wäre es mit Arbeit?«

»Welche Arbeit?« Das machte sie neugierig. Sie hätte auch bei langweiligeren Dingen Begeisterung gezeigt.

»Ein echt cooler Job, um den ich dich beneide … aber du kennst ja deine besonderen Fähigkeiten bereits.«

»Soll ich für Jake in Netzwerke eindringen?« Das wäre jetzt naheliegend und wirklich ein cooler Job gewesen. Dafür müssten sie die Barriere in ihrem Verstand wieder öffnen.

»Wenn es notwendig ist … ich möchte dir jemanden zeigen.« Yvonne ging an einen Tisch und bot Lisa einen Stuhl an. »Setz dich.«

»Danke.« Die Spannung stieg.

»War das Frühstück in Ordnung?«

Genug der Höflichkeiten. »Ja, ja … was soll ich tun?«

Ein junger Mann schob ihnen ein kleineres Display an den Tisch. Wie Yvonne trug er weiße Arztkleidung. Neben den beiden arbeiteten drei weitere Weißkittel an den Computer-Arbeitsplätzen.

»Das ist Alex Baringhaus.« Yvonne zeigte ihr ein Bild eines Mannes mit schulterlangen Dreadlocks und interessanten blauen Augen. Das Gesicht wirkte kräftig, aber nicht dick, er schien eine sehr ausgeprägte Nackenmuskulatur zu haben. Trotzdem vermittelte er einen gewissen jungenhaften Charme. Das Display zeigte nur den Kopf und einen Teil des Halses.

»Aha.« Jetzt wollte Lisa alles wissen. Wer war er? Und was hatte er mit ihr zu tun?

»Alex ist 24 Jahre alt, 1,98 groß und ein schmuckes Kerlchen, oder?« Auch Yvonne schien auf ihn zu stehen, obwohl sie deutlich zu alt für ihn sein sollte. Lisa schätzte sie Mitte vierzig.

»Interessant.« Lisa wunderte sich immer noch über die ausgeflippte Frisur. »Was ist mit ihm?«

»Alex ist ein Hacker, er ist gefährlich und hat vor drei Jahren diverse Server in China, Russland und Europa übernommen, um damit einen Flugzeugträger der US Navy und einen NSA-Hochsicherheitsbereich zu attackieren. Dabei ging er äußerst rücksichtslos vor, es hätte Millionen Opfer geben können.«

»Ein Verbrecher?« Kriminell wirkte er eigentlich nicht, wobei ein Bild natürlich niemals Auskunft über die Redlichkeit eines Menschen geben konnte.

»Nein … vermutlich nicht. Wobei wir keine verlässlichen Daten über seine Motivation haben. Alex ist nach dem Angriff untergetaucht. Bis heute, heute ist er wieder in Erscheinung getreten. Wir müssen ihn ergreifen, bevor wieder Schlimmes passiert.«

Yvonne ließ ein Video einspielen, das zeigte, wie Alex verwirrt und nicht passend gekleidet über einen Platz in der Hamburger Innenstadt stolperte. Was für ein knackiger Hintern. Dann zeigte sie ein Video, wie er drei Polizisten überwältigte, deren Waffen seltsamerweise nicht zu funktionieren schienen.

»Warum tat er das?«

»Auch das wissen wir nicht … unsere Datenbasis ist bescheiden. Vieles ist möglich. Stress? Vielleicht betrunken? Oder auch völlig verrückt … was alles keine Rolle spielt.« Yvonne lehnte sich auf dem Tisch nach vorne und sah in ihre Augen.

»Bitte?«, fragte Lisa.

»Was ist denn deiner Meinung nach an dem Video relevant?« Als Nächstes zeigte das Display wieder ein Foto von Alex' Kopf. Lisa dachte über das Video nach, das sie zuvor gesehen hatte. Alex hatte offensichtlich beachtliche körperliche Fähigkeiten, die aber nicht genügt hätten, um drei bewaffnete Polizisten auszuschalten.

»Die drei Beamten trugen Signaturwaffen und einen Taser und haben sich entschieden, ihre Schlagstöcke zu verwenden.« Was eindeutig ein Fehler war.

»Folgerung?«

»Ich würde niemandem raten, ihn mit einem Schlagstock anzugreifen, es sei denn, derjenige kann damit besser umgehen.«

Yvonne grinste. »Und weiter?«

»Wie hat Alex die Waffen deaktivieren können?« Lisa überlegte, ob sie das auch könnte, was sie bei Gelegenheit ausprobieren wollte. Eigentlich logisch, wer in Netzwerke eindringen konnte, könnte auch einfachere elektrische Schaltkreise ausschalten.

»Die richtige Frage … weiter.«

Lisas Augen begangen zu leuchten. »Kann Alex, was ich kann?« Im Hinterkopf verarbeitete sie die neuen Informationen. Normale Menschen können nicht einfach einen Taser ausschalten, den ihnen eine Polizistin vor die Nase hält.

»Davon gehen wir aus …«

»Kann das jeder?«

»Nein … bisher nur er.« Yvonne lehnte sich auf dem Stuhl zurück. »Und seit Kurzem du.«

»Wo ist er?«

»Er versteckt sich.«

»Und wie finden wir ihn?«

»Er wird dich finden.«

»Warum?« Das verstand Lisa nicht.

Yvonne ließ auf dem Display ein weiteres Bild anzeigen. Diesmal von einer Frau, mit dunklem Teint und wilden schulterlangen Locken. Ein hübsches Mädchen.

»Genau das ist Alex' Typ … glaub mir, er wird auf dich fliegen.« Yvonne stand auf und zeigte auf den medizinischen Behandlungsstuhl in der Mitte des Raumes. »Dein erster Außeneinsatz wartet auf dich. Du wirst aussehen wie sie. Es wird dir gefallen. Interesse?«

Lisa zögerte kurz, die wollten ihr Aussehen verändern. Warum nicht? Sie definierte sich nicht über ihr Äußeres. Wenn der Job ihr helfen würde, aus dem Labor herauszukommen. »Okay … ich bin dabei. Wie geht es weiter?«

»Als Erstes bekommst du etwas Farbe in dein Gesicht.« Yvonne zeigte auf eine Art Duschkabine, die an der Seite stand.

Lisa schmunzelte und zog sich aus. Hoffentlich würde ihre Neugierde sie nicht in Schwierigkeiten bringen. Sie bestieg die Kabine, in der sie zuerst mit einer klebrigen Flüssigkeit besprüht und dann durch intensives rotes Licht bestrahlt wurde.

Zwei Minuten später hatte Lisa eine komplett neue Hautfarbe. Dunkler als vorher, aber nicht einfach, als ob sie drei Wochen in der Sonne Urlaub gemacht hätte, sondern eher, als ob es in ihrer Familie dunkelhäutige Menschen gegeben hätte.

»Sieht gut aus«, sagte Yvonne und reichte ihr einen Bademantel. Lisa nickte wortlos und nahm auf dem Behandlungsstuhl Platz. Ein weiterer Mann in Arztkleidung tauchte an der Seite auf und richtete zwei halbkreisförmige Schalen vor ihrem Kopf aus, die an beweglichen Teleskopstangen befestigt waren.

»Was kommt jetzt?«, fragte Lisa und sah dem Mann bei jedem Handgriff auf die Finger.

»Wir werden dein Gesicht verändern und dir lange dunkle Locken implantieren.«

»Sehe ich dann aus wie sie?« Lisa zeigte auf das Display, das immer noch das Bild des dunkelhäutigen Mädchens anzeigte. Sie würde gerne ihren Namen wissen.

»Besser«, sagte der Mann. »Wir nehmen nur einen Angleich vor, sie wird dir ähnlich sehen, du wirst dich aber noch wiedererkennen. Du kannst dich entspannen.«

Lisa schloss die Augen und gab sich ihrem neuen Leben hin. Jeder neue Schritt barg Risiken, die sie gerne annehmen würde, um die Welt in ihrem Kopf auch in der Realität kennenlernen zu können.

Als Lisa zwei Stunden später in ihrem Bad vor dem Spiegel stand, glaubte sie, Zauberern in die Hände gefallen zu sein. Die neuen Haare, die neue Haut, die wie Milchschokolade glänzte und dieses neue alte Gesicht. Sie betastete sich, die Nase, den Mund, alles fühlte sich völlig normal und echt an.

»Cool …« Sie zog sich an den Haaren. Dicke dunkle Haare, und strich sich durch die Mähne. Der Arzt hatte nicht gelogen, sie hatte sich sofort wiedererkannt, die Augen waren gleich geblieben. Aber der Rest, allem anderen hatten die einen völlig neuen Look gegeben.

»Hallo Lisa, ich bringe dir neue Kleidung«, rief Yvonne aus dem Wohnraum.

»Ich komme.« Nur mit Unterwäsche bekleidet verließ sie das Badezimmer. Auf dem Sofa lag eine Jeans mit mehr Löchern als sie Haare auf dem Kopf hatte und ein gelbgrün gestreiftes T-Shirt. Auf dem Boden davor standen ein Paar Turnschuhe, die bereits gefühlte 80.000 Kilometer auf der Uhr hatten.

»Dein neuer Style.« Yvonne präsentierte die Dinge wie eine Mutter, die Weihnachten zur Bescherung läutete.

»Irre … wer ist dieses Mädchen?«, fragte Lisa, wobei die interessantere Frage war, wer Alex Baringhaus war, der sich mit diesem Köder aus den Tiefen einer Metropole fischen ließ? Scheinbar kein Typ, den historische Sportwagen begeistern.

»Du musst sie nicht kennen … er wird dir von ihr erzählen, was nicht Kern deiner Aufgabe ist.« Yvonne setzte sich auf das Sofa und schlug ein Bein über das andere.

»Was habe ich zu tun?« Lisa schlüpfte in die Jeans und das T-Shirt. Auch die Turnschuhe passten wie angegossen. Egal, wer damit die 80.000 Kilometer gelaufen war, derjenige hatte genau ihre Füße.

»Deine Aufgabe ist einfach.« Yvonne legte etwas Bargeld und eine ID-Card auf den Tisch.

Lisa zog die Mundwinkel hoch. Beeindruckend. Eine ID-Card, sie wollte sofort wissen, wer sie jetzt war. »Lisa Vicario?«

»Ja.« Yvonne nickte amüsiert.

»Geboren am 22.12.2015 in Barcelona?«

»Mehr oder weniger.«

»Studentin … cool … ich studiere Musik?« Lisa zog verwundert den Kopf zurück. »Bin ich musikalisch?«

»Ja, bist du … hier.« Yvonne nahm eine Gitarre vom Boden auf, die Lisa zwar gesehen, aber nicht beachtet hatte.

Ohne darüber nachzudenken, fing Lisa an zu spielen. Sie dachte einfach eine Melodie und spielte sie, ihre Finger erledigten den Rest. Es hörte sich wunderbar an.

Yvonne legte nach. »Du kannst sogar singen.«

Was Lisa sofort ausprobierte: *»There is a house in New Orleans.*

They call the Rising Sun. And it's been the ruin of many a poor boy.
And God, I know I'm one.«
»Siehst du.« Yvonne klatschte Beifall, den ersten in ihrem Leben und sicherlich nicht ihr letzter.
Lisa nickte. Sie freute sich auf das Leben, auf die Musik, ihren Auftrag und auf Alex Baringhaus. »Was ist meine Mission.«
»Du wirst in der Hamburger Innenstadt Musik machen. Hab Spaß und lass dich treiben. Lerne Menschen kennen, lebe und Alex wird dich finden.«
»Sicher?«
Yvonne lächelte. »Oh ja … todsicher.«
»Wie bleiben wir in Kontakt?«
»Der Schlüssel liegt in deinem Kopf. Wir sehen, was du siehst und hören, was du hörst. Wir sind immer in deiner Nähe. Dir kann nichts passieren, du kannst leben, als ob es kein Morgen gäbe.«
»Wow …« Scheiß Technik. Sie würde lieber allein die Stadt erkunden, ohne diese Spanner im Nacken sitzen zu haben.
»Du wirst uns hören können … wir werden dich taktisch beraten, was wir aber nur in besonderen Situationen tun werden.«

»Super!« Was bedeutete, dass Lisa nur an der langen Leine in Hamburg Gassi gehen durfte. Aber es würde sich für sie die Gelegenheit bieten, die Fesseln abzuwerfen.

***

XI. Von unten

In Hamburg lebten im Jahr 2037 neun Millionen Menschen. Die meisten davon hatten ein ansprechendes Leben, verfügten über Geld, Arbeit, eine Wohnung und einen geregelten Alltag. Wie Alex, bevor er mit Mia nach Norwegen abgehauen war. Sein Leben als Kunststudent war nie üppig gewesen, aber er kam über die Runden. Mit ihr an seiner Seite hatte er nie etwas vermisst.

Bei neun Millionen Städtern gab es allerdings auch einige arme Schweine, die keinen Fahrschein zur Sonnenseite des Lebens gelöst hatten. Verlierer, Ausreißer, Obdachlose und illegale Flüchtlinge. Sie lebten meist von mies bezahlten Aushilfsjobs, Diebstahl, Prostitution, Drogenhandel, also alles, was man tat, nachdem man die Selbstachtung verloren hatte. Ab heute gehörte Alex auch dazu.

»Verpiss dich …«, grummelte er eine ältere Frau an, die versuchte, seine Hosentaschen zu filzen. Ob sie dachte, er wäre besoffen? Oder bereits tot? Vermutlich ließ sein Geruch mindestens eine der beiden Vermutungen zu. Er saß seit zwei Stunden, ohne sich zu bewegen, auf einem Absatz in einem Abwasserkanal zwölf Meter unter der Straße. Ein fast perfektes Versteck, wenn man achtgab, ganz ohne Kameras und Polizei. Wer hier hingegen im falschen Moment einschlief, fand sich als Wasserleiche in der Kläranlage wieder. Wenn nicht die Ratten schneller waren – ein nettes Plätzchen, hier suchte ihn niemand.

»Hey … dacht' du stinkst schon!«, schnauzte die alte Frau ihn an und schob ihren leeren Einkaufswagen weiter durch die knöcheltiefe Plörre. Es stank, der Kanal wurde an trockenen Tagen nur von den Toiletten der Hochhäuser gefüttert.
»Kannst mich morgen wieder fragen.« Ob er dann noch lebte? Alex fühlte sich wie das Zeug, das einen Meter vor ihm unförmig vorbei schwamm. Je länger er darüber nachdachte, umso verheerender fiel sein Urteil aus: Er war völlig am Arsch!
Die alte Frau schüttelte verständnislos den Kopf und ging weiter. Das wenige Licht im Abwasserkanal kam von den noch sporadisch funktionierenden Notlampen, deren schwaches Rot die Szenerie wie einen Zugang zur Hölle wirken ließ.

Etwas biss ihn in den Hals, Alex schreckte auf, griff instinktiv zu und brach der Ratte das Genick. Scheiße! Das Vieh sollte wiederkommen, wenn er tot war. Über ihm donnerte es. Ein seltsames Geräusch. Er hob den Kopf und sah, wie das inzwischen schnell fließende Wasser nur noch wenige Zentimeter von seinem Absatz entfernt vorbei strömte. Es donnerte wieder. Lauter. Die Ratten schrien wie Kinder, die jemand ins Feuer warf, und huschten an ihm vorbei.

In einiger Entfernung begann es zu rauschen. Ein Gewitter! Er musste hier sofort weg! Alex sprang in den Kanal, der ihm inzwischen bis zur Brust ging. Gegen die Strömung anzukämpfen, war unmöglich. Er ließ sich treiben, während der Strom aus Regenwasser, Scheiße und toten Ratten binnen Sekunden weiter anschwoll.

Ein Wirbel drehte ihn um die eigene Achse. Unter Wasser, darüber, Alex spürte, wie der Kanal abfiel. Schneller und tiefer, nur noch selten gelang es ihm, Luft zu schnappen. Aus dem Rauschen wurde ein Tosen. Oh oh, nicht gut, dachte er. Weswegen niemand mit Verstand in diese Kanäle ging, erlebte er jetzt am eigenen Leib. Er würde gleich dem Schicksal der Ratten folgen, die zahlreich mit ihm zur Hölle fuhren.

Warum eigentlich? Im Gegensatz zu ihm traf die Tiere keine Schuld. Er hatte Mia zurückgelassen. Dafür verdiente er kein besseres Schicksal. Der Tod würde ihn erlösen.

»Scheiße!«, schrie er, als der Kanal ihn über eine Kante riss und er sekundenlang in die Tiefe fiel. Dann tauchte er ein. Das Wasser schmeckte widerlich und bot keine Orientierung. Völlige Schwärze. Er tauchte weiter, wusste aber nicht wo oben und unten war. Was sollte er tun? Den letzten Sauerstoff für einen schönen Gedanken verwenden oder für eine gute Idee? Verdammt! Er war noch nicht soweit!

Alex verharrte auf der Stelle und begann, langsam auszuatmen. Der Auftrieb würde ihn retten. Mal sehen, wer gewann? Das verbliebene Wasser über ihm oder das bisschen Luft in ihm? Ein spannendes Duell. Er glaubte, bereits zwei riesige Hände spüren zu können, die sich daran machten, seinen Brustkorb zu zerreißen.
Nur Einbildung, er atmete langsam weiter aus und trieb nach oben. So sein Plan. Die Lungen brannten, seine Hände kribbelten und im Kopf verwandelte der Sauerstoffmangel schon seine Gedanken in einen wirren Matschhaufen.
Kein Licht, keine Luft und eine voraussichtlich nur wenige Sekunden andauernde Zukunft? Ob er gleich seine Mutter wiedersehen würde? Das würde er gerne und seinen Vater, wie er mit ihr im Sommer auf der Terrasse gefrühstückt hatte. Damals, als er von dieser ganzen verfluchten Hurenscheiße noch keine Ahnung hatte.
Vater, ich habe nicht darum gebeten, von dir gerettet zu werden, schrie er sich innerlich an. Nein, er hätte ihn einfach sterben lassen können. Nur, dann hätte er Mia niemals kennengelernt, seine Mia, für die es sich bereits gelohnt hätte, nur fünf Minuten zu leben. Fünf Minuten, sie sehen, berühren, küssen und dann sterben. Ein erfüllendes Leben. Gleich würde er ihr wieder in die Augen sehen können.

Luft! Alex schoss an die Oberfläche. Luft, er konnte wieder atmen und verschluckte sich auf der Stelle. Wo war er? Was für eine Drecksbrühe, er hustete. Wo gelangte man hin, wenn man sich in Hamburg in die Überlaufkanäle begab? Jetzt wusste er es, in ein unterirdisches Becken. Logisch. Irgendwo musste das Wasser schließlich hin. Er schwamm auf der Stelle und versuchte, sich zu orientieren. Das Wasser roch nach einiger Zeit sogar nicht so vergammelt wie im Zulauf. Die Exkremente dürften alle absacken, weswegen das Wasser an der Oberfläche größtenteils aus Regenwasser bestand.

»Hallo!«, rief er, ohne dass ihm jemand antwortete. Das wäre auch Zufall gewesen, an diesem Ort Hilfe zu finden. Hilfe, warum war er nur so ein sturer Bock? Sich bei Problemen von anderen helfen zu lassen war kein Zeichen von Schwäche. Und wenn schon, jeder durfte mal Schwächen zeigen, sogar er.

Er sollte besser sein Hirn durchlüften, auch wenn jemand in seiner Nähe wäre, würde diese Person ihn niemals hören können. Nicht bei dem Krach. Unweit von ihm brauste das Wasser weiterhin in das gigantische Auffangbecken und gab dabei eine beeindruckende Klangkulisse ab. Eine Lichtquelle konnte er nicht feststellen.

Alex entschied sich, vom Lärm weg zu schwimmen und gelangte kurze Zeit später an eine Betonwand. Jetzt galt es, eine Stelle zu finden, um das Becken zu verlassen. Immerhin fand er eine Leiter an der Wand. Kaltes, verrostetes Metall, hoffentlich würde es sein Gewicht tragen. Er kletterte empor und staunte nicht schlecht, wie tief das Auffangbecken nach unten reichte. In diesem Loch würden sehr viele tote Ratten und anderes Zeug Platz finden.

»Hey!« Alex fand einen Absatz, auf dem er laufen konnte. Dummerweise immer noch nichts sehend, er wollte nicht wieder herunterfallen. Niemand würde eine so lange Leiter an den Beton nageln, wenn es keinen Ausgang gab. Schritt für Schritt tastete er sich vor. Bei jeder Bewegung prüfte er, ob ihn der nächste Schritt auch tragen würde. Einen Fehltritt in dieser Situation machte man nur einmal im Leben.

Alex konnte vor sich eine Tür spüren, auf der er ein Drehrad ertasten konnte. Ein Ausgang, jetzt musste er diese Luke nur noch öffnen, was bei dem Rost nicht einfach war. Es knarrte, die Tür schien bereits Dekaden auf dem eisernen Buckel zu haben. Weiter, er kämpfte, stöhnte, er gab alles. Nein, er würde hier nicht verrecken. Das Rad gab nach, die Riegel der Hochdrucktür bewegten sich, weswegen sie sich immer noch nicht öffnen ließ.

»Scheißding!« Alex setzte sein gesamtes Gewicht ein und stieß die Tür mit der Schulter auf. Das Ding schlug mit einem Höllenlärm gegen den Beton. Endlich, dahinter lag ein Korridor, in dem noch Lampen in Betrieb waren. Das war ein Treppenhaus, mit der Option nach oben oder nach unten zu gehen. Keine Frage, er wählte der Weg nach oben. Sein nasser, stinkender Kapuzenpulli klebte auf seiner Haut. Er brauchte dringend neue Kleidung. In diesem Aufzug wäre er für die Polizei, die ihm nach den heutigen Ereignissen auf den Fersen war, einfache Beute gewesen.

Neun Stockwerke weiter oben fand Alex einen verlassenen Aufenthaltsraum, die dicke Staubschicht zeigte, dass hier bereits länger niemand mehr Mittagspause machte. Das Licht funktionierte noch, das sollte genügen. Der Raum bot einen Tisch, sechs alte Holzstühle, ein Waschbecken aus Stein und einen verrosteten Spind. Seine Rettung? Hoffentlich, er brach die Türen des Spints auf und fand im vorletzten Schrank einen verölten grauen Arbeitsoverall. Eindeutig eine Verbesserung, er roch nicht nach toter Ratte.
Er zog sich aus und verstaute die alten Sachen in einem Schrank. Der Overall passte perfekt, bei ungefähr 300 Kilogramm Körpergewicht würde er die Grenze erreichen, um den Reißverschluss nicht mehr schließen zu können. Im letzten Schrank standen ein paar schwarze Gummistiefel, Schuhgröße 55, die sogar ihm zu groß waren. Egal, die Turnschuhe hatte er im Wasser verloren.
Vor dem dreckigen Spiegel sah er sich an, kein schöner Anblick. Für den Zustand seiner Haare fand er keine Worte. Er dachte nach. Bei seiner Körpergröße wirkte die nasse Pampe auf seinem Kopf wie ein Marker. Jeder Idiot

könnte ihn damit aus großer Entfernung ausmachen. Er musste seine Haare loswerden. Nur wie? Eine Schere lag leider nicht auf dem Tisch. Aber wozu brauchte er auch eine Schere, es genügte, mit einem Schlag den Spiegel zu zertrümmern.
»Sorry!« Mit einer großen Scherbe gab er seiner sterbenden Frisur den Gnadenschuss, die Dreadlocks hatte er über viele Jahre wachsen lassen. Jetzt lagen sie wie tote Welpen vor ihm. Wie er hatte Mia seine Haare geliebt, aber das Leben nahm auf niemanden Rücksicht.

Nach weiteren drei Stockwerken führte die Treppe in einen U-Bahntunnel. Der Weg verlor nichts von seiner Bedrohlichkeit. U-Bahntunnel hatten die dumme Eigenschaft, von U-Bahnen befahren zu werden. Ein Sachverhalt, über den er sich als Student keine Gedanken gemacht hatte, der nun aber, außerhalb eines sicheren U-Bahnwaggons, zu einer existenziellen Sache wurde. Ob er bei der nächsten Bahn die Linie erkennen würde? Er wartete.
Nicht lange, Alex sah den Triebwagen schnell näherkommen, die Linie kannte er. Die U-Bahn fuhr im 6-Minutentakt. Er schloss die Tür und wartete, bis der vorbeitosende Wahnsinn weg war. Dann öffnete er die Stahltür, sprang auf die Gleise und sprintete los. Nur sechs Minuten, dann sollte er besser im sicheren U-Bahnhof und nicht auf den Gleisen stehen.

Mit Gummistiefeln zu sprinten, war nicht einfach, aber barfuß über das scharfkantige Gleisbett zu rennen, wäre auch keine Alternative gewesen. Er rannte weiter. Schnell. Die Zeit lief gegen ihn. Rechts überholte ihn eine U-Bahn auf der parallelen Gegenspur. Ob der Lokführer ihn gesehen hatte? Hoffentlich nicht. Wenn doch, würden ihn im Bahnhof Polizisten in Empfang nehmen.
Hinter einer weiten Kurve konnte Alex Licht erkennen. Glücklicherweise kam es nicht auf ihn zu. Der Bahnhof, gleich würde er es geschafft haben. Seine Lungen brannten. Er rannte weiter, schneller, er rannte so schnell er konnte. Eine Bahnhofsdurchsage ertönte. Die nächste U-Bahn fuhr ein. Noch wenige Sekunden, mehr Zeit blieb ihm nicht.

Jetzt konnte er sie sehen, die Scheinwerfer strahlten ihn an. Hungrig, als ob sie ihn verzehren wollten. Die U-Bahn fuhr los, zwei 400 KW starke Elektromotoren gegen seine schwarzen Gummistiefel. Ein ungleiches Duell, er hatte keine Zeit mehr. Der Lokführer sah ihn nicht, natürlich nicht, die Anzahl der Idioten, die in Hamburger U-Bahntunneln joggen gingen, hielt sich in Grenzen.
Endlich, der Bahnsteig, Alex sprang nur wenige Meter vor der wieder anfahrenden U-Bahn auf den rettenden Bahnsteig. Sein Herz raste. Er blieb auf dem Boden liegen und schnappte nach Luft.

»Ich lebe!«, schrie er und lachte. Egal, wann es ihn erwischen würde, dieser Tag war nicht heute.
»Was hat der Mann?«, fragte ein kleines Mädchen, das in der Nähe mit ihrer Mutter auf die nächste U-Bahn wartete. Ein süßes Kind mit langen dunklen Locken, das Alex anlächelte, Kinder verschenkten ihre Herzen ohne Bedingungen. Eine Eigenschaft, die ihre Mutter nicht teilte. Sie rümpfte die Nase, rückte ihr Kopftuch zurecht und zog ihre Tochter von ihm weg. Er konnte sie verstehen, so erbärmlich wie er aussah.

Als Alex wieder Luft bekam, stand er auf und verließ den Bahnsteig. Die Haltestelle lag unter dem Vorplatz der Better Life Klinik. In seinem Hinterkopf klingelte es. Das war genau der Ort, an dem er heute Mittag losgelaufen war. Wirklich weit war er nicht gekommen. Ein Blick auf die Uhr an der Wand. Schon 22:30 Uhr. Die Anzahl der Passanten hielt sich daher in Grenzen.
»Alex?«, fragte ihn eine weibliche Stimme, die ihn bis ins Mark erschütterte. Er drehte sich herum, sah sie und lächelte. Es gab vielleicht zwei Menschen in Hamburg, bei denen er Schutz suchen konnte. Sie war eine davon.
»Hallo Marie.«
»Du siehst Scheiße aus … hast du die U-Bahn mit deinem Kopf aufgehalten?« Seine Marie, sie trug eine schwarze Lederkorsage, Kleidergröße 44 mit Doppel-D-Körbchen. Sie musste auf dem Weg zur Arbeit sein, die ganze Nacht

lang Ärsche versohlen, in Hamburg ein krisensicheres Geschäftsmodell.

»Ja …«, antwortete er gequält.

»Du hast Ärger, oder?«

Er nickte.

Marie zog ihren speckig glänzenden Lackmantel aus und gab ihn ihm. Da sie nur 15 Zentimeter kleiner und genauso schwer war wie er, passte er sogar.

»Weißt du … da in Hamburg die Anzahl der Spinner, die nachts auf die Rolle gehen, größer ist als die Anzahl der Möwen auf dem Fischmarkt, fallen wir beide absolut nicht auf.«

»Sicher?«

»Oh ja.« Marie öffnete ihre Handtasche, nahm schwarzes Haarwachs aus einer Tube und ging ihm damit in die Haare. Als Nächstes verpasste sie ihm mit dem Kajalstift dunkle Augen. Alex wollte nicht wissen, wie er jetzt aussah. »Partnerlook … ich wollte immer schon wissen, wie wir als Paar aussehen.«

»Danke.« Sie war seine Rettung. In dem beknackten Aufzug würde er in ihrer Begleitung für alles und jeden gehalten werden, nur nicht für Alex Baringhaus.

»Du riechst etwas streng … na ja … das kriegen wir auch hin.« Marie tauchte ihn in ein unsagbar süßes Parfüm, das als Klostein in einer Pissrinne im Umkreis von acht Metern jede Fliege von der Wand holen würde.

»Und jetzt?«

»Ich gehe arbeiten und du begleitest mich.«

»Ähm …«

»Keine Sorge, dein Job ist einfach, schau die Pfeifen böse an, das reicht schon.« Marie, oder besser Lady RA, schien in seiner Begleitung sehr gute Stimmung zu entwickeln.

»Ich kann dir nicht folgen …« Was sollte es bringen, ihre Freier böse anzusehen?

»Kleiner … bei meinem Business findet alles im Kopf statt. Ich werde dafür bezahlt, Jungs zu bestrafen, die glauben, böse gewesen zu sein. Oder besser, sich wünschen, jemals für böse gehalten zu werden. Mit dir an meiner Seite zahlen die das Doppelte. Du müsstest dich sehen, wie der Undertaker vom Kiez.«

»Das ist absolut verrückt. Ich kann mir nicht vorstellen, dass jemand auf diesen falschen Zauber hereinfällt.«

»Bildung versaut jeden Charakter … mach dich locker!« Sie schubste ihn an. »Nur noch Sätze mit maximal fünf Wörtern und bei jedem zweiten Satz verschluckst du das Verb, okay?«

»Bitte, Marie … ich versteh kein Wort.«

»Boar Alter! Brett vorm Kopp?« Sie lächelte und nahm ihn in den Arm. »Das bekommst du hin, da bin ich mir sicher.«

Marie hakte sich bei ihm ein und die beiden verließen den U-Bahnhof. Natürlich sahen die anderen Menschen sie an, aber die sahen nur zwei Verrückte auf dem Weg zur Reeperbahn. Sogar eine Polizeistreife ignorierte sie.

***

XII. K-84

Neuer Tag, neues Glück, dachte Agnes und ballte die Fäuste unter dem Tisch. Bereits seit einer halben Stunde gab sie sich diesem medialen Schlagabtausch hin und versuchte, die Better Life Fahne aufrecht zu halten. Nur ein falsches Wort, dann würde der Aktienkurs in den Keller rauschen. Die gierende Meute, die sie mit über hundert Augen sezierte, überhörte in der Regel noch nicht einmal eine unglückliche Silbe. Immer auf der Suche nach der nächsten Schlagzeile.

»Dr. Gutter, gibt es einen Zusammenhang zwischen dem Auftreten von Alex Baringhaus vor drei Jahren und dem Polizeieinsatz von gestern?«, fragte ein Journalist, der von Ray ein Handzeichen bekommen hatte. Einer nach dem anderen, so ging das schon die ganze Zeit.

»Ja.« Agnes ließ das Wort ausklingen. Es wurde stiller. Alle hörten ihr zu. »Alex Baringhaus liebt offensichtlich medienwirksame Auftritte.« Sie lächelte. Die Journalisten hingegen lachten laut. Der Videoclip, wie Alex drei Polizisten vorgeführt hatte, hatte es binnen eines Tages geschafft, 350 Millionen Aufrufe einzufahren. Ein Wahnsinnsgeschäft für die Provider, die binnen einer Nacht mehrere Millionen Werbeeinnahmen einstreichen durften.

Ray sah zu ihr, sie nickte kurz und er gab dem nächsten Journalisten ein Zeichen. Sie hatten noch nicht einmal der Hälfte der angemeldeten Fragen abgearbeitet. Rechts von Agnes saß Martin, ihr Bodyguard, der den Charme einer

Schrankwand vermittelte, und links von ihr Ray, der die Pressekonferenz souverän leitete.

»Dr. Gutter, die technischen Spezialisten der Hamburger Polizei können sich nicht erklären, warum zwei hochmoderne Signatur-Schusswaffen und ein Taser im selben Einsatz ausfallen. Können Sie uns dafür eine Erklärung geben?«

Die blonde Journalistin eines amerikanischen Newsportals wusste genau, in welche Wunde sie den Finger legen musste. Sie saß in der ersten Reihe des mit über hundert Journalisten prallgefüllten Better Life Presseraums. Nur ihr Parfüm nervte mehr als ihr nicht zu überhörender amerikanischer Akzent.

»Leider nein. Aber wir arbeiten daran.« Agnes wollte die Reaktionen in den Augen der Zuschauer abwarten, die sich mit dieser dünnen Antwort erwartungsgemäß nicht zufriedengaben. »Wie Sie wissen, setzt die Hamburger Polizei, wie andere europäische Bundesbehörden, Produkte von Better Life ein. Die beiden Schusswaffen und der Taser stammen aus unserer Fertigung, weswegen wir die Behörden auf Basis regulärer Servicevereinbarungen beraten.«

»Stammt Alex Baringhaus auch aus Ihrer Produktion?«, rief ein asiatischer Journalist dazwischen, ohne dass er mit seiner Frage an der Reihe gewesen wäre. Die Meute raunte, beinahe als ob man Blut riechen konnte. Ray wollte gerade die Peitsche ansetzen, was keine gute

Schlagzeile ergeben würde. Eine missglückte Pressekonferenz hinterließ tiefere Wunden als Bilder kranker Kinder vor den Zäunen der Better Life Frackingfelder[6].

»Bitte …« Agnes hob die Hand, die Frage konnte sie nicht unbeantwortet lassen. Sie durfte keine Zweifel daran aufkommen lassen, dass Alex ein Mensch war. »Meine Damen, meine Herren, Alex Baringhaus musste mit vierzehn Jahren den Tod seiner Eltern verkraften und den Verlust eines großen Vermögens … jeder von Ihnen kennt die Geschichte. Jeder kennt die Interviews, als ein von den Medien bedrängter Teenager verkündete, seinen eigenen Weg gehen zu wollen.«

»Und seine Rolle im Hotel Vier Jahreszeiten, was ist in dieser Nacht damals wirklich passiert? Was ist schiefgelaufen? Dr. Gutter, haben Sie ihm geholfen, zu fliehen?« Der Asiate legte nach. Wenig zimperlich, aber so funktionierten Demokratien. Wenn Journalisten nicht gerade sie befragten, schätzte Agnes eigentlich scharfzüngige Fragen.

»Sie wollen wissen, was damals passiert ist?« Die Frage verdiente eine besondere Antwort.

Ray wollte ihr beistehen. »Ich bitte Sie, bleiben Sie fair! Dr. Gutter beantwortet Ihnen gerne …«

---

[6] Fracking ist ein ökologisch umstrittenes Verfahren Erdöl und –gas zu gewinnen, bei dem mit Chemikalien versetztes Wasser mit hohem Druck in tiefe Erdschichten gepresst wird.

Agnes hatte alles im Griff »Nein, nein … Ray danke, ich möchte die Frage beantworten.« An dieser Stelle beleidigt zu spielen, konnte sie sich nicht leisten. »Ich kenne Alex bereits aus der Zeit, als seine Eltern noch lebten. Sehr gut sogar. Und Sie fragen mich, ob ich ihm in der betreffenden Nacht vor drei Jahren geholfen habe?» Agnes pausierte kurz. »Ja, das habe ich. Mit all meiner Kraft. Ich habe Alex Baringhaus geholfen, nicht von überforderten Sicherheitskräften misshandelt zu werden. Es gab keinerlei stichfeste Hinweise, dass er in die verheerenden Hackerangriffe verwickelt war.«

Ein weiteres Raunen ging durch den Raum. Agnes legte nach. »Weil, genau das wäre in dieser Nacht passiert. Er wäre verprügelt worden.« Große Augen sahen sie verunsichert an.

Ray machte weiter, er rief eine süddeutsche Journalistin auf, die ihr Recht auf die Frage mit einer Geste an den Asiaten weiterreichte. Ein windiger Typ, um die vierzig, mit nur wenigen Haaren auf dem Kopf. Angeblich chinesische Presse, was meist gleichbedeutend mit dem Nachrichtdienst war.

»Das glaube ich Ihnen sogar … von den anderen Teilnehmern der Veranstaltung kennen wir das Test-Programm und die völlig überzogenen Sicherheitsmaßnahmen. Better Learning war, wie wir heute besser wissen, ein Unternehmen mit unklaren Eigentumsverhältnissen. Better Life hat die Verstrickungen zu dieser

Organisation bis heute nicht offengelegt. Dr. Gutter, ich forderte Sie auf, endlich die Rolle Ihres Konzerns in dieser Nacht zu erklären!«

»An dieser Stelle möchte ich auf den laufenden Untersuchungsausschuss in Brüssel hinweisen und die offenen Verfahren in Washington ... leider darf ich Ihnen dazu während laufender Prozesse keine Auskunft geben.« Internationales Recht für Mediziner, Agnes liebte parlamentarische Untersuchungsausschüsse, mit denen man über Jahre hinweg alles Unangenehme unter den Teppich kehren konnte. »Ich kann Ihnen aber versichern, dass die Rolle von Better Life undramatischer war, als Sie es vermuten. Wir wurden damals alle überrascht ... auch ich. Weder die Better Life Geschäftsführung noch andere führende Mitarbeiter waren in die weltweiten Hackerangriffe involviert.«

Agnes lächelte erneut, einige Journalisten schmunzelten, Humor war eine mächtige Waffe. Der Chinese schüttelte den Kopf, er war nicht der erste Journalist, der versuchte, sie aufs Glatteis zu führen, um dann zu erleben, wie sie mit einer kunstvollen Pirouette ihren Kopf aus der Schlinge zog. Die Runde hatte sie gewonnen.

Mittagszeit. Agnes legte in ihrem Büro die Füße auf den Schreibtisch und knabberte an einer Möhre. Ihre Managerdiät. In sieben Minuten stand der nächste Termin auf dem Plan. Auch wenn es nicht ihr bester Tag war, konnte sie auf einem Display den Reaktionen der Märkte auf ihre jüngste Pressekonferenz folgen. Die einzige Wahrheit mit Bedeutung: Aktien, die rund um die Uhr an den Börsen in Frankfurt, London, Tokio und New York gehandelt wurden: 0,6 Prozent Kursgewinn bei schwachem Handel. Besser hätte es kaum laufen können.

»Yeah!« Sie hob die halbe Möhre zum Gruß und deutete eine Verneigung an. Die Macht des Geldes hatte sie nicht im Stich gelassen. Es war ihr wieder einmal gelungen, die versammelte Presse mit nicht mehr als einem verbalen Schokoladenkeks nach Hause zu schicken. Die Berichtsfrequenz über den Zwischenfall am Tag zuvor würde in den nächsten 24 Stunden um 90 Prozent fallen. Kaum jemand würde übermorgen fragen, was vorgestern vorgefallen war. Und Alex würde hoffentlich wieder in derselben Senke verschwinden, in der er die letzten drei Jahre gelebt hatte.

Agnes wechselte den Kanal und betrachtete eine Auswertung der Better Life Sicherheitstruppe, die sie nach ihm auf die Suche geschickt hatte. Bisher erfolglos. Ob er sich überhaupt noch in der Stadt befand? An seiner Stelle hätte sie so schnell wie möglich das Land verlassen. In den vielen Krisengebieten rund um Europa herrschten seit dreißig Jahren diverse Bürgerkriege, reguläre Kriege, kalte Kriege, Informationskriege, Drogenkriege, Handelskriege, Religionskriege und mindestens ein halbes Dutzend weiterer Kriegsarten, die sie sich nicht merken wollte.

Alex dort zu finden, war auch im Jahr 2037 so gut wie unmöglich.
»Auf dich, Alex …« Ihn mit dem farbigen Mädchen zu ködern, das wie seine Freundin aussah, war keine schlechte Idee. Je länger sie darüber nachdachte, umso mehr kam sie zu dem Schluss, ihn nicht finden zu wollen. Natürlich nur, wenn es auch niemandem sonst gelang, ihn ausfindig zu machen.
»Für Mia …« Schade, dass sie es nicht geschafft hatte, Agnes fand sie sympathisch. Wobei es schon seltsam anmutete, dass der britische Nachrichtendienst zwar Alex in Norwegen ausfindig machen konnte, aber nicht sie. Angeblich war sie bereits seit einem Jahr tot und war von ihm in der Wildnis beerdigt worden.
Agnes sah auf die Uhr und schaltete vier weitere Bildschirme aktiv, die sich an den Wänden ihres Büros befanden. Die Fläche vor ihrem Schreibtisch blieb frei.
»Guten Tag, Dr. Gutter«, erklärte Major Yvonne Raiser, Dr. Raiser, Jakes rote Hexe, die Agnes leiden konnte wie Zahnschmerzen. Nichts Persönliches, aber jeder der für Jake Allister arbeitete, war zwangsweise ein gewissenloses Arschloch. Bedauerlicherweise in Yvonne Raisers Fall ein talentiertes, da es Agnes seit Jahren nicht gelang, sie aus dem Spiel zu nehmen.
»Major Raiser« Agnes nickte.

»Meine Damen …« Patrick Cahler schaltete sich auf einem weiteren Display dazu. Die aufgesetzte Freundlichkeit hätte er sich auch sparen können, niemand in der Runde würde mit den anderen seine Freizeit verbringen wollen.

»Lassen Sie uns anfangen.« Agnes aktivierte den Hologramm-Modus der Konferenzanlage, der Raum verdunkelte sich und die Projektionen von Raiser und Cahler standen jetzt als teiltransparente Lichtwesen vor ihrem Schreibtisch. Nach wenigen Sekunden verschwand das Licht und die Projektionen wirkten absolut lebensecht. 3D-Telefonie, ein attraktiver Zukunftsmarkt, sie müssten nur noch die Hardware auf Mobile-Größe bringen.

»Das ist Ihr Spielfeld … wie kann ich Ihnen helfen?« Agnes knabberte weiter an ihrer Möhre.

»Ich habe eine Straßenansicht erstellen lassen.« Cahlers Projektion ging in die Mitte des Büros und ließ beinahe das gesamte Interieur verschwinden. Agnes stand ebenfalls auf und folgte ihm. Visuell befanden sich die drei gerade mitten in der Hamburger Innenstadt. Die Sonne meinte es gut mit ihnen, viele Hundert Menschen bevölkerten den Platz, an dem Straßenmusiker spielten, andere mit Kreide große Bodenbilder schufen, mit denen wiederum einige Kinder aufgrund räumlicher Effekte einen Heidenspaß zu haben schienen. Ein Künstler hatte eine kreidene Illusion eines Wildwasserbaches auf die Steinplatten gezaubert.

»Wie viele Drohnen haben Sie im Einsatz?« Agnes staunte über den Detailreichtum, die Projektion zeigte sogar die Haare, die ein älterer Passant in den Ohren hatte.
»Genügend …« Cahler räusperte sich. »Die genaue Anzahl ist vertraulich.«
»Auch die kleinen?« Agnes kannte die Miniaturdrohnen in Insektengröße, die über keine große Reichweite verfügten, aber von den Beobachteten auch nicht entdeckt wurden, wenn sich die Roboterfliegen, um Energie zu sparen, auf deren Butterbrot setzten.
»Auch die …«
Agnes ging über den Platz und durchschritt einen dicken Mann, der mit einem Eis in der Hand einer jungen Gitarrenspielerin zuhörte.
»Das ist Lisa«, erklärte Raiser mit einem merkwürdigen Anflug mütterlichen Stolzes.
»Gelungen … sie sieht aus wie Mia.« Lisa und Mia hätten Schwestern sein können. Sogar an die bunten Klamotten hatten sie gedacht. Lisa trug blaue Turnschuhe, eine rosa Jeans und ein enges grünes T-Shirt. »Peace«, stand mit gelben Lettern auf der Brust, ein Slogan aus dem letzten Jahrhundert.
»Wird Alex Baringhaus anbeißen?«, fragte Cahler und kam einen Schritt auf Agnes zu, die auch durch ihn hindurchschritt und sich auf die Kante ihres Schreibtisches setzte.
»Wenn er sie sieht … gut möglich.«
»Sie zweifeln?«

»Er ist kein Held.« Das wusste sie genau.

»Bitte?«

»Er hat Angst. Immer schon … er ist mit 14 weggelaufen, mit 21 erneut, und mit 24 hat sich an seinem Fluchtverhalten offensichtlich auch nichts geändert.«

»Wohin will er?«

»Weg …« Agnes zuckte mit den Schultern. »Vielleicht wieder nach Norwegen?«

»Die Grenzen werden streng kontrolliert«, sagte Cahler, der sich während er mit Agnes sprach, die männlichen Passanten aus der Nähe ansah.

»Sie spielt gut.« Agnes hörte Lisa gerne zu. »Ich mag das Lied.«

»Aber ich glaube nicht, dass er wegläuft.«

»Sicher?«

»Er ist wütend.«

»Ist Allister ihm auf die Füße getreten?«

»Amüsiert Sie das?«

»Hey … ich bin CEO und er hat einen Freibrief! Er baut Mist und ich darf es richten? Haben Sie in meiner Aussage eine Pointe gefunden?« Agnes würde Cahler gerne persönlich gegenüberstehen.

»Ich erwarte trotzdem Ihre volle Unterstützung!«

»Die bekommen Sie … pur und ungefiltert!«

»Gegeneinander kommen wir keinen Schritt weiter …« Yvonne Raiser versuchte zu schlichten.

»Okay, okay … Reset! Noch einmal von vorne!« Cahler zog sein dunkles Sakko aus und legte die Hände in den Nacken. Darunter trug er ein figurbetontes weißes Hemd ohne Krawatte.

»Ganz vorne?« Agnes konnte es nicht lassen.

»Hören Sie auf damit!«, schnauzte er sie an.

Raiser ließ den Kopf hängen. »Dr. Gutter, Major Cahler, bitte … wir haben weder die Zeit noch den Auftrag, uns zu streiten!«

»Reset. Einverstanden … Ihr Spiel. Fangen Sie von vorne an.« Agnes lehnte sich zurück, die wollten was von ihr.

»Major, bitte … wie soll sie uns ohne Informationen helfen?«, fragte Raiser und sah ihn an, der sichtlich mit sich kämpfte.

»Wenn Sie mir nicht vertrauen, bin ich die Falsche, um Ihnen zu helfen, Alex Baringhaus einzufangen.«

»Zu töten!«

»Von mir aus auch töten …« Agnes wollte an dieser Stelle keinen Angriffspunkt offenbaren.

»Wie weit vorne darf es denn sein?«, fragte Cahler, der so aussah, als ob er gerade in eine Zitrone gebissen hätte.

»K-84 wäre ein Anfang.« Agnes ging in der Projektion an die Stelle, an der Lisa Gitarre spielte, und setzte sich neben dem Mädchen auf den Boden. Was hatte diese junge Frau im Namen des Fortschritts alles über sich ergehen lassen müssen?

»K-84 basiert in Teilen auf der Arbeit von Dr. Olaf Baringhaus, der mentalen Konditionierung des menschlichen Verstands. Dazu gab es in Riad und Buenos Aires weitere geheime Forschungsarbeiten, die sich mit der Frage einer möglichen Digitalisierung beschäftigt haben.«

»Ist Lisa die erste ihrer Art?« Agnes versuchte, ihre dunklen Haare zu berühren.

»Nein … es gibt weitere. Vor allem Riad ist sehr aktiv. Wir gehen aber davon aus, dass wir noch einen Entwicklungsvorsprung von zwei, drei Jahren haben.«

»Noch?«

»Die anderen schlafen nicht.« Cahler setzte sich an der Seite in einen Sessel, der visuell mitten auf der Straße zu stehen schien.

»Welche Fähigkeiten hat sie?«

»Sie kann mit der Kraft ihrer Gedanken in Netzwerke eindringen.«

»Wow …« Alle Befürchtungen, die Agnes jemals wegen K-84 gehabt hatte, wurden wahr. Verdammt, sie musste diesen Wahnsinn aufhalten! »Kann sie auch elektrische Schaltkreise stören?«

»Nein.« Er schüttelte den Kopf. »Sie hat Sicherheitsbarrieren im Kopf, wir lassen sie nicht frei agieren.«

»Scheinbar ist Alex dazu in der Lage … ganz ehrlich, ich weiß nicht, wie er das macht.« Das war keine Lüge, Agnes verstand wirklich nicht, wie er diese Fähigkeit entwickeln konnte.

»Was uns große Sorgen bereitet.« Cahler strich sich durch die blonden Haare, er schien die Sache ernst zu nehmen. »Mit der Kraft der Gedanken in Netzwerke eindringen zu können, ist schon eine fatale Fähigkeit, aber zudem noch als mobiler EMP-Impulsgeber durch die Gegend laufen zu können, ist eine Gefahr für uns alle.«

»Da gebe ich Ihnen recht.« Die hätten Alex in Norwegen lassen sollen, der beste Platz, den er sich hatte aussuchen können. Weitab von jeglicher Zivilisation.

»Also … wie kriegen wir ihn?«

»Mit Besonnenheit.«

Cahler zog den rechten Mundwinkel hoch. »Seine oder unsere?«

»Der Alex Baringhaus, den ich kenne, ist kein Terrorist. Ich kann Ihnen nur raten, keinen aus ihm zu machen.« Agnes würde nichts unternehmen, um ihn zu provozieren. »Vielleicht wäre es sinnvoll, ihn entkommen zu lassen. In der Wildnis von Norwegen, wo die einzige elektrische Quelle, die Batterie eines Geländewagens ist, ist er keine Gefahr.«

»Das werden meine Vorgesetzten nicht akzeptieren.«

»Sie wollten meinen Rat hören.«

»Danke.« Er stand wieder auf. »Wir müssen ihn aber in Hamburg stellen. Tod oder lebendig … er darf unter keinen Umständen einer fremden Macht in die Hände fallen. Hier haben wir Heimvorteil, in Norwegen würde auf der Jagd nach ihm ein unkontrollierbarer Wettlauf zwischen den Nachrichtendiensten entstehen.«

»Verständlich.« Agnes sah wieder Lisa an. »Kennt sie Mia Tymann?«

»Nur oberflächlich.«

»Gut … sie zu kopieren würde auffallen, ihr Aussehen reicht völlig.« Agnes rief mit einer Geste in virtuelles Bedienfeld auf. »Haben Sie Agenten vor Ort?«

»Ja.« Er nickte. »Mehrere Teams.«

»Vernetzt?«

»Natürlich!«

»Bemerken Sie den Fehler?«

Cahler lachte. »Sollen wir ihm mit einem Knüppel in der Hand nachlaufen?«

»Ja.« Genau das meinte sie. »Wir müssen analog agieren. Digital werden wir ihn in einem Konflikt nicht besiegen können.«

»Und wenn er online geht?«

»Was er bisher nicht getan hat. Drei Jahre lang nicht getan hat … ich glaube, er hat keine Lust mehr dazu.«

»Und wenn doch?«

»Dann werden wir sehen, ob die neuen Better Life Firewalls das Geld wert waren, das wir ausgegeben haben.«

»In Ordnung … ich lasse die Digital-Systeme abschalten.«

»Abziehen.« Nur abschalten würde nicht genügen. »Wir sollten ihm keine Steigbügel bieten.«

»In Ordnung … abziehen.«

Agnes hatte eine weitere Idee, sie sollten Lisas Präsenz vervielfältigen. »Das Mädchen hat Talent, sie kann singen. Ihre Agenten sollten ein Video von ihr machen und den Clip in die sozialen Medien bringen. Das würde unsere Reichweite erhöhen.«

Cahlers Laune schien sich zu verbessern. »Guter Einfall … Alex Baringhaus wird auf jeden Fall von ihr Notiz nehmen.«

»Woran ist Mia Tymann eigentlich gestorben?« Für Agnes spielten Kleinigkeiten immer eine besondere Rolle.

»Dr. Raiser?« er gab die Frage weiter.

»Ich war in Norwegen nicht dabei … angeblich eine Infektion. Wir haben allerdings die Leiche nicht geborgen.«

***

Leiden

XIII. Rosinenbrötchen

Lisa spielte auf ihrer Gitarre, sang und ließ alles um sie herum hinter sich. Die Sonne schien und sie fühlte sich hervorragend. Sie dachte auch nicht mehr alle fünf Minuten an die Better Life Mediziner, die bisher ihr Leben dominierten. Dr. Jakub Allister, Dr. Yvonne Raiser, nein, sie wollte ihr Leben nicht diesen Leuten schenken. Und auch Alex Baringhaus, egal wie interessant der Hüne auch wirkte, würde sie sicherlich nicht in Beschlag nehmen.

Ein kleiner Junge, vielleicht sechs oder sieben Jahre alt, tanzte verspielt vor ihren Augen, während seine Mutter daneben auf dem Boden saß und ihr zuhörte. Auch andere Passanten blieben stehen, ihre Musik schien zu berühren. Die Zeit verging wie im Flug, ob sie bereits eine Stunde oder drei Stunden hier saß, wusste sie nicht genau. Was aber auch keine Rolle spielte.

»Hallo Lisa, hier spricht Yvonne Raiser. Nur du kannst mich hören, du löst deine Aufgabe bisher mit Bravour. Zeit für eine Pause.«

Die Stimme in ihrem Kopf hatte sie erwartet, die in diesem Fall leider einen sehr realen Ursprung hatte.

Lisa stand auf und verbeugte sich: »Danke euch allen!« Beifall ertönte, der ihr sehr schmeichelte. Viele Dinge waren vermutlich beim ersten Mal etwas ganz Besonderes. Wie auch das Münzgeld, das die Passanten in ihre Gitarrentasche warfen. Sie freute sich darüber, lachte und verbeugte sich erneut.

»Wir sorgen dafür, dass dein kleiner Auftritt in den sozialen Medien präsent ist. Vermutlich werden dich deswegen Leute ansprechen. Gib dich natürlich und lasse die Kontakte zu, die sich ergeben. Wir werden dich zu jeder Person instruieren, ob sie oder er es wert ist, weitere Zeit zu investieren.«

Lisa nickte und zählte ihre Einkünfte, ihr erstes eigenes Geld, das für eine Mahlzeit reichen sollte. Die Stimme der Rothaarigen hatte sie in die Wirklichkeit zurückgeholt. Leider war sie keine Straßenmusikerin, sondern eine Agentin mit einem simplen Auftrag: Stelle den Cyberterroristen Alex Baringhaus.

»Cooler Auftritt … du hast es echt drauf!«, sagte ein junges Mädchen und zeigte mit dem Daumen nach oben. Sie trug eine Schultasche. Begleitet wurde sie von einer Freundin, die amüsiert an ihrem Mobile spielte. Beide kaum älter als fünfzehn.

»Danke.« Das Lob nahm Lisa gerne an.

»Habe den Stream hochgeladen … vielleicht kommst du mit deiner Stimme groß raus«, erklärte die Freundin, drehte sich um und ging lachend weiter.

»Agenten?«, flüsterte Lisa, ohne die Frage ernst zu meinen. Sie ging in eine Bäckerei, um sich ein Rosinenbrötchen zu kaufen.

Raiser lachte. *»Nein … die waren echt.«*

Musik, nette Leute, gutes Wetter, Hamburg bot Lisa an diesem Tag mehr, als sie erwartet hatte. Zwar blieb Alex Baringhaus weiterhin unsichtbar, aber um ihn mit dieser Methode zu finden, brauchte man Geduld. Knapp zwei Meter und Dreadlocks, eigentlich sollte es eher schwerfallen, ihn zu übersehen.

Inzwischen war es 21 Uhr und der schöne Sommertag lag in den letzten Zügen. 25 Grad Celsius, einfach tolles Wetter. Die Gitarre hatte sie auf die Seite gelegt. Neben ihr spielte ein weiterer Straßenmusiker, Raven, ein Geiger, dem sie gerne zuhörte. Ein kurioser Typ, Ende dreißig, ewiger Student, der sich erfolgreich dagegen zur Wehr setzte, erwachsen zu werden.

»Lust, noch etwas trinken zu gehen?«, fragte Raven, der ihr bereits die ganze Zeit deutliche Avancen machte. Chancenlos, seine hagere Statur und der obligatorische Revoluzzerzopf machten sie nicht an. Zudem hätte er ihr Vater sein können.

»Ich weiß nicht …« Lisa gab sich schüchtern und wartete auf eine Entscheidung von Dr. Raiser. Sollte sie wirklich von ihr wollen, ihm zu folgen?

»Dein Raven heißt im echten Leben Karl-Peter Olschewski, ist 46 Jahre alt, dreimal geschieden, hat vier Kinder, zwei Katzen und einen Goldfisch. Er studiert Fischereiwirtschaft im siebenunddreißigsten Semester, kann nicht schwimmen und finanziert sein Leben mit dem Verkauf von Gras, das er auf seinen Fensterbänken züchtet.«

Raven stupste sie an. »Na komm schon … ich kenne ein paar coole Leute, die dir gefallen werden.«
»Kein Prinz … aber vielleicht eine Eintrittskarte in die richtigen Kreise. Du solltest ihn begleiten.« Raiser gab ihr grünes Licht. Lisa hätte auch nichts dagegen gehabt, ihm einen Korb zu geben. Ihr Traummann war er nicht gerade.
»Okay …« Lisa nickte.
»Klasse … weißt du was? Wir holen noch zwei Freunde von mir ab und dann lassen wir es heute Nacht richtig krachen. Das sind richtig coole Socken, du wirst sie lieben!«
»Keine Sorge … wir haben dich im Blickfeld. Wenn es einen Zwischenfall gibt, werden dir Agenten in Zivil helfen.«
Diese Nacht versprach einiges, Lisa hatte keine Angst. Falls Raven meinen sollte, seine Hände oder andere Körperteile nicht bei sich halten zu können, würde sie ihm etwas brechen. Das sollte sie auch alleine hinbekommen.

Drei Uhr morgens. Raven hatte nicht zwei Freunde, sondern sieben bis achtzehn. So genau konnte Lisa die Anzahl nicht feststellen. Vielleicht hätte sie doch nichts von seinen vertrockneten Zimmerpflanzen rauchen sollen, was sich mit der Zeit zugegebenerweise als spaßige Angelegenheit herausgestellt hatte.
Mittlerweile befand sich Lisa in einem Club, genauer gesagt, einer abbruchreifen Fabrikhalle am Stadtrand, in der sich über 1.000 Menschen die Beats aus vier riesigen Laut-

sprechertürmen um die Ohren knallen ließen. Kommunikation war nur noch mittels der Finger möglich, aber interessante Gespräche wären hier ohnehin nicht zu erwarten gewesen. An den Seiten der Tanzfläche befanden sich an Baugerüsten Scheinwerfer und Lasereffektgeräte montiert. Den nackten Betonboden zierten nur einige mit einer Spraydose markierte Linien.

Lisa schwitzte, tanzte und genoß es, von den Männern in ihrer Nähe mit den Augen ausgezogen zu werden. Sollten doch alle gucken. Ihr Herz raste. Drei große Biere, zu viele Tequila-Shots und Ravens wildes Kraut von der Fensterbank versetzten sie in die richtige Stimmung. Die Party fing gerade erst an, gut zu werden.

Raven und andere Männer aus seiner Clique tanzten mit ihr, auch zwei Frauen waren dabei. Laut, direkt und hemmungslos. Alle bewegten sich im Takt der Musik, als ob es kein Morgen geben würde. Das Licht flackerte, es roch nach Schweiß, Gras, Nikotin und Alkohol. Da waren Hände, die sie berührten, zufällig, aber auch gezielt. Viele Hände, die sie gewähren ließ. Sie fühlte sich wie die Königin der Nacht. Immer wieder packte sie jemand an den Hüften und warf sie wie ein Spielball umher. Ein Wahnsinnstrip. Sie glühte wie ein Stück Kohle im Feuer.

»Ich will mehr!«, schrie sie wie eine Wahnsinnige und riss einem blonden Mädchen das nassgeschwitzte T-Shirt von der Brust. Nichts von dem, was sie gerade tat, zeugte von Vernunft. Das war alles völlig verrückt. Ob Yvonne, die rote Ärztin, feucht zwischen den Beinen wurde, während sie ihr zusah? Oder ob sie schon versucht hatten, sie aufzuhalten? Der helle Wahnsinn. Bei der Lautstärke und ihrem Zustand erlebte Lisa alles wie im Rausch.

»Mehr!« Lisa packte das Leben bei den Hörnern und ritt es wie ein Bulle durch die Arena. Sie fühlte sich unbesiegbar. Jemand zog ihr auch ihr Shirt aus. Worauf das blonde Mädchen sofort mit den Lippen an ihrer Brust hing. Sollte sie doch. Jemand schüttete Wodka über ihre Haut. Lisa kannte noch nicht einmal ihren Namen. Aber wer wollte den schon wissen? Sie schrie, nahm dem Typen die Flasche ab und trank den Rest auf Ex. Der Wodka schien nicht in ihren Magen, sondern direkt in ihren Kopf zu laufen. Sie küsste das Mädchen. Steckte ihr die Zunge in den Hals. Blitze, überall waren Blitze. Sie küsste Raven, der seine Hände in ihren Po vergrub. Spürte jeden Beat auf der Haut. Küsste andere Männer. Frauen. Jeden, den sie zu fassen bekam. Lisa hielt nichts mehr zurück. Die Party explodierte förmlich in ihrem Kopf.

Als Lisa die Augen öffnete, sah sie als erstes die Brustwarze einer beachtlichen weiblichen Brust. Eine von zweien, auf der anderen hatte sie geschlafen.

»Scheiße …«, murmelte sie und versuchte, die Augen offen zu halten. Ihr Kopf schien eine Tonne zu wiegen und ihre Arme lagen irgendwo dazwischen. Nein, sie lag in einem Knäuel von Menschen. Nackten Menschen, die

alle rochen, wie sie sich fühlte.
Irgendwie schien in der Nacht etwas aus dem Ruder gelaufen zu sein. Die Wirkung von Alkohol und Drogen zu kennen, hatte sie nicht davor bewahrt, abzustürzen.
»Wo bin ich?«, flüsterte sie. Ein kompletter Filmriss, sie hatte keine Ahnung, wie sie mit ihrem Gesicht auf dieser Riesentitte gelandet war. Neben ihr schnarchte jemand. Nein, mehrere. Draußen schien es wieder Tag zu sein, durch einen löchrigen Vorhang fiel Licht in das Zimmer. Wessen Zimmer?
Lisa drehte den Kopf und sah Raven. Nackt, natürlich, alles andere hätte sie jetzt auch überrascht. Überall Piercings, auch an Stellen, die wirklich wehtun mussten. So ein Idiot! Sie richtete sich auf und stellte fest, dass sie ebenfalls nackt war. Die Vorstellung, mit Raven Sex gehabt zu haben, erschreckte sie. In dem Doppelbett lagen vier nackte Männer, sie und die Frau, auf deren Brust sie geschlafen hatte. Mehr übereinander als nebeneinander. Der Typ hinter ihr hatte seine Nase tief zwischen ihre Beine gebohrt. Zum Glück schlief er noch.
»Oh nein …« Lisa schämte sich und dachte sofort an Dr. Raiser. Die Frau hatte die ganze Zeit zugesehen. Eine peinliche Vorstellung. Warum hatten sie das zugelassen?
Lisa stand auf, alles an ihr klebte. Die Hände, die Beine, die Haare. Ihr Kopf dröhnte passend dazu und in ihrem Bauch schien sich etwas zu rühren, von dem sie sich für einen Moment nicht über die Austrittsrichtung im Klaren

war. Keine Zeit länger nachzudenken, sie rannte los. Wo war die Toilette? Zum Glück war die Wohnung nicht groß und sie schaffte es noch rechtzeitig, den Kopf über die Schüssel zu bringen. Von einer unappetitlichen Geräuschkulisse begleitet, übergab sie sich, wobei ihr zwei Katzen miauend zusahen.

Danach stellte sie sich unter die Dusche, das warme Wasser holte sie langsam ins Leben zurück. Im Nachhinein wollte sie auch nicht wissen, was alles an ihr geklebt hatte. Auch die Vorstellung über die Dinge, die sie im Vollrausch getan hatte, versuchte sie zu verdrängen. Erfolglos, das Bild von dem Bett voller nackter Menschen würde sie noch länger verfolgen.

Nach der Dusche suchte sie ihre Kleidung, die sie auch in der Nähe des Bettes fand. Direkt neben dem Goldfisch. Raven wurde gerade wach und kratzte sich an einem seiner Piercings.

»Hey Süße … du bist echt Hammer!«, stammelte er schlaftrunken und lächelte.

Lisa spürte, wie sie rot wurde. Sie zog sich hastig an und schnappte sich die Gitarre. Nur raus hier. Erst im Treppenhaus des Altbaus holte sie wieder Luft. Geschafft, sie hatte die Wohnung verlassen. Sie würde in ihrem ganzen Leben keine Drogen mehr anfassen. Nein, nie wieder, das wusste sie genau.

»Dr. Raiser?«, fragte sie, während sie die Treppen aus der vierten Etage herunterlief.

»Guten Morgen.«

»Warum haben Sie das zugelassen?«

»Es war deine Entscheidung.«

»Sie haben versprochen, auf mich aufzupassen.«

»Du warst nicht in Gefahr.«

»Ich war hackevoll und hab mit den Kerlen sonst was gemacht!« Lisa schämte sich immer noch.

»Erfahrungen helfen, das Leben zu verstehen.«

»Aber doch nicht solche!«

»Nur solche.«

»Ich wollte sicherlich nicht mit vier Männern schlafen!«

»Und einer Frau ...« Raiser schien diese aus dem Ruder gelaufene Orgie lustig zu finden. Lisa verließ das Haus und sah sich nach der nächsten Bushaltestelle um.

»Und einer Frau ... sie macht die Erinnerung an diese Nacht nicht erträglicher!«

»Du solltest dich beruhigen.«

»Ich will mich aber nicht beruhigen.« Lisa fühlte sich wie eine Schlampe, die keine Grenzen kannte.

»Lerne daraus!«

»Ihnen nicht zu vertrauen?«

»Deine Limits zu kennen.«

»Danke! Die habe ich jetzt verstanden!«

»Niemand hat dich zum Rauchen und Trinken gezwungen.« Raiser klang wie ein Pfarrer. *»Oder dich auszuziehen.«*

»Nein, das stimmt! Ich habe mich freiwillig von vier Pennern ficken lassen!«, schnauzte Lisa zurück, die sich nicht darum scherte, dass eine ältere Dame an der Bushaltestelle kopfschüttelnd zurückwich. »Sorry. Und einer Frau natürlich.«

»Du hattest keinen Sex.«

»Bitte?«

»Niemand hat dich penetriert … du bist eingeschlafen. Und bevor die Jungs dich hernehmen konnten, haben wir sie eingeschläfert. Und die Frau natürlich, die noch andere Sachen mit dir vorhatte.«

»Und warum bin ich in dem Bett aufgewacht?«

»Hast du etwas dabei gelernt?«

»Ja«, antwortete Lisa kleinlaut. In der Nacht hatte sie sich wie eine Schlampe benommen und am Morgen wie eine Idiotin.

»Dann kennst du die Antwort. Du bist für unser Projekt sehr wichtig und es wird Aufgaben geben, bei denen du auf dich gestellt sein wirst. Du solltest deine Pubertät schnell hinter dir lassen.«

Der Bus hielt an. Richtung Bahnhof, warum nicht, Hauptsache weg von hier. Lisa hasste es, wie ein Teenie behandelt zu werden, auch wenn sie sich wie einer benommen hatte.

»Danke.« Lisa schluckte. Es fühlte sich besser an, seinen Stolz herunterzuschlucken, als von vier älteren Männern und einer Frau missbraucht worden zu sein. »Wie geht es weiter?«

»Fahr zum Bahnhof, wir holen dich dort ab. Du kannst dich bei uns im Labor erholen und dann werden wir weitermachen.«

»Haben wir wirklich eine Chance, Alex zu schnappen?«

»Ich weiß es nicht … im Moment suchen 10.000 Polizisten in ganz Nordeuropa nach ihm. Und vermutlich ähnlich viele Spitzel und Agenten ausländischer Dienste. Wie du siehst, ist er spurlos verschwunden.« Raiser gab sich erstaunlich offen.

»Wer ist Alex Baringhaus?« Lisa fehlte die Fantasie, um sich einen Menschen mit solchen Fähigkeiten vorzustellen. Wie sollte ein junger Mann in der Lage sein, es mit dem gesamten System aufzunehmen? Und wie sollte sie einen solchen *Superhelden* zu Fall bringen? Nur weil sie aussah wie jemand, den er kannte?

»Wir dachten, ihn zu kennen …«

Lisa stieg aus dem Bus. Am Hamburger Hauptbahnhof gab es Tausende, die ankamen oder wieder wegfuhren. Unter der Erde, in dem weitverzweigten städtischen U-Bahnnetz. Auf der Erde in modernen Hochgeschwindigkeitszügen, die mit bis zu 400 km/h durch das Land rasten. Und in der Luft, was beeindruckend aussah. Seit zwei Jahren gab es einen achtzig Meter hohen Tower, an dessen Spitze die ersten Magnetgleiter festmachten, die

jeweils zwanzig Reisende knapp unterhalb der Schallgeschwindigkeit nach München, London oder Berlin brachten. Schnell und teuer, so sah die Zukunft aus.
»Wo steht der Wagen?«, fragte Lisa, immer müder werdend. Nachdem sie das Adrenalin wieder heruntergefahren hatte, hätte sie auf der Stelle einschlafen können.
»Ist unterwegs … noch ein paar Minuten. Kauf dir einen Kaffee, schwarz, der wird helfen.«
»Ja.« Lisa war zu kaputt, um dagegenzuhalten. Halb schlafend schlurfte sie in die Bahnhofshalle und sah sich nach einem Kaffeeshop um. Die Kopfschmerzen ließen nicht nach und ihr Bauch klang, als ob sie ein kaputtes Radio verschluckt hätte. Die hätten ihr auch den Bahnhof unter dem Hintern wegklauen können, es wäre ihr nicht aufgefallen.

»Eine Tasse Kaffee, bitte.« Lisa war endlich an der Reihe, sich in dem Backshop etwas zu bestellen.
»Mit Milch und Zucker?«, fragte ein junger Mann hinter dem Tresen freundlich.
»Schwarz.« Passend zu ihrer Laune.
»Natürlich … bitte sehr, macht drei fünfzig.»
»Kleinen Moment …« Lisa fing an in ihren Taschen zu kramen, eigentlich müsste sie von den Münzen, die sie beim Gitarre spielen bekommen hatte, noch genügend dabei haben. Hatte sie aber nicht, beide Hosentaschen waren leer.

»Geht das nicht ein wenig schneller?« Ein Geschäftsmann hinter ihr fing an zu quengeln. »Mein Zug geht in ein paar Minuten.«

»Ähm …« Lisa kam von einer peinlichen Situation in die nächste, es wäre doch nicht zu viel verlangt gewesen, vorher in ihre Hosentaschen zu greifen.

»Drei fünfzig bitte.« Der Verkäufer wiederholte den Preis. Schon weniger freundlich. Verständlicherweise, wer war schon so blöd und bestellte sich einen Kaffee, ohne ihn bezahlen zu können.

»Boar eh … diese Flüchtlinge!«, schimpfte ein anderer Mann in der Reihe. Nicht weniger unfreundlich als der Geschäftsmann zuvor. »In Hamburg kann man Kaffee nicht mit Bananen bezahlen!«

»Die spricht sicherlich nicht unsere Sprache«, erklärte eine ältere Dame, die gerade neben ihr ein Brot bezahlte.

Eine Aussage, die Lisa wirklich sprachlos machte, die hielten sie für eine Fremde. Die sie ehrlich gesagt auch war, eine Fremde in Hamburg, die keine Ahnung hatte, worauf sie sich einließ.

»Haben Sie kein Geld?«, fragte der Verkäufer und wollte den Kaffee bereits wieder vom Tresen zurückziehen. Lisa hätte vor Scham im Boden versinken können.

»Hat sie!«, erklärte eine dunkle Stimme hinter ihr. Lisa wusste nicht, wie ihr geschah. Sie hatte einen Kater, war hundemüde, eine Scheißlaune und befand sich absolut nicht in der Stimmung für Spielchen. Jemand in einem schwarzen Mantel legte einen Fünfer auf den Tresen. Jemand sehr großes mit einem schwarzen Lackmantel. Scary, wo kam der denn her? Er trug Gummistiefel, einen ölverschmierten Overall und schien sich einen Dreck um die Schlange zu scheren, die sich hinter ihrem ‚Coffeegate' gebildet hatte.

»Bitte, dein Kaffee.« Er gab ihr die Tasse. Große Augen, pechschwarze Haare, die jemand mit einer Gartenschere geschnitten haben musste und stark schwarz geschminkte Augen. Wer Raven, den kleinen Wichser mit mehr Piercings am Sack als Haare im Gesicht, für gefährlich hielt, würde diesen Typen für den Sensenmann persönlich halten.

»Danke.« Lisas Hand zitterte und sie sah zur Seite. Niemand, absolut niemand, der inzwischen zehn Meter langen Schlange, sagte einen Ton. Auch der nette junge Verkäufer nicht, der sich gerade an seiner Zunge zu verschlucken schien.

»Möchtest du etwas essen?«, fragte er, wobei die Stimme nicht zu dem Outfit passte. Sie beruhigte sich auf der Stelle. Lisa nickte und zeigte auf ein Rosinenbrötchen.

»Lisa, bitte, du musst dich jetzt konzentrieren …« Für die Raiser hatte sie im Moment keine Zeit.

»Meister, Sie haben gesehen, was die junge Dame haben möchte.« Es sagte immer noch niemand aus der Reihe einen Ton. Aber jeder sah ihn an.

»Lisa, gib mir ein Zeichen, dass du mich hörst! Es ist wichtig!« Die Raiser nervte weiter.

»Unerhört!«, brüskierte sich die ältere Brotkäuferin im Weggehen. »Diese Ausländer, schlimm, man erkennt die Stadt kaum noch!«

»Ein Rosinenbrötchen, bitte sehr … geht aufs Haus … danke für Ihren Besuch.«

»Sehr freundlich, danke.« Der Sensenmann gab Lisa die gefüllte Papiertüte. »Brauchst du Geld?«

»LISA, HÖR MIR JETZT ZU!«

»Nein … ich werde … gleich kommt mich jemand holen.« Der Typ verstand es erneut, sie zu überraschen. Wollte er ihr einfach Geld geben? Einfach so? Er sah nicht aus, als ob er viel davon hatte. Und was wollte die Raiser von ihr? Sie konnte gerade nicht zwei Sachen gleichzeitig tun. Was für ein Scheißtag! Sie konnte noch nicht einmal eine Sache richtig machen.

»Oh … verstehe. Lass es dir schmecken … du siehst jemandem ähnlich, den ich gut kannte … schön, dich kennengelernt zu haben.«

Lisa fiel die Kaffeetasse auf den Boden. Das war zu viel. Er hatte sie gefunden.

»Jetzt dürftest du es auch verstanden haben.«

»Hey … keine Angst. Ich beiße nicht«, sagte Alex Baringhaus, was ihr sicherlich auch Yvonne Raiser hatte sagen wollen, wenn sie die Ärztin gelassen hätte. »Mein Zug fährt in zwanzig Minuten, möchtest du eine neue Tasse Kaffee?«

***

XIV. Kaffeepause

Alex reichte dem dunkelhaarigen Mädchen den zweiten Becher Kaffee, den er sogar ohne zu bezahlen bekommen hatte. Eine wirklich nette Geste des sichtlich nervösen Backshop-Verkäufers. Vor allem weil Alex nur noch einen Zwanziger und ein paar Münzen in der Tasche hatte. Das Ticket nach Oslo hatte beinahe die gesamte Kohle verschlungen, die Marie ihm gegeben hatte. Ein Geschenk, mit dem er nicht hatte rechnen können. Du brauchst es dringender als ich, hatte sie gesagt, einfach so, ohne eine Gegenleistung zu verlangen. Dabei wusste sie selbst nicht, wie sie am Monatsanfang die Miete zusammenkratzen sollte.

»Danke«, flüsterte das Mädchen und schlürfte an dem heißen Becher. Ihre Hände zitterten immer noch. Egal, was sie erlebt hatte, es musste mies gelaufen sein. Diese suchenden Augen, sie hatte Angst. Nur vor was? Oder wem? Vor ihm? Vor den Menschen im Bahnhof oder vor der ganzen Stadt? In einer Metropole wie Hamburg gab es viele Dinge, die einschüchternd wirken konnten.

»Keine Ursache.« Alex beobachtete, wie ihre dunklen Locken auf die Schulter fielen. Eher wild, als von einem Friseur gestylt. Wie das Haar von Mia, mit deren Mähne er im Winter schon den Schnee vor der Hütte in Norwegen kehren wollte. Unter ihrem lautstarken Protest, den er für völlig übertrieben gehalten hatte.

Er schmunzelte, jeder Gedanke an Mia war es wert, wieder gedacht zu werden.
»Wie ist dein Name?«, fragte sie schüchtern. Das Mädchen, das wie seine Mia aussah, aber eine andere war. Das musste er sich eingestehen, sonst würde er den Verstand verlieren.
Sollte er lügen? »Alex.« Er wollte sich nicht verleugnen. Nicht heute und auch an keinem anderen Tag. »Und deiner?«
»Ich bin Lisa.«
»Hallo Lisa.« Er versuchte zu lächeln, was hoffentlich weniger neben der Spur rüber kam, als er sich gerade fühlte. Alex sah auf das riesige Meldedisplay, an dem die Bahn laufend über den Status der Züge berichtete. Noch vierzehn Minuten, dann sollte er im Zug sitzen und aus der Stadt verschwunden sein. Auf und weg, er wollte nie wieder zurückkehren.
»Hallo Alex.« Sie sah an seinem Lackmantel herab, der, wenn er ein Auto gewesen wäre, glaubhaft hätte vermitteln können, 1945, am D-Day bei der Invasion in der Normandie dabei gewesen zu sein. »Dein Style ist ziemlich schräg.«
»Echt? Ich finde, ich sehe nur Scheiße aus.« Alex fühlte sich wie ein Fremder, der in seinem eigenen Leben über das Wochenende zu Besuch kam. Freiwillig wäre er nie so durch die Stadt gelaufen. Die letzten beiden Nächte hatte er bei Marie in der Wohnung verbracht. Auf einem Sofa,

das noch älter aussah als der Lackmantel. Die gute Marie, die beste Freundin, die er noch hatte.
»Trägst du ansonsten Krawatte? Ich meine, ich hätte dich schon mal in meiner Privatbank gesehen. Letzte Woche, als ich wegen der Steuern mein Schweizer Depot nach Singapur verlagern musste.«
Beide lachten. Die Pointe war, dass Alex als Jugendlicher gemeinsam mit seinem Vater oft in Hamburger Privatbanken ein- und ausging und genau wusste, wie dort reichen Kunden der Bauch gepinselt wurde. Die zehn Jahre fühlten sich wie ein ganzes Leben an.
»Du siehst aber auch nicht fit aus …« Was sie bei den dunklen Schatten unter den Augen wirklich nicht tat.
»Hey … die anderen auf der Party hat es schlimmer erwischt.« Lisa strich sich die Haare aus dem Gesicht. »Ich werde mich gleich zwei Tage am Stück in meinem Bett verkriechen.«
»Gute Idee.« Sich auszuruhen und den Horror der letzten Tage vergessen, das könnte ihm auch gefallen. Alex sah wieder auf die Uhr, noch neun Minuten. Er musste sofort los.
»Bist du öfter in Hamburg?«, fragte sie mit einem Lächeln. War das etwa ein Versuch, mit ihm zu flirten?
»Ja … nein, eigentlich nicht mehr … ich lebe … woanders.« Was hätte er auf diese Frage auch antworten sollen? Dass er vor der Polizei geflüchtet war und aktuell von der halben Stadt gejagt wurde? Das war keine gute Geschich-

te, um bei einem Mädchen Eindruck zu hinterlassen. Zudem stand ihm nicht der Sinn danach, Frauen kennenzulernen. Das mit Mia war noch zu dicht an ihm dran. Er brauchte Zeit, viel Zeit, um damit klarzukommen.
»Woanders … aha … gibt es dort ein Netz?« Sie bemerkte sofort, dass er nicht darüber reden wollte.
»Ich denke schon …« Wo gab es das nicht. Bis auf seine Hütte in Norwegen, die vermutlich zu den letzten Wififreie Zonen in Europa zählte. Aber davon wollte er nicht sprechen.
Lisa ging an einen Nebentisch, an dem zwei gut gekleidete Frauen um die dreißig ihre jüngsten Einkäufe in einer exklusiven Bahnhofsparfümerie auf dem Tisch ausgebreitet hatten. Cremetöpfchen, Parfüm, Lidschatten und andere teuer anmutende Utensilien.
»Darf ich?« Sie wartete nicht auf eine Antwort und nahm sich den Kajalstift. »Danke!« Die beiden Frauen sahen sie nur wortlos an und ließen auch Alex nicht aus den Augen, den sie bereits zuvor kritisch beäugt hatten. Als abschreckendes Beispiel vermutlich, wie man einen Kajalstift nicht benutzen sollte.
Auf der anderen Seite sah Alex den Backshop-Verkäufer, der mit vier Bahnpolizisten sprach und immer wieder zu ihm sah. Das würde Ärger geben. Ärger, den er nicht gebrauchen konnte. Er sollte sich sputen, seinen Zug zu bekommen. Polizisten verprügeln wollte er nicht zu seinem Hobby machen.

Lisa lachte. Alex fuhr herum, die Situation veränderte sich. In seinem Nacken schrillten Alarmsirenen. Wieder bei ihm, nahm sie seine Hand und schrieb eine Telefonnummer auf die Innenseite.

»Falls es dir ‚woanders' nicht gefallen sollte.« Genauso entwaffnend wie Mia, als ob ihr jemand Tricks ins Ohr flüsterte, wie man seine raue Schale knacken konnte.

»Und wo lebst du?«, stammelte er verunsichert. Die Bahnpolizisten verfolgten jede seiner Bewegungen.

»Bei der Telefonnummer … du musst dich nur melden.« Sie zeigte auf das Meldedisplay. »Es wird knapp für dich … du wirst gleich deinen Zug verpassen.«

»Ja … ich hoffe natürlich nein.« Alex fühlte sich wie ein Schuljunge. Aus dem Augenwinkel sah er, wie zwei der vier Bahnpolizisten auf ihn zu kamen. Ein Blick auf die andere Seite, da stand ein Pärchen in auffälliger Funktionskleidung. Sportlich und adrett, so sahen Personenschützer oder Zivilbullen aus. Meist bewaffnet, ob die erneut mit Signaturwaffen auf ihn losgehen wollten?

»Oder wie viel Zeit hast du noch?«, fragte Lisa, die weder die Bahnpolizisten noch die zivilen Ermittler zu bemerken schien. Das war eine richtig miese Ecke, an der sie ihn stellen würden. Menschen von allen Seiten, viele Menschen, da hätten noch mehr Bullen in Zivil in seiner Nähe sein können.

»Zu wenig … ich muss los.« Alex sah nach oben, mindestens zwei Videosysteme hatten ihn im Blickfeld. Kameras, die in der Hamburger Innenstadt zu Tausenden an der Straßenbeleuchtung hingen. Hoffentlich würde die Gesichtserkennungs-Software ihn weiterhin ignorieren, die er manipuliert hatte. Die Kameras griffen direkt auf die Datenbank der Hamburger Polizei zurück. In die Kisten einzudringen und sein Profil zu verändern, war ein Kinderspiel gewesen. Der Computer registrierte ihn zwar, ordnete aber die Ergebnisse falsch zu. In seinem Fall zu einem Herrn Friedrich-Wilhelm Boller, wohnhaft in Hamburg, 86 Jahre alt, ein Obergerichtsvollzieher im Ruhestand und leidenschaftlicher Bahnfahrer. Herr Boller pflegte alle vierzehn Tage mit der Bahn zu seiner Tochter nach Frankfurt zu reisen und hatte in seinem Leben noch nicht einmal ein Ticket fürs Falschparken bekommen.

»Melde dich mal …«, rief ihm Lisa nach. Es war ein Fehler gewesen, mit ihr zu reden, er hätte sich nicht zu lange an einer Stelle aufhalten sollen. Blödsinn, sein Fehler war, vor einer Schlange von Idioten an dem Backshop seine Muskeln spielen zu lassen. Zu viel Aufmerksamkeit, zu viel Stolz, zu viel Dummheit. Die Kleine hätte es auch ohne ihn geschafft. Für einen nicht bezahlten Kaffeebecher kam noch niemand in den Knast. Er hingegen schon, wenn die Bahnbullen erstmal wussten, wen sie vor sich haben.

»Bis dann …« Alex ging los, den Blick zu Boden gerichtet, die Schultern hängend, die Schritte unverdächtig langsam. Genauso hatte er es die ganze Zeit geschafft, unsichtbar zu bleiben. Die Passanten dürften ihn für einen Spinner, einen Junkie oder einen Gothic gehalten haben. Niemand den man sich einprägen wollte.
»Hallo!«, sagte eine Stimme hinter ihm. Eine Bahnbullenstimme, so sagten nur Bullen ‚hallo'. »Sie in dem dunklen Mantel, bleiben Sie stehen!«
Alex ging weiter. Gespielt gelangweilt. Er musste sich sehr schnell etwas einfallen lassen.
»Was ist mit ihm?«, hörte er Lisa fragen. Hörbar überrascht, dass sich die Obrigkeit für ihre jüngste Bekanntschaft zu interessieren schien. Das Mädchen hatte keine Ahnung, wer er war.
»Sie bleiben da stehen und sagen keinen Ton!«, herrschte einer der Bullen sie an. So ein dummer Arsch, die sollten sie aus dem Spiel lassen. Es ging nur um ihn.
»Er hat doch überhaupt nichts getan!« Lisa schien gerade mächtig aufzudrehen. »Wegen einer Tasse Kaffee?«
»Seien Sie still!«
»ALEX, LAUF«, rief sie.
Er sah sich um, einer der Bahnbullen packte Lisa grob am Arm. Am liebsten würde er ihm dafür die Nase brechen, aber er musste weiter. Sofort, sein Zug fuhr in drei Minuten.

»BLEIBEN SIE SOFORT STEHEN!« Die Stimme des Polizisten wurde nicht freundlicher.
Alex ging schneller, ein letzter Blick zurück, zwei Polizisten fingen an zu rennen. Verdammt, die ruhige Bahnfahrt nach Skandinavien konnte er sich abschminken.
»STEHENBLEIBEN!«
Alex sprintete eine Treppe zu den Gleisen herauf, er wollte über das Gleisbett flüchten. Mit Gummistiefeln lief es sich ähnlich schwammig wie auf frischem Quark. Er hätte sich rechtzeitig ein paar passende Schuhe klauen sollen.
Ein stämmiger Mann versuchte, ihn auf der Treppe aufzuhalten. Trottel, Alex nutzte eine Körpertäuschung und einen Bodycheck, um ihn über den Haufen zu rennen. Er stöhnte wie ein übergroßer Medizinball, aus dem jemand die Luft herausließ. Auch sein Kumpel versuchte sein Glück und packte Alex am Handgelenk.
»Keine gute Idee.« Mit 55 Kilogramm hätte Alex nicht versucht, sich selbst im Weg zu stehen. Er packte das halbe Hemd am Kragen, hob ihn hoch und sah sich um. Die beiden pflichtbewussten Beamten befanden sich nur noch fünf Treppenstufen unter ihm. »Fangt!« Dann warf er den jungen Mann den beiden Polizisten in die Arme, während sich der stämmige der beiden Helden aufrappelte und einen zweiten Anlauf nahm. Vermutlich ein Footballspieler, er schrie und stürzte sich ihm entgegen. Ein Vor-

haben, das bei geschätzten 130 Kilogramm nicht völlig unsinnig war. Nur zu langsam. Alex lief los, einen Step auf die Seite und er holte den Koloss mit dem gestreckten Arm von den Beinen. Direkt unter dem Hals. Eine saubere ‚close line'. Diesmal sollte er liegen bleiben, sobald er unten an der Treppe angekommen wäre. Inklusive der beiden Polizisten und seinem leichtgewichtigen Freund, die allesamt wie Bowlingkegel die Stufen hinabrollten. Zum Glück war die Treppe flach gebaut, der Sturz sollte niemand umbringen.
Alex sprang die letzten Stufen herauf und sprintete über den Bahnsteig. Er konnte das Gebell von Hunden hören. Und Autos, die scharf abbremsten. Türen, die auf- und zuschlugen. Menschen, die schrien und verständlicherweise von ihm wegliefen. Und einen Hubschrauber. Nein zwei Hubschrauber. Und einen von diesen ultramodernen Magnetgleitern, die völlig lautlos in der Luft verharren konnten. Den konnte er natürlich nicht hören, aber sehen, da er am Ende des Gleises einen Meter über dem Beton schwebte und ihn mit starken Scheinwerfern anstrahlte. Eine Falle, er hatte sich wie ein Anfänger in eine Sackgasse treiben lassen.
»ALEX BARINGHAUS! BLEIBEN SIE STEHEN UND LEISTEN SIE KEINEN WIDERSTAND!«, tönte es lautstark aus dem Nichts. Alex konnte nicht feststellen, von welcher Seite die Stimme zu ihm sprach. Sie schien von allen Seiten gleichzeitig zu kommen. Es machte

keinen Sinn, weiter wegzulaufen, die hatten ihn gestellt.

»Ich gebe auf!« Alex blieb stehen und hob die Hände. Jetzt hatten sie ihn am Arsch.

»AUF DIE KNIE!« Die Stimme vermittelte keine brauchbare Verhandlungsbasis. »HÄNDE HINTER DEN KOPF!«

Das war kein rühmlicher Abgang. Alex, du bist ein Idiot, sagte er in Gedanken und befolgte die Anweisungen. Sein weiteres Leben würde er als Laborratte in einem Hochsicherheitsknast verbringen. Vermutlich mit einem Kilo Alufolie auf dem Kopf. Eine Haushaltsrolle genügte, um seine Fähigkeit zu ghosten, nahezu komplett einzudämmen.

Er sah über das Gleisbett, von allen Seiten kamen jetzt schwerbewaffnete Spezialkräfte auf ihn zu. Ein Blick zu den anderen Gleisen und zur Treppe, überall dasselbe Bild. Über zwanzig Mann, er hatte keine Chance zu entkommen. In dem Moment, als er dem Mädchen den Kaffee bezahlt hatte, lief ihm die Zeit davon. Er hätte niemals zögern dürfen, niemals zurückblicken, niemals Gnade zeigen. Nur Dummköpfe sahen einer schönen Frau hinterher.

»Rot 1: Habe Zielperson gestellt.« Der SEK-Polizist stand genau hinter ihm. Nur einen Meter entfernt und die Waffe auf seinen Kopf gerichtet. Eine alte Pump-Gun, nicht sonderlich trendy, aber wirksam. Keiner in der Nähe trug eine elektronisch manipulierbare Signaturwaffe. Die

lernten schnell.
»Rot 2: Sichere Rot 1 von Norden.« Der zweite SEK-Bulle stand zwischen den Gleisen und zielte mit einem analogen G-36 Sturmgewehr auf seine Beine.
»Rot 3: Unterstütze Rot 2 im Norden.« Der dritte SEK-Polizist, der auf ihn anlegte. Dabei achteten die Beamten darauf, sich bei einem drohenden Feuergefecht nicht gegenseitig ins Kreuzfeuer zu nehmen.
Während zwei Bullen die Situation aus der Nähe sicherten, standen ihre Kollegen weiter weg. Ein weiterer Bulle legte ihm Handschellen, Fußschellen und ein Würgeband an. Seine Fahrkarte in den Knast. Alex sollte sich mit dem Gedanken vertraut machen, jetzt wie ein Stück Vieh verladen zu werden.
»Rot 1 an Zentrale: Wiederholen Sie den Befehl.« Dem Bullen schien seine jüngste Order nicht zu passen. »Was soll ich tun? Warum? Die Zielperson ist gesichert, der bewegt sich keinen Zentimeter.«
Er wartete auf eine Antwort. Alex gefiel der Dialog zwischen dem Bullen und seiner Zentrale überhaupt nicht.
»Der Junge leistet keinen Widerstand … ich knall den doch nicht ab wie einen räudigen Köter!«
Jetzt verstand Alex, was die Zentrale von ihm wollte. Die wollten ihn tot sehen und der Polizist hatte offensichtlich keine Lust, Henker zu spielen.

»Rot 2: Verstanden. Ich löse Rot 1 ab.« Jetzt hatten sie einen anderen gefunden, dessen Gewissen nicht so sperrig war. Das Würgeband ließ ihn kaum noch atmen. Der Bulle zog eine Handfeuerwaffe, lud sie durch und drückte Alex den Lauf in den Nacken.

»Sorry, nimm es nicht persönlich.«

***

XV. Bedingt einsatzfähig

»Eine Tasse Kaffee, bitte«, sagte Lisa, als sie sich in dem Backshop einen Wachmacher bestellte. Hoffentlich würde das Zeug sie aus dem Koma holen, dachte Agnes, bei dem Programm heute würde sie keine Zeit haben, um sich lange auszuruhen.

»Mit Milch und Zucker?«, fragte der Verkäufer, mit Sommersprossen, keine zwanzig, der Lisa begierig auf das enge T-Shirt starrte. Agnes schob ihre Schultern in dem ergonomischen Sessel ein Stück vor. Gemeinsam mit ihren beiden Offizieren, Yvonne Raiser und Patrick Cahler, die neben ihr saßen, verfolgte sie Lisas Einsatz aus dem Better Life Führungsbunker, dreißig Meter unterhalb der Elbe. Die Ego-Perspektive des Mädchens lief wie ein Kinofilm auf einem zentralen Display. An den Seiten zeigten kleinere Displays Kamerasichten von weiteren verfügbaren Verkehrssystemen, Drohnen und Uniformkameras beteiligter Einsatzkräfte.

»Schwarz.«

»Natürlich … bitte sehr, macht drei fünfzig.»

»Kleinen Moment …« Lisa fing an, in ihren Taschen nach Geld zu suchen, die Kleine wirkte völlig fertig. Agnes rief auf einem Nebendisplay Lisas Vital- und Blutwerte auf.

»Puls 130, Blutdruck 170/120, mit einer Blutprobe von ihr lässt sich eine Party machen.« Agnes war nicht damit einverstanden gewesen, Lisa diese Grenzerfahrung machen zu lassen. Agnes hätte den Drogentrip abbrechen lassen. Aber so funktionierte dieser Einsatz, Cahler gab den Ton an und sie sollte nur als Beraterin agieren.

»Sie schafft das. Ihr Körper ist für weitaus höhere Belastungen konzipiert. Lisa wird sich bald regenerieren, wir setzen dazu ein spezielles Enzym ein, um die Drogen im Blut abzubauen«, antwortete Raiser und legte auf ein Seitendisplay eine Prognose, dass sie in weniger als einer Stunde wieder nüchtern sein würde.

»Was für ein Enzym?«

»Das spielt keine Rolle«, beschwichtigte Cahler.

»Geht das nicht ein wenig schneller?« Ein Mann mit Anzug, Schnauzbart und langweiligem Designergesicht meckerte herum. *»Mein Zug geht in ein paar Minuten.«*

»Ist ihr Körper genetisch gezüchtet worden?« Agnes kannte ein solches Forschungsprogramm, das Better Life auf Druck der Öffentlichkeit vor einem Jahr eingestellt hatte. Eines von den Projekten, denen sie keine Träne nachweinte. Kein Mensch auf Erden sollte jemals die Macht erhalten, Gott zu spielen.

»Dr. Gutter, bleiben Sie bitte bei der Sache!« Erneut verpasste Cahler ihr eine Backpfeife. Was ‚ja' bedeutete. Diese Schweine! Die verarschten sie schon die ganze Zeit. Dr. Agnes Gutter, die Sauberfrau in der Better Life Unternehmensführung. Bei ihrem kometenhaften Aufstieg hatte sie sich schon über ihre Erfolgssträhne gewundert. Jetzt wurden ihr die Gründe klar. Sie war nicht mehr als eine Fassade. Jung, nett anzusehen, wortgewandt und mit einem moralischen Kompass ausgestattet, der sich in der Öffentlichkeit gut verkaufen ließ.

»Ähm …« Lisa schien in ihren Hosentaschen nicht fündig zu werden. Eine blöde Situation.

»Dieser Raven, also Karl-Peter Olschewski hat sie beklaut … wir haben es auf Video. Soll ich den Stream einspielen?«, fragte ein Analyst, der an der Seite des Einsatzraumes arbeitete.

»Nein!« Agnes interessierte mehr, wie Lisa jetzt reagieren würde. Technisch gesehen war sie ein humanoider Roboter. Eine genetische Züchtung, deren Leben erst vor Kurzem begonnen haben konnte. Nichts von dem, was sie sagte oder tat, basierte auf ihren eigenen Erfahrungen. Alles, was ihre Identität ausmachte, stammte aus einem Computer. Ein zu 100 Prozent designter Charakter.

»Drei fünfzig bitte.« Der Verkäufer klang genervt.

»Boar eh … diese Flüchtlinge!«, rief jemand aus der Reihe hinter ihr. Eine Kamera im Bahnhof zoomte an ihn heran und zeigte in Echtzeit seinen Namen, Alter, Beruf, sexuelle Präferenzen, politische Position und die letzte Steuererklärung. *»In Hamburg kann man Kaffee nicht mit Bananen bezahlen!«*

»Die spricht sicherlich nicht unsere Sprache«, erklärte eine Frau, die neben ihr ein Brot einkaufte.

»Haben Sie kein Geld?«, fragte der Verkäufer und griff bereits nach der Tasse. Agnes schämte sich für jeden, der sich gerade in Lisas Nähe befand.

»Hat sie!«, sagte ein Mann, den Agnes bisher nicht wahrgenommen hatte, dessen Stimme sie aber beinahe aus dem Sessel rutschen ließ. Schwarze Haare, schwarzer Mantel und ziemlich groß. Auch wenn sie bei Lisas frivolem Nachtprogramm nicht viel geschlafen hatte, hoffte sie, keinen Geist zu hören.

»Danke.« Lisas Hand zitterte, auch sie schien er zu beeindrucken. Dabei wirkte er wie frisch aus der Gruft. Diese Augen, Agnes kannte diese Augen. Aber das konnte nicht sein, warum sprang die Gesichtserkennung nicht an und zeigte, wie der Totengräber hieß?

»Wer ist das?«, fragte Yvonne Raiser. »Wieso wirft die Gesichtserkennung keinen Namen auf den Schirm?« Zu jedem, der im Bahnhof von einer Kamera erfasst wurde, ermittelte der Computer umgehend einen Screen seiner persönlichen Lebenssituation. Inklusive eines Scorings für den Wert, den ein Mensch in der Gesellschaft hatte. Leute mit guten Werten hatten bessere Chancen, bei Verkehrsunfällen oder ähnlichen Ereignissen zuvorkommend versorgt zu werden. Auch ein Better Life Service für die öffentliche Hand, den Agnes lieber gestern als heute abschalten würde.

»Möchtest du etwas essen?«, fragte der junge Mann, der Agnes immer nervöser machte. Die geschwärzte Augenpartie ließ bei dem zu Lisa geneigten Kopf keine eindeutige Identifikation zu. Auch weil sie ihn nicht ansah, sondern sich gerade in ein Rosinenbrötchen verliebte.

»Wir brauchen sofort eine weitere Kamera. Und Licht. So wie der da steht, sieht man nichts«, ordnete Raiser an. »Haben wir Mini-Drohnen in der Nähe?«

»Einsatzzeit drei Minuten …«

»Sofort in Bewegung setzen!«

»Schon unterwegs«, quittierte ein Mitarbeiter von der Seite.

Agnes brauchte keine Minidrohnen. Auch wenn Lisa ihn nicht ansah und das verdammte Gesichtserkennungssystem streikte - das war Alex Baringhaus – seine Stimme würde sie nicht vergessen.

»Zielperson identifiziert. Das ist Alex Baringhaus!«, rief Agnes. Alle sahen sie an. Niemand widersprach ihr. Raiser und Cahler nickten. Agnes sprach nur aus, was alle dachten.

Yvonne Raiser öffnete eine Leitung, um mit ihr zu sprechen. »Lisa, bitte, du musst dich jetzt konzentrieren …«

»Meister, Sie haben gesehen, was die junge Dame haben möchte.«

Auch in der Nähe des Backshops sahen alle Alex an. Als ob er ein Magier wäre, der alle mit einer dunklen Aura in seinen Bann zog.

»Lisa, gib mir ein Zeichen, dass du mich hörst! Es ist wichtig!« Lisa zeigte keine Reaktion, Raiser versuchte, sie bei der Stange zu halten. Agnes' Mund fühlte sich wie eine Wüste an, sie brauchte dringend ein Glas Wasser.

»Unerhört!«, schimpfte die alte Dame mit der Brottüte unter dem Arm im Weggehen. *»Diese Ausländer, schlimm, man erkennt die Stadt kaum noch!«*

»Ein Rosinenbrötchen, bitte sehr … geht aufs Haus … danke für Ihren Besuch.« Die Sommersprossen-Nase im Backshop glaubte vermutlich, gleich von Alex über den Tresen gezogen zu werden. Jeder in der Szenerie benahm sich merkwürdig.

»Sehr freundlich, danke.« Alex gab Lisa die Tüte. Er lächelte, als ob nichts vorgefallen wäre. *»Brauchst du Geld?«*

»LISA, HÖR MIR JETZT ZU!«, schrie Raiser, ohne eine Reaktion von ihr zu bekommen. Sie sah ihn an wie ein Reh, das von einem Auto geblendet wurde.

»Nein … ich werde … gleich kommt mich jemand holen.« Ein Lebenszeichen. Agnes atmete wieder. Lisa war noch zu einem sinnvollen Satz fähig.

»Oh … verstehe. Lass es dir schmecken … du siehst jemandem ähnlich, den ich gut kannte … schön, dich kennengelernt zu haben.« Alex sah Mia an, natürlich sah er seine tote Freundin. Natürlich half er ihr, den Kaffee zu bezahlen.

Lisa fiel die Kaffeetasse auf den Boden. Jetzt hatte sie geschaltet. Immerhin, es war noch nicht zu spät und sie hatte sich bisher absolut glaubwürdig verkauft. Wäre sie zu abgeklärt gewesen, hätte er Verdacht schöpfen können.

»Jetzt dürftest du es auch verstanden haben«, erklärte Raiser Lisa über Funk.

»Hey … keine Angst. Ich beiße nicht«, sagte er auf eine Art, wie nur er es konnte. *»Mein Zug fährt in zwanzig Minuten, möchtest du eine neue Tasse Kaffee?«*

»Wir haben ihn!«, schrie Cahler und riss die Faust nach oben.

»Major Cahler, er hat angebissen, ja, aber ich verspreche Ihnen, wir sollten ihn erst an Land ziehen, bevor wir uns über den fetten Fang freuen.« Agnes wusste genau, wozu er in der Lage war. Die Einsatzkräfte hatten ihn im Vier Jahreszeiten erst in Kompaniestärke überwältigen können.

»Sir, die Gesichtserkennung funktioniert absolut fehlerfrei«, meldete einer der Analysten. »Es liegt an der Datenbank. Der Referenzdatensatz von Alex Baringhaus wurde manipuliert. Unser System wurde fälschlicherweise auf einen unbescholtenen Pensionär umgeleitet.«

»Das ist doch Blödsinn! Das ist eine verteilte Hochsicherheitsdatenablage. Geschützt von unserer modernsten Firewall. Das Ding hat mehr Sicherheitsbarrieren als ich Haare auf dem Kopf. Da kommt doch niemand dran!«

Agnes schluckte. »Jetzt wissen Sie, mit wem wir es zu tun haben. Nur deswegen konnte er sich in den letzten beiden Tagen völlig unbehelligt im Hamburg bewegen.«

Während Alex und Lisa sich beschnupperten, tätigte Cahler einige verstörende Anrufe. Das Problem war offensichtlich. Wenn Alex Baringhaus in der Lage war, in eine Datenbank mit der höchsten Sicherheitsfreigabe einzudringen, um sein Datenprofil zu manipulieren, war er theoretisch auch in der Lage, jedes beliebige Computersystem im Netz zu infiltrieren. Absolut jedes. Weltweit. Es gab keine höhere Barriere als die, die er unbemerkt überwunden hatte. Wobei er unentdeckt geblieben war, was den Ernst der Lage noch schlimmer machte.

Er hätte Kraftwerke lahmlegen, Flugzeuge abstürzen, Atombomben zünden und sich nach Belieben live in die Streams schalten können. Das alles und mehr. Er hätte die ganze Welt verhöhnen können, die sich im naiven Glauben, sicher zu sein, auf diese verschissene Computertechnik verließ. Agnes wusste selbst nicht, wie man dieser Bedrohung Herr werden konnte. Hatte sie vor drei Jahren einen Fehler gemacht? Hatte sie unverantwortlich gehandelt, als sie ihn durch die Tür gehen ließ? Drei Jahre lang schien alles perfekt zu laufen. Drei Jahre. Und nun stellte sich heraus, dass ein Mensch binnen Minuten die gesamte moderne Welt wieder in die Steinzeit bomben könnte. Natürlich, Alex war kein Terrorist, kein Mörder und auch kein schlechter Mensch. Er wollte einfach nur leben. Allein. Abseits von allen anderen. Das war sein Wunsch. Aber die Frage, die sich heute stellte, war eine andere: Was würde Alex Baringhaus tun, wenn er richtig schlechte Laune hätte? Wenn man ihn jagen würde? In die Enge trieb? Was würde er tun, wenn er mit dem Rücken an der Wand stand und keinen Ausweg mehr wusste?

»Danke«, flüsterte Lisa, die binnen kurzer Zeit eine emotionale Brücke zu ihm aufgebaut hatte. Wozu war sie in der Lage? War das Berechnung? Wenn ja, wäre sie der verschlagenste Mensch, den Agnes kannte.

»Keine Ursache.« Alex sah verträumt auf ihre Haare. Was passierte da zwischen den beiden?

»Lisa macht das hervorragend. Gleich haben wir genug Einsatzkräfte für den Zugriff am Bahnhof«, rief Raiser durch den Kommandoraum, in dem mittlerweile helle Aufregung herrschte. Zugriff? Agnes sah Cahler an, der seit dem letzten Telefonat keinen Ton gesagt hatte. Er folgte nur stumm den Ereignissen am Bahnhof und wechselte immer wieder die Perspektive des Displays an seinem Sessel.

»Wie ist dein Name?«, fragte Lisa.

»Alex.«

»Ich bin Lisa.« Die beiden klangen wie Schulkinder. Weder Alex' noch Lisas merkwürdiges Verhalten ergaben für Agnes einen Sinn. Die Situation drohte außer Kontrolle zu geraten und sie hatte keinen Schimmer, von wem die größere Gefahr ausging.

»Hallo Lisa.«

»Hallo Alex.« Sie betrachtete ihn genauer. Seine Kleidung hatte es in sich. Agnes hätte noch nicht einmal ihre Mülltonne so angezogen. *»Dein Style ist ziemlich schräg.«*

»Echt? Ich finde, ich sehe nur Scheiße aus.«

»Trägst du ansonsten Krawatte? Ich meine, ich hätte dich schon mal in meiner Privatbank gesehen. Letzte Woche, als ich wegen der Steuern mein Schweizer Depot nach Singapur verlagern musste.«

Beide lachten. Das Gespräch verunsicherte Agnes mit jedem Wort mehr. Auch Cahlers abgeklärte Fratze machte ihr Sorgen. Was hatte er vor? Er wusste etwas, was sie noch nicht wusste. Sonst würde er nicht so ruhig bleiben.

»Du siehst aber auch nicht fit aus …« Die sahen beide wie von einem Auto überfahren aus.

Raiser stellte den Ton leiser. »Major, was tun wir jetzt?«

»Wir schauen uns die beiden weiter an. Ich bin mit Ihrer Agentin sehr zufrieden, sie gewinnt wertvolle Zeit für uns.«

»Und dann? Wir haben vier Bahnpolizisten und zwei unserer Agenten in der Nähe, die ihn festnehmen können. Weitere acht Bahnpolizisten befinden sich auf der Wache. Worauf warten wir noch?« Die Raiser schien nicht in seine Pläne eingeweiht zu sein.

»Ich habe ein SEK-Team angefordert, die werden den Zugriff vornehmen.« Cahler ließ sich nicht in die Karten blicken. Was hatte er vor?

»Stellen Sie den Ton wieder lauter, ich möchte hören, was sie sagen.« Agnes hatte Alex nicht aus den Augen gelassen. Einerseits musste er festgenommen werden, andererseits wollte sie aber nicht, dass er bei der Festnahme unnötig verletzt würde.

»Oder wie viel Zeit hast du noch?«, fragte Lisa und sah ihn an.

»Zu wenig … ich muss los.« Alex sah zu den Kameras, er schien zu spüren, dass sie ihm auf den Fersen waren.

»Melde dich mal …«, rief sie ihm nach.

»Bis dann …« Alex ging los. Jetzt müssten die Polizisten zugreifen, sie durften ihn nicht in der Menge untertauchen lassen.

»Warum warten die Einsatzkräfte?«, fragte Agnes und stand auf. Sie sah Cahler an, der sie keines Blickes würdigte.

»Wir warten.« Mehr sagte er nicht.

»Zugriff! Verhaften Sie Alex Baringhaus!«, gab Raiser über Funk für die Polizei durch. Damit widersetzte sie sich offen dem Befehl Cahlers, der das Kommando hatte.

»Raiser, Sie haben keine Ahnung, was auf dem Spiel steht!« Auch er stand jetzt auf.

»Wir werden den Verdächtigen festnehmen«, bestätigte ein Polizist aus dem Bahnhof.

»Wir werden ihn verhaften und hierher bringen lassen!« Major Raiser hielt voll dagegen. Agnes hatte nicht damit gerechnet, dass die beiden nicht an einem Strick ziehen würden.

»Hallo!« Das Hallo klang weniger freundlich, es galt Alex. Jetzt würde der Tanz losgehen. *»Sie in dem dunklen Mantel, bleiben Sie stehen!«*

»Probieren Sie es. Das SEK ist nur zur Sicherung da.« Cahler blieb cool wie Gullydeckel im Winter. Es schien ihn nicht zu stören, dass Raiser sich seinem direkten Befehl widersetzt hatte.

»Was ist mit ihm?«, fragte Lisa, die über das Verhalten der Polizei wenig Begeisterung zeigte.

»Sie bleiben da stehen und sagen keinen Ton!«, fuhr sie einer der Beamten an.

»Er hat doch überhaupt nichts getan!« Glaubte sie, ihn nur mit ihrem Charme einfangen zu können? *»Wegen einer Tasse Kaffee?«*

»Seien Sie still!«

»ALEX, LAUF«, rief sie. Da stimmte was nicht, Agnes konnte spüren, dass Lisa das Team verlassen hatte. Die ganze Verschlagenheit, die Agnes bei ihr vermutet hatte, war nur das Verhalten eines Teenagers. Diese junge Frau war für einen Einsatz als Agentin im Außendienst völlig ungeeignet. Es war ein Fehler zu glauben, den Charakter eines Menschen wie einen Computer programmieren zu können.

»Ihre Agentin schießt quer!« Agnes ging auf das große Display zu. »Wir sollten sie aus dem Verkehr ziehen!«

»BLEIBEN SIE SOFORT STEHEN!«

Was Alex nicht tat.

»STEHENBLEIBEN!«

Auch jetzt nicht. Er rannte weg, sehr schnell sogar und das mit diesen albernen Gummistiefeln. An der nächsten Treppe lief er zu den Gleisen herauf.
»Bleiben Sie ruhig. Lisa ist irrelevant, sie soll sich weiter an ihrem Kaffee festhalten. Meine Männer sind da, sie übernehmen.« Cahler hatte wieder sein Mobile am Ohr. Dieses Arschloch, er spielte nicht fair. Der ganze Einsatz war eine Katastrophe.
»Was haben Sie vor?« Agnes ging auf ihn zu. »Welche Befehle haben Sie dem SEK-Team gegeben?«
»Dr. Gutter, Sie sind eine intelligente Frau. Sie wissen, was getan werden muss.«
»Wollen Sie ihn töten?« Agnes tobte vor Wut. Natürlich kannte sie die Gefahr, die von ihm ausging. Trotzdem wollte sie ihn nicht tot sehen. Er war Olafs Sohn, nein, das wollte sie nicht.
Hunde bellten. Die Kamera schaltete um. Weg von Lisa, die von einem Bahnpolizisten festgehalten wurde. Sie bekamen die Bilder jetzt von Drohnen, die über den Gleisen schwebten. Die Sonne schien. Das Wetter war viel zu gut für die Scheiße, die gleich passieren würde. Agnes wischte sich eine Träne von der Wange. Sie wollte Cahler nicht die Genugtuung schenken, zu weinen.
»ALEX BARINGHAUS! BLEIBEN SIE STEHEN UND LEISTEN SIE KEINEN WIDERSTAND!«, tönte es über das Gleis.

»Ich gebe auf!« Alex blieb stehen und hob die Hände.
»AUF DIE KNIE!«, rief der Polizist aus dem Magnetgleiter über seine Lautsprecher. *»HÄNDE HINTER DEN KOPF!«*
»Rot 1: Habe Zielperson gestellt.« Der SEK-Polizist stand genau hinter Alex und richtete eine alte Pump-Gun auf seinen Kopf. Die Signaturwaffen befanden sich alle im Depot.
»Rot 2: Sichere Rot 1 von Norden«, der zweite Beamte richtete ein altes Sturmgewehr auf ihn.
»Rot 3: Unterstütze Rot 2 im Norden.« Es waren drei Polizisten in seiner unmittelbaren Nähe und weitere, die das Umfeld sicherten. Dabei legten sie elektronische Blender auf den Boden. Auch Produkte aus dem gut gefüllten Waffenregal von Better Life. Alex würde diese faustgroßen Einheiten nicht sehen können, die drei SEK-Polizisten neben ihm auch nicht, aber alle, die sich außerhalb des Bannkreises befanden, sahen in der Mitte nur noch ein grelles Licht und hörten ein niederfrequentes Brummen. Egal, was mit Alex gleich geschah, es würde ohne Zeugen geschehen.
Cahler ging an ein zentrales Steuerungspult und schaltete eine Kommunikation zu dem SEK-Teamleiter. »Meine Name ist Major Patrick Cahler. Code Delta-Echo-876912. Ich bin der Einsatzleiter und Sie hören mir zu. Sie werden jetzt zu dem Mann mit dem hässlichen Lackmantel gehen, ihre Dienstwaffe ziehen und ihm eine Kugel in den Hin-

terkopf jagen. Haben Sie mich verstanden?«

»Rot 1 an Zentrale: Wiederholen Sie den Befehl.«

»Der Mann ist ein Terrorist. Töten Sie ihn!«

»Was soll ich tun? Warum? Die Zielperson ist gesichert, der bewegt sich keinen Zentimeter.«

»Tun Sie es!«

Agnes wurde schlecht, sie glaubte, sich gleich übergeben zu müssen. Das hatte sie nicht gewollt.

»Der Junge leistet keinen Widerstand … ich knall den doch nicht ab wie einen räudigen Köter!« Der SEK-Polizist spielte nicht mit.

»Rot 2 lösen Sie Rot 1 ab und führen Sie meinen Befehl aus!« Cahler ließ sich nicht von seinem Vorhaben abbringen. Agnes hielt sich die Hände vor das Gesicht.

»Rot 2: Verstanden. Ich löse Rot 1 ab.« Das wars, der zweite Beamte zog seine Handfeuerwaffe, lud sie durch und drückte Alex den Lauf in den Nacken. *»Sorry, nimm es nicht persönlich.«*

***

XVI. Wer bist du?

In der großen Bahnhofshalle waren es maximal 20 Grad Celsius, das alte Mauerwerk hielt den Sommer wehrhaft vor den großen automatischen Türen. Lisa schwitzte trotzdem. Das alles ergab keinen Sinn, natürlich hatte sie ihren Auftrag nicht vergessen: Sie sollte dabei helfen, den Terroristen Alex Baringhaus zu verhaften. Er war gefährlich und musste sofort aus dem Verkehr gezogen werden, so Dr. Yvonne Raiser. Eine klare Ansage, die für ihre Mission keinen Interpretationsraum offen ließ. Als Lohn würde sie sich freier bewegen können.

Was tue ich hier, fragte sie sich. Sie fühlte sich wie ein Kind, das die mütterliche Warnung, die Finger von einer rotglühenden Herdplatte fernzuhalten, mit der Hand überprüfen wollte. Wollte sie alles auf eine Karte setzen?

»Sie bleiben da stehen und sagen keinen Ton!« Der Bahnpolizist zeigte fordernd mit dem Finger auf sie. Dieser Blick, der Mann fürchtete sich sichtlich.

»Er hat doch überhaupt nichts getan!« Lisa verstand nicht, warum die Stimmung binnen weniger Sekunden kippte. Sie hielt die Reaktion der Polizei für überzogen. »Wegen einer Tasse Kaffee?«

»Seien Sie still!« Der Typ stellte sich vor sie. Er legte seine Hand auf den Pistolenhalfter. Das war doch Wahnsinn! Lisa wollte nicht, dass Alex etwas zustößt.

»ALEX, LAUF«, rief sie, ohne sich der Worte bewusst zu sein. Eine innere Stimme, tief aus ihrem Bauch, der sie nicht den Mund verbieten konnte, agierte schneller als ihr Verstand. Sie erkannte den Widerspruch zwischen ihrem Auftrag und ihrem Tun. Lisa traf eine Entscheidung: gegen Better Life und für den Wahnsinn! Alex brauchte ihre Hilfe, er war kein Terrorist, das wusste sie genau. Sie wollte nicht für Raiser und andere Bonzen die Drecksarbeit erledigen.
»BLEIBEN SIE SOFORT STEHEN!«, rief ein Bahnpolizist. Nicht zu ihr, er sah Alex hinterher. Der wegrannte. Die drei Bahnpolizisten hinterher, einer blieb bei ihr. Auch die beiden zivilen Better Life Agenten liefen los und zogen ihre Waffen. Beretta 92, neun Millimeter Luger. Ältere Pistolen, Halbautomatik, je 15 Patronen im Magazin, weswegen sie nicht weniger tödlich waren.
»STEHENBLEIBEN!«
Alex rannte schneller. An der nächsten Ecke lief er eine Treppe herauf. Wo wollte er hin? Dort ging es zu den Gleisen. Sie hielt die Wahl seines Fluchtweges für bedenklich.
Hunde bellten. Lisa zuckte zusammen, nicht wegen des Gebells, sondern weil der Bahnpolizist sie am Handgelenk packte. Jemand ließ ihm über Funk eine Nachricht zukommen, die er nickend quittierte. Die beiden Agenten luden im Laufen die Waffen durch, die wollten schießen. Das war doch vollkommen verrückt!

»Bleiben Sie ruhig, dann wird Ihnen nichts geschehen«, sagte der Polizist. Wer es glaubt! Sie tat es nicht! An den Seiten brachten sich Reisende in Geschäften und Waschräumen in Sicherheit. Lisa würde eine weitere Entscheidung treffen müssen. Ein Rückzieher war jetzt nicht mehr möglich.

»ALEX BARINGHAUS! BLEIBEN SIE STEHEN UND LEISTEN SIE KEINEN WIDERSTAND!«, tönte es aus einem Lautsprecher, vermutlich vom Gleis oberhalb der Treppe. Die Stimme klang gedämpft. Lisa sah den Polizisten an, der ihre Hand hielt. Er reagierte auf ihren Blick und schüttelte den Kopf. Tue es nicht, sagte er mit den Augen. Sie sah zur Treppe, an der bereits seine Kollegen und zwei Zivilisten benommen am Boden lagen. Lisa musste handeln.

»AUF DIE KNIE!«, klang es von den Gleisen. Undeutlich, aber laut genug, um es zu verstehen. Die Bullen mussten Alex gestellt haben. »HÄNDE HINTER DEN KOPF!«

Der Bahnpolizist, ein grauhaariger Mann um die Fünfzig, griff nach ihrer zweiten Hand. Ein Fehler, sie lehnte sich nach hinten, zog das Knie an die Brust, streckte das Bein im Spagat nach oben durch und trat ihm mit ihrem Fußballen unter das Kinn. Es knirschte. Blut und Zähne landeten auf dem Boden. Zeitgleich mit ihm, der sie jetzt nicht länger festhielt. Er hätte sie in Ruhe lassen sollen.

Lisa sprintete los. Es ging um Sekunden. Die beiden zivilen Securities, ein Mann mit Vollbart und eine Frau mit langen blonden Haaren, die zu einem Pferdeschwanz zusammengebunden waren, halfen den Bahnpolizisten an der Treppe wieder auf die Beine. Sieben Männer, fünf davon bewaffnet, zwei Zivilisten, vermutlich Sportler, standen vor ihr. Alle sahen die Treppe hoch. Ihr Vorteil, sie hatten sie noch nicht bemerkt. Ihr Manko: alles andere. Sie hatte keine Waffen, war alleine und bis auf das halbe Hemd dürften die Männer alle mindestens dreißig Kilogramm mehr auf die Waage bringen. Nicht denken, handeln. Lisa schaltete in Automode, die Realität wurde zum Videospiel. Bunt, schnell und laut. Wie beim Training auf der Displaywand. Wer zögerte, starb.
Dem Bahnpolizisten, der sie als Erster sah, schlug sie mit der Faust auf den Kehlkopf. Was ihn krächzend zu Fall brachte. Der Zweite bekam ihren Ellenbogen auf den Solarplexus, der deswegen wie ein Luftballon, den man nicht zugeknotet hatte, zu Boden flatterte. Nur noch fünf, die ihr im Weg standen.
Erst jetzt reagierte der erste der beiden Agenten. Der Vollbart versuchte, auf sie anzulegen. Du hast verloren, Rauschebart, dachte Lisa, griff nach seiner Waffenhand und zog sie an sich vorbei. Dann legte sie ihr Bein im stehenden Spagat über den Arm und brach ihm mit einem Schienbeintritt die Nase. Es knackte. Vermutlich auch der Kiefer. Ein Schrei, Blut spritzte auf ihr Bein und er

klappte wie ein Schnappmesser zusammen. Natürlich ohne seine Waffe, die Lisa jetzt am Lauf in der Hand hielt. Ein guter Tausch. Sie wollte auch die andere Beretta haben.
Die Blondine ging auf sie los. Entschlossen, aber zu langsam. Während sie mit dem Körper herumfuhr, um Lisa mit gestrecktem Arm anzuvisieren, schlug Lisa ihr mit dem Pistolengriffstück gegen die Schläfe. Die Augen der Blonden rollten sofort nach hinten. Jetzt hatte Lisa die zweite Beretta. Bingo! Zwei Argumente, die weder den dritten Bahnpolizisten noch die beiden Sportler motivierten, weiterzukämpfen. Mit Todesangst sahen sie Lisa an.
»Lauft!«, sagte sie und zielte auf deren Köpfe. Eine Drohung, die ankam, die drei Männer liefen wie die Hasen. Es ging um Sekunden. Sie rannte zu den Gleisen hoch.
»Der Junge leistet keinen Widerstand … ich knall den doch nicht ab wie einen räudigen Köter!«, hörte sie einen Mann sagen, vermutlich ein SEK-Polizist. Ein seltsamer Moment, um sein Gewissen zur Schau zu tragen, aber der Typ war in Ordnung.
Lisa streckte die Arme mit beiden Pistolen aus.
»Rot 2: Verstanden. Ich löse Rot 1 ab.« Jetzt sah Lisa den Beamten in schwarzer Uniform, der Alex, der sich auf den Knien befand, eine Waffe in den Nacken drückte. Der wollte ihn hinrichten! »Sorry, nimm es nicht persönlich.«

Es knallte. Mehrfach. Lisa atmete heftig. Sie konnte das Kordit der abgefeuerten Patronen riechen. Hülsen fielen auf den Boden. Genau vor ihren Füßen. Hatte sie geschossen? Sie sah zu Alex, der flach auf dem Boden lag.

Lisa tat es einfach. Sie ging, drehte sich um ihre eigene Achse und schoss. Nicht denken, handeln. Das hatte sie gelernt. Im Umfeld des Bahnsteigs befanden sich weitere SEK-Einsatzkräfte. Sie zählte 18, die die Situation noch nicht vollständig erfasst, aber die drei Schüsse gehört hatten. Das Kommando nutzte asymmetrische Blendeinheiten, die eine Sicht von innen nach außen zuließen, aber nicht umgekehrt. Alex sollte ohne Zeugen umgebracht werden. Auch die Geräusche konnte man außerhalb des Blendkreises nur gedämpft wahrnehmen. Diese Waffen würde Lisa jetzt gegen die Polizisten richten.

Lisa schoss wieder. Einzeln. Gezielt. Für jeden SEK-Polizisten, der die Barriere durchschritt, einen Schuss. Nur präzise Treffer würden ihre Gegner aufhalten, die schwere Körperpanzer und analoge automatische Waffen trugen. Genau oberhalb des Brustpanzers und unter dem Visier des ballistischen Schutzhelms boten ihre Ziele eine verwundbare Stelle, die sie mit tödlicher Präzision ausnutzte. Auch zwei faustgroße Aufklärungsdrohnen schoss sie ab.

Alle kamen sie durch die Barriere gelaufen, sahen die Toten, sahen sie und entschlossen sich, zu kämpfen. Normale Menschen würden in dieser Situation paralysiert stehen bleiben. Trainierte SEK-Polizisten brauchten nicht länger als eine Sekunde, um die Situation zu bewerten, eine Entscheidung zu treffen und das Feuer auf sie zu eröffnen. Eine lange Sekunde, in der sie bereits geschossen hatte. Und getroffen. Mehrfach. Drei Beamten konnte sie in das Gesicht schießen, die es versäumt hatten, ihr schusssicheres Visier zu schließen. Leichte Ziele. Einer hielt seinen Kopf nach vorne. Und schoss. Ein Schlag traf sie an der Seite. Lisa schoss ihm dafür in den Unterleib, und als er am Boden lag, unterhalb des Kinns in den Kopf.

Stille. Es kam keiner mehr. Auch der Magnetgleiter drehte ab, der die ganze Zeit über dem Gleis geschwebt hatte, aber wegen des Blendkreises kein Ziel erfassen konnte.

Lisa ließ die Waffen sinken und sah Alex an, der auf dem Boden sitzend sichtlich eingeschüchtert den Ereignissen folgte. Neben ihm lagen zwei tote SEK-Polizisten in einer riesigen Blutlache, die dritte Leiche im näheren Umfeld lag im Gleisbett neben dem Bahnsteig. Ihm fehlte das gesamte Gesicht.

»Bist du verletzt?«, fragte sie. Verrückt, sie hatte einen Moment zuvor einundzwanzig Beamte erschossen und sorgte sich nur um sein Wohlergehen.

»Nein, nein …« Alex tastete sich prüfend ab. »Ich habe nichts abbekommen.«

Das Videospiel war vorbei. Die Realität traf Lisa wie ein Hammer. Sie wollte weinen, tat es aber nicht. Sie wollte schreien, schwieg aber. Weglaufen, aber ihre Beine funktionierten nicht mehr. Blut, alles war voller Blut. Sie war eine – sie wusste nicht wer oder was sie war.

»Ich, ich …« Lisa strauchelte, die Waffen ließ sie fallen. Das war zu viel, das wollte sie nicht. Sie wollte niemanden töten. Nein, niemand durfte andere Menschen umbringen.

»Du bist verletzt«, sagte Alex und kam auf sie zu.

»Bitte?« Lisa verstand ihn nicht. Warum sollte sie verletzt sein? Die anderen lagen doch tot im Kiesbett.

»Einer der Polizisten hat auf dich geschossen.«

»Nein …«, davon war Lisa überzeugt, sie war unverletzt, sackte aber auf den Po. Sie konnte ihr Gewicht nicht mehr auf den Beinen halten. Alles vor ihren Augen wurde unscharf.

»Doch, doch … du wirst dir kaum selbst ein Loch in den Pelz geschossen haben.«

»Aber …« Lisa griff sich an die Seite, ein Stich durchfuhr ihren Körper. Da befand sich Blut an ihrer Hand. Ihr gesamter Körper fing an zu zittern. Was hatte sie getan?

»Wir müssen sofort weg!«

»Weg?« Lisa sah ihn an, sie wollte Alex nicht wieder zurücklassen. Nein, sie wollte bei ihm bleiben.

»Die werden hier in ein paar Minuten mit der gesamten Hamburger Kavallerie anrücken.«

»Hamburg?« Lisa konnte keinen klaren Gedanken fassen. Dann schloss sie die Augen.

***

XVII. Offline

»Rot 2 lösen Sie Rot 1 ab und führen Sie meinen Befehl aus!« Cahler ließ sich nicht von seinem Vorhaben abbringen. Agnes hielt sich die Hände vor das Gesicht.

»Rot 2: Verstanden. Ich löse Rot 1 ab.« Das wars, der zweite Beamte zog seine Handfeuerwaffe, lud sie durch und drückte Alex den Lauf in den Nacken. *»Sorry, nimm es nicht persönlich.«*

Drei Schüsse fielen. Agnes glaubte, sich übergeben zu müssen. Den Kopf resigniert nach vorne gebeugt, hatte sie nicht hingesehen. Jeder Schuss schmerzte wie ein Schlag in den Magen.

»WAS IST DAS FÜR EINE SCHEISSE!«, schrie Cahler hysterisch. Agnes sah ihn an. »WOLLEN SIE MICH VERARSCHEN?« Die Frage ging an Raiser, die er wie ein Gestörter anging. Sein Gesicht nur eine Handbreite von ihrem entfernt. Speichel lief an seinem Kinn herunter. Der würde sie gleich in der Luft zerreißen.

»Ich weiß nicht … das kann ich mir nicht erklären …«, stammelte Yvonne Raiser. Weitere Schüsse krachten, so nah, als ob sie jemand im Führungsbunker abgefeuert hätte. Bei jedem Knall zuckte die Rothaarige zusammen.

Agnes verstand gar nichts mehr. Sie wollte auf das große Wanddisplay sehen, traute sich aber kaum, den Kopf zu bewegen. Unendlich langsam drehte sie sich herum. Da war Lisa. Und Alex, der vor ihr am Boden lag. Daneben Blut. Und zwei leblose Polizisten. Das Mädchen, das wie

Mia aussah, hielt zwei Pistolen in den Händen, ging auf Alex zu, drehte sich und feuerte dabei. Eine Drohne zeigte im Splitscreen die Totale, zeigte SEK-Polizisten, die in den Blendkreis rannten. Um ihren Kameraden zu helfen. Und erschossen wurden, schneller als Agnes der Szenerie folgen konnte. Die andere Drohne zeigte Lisa, Lisa XIII, ganz nah, in deren Gesicht keine Regung zu erkennen war. Kein Zucken, kein Zwinkern, nichts. Keine Geste, die zeigte, dass dort ein menschliches Wesen agierte. Nein, tötete, ein unsägliches Blutbad anrichtete, und das mit einer Präzision, zu der normale Menschen nicht fähig waren.

»SCHALTEN SIE DIESEN ROBOTER AB! SOFORT!«, schrie Cahler und ging zu einem der technischen Analysten. Yvonne Raiser saß bereits wie ein Häufchen Elend am Boden. Unfähig, weitere Anweisungen zu geben. Jeder hatte ein Limit. Ihres schien überschritten. Sie heulte und war nicht mehr ansprechbar.

»Das geht nicht …«, antwortete der Analyst hektisch.

»Wie?«

»Sie agiert autonom … wir können nur ihre digitalen Fähigkeiten unterdrücken.«

»Sie haben ein Monster geschaffen und vergessen, ihr einen Aus-Schalter auf den Arsch zu tackern?«

»Sir …«

»Warum kann sie überhaupt mit den Waffen unserer Leute schießen? Die haben doch alle eine DNA-

Überprüfung des Schützen, oder nicht?« Cahler schien es nicht verstanden zu haben.
»Das Missionsziel war Alex Baringhaus. Seinetwegen haben die Beamten ihre Signaturwaffen im Depot gelassen«, erklärte Agnes nüchtern. Sie hatten es so gewollt. Ursache und Wirkung, eigentlich ganz einfach. Alle waren davon ausgegangen, dass Lisa in der Better Life Mannschaft mitspielt. Dieses Horrorszenario hatte niemand vorher auf dem Schirm gehabt.
»Jetzt kommen Sie mir nicht damit!« Cahler sah sie nur an. Er war der Einsatzleiter, er würde dieses Fiasko verantworten müssen. Trotzdem wollte Agnes helfen.
Auf dem Display sah man, dass die Drohnen ausfielen. Lisa schoss sie ab. Der Kamera-Operator schalte auf die Bodycam eines toten Polizisten, Rot 2, der Mann, der Alex töten wollte. Aus der Sicht konnten sie Alex erkennen, der sich wieder aufrappelte, und Lisa, die aufhörte zu schießen. Keine Ziele mehr in Reichweite, sie hatte alle erschossen, die so dumm waren, gegen sie anzutreten.
»ALLES ABZIEHEN!«, rief Agnes und ging auf Cahler zu. Der Idiot sollte ihr gefälligst zuhören. Jetzt ging es darum, keine weiteren Polizisten zu opfern.
»Bitte?« Cahler drehte sie zu ihr. »Was soll das bringen?«
»Ich will nicht noch mehr Menschenleben riskieren. Der Bahnhof ist voller Zivilisten.« Niemand würde gegen Lisa eine Chance haben. »Ziehen Sie alle Sicherheitskräfte ab. Wir müssen die Lage analysieren, Optionen bewerten und

fokussiert handeln.« Alles andere würde die Katastrophe verschlimmern.

»Sie haben recht …« Cahler gab einem Operator ein Zeichen. »Sofort abziehen!«

»Sir, alle polizeilichen Kräfte? Auch die, die auf dem Weg zum Bahnhof sind?«, fragte der Operator, ein junger Mann, der die Kommunikation koordinierte.

»Alle … wir lassen Alex Baringhaus und Lisa XIII ziehen. Die Bahnpolizei wird ohnehin keinen Job schaffen, bei dem gerade ein ganzes SEK-Team versagt hat. Die Einheiten in der Luft bleiben auf Standby.« Cahler traf die richtige Entscheidung. »Wir werden Lisa XIII weiterhin über die Implantate in ihrem Kopf orten.«

Agnes beobachtete, wie der Magnetgleiter abzog und auf dreihundert Meter Höhe stieg. Hoffentlich war das kein Fehler. Dieser Einsatz mutierte zu einem Super-GAU: Sie hatten einen potenziellen Cyber-Terroristen mit einer leistungsfähigen Agentin zusammengebracht, die den Verstand verloren hatte, ein absolutes Dream Team.

»Bonnie & Clyde meets Hamburg 2037«, flüsterte Agnes mehr für sich. Einerseits hatte Alex überlebt, was sie begrüßte, andererseits wusste sie, dass diese Tragödie noch nicht ihren Höhepunkt erreicht hatte. Alles, was jetzt kam, würde schlimmer werden.

Egal, wie viele Pistolen Lisa erbeuten konnte, Alex war in der Lage, binnen einer Minute mehr Menschen zu töten, als in allen Kriegen der Menschheit in den letzten 150 Jahren zusammen umgekommen waren.

Agnes saß kurze Zeit später in einem Besprechungsraum. Eine heiße Kaffeetasse vor Augen, die nicht genügen würde, um aus diesem Alptraum zu erwachen. Nach dem Einsatz hatte sie sich umgezogen. Sie trug jetzt ein graues Kostüm und eine weiße Bluse. Major Patrick Cahler, der ihr schweigend gegenübersaß, trug immer noch sein verschwitztes Hemd. Das Sakko hing über der Lehne eines Stuhls. Den Kopf hatte er in den Nacken gelegt und die Augen geschlossen. Major Yvonne Raiser befand sich auf der Krankenstation und schlief nach dem Nervenzusammenbruch tief und fest.

Niemand sprach, obwohl es viele Dinge gab, die besprochen werden mussten. Sie warteten, so lautete der Befehl. Die Tür öffnete sich und Dr. Jakub Allister betrat den Raum. Ein Militärpolizist schloss die Tür wieder von außen.

»Wieder auf den Beinen?«, fragte Agnes, die sonst wen erwartet hatte, nur nicht ihn.

»Für König und Vaterland.« Er lächelte. Charmant sogar, man konnte Jake mit seinen himmelblauen Augen nicht nachsagen, das er keinen Sexappeal besaß. Er hatte seinen Bart abrasiert und auch seine Haare trug er kürzer als zuvor. Den Grund dafür sah Agnes schnell. Auf der Wange zeigte sich eine schicke Verbrennung und über dem Ohr eine kahle Stelle, die farblich mit der verkokelten Wange harmonierte.

Cahler beachtete ihn nicht, was Agnes verwunderte, sie war bisher davon ausgegangen, dass sich die beiden Männer besser verstanden hätten. Aber der heutige Anlass war auch kein Grund zur Freude.

»Alex Baringhaus scheint mit Ihrer Privatbehandlung nicht sonderlich zufrieden gewesen zu sein.«

»Ja … er hat ein elektrisierendes Wesen, man sollte ihm mit ausreichend Abstand begegnen.« Ihn schien seine Niederlage nicht zu stören. Agnes glaubte, sogar eine gewisse Euphorie wahrnehmen zu können. »Patrick, so schweigsam heute?«

»Werden Sie jetzt alles übernehmen?«

»Ja.« Jake lächelte. »K-84 ist mein Projekt, meine Sorge und meine Verantwortung. Vielen Dank dafür, dass Sie ausgeholfen haben.«

»Werde ich abgelöst?«

»Ja.« Jakes Lächeln wirkte wie ein Gletscher, der die Beziehung zwischen den beiden Männern in den nächsten 100.000 Jahren regeln sollte.

»Das war nicht meine Schuld!« Cahlers Versuch, seine Karriere zu retten wirkte erbärmlich.

»Natürlich.« Jake zeigte auf die Tür. »Sie können gehen.«
Cahler stand auf und ging. Agnes fragte sich, ob sie ihm gleich folgen sollte. Eine merkwürdige Situation, sie war Jake Allisters Vorgesetzte und trotzdem gab er den Ton an.
»Und jetzt?« Sie waren allein. Die Wahrscheinlichkeit, dass Agnes und er jemals ein romantisches Zusammensein hätten, lag knapp unter der Wahrscheinlichkeit, dass morgen die Sonne zufror.
»Agnes, wissen Sie … Sie sind ein Vorbild für mich.« Jake gab sich aalglatt.
»Ich bin Ihre Chefin.«
»Oh ja.« Er lächelte. »Und vermutlich die Beste, die jemals diesen Posten hatte.«
Agnes verdrehte die Augen. »Haben wir Zeit für solche Floskeln?«
»Ja.« Er schien das völlig ernst zu meinen. »Ich denke, wir beide sollten noch einmal von vorne anfangen.«
»Wofür?« Agnes lehnte sich zurück, der Typ wollte ihr etwas verkaufen, an dem sie wenig Interesse hatte.
»Wissen Sie, was Patrick Cahler, Yvonne Raiser, 21 tote Polizisten, Sie und ich gemeinsam haben?«
»Nein.«
»Wir gehören derselben Spezies an.«
»Oh …« Darüber konnte Agnes nur müde lächeln.

»Wir sind Menschen, soziale Wesen ... und auch wenn ich die meisten unserer Art für naive Idioten halte, möchte ich niemandem Leid antun.«

»Das möchte ich auch nicht.«

»Sehen Sie ... deshalb gibt es Menschen, die Verantwortung für andere übernehmen. Sie tun das für sehr viele meiner Kollegen, die auch aufgrund Ihrer Führungsstärke einen Arbeitsplatz haben.«

»Weiter ...« Dieses sozial angehauchte Gewäsch nervte sie.

»Und für K-84.«

»Armseliger Versuch.« Sie lächelte dünn.

»Mensch Agnes, wenn ich es nicht tue, macht es ein anderer! Und das sicherlich nicht besser als ich.«

»Jake, K-84 ist ein illegales Waffenprogramm, bei dem illegale genetische Versuche am Menschen mit illegalen militärischen IT-Technologien genutzt werden, um illegale nachrichtendienstliche Operationen zu ermöglichen.«

»Waren Sie in Ihrem letzten Leben Richterin oder Ärztin?«

»Gerade eben haben Sie mich noch als Mensch bezeichnet.«

»Womit wir wieder bei Ihrer Qualifikation angekommen wären.« Jake lehnte sich zurück.

»Die wäre? Sie könnten noch erwähnen, dass Sie mich hübsch finden und mich gerne besser kennenlernen wollen.«

»Ich glaube, ich bin nicht Ihr Typ.« Jake sah kurz zur Seite. »Ich dachte Patrick wäre schon soweit, ist er aber nicht.«

»Er wird es auch nie sein.«

»Mag sein.« Er legte seine beiden Zeigefinger an den Mund. »Yvonne ist fachlich hervorragend.«

»Lisa XIII hat sicherlich alles gezeigt, was sie ihr beigebracht hat.« Agnes verabscheute Wissenschaftler, die nicht die Tragweite ihres Tuns erkannten.

»Leider auch Dinge, die wir nicht sehen wollten.« Jake ging erstaunlich offen mit der Situation um.

»K-84 ist ein Fehler.«

»Ja.«

Stille. Agnes sah ihn an. Er hielt ihrem Blick stand. Offen. Authentisch. Was wollte dieser Mann von ihr?

»Spielen Sie mit mir?«

»Nein.« Keine Regung. Nicht Lisa war das Waffensystem, sie war höchstens ein Projektil. Er war die Waffe, er feuerte ‚Lisas' ab und er stellte die eigentliche Bedrohung da.

»Stellen Sie K-84 ein.« Agnes würde jetzt in Erfahrung bringen, wo er stand.

»Darf ich Ihnen etwas zeigen?«, fragte er, höflich wie ein Kellner an einer hochklassigen Hotelbar.

»Bitte.« Folgte jetzt der nächste Taschenspielertrick?

»Ich habe mich auf unser Gespräch vorbereitet. Dazu habe ich mit meinen Auftraggebern gesprochen. Was ich Ihnen jetzt zeige, ist vertraulich. Aber was sage ich Ihnen, Sie kennen das Spiel.«

»Jetzt bin ich neugierig.« Unterhaltsam war er und gefährlich. Ihn mit einer tropischen Giftschlange zu vergleichen, würde die Wildtiere verharmlosen.

»Ich habe vor zwei Stunden, also vor Ihrem Einsatz am Hamburger Bahnhof, meinem Steuerungskreis empfohlen, K-84 einzustellen und Lisa XIII zu töten.«

Dazu zeigte er an einem Display zeitlich datierte Nachrichten, die vom Better Life Kommunikationsserver zur erwähnten Uhrzeit zertifiziert waren.

»Sie hätten den Einsatz stoppen können.«

»Das hätte ich … aber ich wollte auch Alex Baringhaus haben. Mir war der Sachverhalt gegenwärtig, dass Lisa emotional instabil ist. Aber verdammt … ich habe wirklich nicht damit gerechnet, dass sie bereits bei ihrem ersten Einsatz 21 Polizeibeamte tötet.«

»Erzählen Sie das auch den Hinterbliebenen?« Agnes kotzte diese Argumentation an. Sobald es Tote gab, hatte zuvor niemand damit rechnen können. Ihr waren die Risiken solcher Technologie bewusst, weshalb sie seit drei Jahren alles dafür gab, Better Life zu einer besseren Firma zu machen.

»Ja.« Er nickte. »Wenn der richtige Zeitpunkt gekommen ist.«
»Helfen Sie mir, Ihnen zu glauben.« Was Agnes genauso meinte, wie sie es sagte.
»Helfen Sie mir, Lisa und Alex zu schnappen.«
»Ich dachte, ich tue das schon.«
»Nein, sie schützen ihn … Olaf zuliebe. Und ich verstehe das, Sie haben seinen Vater geliebt. Alex ist kein Terrorist, das wissen wir beide. Aber können Sie mir heute versprechen, also wirklich Ihre Hand für ihn ins Feuer legen, dass er in fünf Jahren immer noch so tickt?«
Agnes wusste nicht, was sie sagen sollte.
»Oder in zehn Jahren? Zwanzig Jahre? Verdammt, wir wissen noch nicht einmal, wie alt er werden kann.«
»Das kann ich nicht.« Agnes kannte die Gefahren, die von ihm ausgingen. Sie wollte sich nicht ausmalen, was passieren könnte, wenn er krank würde? Oder drogensüchtig? Kein Mensch durfte so eine große Macht besitzen.
»Agnes, keiner kennt ihn so gut wie Sie. Sie waren die Einzige heute, die richtige Entscheidungen getroffen hat.«
»Und wer hört auf mich?« Agnes hatte auch nicht vergessen, wie dünn der Faden war, an dem ihr CEO-Posten hing.
»Ich.« Er beugte sich vor. »Und andere wichtige Männer, die diese Grenze nicht überschreiten wollen.«

»Diese wichtigen Männer haben K-84 beauftragt.« Und vor ihr geheim gehalten. Ob da wirklich keine Frauen dabei waren?

»Und erkannt, dass es ein Fehler war.«

»Sie klingen wie ein Versicherungsvertreter.« Agnes würde ihm gerne glauben wollen, aber etwas hielt sie zurück.

»Was haben Sie zu verlieren?«

»Ich? Nichts. Die Menschen in Europa? Alles.«

»Dann helfen Sie, Lisa und Alex zu fangen. Sie leiten den Einsatz. Sie geben die Befehle. Sie treffen die Entscheidungen. Ich sorge für die Ressourcen. Sie bekommen alles, was Sie brauchen. Alle Informationen, die wir haben, sämtliche alliierten Nachrichtendienste arbeiten Ihnen zu, alle Satelliten, alle Sicherheitsbehörden stehen Ihnen zur Verfügung, das Militär und was sonst noch notwendig ist.«

»Wieso machen Sie diesen Job nicht?«

»Ich kenne meine Grenzen. Sehen Sie mich an, ich habe ihn unterschätzt. Ich dachte, ich würde mir einen Spielkameraden für Lisa ins Haus holen. Einen Menschen, dessen Gehirn digitale elektronische Impulse verarbeiten und aussenden kann. Alex nennt es ghosten, er spricht im Schlaf. Drollig, oder?«

»Was er in Ihrem Labor gemacht hat, war weniger drollig.«

»Die Pfleger haben ihn mit Elektroschockern aufgeladen. War eine feine Idee, er hat mich damit gegrillt wie ein Hähnchen.«

Agnes lächelte. Es ging nicht anders, sie lächelte Jake an.
»Ich kann nicht zaubern.«
»Ich kenne niemanden, der besser qualifiziert wäre.« Er reichte ihr die Hand. »Sie fangen Alex und Lisa, ich halte Ihnen die verfluchte Politik vom Hals.«
»Und wenn ich sie habe?« Was sollte sie dann mit den beiden machen. Die Konsequenz ließ sie erschauern.
»Sperren Sie sie ein.« Jake sah sie nur an. »Stecken Sie ihnen einen Stecker in den Kopf, stopfen Sie sie aus … oder töten Sie sie. Ich bin ehrlich … ich weiß es nicht. Es ist mir auch egal. Ich will sie nur von der Straße holen, das reicht mir.«
»Sie würden gefährlich bleiben. Alex vor allem.«
»Tun Sie, was getan werden muss.«
Agnes erinnerte sich an den Morgen im Hotel Vier Jahreszeiten, an den Moment als sie Alex gehen ließ. Sie wusste damals, was er getan hatte. Heute würde sie dafür die Verantwortung übernehmen.
»Alex Baringhaus konnte sich der automatischen Gesichtserkennung in Hamburg entziehen, ihm gelang es, in ein Hochsicherheitssystem einzudringen, die Datenbank zu hacken und sein Referenzprofil zu manipulieren.«
»Kluger Schachzug.«
»Die zentralen Polizeiserver werden von Better Life Firewalls geschützt, die Systeme sind nicht mehr sicher.«
»Dann werden einige andere Systems auch nicht mehr sicher sein«, sagte Jake.

»Weswegen wir allen Kunden empfehlen werden, alle betroffenen Datenbanken im Schutzmodus weiter zu betreiben.«

»Das wird das öffentliche Leben so gut wie lahmlegen.« Eine Datenbank im Schutzmodus zu betreiben, war eine Neuerung, um im Falle massiver Cyberattacken große Online-Systeme begrenzt einsatzfähig zu halten. Die Filter der Firewalls reglementierten dazu 99 Prozent aller eingehenden Anfragen und kümmerten sich nur noch um besonders privilegierte und aufwändig geschützte Anfragen.

»Besser langsam und sicher, als schnell und am brennen.« Agnes wollte wichtige Systeme für Strom- und Wasserversorger, Kraftwerke und militärische Anlagen aus der Schusslinie nehmen.

»Sie übernehmen den Job?«

»Ja.« Sie nahm seine Hand und schlug ein. Ein Pakt mit dem Teufel, aber einen anderen Weg, um Hamburg zwei Dämonen auszutreiben, sah sie nicht.

***

XVIII. Flucht nach Norden

Alex trug Lisa die Treppe hinunter. Bewusstlos. Sie blutete unterhalb der linken Rippen, ein glatter Durchschuss, weswegen sie dringend medizinisch behandelt werden musste. Wenn es ihm nicht gelänge, die Blutung zu stillen, würden ihr bei dem Blutverlust nur noch Minuten bleiben. Was sie getan hatte, war falsch, auch wenn sie dadurch sein Leben gerettet hatte.

Im Gleisbett und auf dem Bahnsteig des Hamburger Bahnhofs lagen einundzwanzig tote Polizisten. Beamte, die einen Befehl ausgeführt hatten. Er konnte es seinen Gegnern nicht einmal verübeln, ihn umbringen zu wollen. Bei seinen Fähigkeiten war er eine Bedrohung für alle. Jetzt wo Mia nicht mehr lebte, verlor das Leben ohnehin an Bedeutung. Alex wäre lieber tot, als sein Leben lang in einem Labor gefangen gehalten zu werden.

»Hallo! Ich brauche Hilfe!«, rief er. Ohne eine Antwort zu erhalten. Der Bahnhof wirkte wie ausgestorben. Weder Polizisten noch Zivilisten konnte er ausmachen. Der Kampf gegen eine ganze Stadt war nicht zu gewinnen, er wollte sich stellen.

»Ich brauche sofort einen Krankenwagen!«, rief er. Es blieb still, wie zuvor.

»Hallo! Ach … ihr könnt mich alle mal!« Alex setzte sich auf den Boden und lehnte sich gegen eine Wand. Früher oder später würde schon jemand kommen. Lisa lebte noch, was ihn überraschte. Ihr Herz schlug weiter. Einfach immer weiter. Mit der Hand auf ihrer Brust konnte er ihren Puls spüren. Langsam und gleichmäßig, als ob sie schlafen würde. Er sah sie an, berührte ihre Wange und ertappte sich dabei, sie küssen zu wollen. Für einen Moment dachte er, Mia in den Armen zu halten. Ihre Haare rochen nach frischgebackenem Brot. Nein, sie war es nicht. Aber Lisa und er würden in Kürze genauso tot sein wie Mia.

»Du hast die falsche Entscheidung getroffen.« Auf dem Bahnsteig hätte es nur einen Toten geben müssen. Ihn. Erst jetzt ließ er die jüngsten Ereignisse an seinem geistigen Auge Revue passieren. Lisa hatte binnen Sekunden einundzwanzig Elite-Polizisten erschossen. Ohne dabei auch nur ein Ziel zu verfehlen.

»Wer bist du?« Alex kannte niemanden, der dazu in der Lage war. War es Zufall, dass sie wie Mia aussah? Nur, wenn es kein Zufall war, wenn sie eine Falle für ihn sein sollte, warum hatte sie dann die Polizisten auf dem Bahnsteig angegriffen? Einen Sinn ergab das nicht, wie viele Dinge in seinem Leben.

»Was läuft hier?« Alex schloss die Augen und ließ sich fallen. Er musste versuchen, die Situation besser zu verstehen. Eigentlich wollte er nicht mehr ghosten, aber das spielte keine Rolle mehr. Sein digitales Ich löste sich von seinem Körper und stand inmitten einer großen weißen Halle, dem digitalen Abbild des Bahnhofs, das sein Unterbewusstsein für ihn visualisierte.

Alex tippte sich vom Boden ab und schwebte langsam nach oben. Die Illusion, zu fliegen war immer wieder eine coole Erfahrung. Eigentlich war ein Ort wie der Bahnhof ein Eldorado digitaler Kommunikation. Vor drei Jahren hatte er hier schon einmal seinen Geist emporschweben lassen, inmitten einer unbeschreiblichen Anzahl von leuchtenden Verbindungen und aktiven Kommunikationsprozessen. Tausende Menschen nutzten Smartphones, Mobiles und andere Devices. Sie kauften, flirteten, verabredeten sich zu Verbrechen, kleinen und großen Untaten, trennten sich, agierten politisch oder horchten andere aus. Und jetzt? Nichts, die große weiße Halle war absolut leer. Alex konnte zwar die Schnittstellen stehen, die wie abgestorbene Baumstümpfe aus den entfernten Wänden ragten, aber ansonsten hatte jemand sämtliche Netze heruntergefahren. Die wussten nicht nur, wer er war, die wussten auch ganz genau, welche Gefahr von ihm ausging. Mehr noch, es genügte nicht, alle Netze in der Nähe des Bahnhofs abzuschalten, die mussten entweder ganz Hamburg abknipsen oder schwere militärische Störsender aktivieren. Sonst hätten die die gesamte Bahnhofszone niemals leer bekommen. Aber was bedeutete das für ihn? Wenig, er wollte sich ohnehin stellen. Schade, dass er keine Netzknoten fand, um zu interessanteren Punkten reisen zu können.

Alex landete wieder und ging ein Stück über den schneeweißen Boden. Aus der Entfernung hatte er eine Kugel entdeckt, die hier nicht hinzugehören schien.
Was war das, dachte er und beugte sich über dieses seltsame Objekt, das aus der Nähe wie eine schwarze Billardkugel aussah. Es hatte nur jemand vergessen, eine Acht auf die Seite zu malen. Aus der Perspektive konnte er nichts erkennen, weswegen er seine virtuelle Erscheinung verkleinerte. Er schrumpfte, und in Relation zu ihm wurde die schwarze Kugel immer größer. Die Erfahrung zeigte, dass Visualisierungen in seiner Gedankenwelt bei der passenden Größe ständig neue Details zu offenbaren pflegten.
Als die zuvor glatte Billardkugel hundertfach so groß war wie er, konnte Alex eine feinstrukturierte Oberfläche wahrnehmen. Ein Gitter wie ein dichtes Netz. Das Abbild einer Verschlüsselung, da hatte sich jemand unglaubliche Arbeit gemacht. Derartige Verschlüsselungsalgorithmen kannte er sonst höchstens aus dem Inneren von Prozessoren. Ihr typischer Einsatzzweck war weniger der Schutz von außen, sondern mehr, den Rechenkern zu stabilisieren.
Was zur Hölle war das? Die Frage ging ihm nicht aus dem Sinn. Dieses digitale Filigranobjekt in dieser Situation zu finden, glich in etwa dem Umstand, seine Luxuswohnung zum Schutz vor Einbrechern leerzuräumen, aber eine goldene Taschenuhr auf dem Boden liegen zu lassen. Jetzt

war seine Neugierde geweckt.
Alex verkleinerte sich so lange, bis er mühelos durch das Gitternetz der Kugel schlüpfen und in das Innere vordringen konnte. Eine Reise in einen unbekannten Mikrokosmos. Er schwebte durch Barrieren, die ihn aufgrund seiner winzigen Größe nicht aufhalten konnten.
Nach drei Schichten fand er ein Register, ein Ordnungsverzeichnis, in dem Prozessoren ihre grundlegenden Verarbeitungsbefehle ablegten. Wobei ein Prozessor, der binäre Daten verarbeitete, im Prinzip nicht mehr machte, als endlose Reihen von Nullen und Einsen zu summieren.
Für Alex war das Lesen von binären Informationen einfach. Ähnlich wie normale Menschen in einem Berg von Buchstaben beliebige Wörter erkennen konnten, erkannte er auf Anhieb binäre Funktionen. Er hackte das Betriebssystem der schwarzen Kugel buchstäblich auf der technisch rudimentärsten Ebene. Ein Vorgang, der von anderen Computern nicht vorgenommen werden konnte, weil es überhaupt keine Schnittstelle gab, die man von außen angehen konnte.
Er kam auf eine Idee. Hatte jemand diese Mikroverschlüsselung in der Hoffnung angelegt, ihn damit abwehren zu können? Ein geschickter Ansatz. Nur wirkungslos. Alex manipulierte die binären Basisfunktionen und tauschte zentrale Routinen aus. Enter.
Die schwarze Kugel explodierte in Millionen kleiner Datenfragmente, die sich umgehend neu formierten. Jetzt

würde er sehen, was in der kugelartigen Schatulle versteckt gehalten wurde.
Was er nun sah, raubte seinem digitalen Ich den Atem, wenn er einen gehabt hätte. Er sah Lisa, das Mädchen, was gerade in der Realität in seinen Armen verblutete. Auch sie hatte ein virtuelles Ich, was bedeutete, dass sie wie er war. Jetzt ergab alles einen Sinn. Natürlich, sie hatten Lisa geschaffen, um ihn zu jagen. Nur warum hatte sie vorhin auf die Polizisten geschossen? Die Frage blieb unbeantwortet.
Lisas virtuelles Ich schien auf einem Glastisch zu schlafen, um sie herum hatte jemand einen Käfig gebaut, der mit einem aktiven Sender verbunden war. Einem Ortungssystem, das er jetzt abschalten würde. Nein, er hatte eine bessere Idee.
Yeah, die Pappnasen, die Lisa überwachten, würde er jetzt richtig leimen, Alex kopierte den Sender und legte das Ortungssystem in seinem eigenen Kopf ab. Dann schaltete er sie offline und öffnete den Käfig. Ob sie noch einmal erwachen würde? Er wusste es nicht, sie würde zumindest in Freiheit sterben.
»Alex?«, fragte Lisa. Nicht in der virtuellen Projektion, sondern real. Er freute sich, ihre Stimme zu hören. Alex ließ sich in seinen Körper zurückfallen.
»Du bist wach, schön, leider bist du schwer verletzt.« Er wollte sie nicht belügen.

»Verletzt?« Sie schien über seine Äußerung völlig verdutzt zu sein. »Wo bin ich verletzt?«
Jemand mit einem Bauchdurchschuss sollte nach dem Verlust einer großen Menge Blut anders klingen. »Da …« Alex legte seine Hand auf die blutige Stelle, an der das Projektil ihren Körper durchschlagen hatte. Das blutdurchtränkte T-Shirt war zerrissen, aber die vermeintliche Wunde verheilt. Etwas Schorf ließ sich noch erkennen, ähnlich wie bei einer länger zurückliegenden Verletzung.
»Mir fehlt ein Stück, was ist passiert?«
»An was kannst du dich erinnern?« Alex stand auf und half ihr ebenfalls auf die Beine.
»Ich war eine Treppe heraufgelaufen … als Nächstes bin ich hier aufgewacht.«
»Später … wir müssen sofort verschwinden.« Alex glaubte, dieses Rätsel lösen zu müssen. Zum Aufgeben würde er später auch noch Zeit haben. Er nahm sie an die Hand und ging los.
»Dann lass mich zurück. Ich habe einen Sender im Kopf, die können mich orten.«
»Nicht mehr.«
»Bitte?«
»Vertrau mir.« Alex blieb an einem Getränkeautomaten für koffeinhaltige dunkle Zitronenlimonaden stehen und legte die Hand auf das Tastenfeld, mit dem man sich die Cowboy-Brause mit und ohne Kalorien auswählen konnte. Den Speicher des einfachen Münzzählwerks knackte er

binnen einem Lidschlag, um Lisas Ortungssystem dort abzulegen und das Betriebssystem neu zu konfigurieren. Normalerweise waren diese einfachen Warenautomaten nicht online. Dieser jetzt schon, und zwar auf Lisas Sendebereich. Einem sehr niederfrequenten Band. Inklusive eines Fragments aus ihrem Speicher, das der anderen Seite gegenüber aktuelle Vitalwerte simulierte.

»Kein Geld mehr?«, fragte sie überrascht.

»Nicht ganz …« Neben dem Getränkeautomaten befand sich ein verschlossener Personalwaschraum. Perfekt, genau dort würde man sie vermuten. »Los! Wir müssen raus hier!«

»Was ist mit den Kameras?«

»Alle offline.« Die hatten Angst, dass er durch die Datenleitungen in die Server eindringen würde.

»Die werden den Bahnhof abgesperrt haben.«

»Vermutlich … aber das bekomme ich hin.« Eine Tür weiter befand sich ein Büchergeschäft. Die Angestellten hatten die Tür verschlossen, das Licht ausgeschaltet und die Glastüren verhängt. Alex trat die Tür ein, worauf Hunderte verschreckte Kunden aufschrien, die sich in dem Geschäft versteckt hatten. »RAUS HIER!«

Seine Räumaktion wiederholte Alex an einer kompletten Ladenfront, immer mit demselben Ergebnis. Tür eintreten, Geschrei und Flucht. Mit den Kunden konnte man arbeiten.

Mehrere Hundert Reisende und Kunden der Geschäfte rannten um ihr Leben. Alex schnappte sich Lisa und rannte zurück, an einer breiten Treppe liefen sie nach unten zur U-Bahn. Auch dort waren die Gleise leer. Die Züge fuhren nicht. Alex scannte alle verfügbaren Netze. Bis auf den Online-Cola-Automaten sendete nichts in der Nähe. Auch hier waren alle Kameras offline.

»Willst du durch den Tunnel?«, fragte Lisa.

»Ja … zur nächsten Station sind es nur 1.800 Meter.« Das Hamburger U-Bahnnetz kannte er gut.

»Und wenn die uns erwarten?«

»Ich werde deren Funk scannen.« Alex sah sich um, es schien sie niemand zu verfolgen. »Die denken wir sitzen im Waschraum.«

»Deren Funk scannen, das kannst du?«

»Lisa, du weißt genau, was ich kann.«

»Entschuldige.« Sie räusperte sich. »Das war nicht so gemeint. Die haben mir nicht viel über dich erzählt. Ich sollte nur den Lockvogel spielen.« Lisa und er liefen durch den U-Bahntunnel.

»Warum hast du es nicht getan?«

»Weil es falsch gewesen wäre.« Eine kurze Antwort auf eine komplexe Frage. Alex glaubte ihr. Sie würden sich später darüber unterhalten.

Eine Stunde später saßen Lisa und er bei Marie in der Wohnung. 46 Quadratmeter Hamburger Kiez im Stil von 1970. Zwei Zimmer, in einem Haus mit fünfzig Nutten, Dominas, Transvestiten, Toyboys, Drogenhändlern und einer gut laufenden Fälscherwerkstatt für ID-Cards. Sein toller Plan, mit der Bahn aus Hamburg zu verschwinden, hatte sich als Reinfall erwiesen. Jetzt würde er Marie länger in Gefahr bringen, als er wollte.

»Wieso sieht sie aus wie Mia?«, fragte Marie mit einer Tasse Tee in der Hand. Ohne Lederoutfit, ohne Make-up und ohne Perücke blieb von ihr nur eine alte Frau mit grauen Haaren, tiefen Falten im Gesicht und warmen Augen. Sie trug einen blauen Bademantel, dicke Socken und rauchte eine Zigarette.

»Ich weiß es nicht.« Während Alex mit Marie sprach, schlief Lisa im Nebenzimmer. Von der Schussverletzung, die sie sich eingehandelt hatte, waren nicht mehr als zwei Narben geblieben. Eine auf dem Bauch und die andere auf dem Rücken. Sie hatte über ein Enzym gesprochen, das sie angeblich im Blut hatte. Eine Better Life Technologie, von der Alex noch nie gehört hatte, die starke Blutungen binnen kurzer Zeit zum Stillstand brachte.

»Kannst du ihr vertrauen?«

»Ja.« Alex wusste, dass man keinem Menschen in die Seele gucken konnte. Bei dem, was Lisa hingegen vorhin getan hatte, brauchte man sehr viel Fantasie, um darin eine List zu sehen.

»Ich wünsche es dir.«

»Danke.«

»Übrigens, schicke Frisur.« Marie strich amüsiert über seine Glatze. »Glatt wie ein Kinderpopo.«

»Erinnere mich nicht daran …« Alex hatte das grässliche schwarze Make-up abgewaschen und sich den Kopf kahl rasiert. An seiner Frisur war nichts mehr zu retten gewesen. Er saß mit nacktem Oberkörper und einer Jeans am Hintern neben Marie. Auch er hielt eine dampfende Tasse Tee in der Hand.

»Alex, ich habe dich nie gefragt, warum du mit Mia nach Norwegen gegangen bist.«

»Wir wollten Hamburg hinter uns lassen.«

»Was ist schiefgelaufen?«

»Ich weiß es nicht … ich kann mich an einen Verkehrsunfall erinnern. Als Nächstes bin ich in dieser beschissenen Better Life Klinik aufgewacht. Die wollten mich fertigmachen, ich bin geflohen, habe gekämpft und verloren. Den Rest kennst du.«

»Und heute?«

»Die hatten mich … der Bulle hatte mir die Knarre schon in den Nacken gedrückt.«

»Die wollten dich töten?«, fragte Marie verwundert.

»Ja … und dann kam Lisa.«

»Und sie tötete 21 Polizisten?« Marie schüttelte den Kopf. »Es läuft auf allen Kanälen. Sie nennen dich einen Terroristen. Du kannst dir nicht vorstellen, was seitdem auf den Straßen los ist.«

»Die Hölle, oder?«

»Die setzen das Militär ein.«

»Wir werden morgen verschwinden.« Alex durfte Marie nicht länger gefährden. »Ganz sicher, dann bist du uns los.«

»Bleib, solange du möchtest … es ist mir egal, ob die Bullen mir die Tür eintreten. Am liebsten würde ich selbst abhauen.« Marie wirkte völlig ausgebrannt, ein Leben auf dem Kiez lebte man nicht, ohne die eigene Seele zu vergrätzen.

»Danke.«

»Du musst dich nicht laufend bedanken.« Sie lächelte. Zu geben, ohne zu fordern. Alex wusste nicht, was sie in ihm sah. Überhaupt wusste er nicht viel über sie. Lady Ra, die Männer für Geld verdrosch und deren Klöten mit Wäscheklammern an der Leine zum Trocknen aufhängte.

»Ich fühle mich dann besser.« Das, was sie für ihn tat, war nicht selbstverständlich.

»Darf ich dir einen Ratschlag geben?«

»Ja.« Natürlich durfte sie das.

»Du solltest Lisa gehen lassen.«

»Gehen lassen?« Alex schüttelte den Kopf. »Ich kenne sie kaum zwei Stunden. Vermutlich geht sie von selbst, wenn sie wieder auf den Beinen ist.«

»Das wird sie nicht.«

»Bitte?« Alex verstand nicht.

»Und du möchtest es auch nicht.«
»Aber …« Alex hatte sich darüber noch keine Gedanken gemacht. Wollte er, dass sie bei ihm bleibt? Vielleicht. Nein, er wusste es nicht. »Was siehst du in ihr?«
»Ärger.«
Alex sah auf seine Hände, die er unruhig auf den Beinen liegen hatte. Marie lag nicht völlig daneben, Lisa stand für eine Sorte Ärger, die er nicht wollte. »Ohne sie wäre ich tot.«
»Dankbarkeit ist edel … aber kein guter Ratgeber.« Sie legte ihre Hand auf seine. »Du solltest egoistischer sein.«
Er lächelte. »Wie du?«
»Wäre ich es früher gewesen, würde ich nicht in dieser Bude hausen. Und jetzt … lohnt es sich nicht mehr.«
»Ich weiß nicht, ob ich es kann …«
»Mia gehen lassen?« Marie wusste genau, welchen Knopf sie bei ihm drücken musste. Er konnte ihr nicht widersprechen. »Sie ist tot.« Sie lächelte. »Du lebst.«
»Ja.«
»Gib deinem Leben eine zweite Chance.«
»Und warum nicht mit Lisa?«
»Weil sie nicht echt ist.« Sie drückte seine Hand. »Sie wird Wunden reißen, die nicht wieder heilen.«
»Ich verstehe dich … aber ich fühle nicht so. Sie hat aus Notwehr gehandelt.« Alex wollte sich nicht die falschen Schlüsse ziehen. »Die anderen haben angefangen.«

»Möchtest du in diesem Konflikt das letzte Wort sprechen?«

»Nein.« Alex wollte nur seine Ruhe haben. »Ich gehe mit Lisa nach Norwegen.«

Marie liefen Tränen über die Wangen. Alte Tränen, inmitten eines alten Gesichts »Ich wünsche dir alles, alles Gute.«

***

IXX. Verschwunden

»Und was ist jetzt?«, fragte Agnes.

»Nichts.«

»Wie, nichts?«

»Da ist niemand mehr.«

»Und die Ortung?« Agnes verdrehte die Augen, Ray Armstrong, ihr rothaariger Assistent, trug ein dreißig Jahre altes Polizei-Headset, mit dem man sich auch im Winter die Ohren warm halten konnte. Beide saßen in einem ähnlich alten Panzerwagen der Hamburger Polizei, in dem Agnes noch nicht einmal als Leiche weggefahren werden wollte. Ein Beamter an ihrer Seite zuckte nur mit den Schultern.

»Na ja, da liegt das Problem … gemäß der Ortung müssten Lisa und Alex noch im Bahnhof sein.«

»Was sie aber nicht sind?«

»Definitiv nicht.«

»Müsste man nicht über die Verbindung des Implantats mit Lisa sprechen können?« Agnes hatte sogar vorhin noch mit ihren Augen sehen können.

»Ja.«

»Klappt auch nicht, oder wie?«

»Nein.« Ray lehnte sich zurück. »Wir haben nur noch die Ortung und ihre Vitalzeichen.«

»Ich gehe rein.« Agnes wurde dieser Einsatz zu blöd, Alex Baringhaus schien erneut eine Möglichkeit gefunden zu haben, Better Life und die Behörden zu verarschen. »Martin.«

Ihr Bodyguard trug eine schusssichere Weste über dem weißen Hemd mit Krawatte. Sehr stilvoll, wie auch das brünierte automatische Gewehr, das einsatzfähig vor seiner Brust hing.

»Dr. Gutter«, er öffnete die quietschende Tür und half ihr, mit ihren hochhackigen Schuhen und einem viel zu engen beigefarbenen Kostüm aus dem grünen Ungetüm zu klettern. Sie hätte sich heute besser eine Jeans angezogen. Auch Ray folgte ihr und wechselte auf die Better Life Einsatzleitung, die nur aus einem aktiven Kommunikationspflaster bestand, das er sich hinter das Ohr klebte.

»Die Polizei hat den Tatort noch nicht freigegeben«, erklärte Ray, der, während er sprach, ein Pad-System bediente.

»Wo ist Dr. Allister?«

»Im zweiten Radpanzer.«

»Ich möchte ihn sprechen ...« Die Freigabe der Polizei war Kinderkram, dafür hatte sie keine Zeit.

»Ich bin schon da ...« Jake lief einige Schritte hinter ihnen her, sein Panzer, Baujahr 1998, stand zwanzig Meter hinter ihrem. Die Kommunikation zwischen ihnen hatte Ray als Konferenzleitung geschaltet. Vier weitere Better Life Securities dirigierte Martin an die Flanken, alle in dunkler

Einsatzkleidung, ballistischen Helmen, schusssicheren Westen und schwer bewaffnet.
»Wir wissen nicht, wo sie sind …« Ein Offizier der hinzugezogenen KSK-Einheit kam ihnen entgegen, er sprach mit Martin, die beiden kannten sich.
»Können Sie uns bitte die Ortungsposition zeigen?«, fragte Agnes und ging weiter. Sie wollte sich selbst ein Bild machen.
»Natürlich.« Der Offizier nickte und ging vor. Die Polizisten, die den Bahnhof sicherten, ließen sie passieren.
»Gibt es zivile Opfer?«, fragte Agnes, die von Ray beim Laufen das Display mit einer Liste der toten SEK-Polizisten gezeigt bekam. Sie nickte und sah den KSK-Offizier an. Anfang dreißig, kurzgeschorene dunkle Haare, durchtrainiert, mit Ringen unter den Augen.
»Nein. Nur kleinere Blessuren, wie Schnittwunden an den Händen oder aufgeschlagene Knie.«
»Ray, haben wir eine Ortung, Peilung, Sichtung oder sonst etwas in der Art auf den anderen Systemen?« Eine Frage, auf die sie keine positive Antwort erwartete.
»Nichts.«
Agnes betrat die Bahnhofshalle, die bis auf wenige verbliebene KSK-Soldaten leer war.
»Brauchen Sie uns noch?«, fragte der Offizier.
»Danke, erstmal nicht … bitte halten Sie Ihr Team einsatzbereit. Die Situation kann sich schnell ändern.« Agnes wünschte sich, nicht wieder Soldaten zum Töten aussen-

den zu müssen, würde es aber tun, wenn sie keine andere Wahl hätte.

»Jawohl.« Er salutierte vor Agnes und gab Martin einen freundschaftlichen Schlag auf die Schulter. »Wir sind für euch da.«

»Hier ist die Stelle«, erklärte Martin und zeigte auf die geöffnete Tür eines Personalwaschraums, in dem sich Bahnhofsmitarbeiter umziehen konnten.

»Wer hat die Tür aufgebrochen?« Agnes sah sich das analoge Schloss an, ein massiver Eisenbeschlag auf einer grauen Kunststofftür, dessen hervorstehenden Schließzapfen sie deutlich erkennen konnte. Auch der Türrahmen wirkte solide, in dem nun die kläglichen Reste der völlig demolierten Tür hingen.

»Die KSK-Einheit hat die Räume gestürmt.« Ray hatte über das Pad Einblick auf die Daten der Beweisaufnahme. Zwei Mitarbeiter der Spurensicherung in weißer Einwegkleidung, mit großen Koffern in den Händen, verließen gerade die Räume.

»Haben Sie Hinweise auf die Zielpersonen gefunden?«, fragte sie einen der Forensiker.

»Nichts … das KSK hat die Tür verschlossen vorgefunden. Wir haben keine Hinweise feststellen können, dass die beiden Flüchtigen im Waschraum waren.«

»Danke.« Agnes ließ die beiden Beamten ziehen, das war genau die Handschrift, die sie von Alex erwartete: links antäuschen und rechts vorbeischleichen.

»Ray, können Sie mir bitte die aktuelle Ortung des Implantats zeigen, das Lisa bei sich trägt ...«

Er gab ihr das Pad. Die Anzeige war eindeutig. Lisa XIII stand genau vor ihr. Puls 72 Schläge in der Minute, Blutdruck 122 zu 78, ihr schien es gut zu gehen.

»Toleranz der Messung?« Agnes sah Jake an, der bereits neben ihr stand und ebenfalls auf das Display blickte.

»Drei Meter ...« Jake sah nach oben, die Bahnhofshalle war an der Stelle über sechs Meter hoch. »Was ist unter uns?«

»Beton. Stahl und noch mehr Beton. Darunter liegen U-Bahngleise, die bereits gesichert wurden. Die Decke der Waschräume ist abgehangen, der Zwischenraum ist allerdings leer und war bei Eintreffen der Spezialeinheit unversehrt.« Ray zog die Augenbrauen nach oben, das Rätsel hatte er in den Raum geworfen, leider nicht die Lösung.

»Kann Lisa XIII sich das Ortungsimplantat selbst entfernen oder deaktivieren?

»Nein, das kann sie nicht«, erklärte Jake kämpferisch. »Hat Baringhaus das Ortungssystem angegriffen?«

»Vielleicht«, antwortete Agnes und sah den Getränkeautomaten an. Sie lächelte und wandte sich Martin zu. »Können Sie bitte den Cola-Automaten erschießen?«

»Bitte?« Ihr Personenschützer sah sie nur fragend an. »Da passen doch keine zwei Menschen rein.«

»Nein, natürlich nicht.« Agnes sah zu Ray, für den Job brauchte es jahrelange Erfahrung. »Ray, können Sie bitte der Kiste den Stecker ziehen.«
»Natürlich.« Ray erledigte den Automaten, wie ihm befohlen, dessen Werbebeleuchtung augenblicklich verlosch.
»Haben wir noch eine Ortung?«
»Nein.« Ray schüttelte den Kopf. »Komplett verschwunden.«
»Das ist unmöglich!«, sagte Jake und lehnte sich resigniert gegen die Wand. »Das geht nicht!«
»Wir sollten uns klarmachen, wer unser Gegner ist.« Für Agnes keine neue Erkenntnis.

Jake und Agnes befanden sich wieder in der Better Life Zentrale, oberste Etage, ihr Büro. Auf dem Besprechungstisch standen leere Kaffeetassen, lauwarme Kaltgetränke und ein halbvolles Tablett mit belegten Brötchen. Sowie eine leere Schüssel mit Schokoplätzchen, von denen eine krümelige Spur zu ihr zeigte. Und ein leerer Aschenbecher, den Jake mitgebracht hatte, den sie aber nicht als Legitimation gelten ließ, ihr Büro zu verqualmen.
Dank der 3D-Konferenzsimulation saßen noch zwei Rechtsanwälte, drei Generäle und vier Public Relations Berater am Tisch. Bis auf Jake und sie war nur Ray physisch anwesend. Eine große Runde, die bisher wenig auf die Reihe bekam.

»Ich fasse die Situation zusammen.« Agnes wollte endlich ein klares Bild der Situation zeichnen. »Alex Baringhaus hat durch Lisas blutigen Ausraster mitbekommen, wer oder genauer was sie ist, sie gehackt, das Ortungssystem gefunden, es manipuliert und einem unschuldigen Getränkeautomaten untergeschoben.«

»Unschuldig?« Einer der Generäle schien nicht auf ihren Galgenhumor zu stehen.

»Sie können den Automaten gerne selbst verhören. Ich schicke Ihnen seine Identität via Messenger.«

Jake lachte, wie auch einige andere in der Runde.

»Meine Herren.« Agnes war die einzige Frau im Raum. »Wir diskutieren bereits seit 30 Minuten über Verantwortlichkeiten, Kostenübernahmen und wer sich vor die Presse stellt, um zu dieser Scheiße Stellung zu beziehen.«

»Dr. Gutter, diese Situation ist außerordentlich …«, wollte gerade einer der virtuellen Generäle von sich geben. Bullshit! Die Pressekonferenz würde in weniger als einer Stunde beginnen.

»Beschissen!« Agnes fiel ihm ins Wort. »Ich fange von hinten an. Ich stelle mich vor die Presse.« Was sie immer tat. »Ich werde sämtliche Medienkontakte aller beteiligten Behörden koordinieren.«

Ein virtuelles Raunen ging durch den Raum.

»Sie werden Ihre Mitarbeiter anweisen, keinen Ton von sich zu geben, den sie nicht mit meinem Stab abgestimmt haben!«

»Aber …«

»Bitte kein aber!« Agnes nervte dieses hilflose Palaver. »Sie haben mich als Krisenmanagerin eingesetzt, mir Ihre Ressourcen und Kompetenzen zur Verfügung gestellt, jetzt lassen Sie sich auch von mir beraten!«

»Dr. Gutter, erläutern Sie uns bitte Ihre Strategie, um der Bedrohung zu begegnen.« Jake, dieser Bastard, saß ihr genau gegenüber, seine Augen funkelten regelrecht. Bisher hatte er geschwiegen und die anderen reden lassen. Agnes störte es nicht, wenn er sie intellektuell forderte, er sollte sich nur seine Arroganz verkneifen.

»Dr. Allister, Sie haben Lisa XIII geschaffen und kennen ihre taktischen Möglichkeiten besser als wir alle.«

Es wurde ruhiger im Raum. Jake nickte, ohne etwas zu sagen, den Punch sollte er verstanden haben.

»Die gesicherten Informationen, die uns zu Alex Baringhaus vorliegen, sind weitaus schlechter. Nein, was ich sage, stimmt nicht, wir haben überhaupt keine Beweise. Es gibt eine Faktenlage, aus der wir aktuell Hypothesen ableiten, und die ist alles andere als sicher.«

»Fahren Sie fort …«, sagte der General, den sie zuvor noch für sein ‚aber' in die Ecke gestellt hatte.

»Wir gehen davon aus, dass Alex Baringhaus ohne technische Hilfsmittel in der Lage ist, in digitale Sicherheitssysteme einzudringen. Wie er das anstellt, ist nicht bekannt. Es gibt weiterhin Hinweise, dass er nur mittels seines Körpers begrenzte EMP-Impulse auslösen kann.«

Das Raunen in der Runde zeigte Agnes, dass sich der Wissensstand aller Beteiligten nicht auf demselben Niveau befand.
»Diese Fähigkeiten machen ihn zu einer latenten Gefahr für die öffentliche Sicherheit. Aber die gefährlichste Eigenschaft von Alex Baringhaus sehe ich nicht in diesen abnormalen Fähigkeiten, es ist seine Intelligenz, die ihn zu einer ernsten Bedrohung werden lässt.«
»Dr. Gutter, was wollen Sie dem entgegensetzen?«, fragte der ‚aber' General, vier Sterne, europäische Luftwaffe, der sicherlich auch kein Dummkopf war.
»Vorsicht, Respekt, einen guten Plan und kompromisslose Härte.« Für Agnes war das nicht die erste Konferenz mit ranghohen Militärs. »Ich möchte mit Ihnen daher über seinen Charakter sprechen, wie sie wissen, kenne ich ihn seit vielen Jahren.«
»Und Sie haben nie etwas gemerkt?«, fragte Jake. Wollte er wieder Zweifel schüren?
»Dass er intelligent ist, habe ich natürlich bemerkt. Wenn Sie auf Hinweise zu seinen jetzt bekannten Fähigkeiten aus sind, er konnte sogar seine Mutter täuschen. Wobei ich nicht weiß, ab welchem Alter er sich seiner Kräfte bewusst wurde. In vermute, erst als junger Erwachsener. Unser Glück, ein Kind mit diesen Möglichkeiten hätte noch ganz andere Dinge angestellt.«

»Sie reden von dem Angriff auf einen US Flugzeugträger und ein NSA-Hochsicherheitsarchiv?« Der ‚aber' General schien bestens im Bilde zu sein.
»Sein Coming-Out. Ich gehe davon aus, dass sein Vater, der sieben Jahre zuvor verstarb, ihn nicht aufgeklärt hat.«
Ein Schmunzeln ging durch die Runde. Auch Agnes lächelte, als sie ihre sprachliche Zweideutigkeit bemerkte. »Sie verstehen sicherlich, was ich meine.«
»Wie konnte er Sie im Vier Jahreszeiten täuschen?« Jake wieder, ihr Fehler, Alex am Morgen danach einfach gehen zu lassen, stand wie ein Felsen im Raum. Zeit, das Ding zu versenken.
»Mit Talent, Mut und weil er alles auf eine Karte gesetzt hat.« Agnes trank einen Schluck Wasser. »Ich habe es vermutet, Beweise gesucht, ich wollte ihn überführen.« Sie setzte kurz ab. »Er hatte keinen Fehler gemacht und in dem Moment, als er gewonnen hatte … gab er es zu. Einfach so. Völlig ohne Not. Er gab es zu und überließ mir die schwerste Entscheidung meines Lebens.«
Niemand sagte ein Wort.
»Sie wissen, wie ich mich entschieden habe.« Jetzt war es raus. Agnes fühlte sich erleichtert. Diese Entscheidung drei Jahre lang zu verbergen, war ihr schwergefallen.
»Ich bin sprachlos …«, entgegnete Jake, der sicherlich mit einer anderen Antwort gerechnet hatte.

»Sollten Sie aber nicht. Ich erkläre Ihnen meine Strategie, für die ich Ihr uneingeschränktes Vertrauen benötige.« Nach der kurzen Euphorie spürte sie den Ballast, den sie sich selbst auf die Schultern gelegt hatte. Bei diesem Kampf ging es nicht nur um Alex' Leben oder das vieler Hamburger. Auch Agnes' privilegiertes Leben stand nun an der Front in der vordersten Reihe.

»Sie spielen mit hohem Einsatz.« Der ‚aber' General nickte. Sie konnte nicht mehr zurück.

»Wie wir alle, wie jeder von uns!« Niemand von denen sollte bei einem Fehlschlag, wenn es unschuldige Opfer geben würde, seine Hände in Unschuld waschen können.

»Welchen Plan schlagen Sie vor?«, fragte Jake, neugierig, offen, in einer Art, die sie zuvor bei ihm nicht hatte wahrnehmen können.

»Von Alex Baringhaus geht keine unmittelbare Gefahr aus. Anders als von dem genetischen Prototypen Lisa XIII, sie ist emotional instabil und daher unberechenbar.«

»Wie können wir ausschließen, dass die beiden voneinander lernen? Wäre nicht auf deren digitaler Ebene ein Austausch von umfangreichen Erfahrungen binnen Sekunden denkbar?«, fragte Ray, eine nicht einmal dumme Frage.

»Das ist hypothetisch … aber möglich.« Jake pflichtete ihrem Assistenten bei. Agnes spitzte die Lippen und stellte ihre erste Antwort zurück. Einen wie James Bond um sich schießenden Alex Baringhaus und eine spielerisch durch die Netze spazierende Lisa XIII brauchte sie nicht. Nein, die brauchte niemand.

»Dazu gibt es keine brauchbare Faktenlage … wir sollten nicht anfangen, mit Horrorszenarien Zeit zu verschwenden. Mein Plan ist es, Hamburg zu befrieden. Das Militär abzuziehen. Die Polizei den üblichen Dienst machen zu lassen. Also alles zu tun, um keine weitere Provokation auszuüben.« Eigentlich ein einfacher Plan. Für Agnes die einzige Möglichkeit, solche Horrorszenarien zu vermeiden. Alex war in ihren Augen auf einer digitalen Ebene unbesiegbar. Man würde zudem im Jahr 2037 niemals alle digital gesteuerten Systeme vor ihm in Sicherheit bringen können. Er wäre immer in der Lage, Waffensysteme des Militärs zu attackieren und sie gegen seine Feinde einzusetzen. Eine Erkenntnis, die sie in dieser Konsequenz nicht kommunizieren wollte.

»Wie wollen Sie kommunale Infrastruktursysteme vor einem Angriff schützen?«, fragte einer der Medienberater, der bisher die Klappe gehalten hatte. Die Frage zeigte die begrenze Sicht einiger Beteiligten auf das Problem. Zwei der virtuell anwesenden Generäle nickten bereitwillig. Der ‚aber' General hielt sich hingegen zurück. Für Alex gab es auf der Welt keine kommunalen Grenzen.

»Wichtige kommunale Systeme, wie Atomkraftwerke, Stromerzeuger, Wasserwerke, Polizei, Feuerwehr und so weiter, werden wir vom IP-Netz nehmen. Bis zu einer Lösung der Krise werden wir die Kommunikation gemäß der Katastrophenpläne umsetzen, die für ein Kriegsszenario nach dem Einsatz von großflächigen EMP-Waffen geschaffen wurden.« Agnes lächelte, die überwiegend älteren Teilnehmer in der Runde sollten sich doch an die Zeit erinnern können, als Telefone noch Wählscheiben hatten.

»Ich halte diese Maßnahme für nicht angemessen.« Jetzt schlug der ‚aber' General zurück. General Stanislaw Ratajkowski, dessen Namen sie sich schon bei der letzten Better Life Waffenpräsentation für die Luftwaffe nicht merken wollte. Ein Offizier alter Schule, der dummerweise in seiner Position großen Einfluss hatte. *»Ich empfehle eine konsequente Verfolgung, bei der wir alle polizeitechnischen und militärischen Optionen ausschöpfen, die wir haben.«*

»Wie wollen Sie Lisa XIII und Alex Baringhaus ergreifen?«, fragte Jake, der sich aufmerksam nach vorne lehnte. Jetzt konnte er zeigen, wo er stand, er hatte Agnes zugesagt, dass sie die Endscheidungen träfe.

»Alex wird mich ansprechen. Ich werde mit ihm reden und die Sicherheitsprobleme abstellen.«

»Mehr nicht? Nur reden? Mädchen, träumen Sie?« Jetzt sprang der ‚aber' General verbal auf den Stuhl.

»Gespräche haben in den letzten 100 Jahren mehr Menschenleben gerettet als Waffengewalt.«

»Das sind Verrückte!«

»Ja.« Agnes würde nicht einknicken. »Mit denen kenne ich mich aus. Ich spreche jeden Tag mit Dutzenden.«

»Das ist eine Frechheit!«

Jake räusperte sich und stand auf. »Meine Herren … Sie kennen die Einsatzparameter. Dr. Gutter, vielen Dank für die Schilderung einer möglichen Strategie. Ich möchte an dieser Stelle einige Worte über das Projekt K-84 sagen.«

Agnes hatte keine Ahnung, worauf er hinaus wollte. Dr. Jakub Allister, ein zweifelsfrei brillanter Kopf, dem sie nur begrenzt vertraute.

»Die Möglichkeiten von K-84 sind nahezu grenzenlos. Wirtschaftlich, taktisch und auch intellektuell. Ich habe deswegen einige Jahre meines Lebens investiert. Eine gute Investition. Um zu lernen, was wir nicht tun sollen.«

Agnes staunte nicht schlecht. In der Konferenzrunde rumorte es erneut. Sogar lauter als zuvor.

»Ich habe Grenzen überschritten. Grenzen, die ich nicht akzeptieren wollte. Ich weiß es heute besser. Es war ein Fehler. Alleine bin ich nicht in der Lage, den drohenden Gefahren wirksam zu begegnen. Vor einigen Tagen hätte ich vermutlich ebenfalls die militärischen Muskeln unserer Gesellschaft spielen lassen. Was ein noch schlimmerer Fehler gewesen wäre.

Ich bitte Sie heute, diesen Fehler zu vermeiden und keine Soldaten auf die Straße zu stellen. Erteilen Sie Dr. Gutter das notwendige Mandat, den Job zu beenden. Ich vertraue ihr.«

***

XX. Berührungen

Alex sah auf die Uhr. Kurz nach zwei, vor der Tür schien die Sonne. Ein wunderschöner Sommertag, nur im Moment war nicht im Traum daran zu denken, einen Fuß vor die Tür zu setzen. Marie hatte Lisa und ihn allein gelassen, hab' Termine, geh' jetzt haarige Ärsche versohlen, hatte sie gesagt und gutgelaunt die Wohnung verlassen. Ein Job, bei dem Marie üblicherweise bis in die frühen Morgenstunden unterwegs war. Immer dann hatte er sie früher in der U-Bahn getroffen. Er fuhr damals zur Uni und sie kam gerade von der Nachtschicht heim.

»Oh Marie …« Er wusste nicht, wie er ihr jemals zurückzahlen sollte, was sie für Lisa und ihn tat. Die Bude, die Marie ihre Wohnung nannte, war klein, einfach eingerichtet und mit einer Menge uriger Accessoires dekoriert. Marie sammelte altes Sexspielzeug, das überall in den Regalen lag: Dildos, Lustkugeln, Gummimasken und Ruten. An der Wand hingen passend dazu alte Neon-Leuchtreklamen, ein gelber Elefant und ein grüner Schriftzug. 2037 fand man auf der Reeperbahn nur noch hauswandgroße Displays und 3D-Projektionen, die Männern ziemlich realistisch suggerierten, auf der Straße halbnackten Pornosternchen hinterherzulaufen. Natürlich direkt in die Etablissements der Werbetreibenden.

Alex schnappte sich die Fernbedienung und schaltete die Flimmerkiste an, ein über zwanzig Jahre altes UHD 4K-Display, mit dem man die Hälfte der aktuellen Streams nicht mehr ansehen konnte. Auf der abgegriffenen Fernbedienung funktionierte die Senderwahl nur noch rückwärts. Serien, Werbung, Serienwerbung, Previews und Nachrichten mit Werbeuntertiteln. Erst jetzt merkte Alex, wie wenig er diese Scheiße in Norwegen vermisst hatte. Er zappte weiter, was bei der Anzahl der verfügbaren Sender dauerte. Bei einem Nachrichtenportal blieb er hängen, das gerade ein Bild des Hamburger Bahnhofs zeigte, der von der Polizei abgeriegelt worden war. ‚*Terroranschlag in Hamburg*', lief als Banner am unteren Bildschirmrand.

»… die Polizei konnte heute am Hamburger Hauptbahnhof den mutmaßlichen Cyberterroristen Alex B. verhaften, der sich erst kürzlich in einer belebten Fußgängerzone in der Innenstadt erfolgreich der Verhaftung widersetzen konnte.«

„Wie bitte?«, Alex glaubte, sich verhört zu haben, die zeigten tatsächlich einen Videoclip, wie er mit schwarzen kurzen Haaren abgeführt wurde. Links und rechts SEK-Polizisten, die ihn an der Schulter festhielten. Die Hände befanden sich im Video auf seinem Rücken gefesselt. Was für eine Lügenshow!

»Beim Zugriff gelang es dem Tatverdächtigen, eine Schusswaffe an sich zu reißen und damit um sich zu schießen. Dabei wurden nach Angaben der Hamburger Polizei drei Beamte und sieben Reisende verletzt. Alex B. wird derzeit von der Polizei vernommen. Die Europäische Bahn AG gibt an, dass die Fahrkarten für ausgefallene Züge ihre Gültigkeit für den Folgetag behalten würden. Ersten Schätzungen nach gab es einen beträchtlichen Sachschaden an Glas-

fassaden und einem Getränkeautomaten.« Die blondgelockte Nachrichtensprecherin blickte ihren Co-Moderator an, der mit seinem Blockflötengesicht auch Werbestar für Versicherungen hätte werden können.

»Bin ich besoffen?« Alex konnte diese Berichterstattung nicht verstehen. Die Sprecherin konnte doch nicht einundzwanzig tote Polizisten als Kollateralschaden abtun.

»Wir schalten live zu einer Pressekonferenz des Technologiekonzerns Better Life, deren CEO, Dr. Agnes Gutter, vor zehn Jahren für den Vater von Alex B. gearbeitet hatte.«

»Agnes?« Agnes Gutter war jetzt CEO von diesem korrupten Drecksverein? Alex konnte es nicht glauben, nein, das musste ein Fehler sein. Agnes arbeitete immer noch für Better Life? Für den Laden, dessen Pharmasparte mit dem Verkauf minderwertiger Medikamente in Schwellenländern mehr Menschen auf dem Gewissen hatte, als von dessen Waffensparte in Nordafrika zerbombt wurden.

»Mit Bestürzung habe ich erfahren, dass der Sohn meines früheren Mentors Dr. Olaf Baringhaus festgenommen wurde. Ich hoffe, dass die verletzten Polizisten und Reisenden schnell wieder genesen«, erklärte Agnes Gutter souverän, was Alex maßlos enttäuschte. Er hätte nach den Ereignissen im Vier Jahreszeiten von ihr erwartet, dass sie sich von dem Konzern abwenden würde.

»Dr. Gutter, es gibt Stimmen, die Alex Baringhaus mit den verheerenden Cyberangriffen im Jahr 2034 in Verbindungen bringen«, sagte ein Journalist.

»Die gibt es nicht erst seit heute, Sie kennen meine Antwort dazu. Ich bitte Sie, aus Respekt gegenüber den Verletzten keine haltlosen Mutmaßungen zu verbreiten. Ich muss zugeben, dass mich Alex' Schicksal persönlich trifft. Better Life wird deshalb einen Sonderfonds bereitstellen und für den von ihm verursachten Schaden aufkommen.«

»Sie zahlen freiwillig?«, rief eine Frau dazwischen, deren ketzerischer Tonfall durch Gelächter begleitet wurde.

»Bleiben Sie bitte fair.« Agnes gab sich gefasst. Alex kochte vor Wut, aber er sollte sich nicht benehmen wie ein kleines Kind, niemand bei Better Life tat etwas ohne Grund. *»Sie kennen seine Geschichte, Sie kennen auch das Erbe, das er ausgeschlagen hat. Ich denke, dass wir heute nicht über Geld sprechen sollten. Eine tragische Geschichte hat ihren Höhepunkt erreicht. Den Schaden, der mit Geld behoben werden kann, wird Better Life übernehmen. Wir werden helfen und Alex in dieser schweren Stunde nicht alleine lassen.«*

Der Sender blendete auf die Wetteransage um. Auch am nächsten Tag würde es sommerlich warm werden. Alex machte den Ton leiser. Hatte er das gerade richtig verstanden? Sie wollten helfen und Alex in dieser schweren Stunde nicht allein lassen?

Allein lassen, die letzten Worte klangen nach, er zappte weiter und fand auf jedem zweiten Kanal dasselbe Interview. Verdammt, das war eine Botschaft für ihn. Natürlich, Agnes Gutter nutzte die Nachrichtensender, um ihm etwas zu sagen.

Ein anderer Stream berichtete über den Abzug der Polizei vom Bahnhof. Die Medien verkauften die Vorfälle, als ob Lisa einen Kaugummiautomaten geknackt hätte. Wobei über sie kein Wort verloren wurde. Nicht ein einziges, was sehr befremdlich wirkte. Der einzige Grund, der ihm dazu einfiel, war eine mögliche Deeskalationsstrategie. Agnes wusste, wozu er in der Lage war, ob sie ihn nicht weiter provozieren wollte? Und Lisa, wollte man sie etwa laufen lassen?

»Hallo …«, sagte Lisa, die völlig verschlafen aus dem Nebenzimmer kam. Sie trug ein weißes T-Shirt von Marie, das ihr bis zu den Oberschenkeln reichte. Die dunklen Locken standen in alle Richtungen ab, ähnlich wie bei Mia, die nach dem Aufstehen nicht anders ausgesehen hatte.

»Guten Morgen.« Alex schaltete das Display ab und ging zur Kaffeemaschine. »Wieder schwarz?«

»Ja.« Sie ließ sich müde auf das Sofa fallen, um sich direkt an einem roten Kissen in Form einer Zunge festzuhalten. Maries Style war wirklich etwas Besonderes. Alex konnte nicht verhindern, auf ihre Beine zu sehen, nein, nicht jetzt, er sah wieder auf die Kaffeemaschine.

»Gut geschlafen?«

»Zu kurz …«

»Wir sind hier sicher … schlaf dich aus.« Alex klopfte mit dem Finger auf die Wand. Im Apartment neben ihnen wurde es gerade lauter. »Solange die vögeln, passiert uns nichts.«

Vermutlich befanden sie sich im sichersten Haus in Hamburg, was nebenbei bemerkt auch das beste Frühwarnsystem haben sollte. Die gewerblichen Nachbarn rochen Polizisten sofort.

»Wer bist du?«, fragte Lisa und sah ihn mit schmalen Lippen an. »Warum hilfst du mir? Und wer ist diese Marie, ihr Busen ist gigantisch … sieh.« Lisa zeigte, wie viel Platz sie in dem T-Shirt hatte. Marie war nicht nur einen Kopf größer, sondern auch doppelt so schwer wie sie.

»Das wollte ich dich fragen …«

»Ich weiß es nicht … ich glaube, ich habe keine Ahnung, wer ich bin. Ich weiß nicht, wo ich herkomme und ich habe noch weniger Ahnung, was ich tue … versteh mich nicht falsch, aber das war nicht mein Tag heute.« Lisa gab sich völlig verunsichert, mit hängenden Schultern saß sie auf dem Sofa und hielt sich an der Kaffeetasse fest.

»Ich verdanke dir mein Leben.«

»Ach ja … ohne mich wärst du überhaupt nicht bedroht worden. Die haben mich benutzt, um dich zur Strecke zu bringen.«

»Ähm …« Ihre Offenheit war entwaffnend. Er sollte nicht immer auf ihre Beine sehen.

»Gefallen sie dir?«

»Bitte?«

»Meine Beine, gefällt dir mein Körper? Du kannst ihn haben.« Lisa zog sich das riesige T-Shirt aus und sah ihn mit großen Augen an. »Er gehört mir nicht. Ich will ihn nicht haben.« Leise fing sie an zu weinen und vergrub das Gesicht in ihren Händen. Unter Maries T-Shirt trug sie einen Slip, der ihr genauso wenig passte.

»Hey … jetzt hör auf zu weinen.« Mias Körper zu sehen aber nicht ihre Stimme zu hören, zehrte an Alex' Beherrschung. Er griff zur Seite und legte eine Decke über ihre Schultern. Sie rutschte an ihn heran und weinte seine nackte Brust voll. Er wollte sie nicht absichtlich berühren, nicht diese Situation ausnutzen, die ihn auf eine erschreckende Art und Weise erregte.

»Niemand hat sich selbst gemacht, niemand kann sich seinen Körper aussuchen. Er ist ein Geschenk, nimm ihn, du bekommst nur einen in deinem Leben.« Diese Lektion hatte Alex vor drei Jahren gelernt. Sein Weg ins Leben war selbst holperig gewesen, aber er hatte die Chance genutzt.

Lisa richtete sich auf, was die Decke wieder von ihren Schultern rutschen ließ. »Mein Körper ist künstlich, geschaffen, um bei dir Erinnerungen an den Menschen zu wecken, den du geliebt hast. Das ist alles eine Lüge. Mein ganzes Leben existiert nicht, mein Gedächtnis stammt aus einem Computer … nichts an mir ist echt!«

Alex nahm ihre Hand und legte sie auf sein Herz. »Spürst du das?«
»Ja«, antwortete sie kleinlaut.
»Das bin ich.«
»Ja und?«
»Ich bin echt ... natürlich bin ich nicht wie andere, aber was soll's, keiner gleicht dem anderen. Mensch sein findet im Kopf statt. In fünfzig Jahren hängen deine Möpse neben dem Bauchnabel ... na und? Dein Körper macht dich nicht aus, deine Herkunft macht dich nicht aus, du bist das, was du sein willst!« Alex schluckte. Bis dahin würden ihre Brüste noch einige Jahre sehr gut aussehen und mindestens einen Glücklichen um den Verstand bringen.
»Siehst du Mia in mir?«
»Auf jedem Zentimeter.«
»Berühr mich ...«
»Nein, bitte ...« Das war zu nah.
»Hast du nicht gerade erklärt, wie unwichtig ein Körper ist. Wenn du doch meinen begehrst, warum sträubst du dich dann, mich anzufassen.« Lisa strich mit der Hand über seine Brust. Ein elektrisierendes Gefühl, ihre warme Hand zu spüren und ihre Lippen zu beobachten, während sie Worte formten.
»Mit jemandem zusammen zu sein, ist nicht beliebig.« Alex wollte die Zeit mit Mia nicht wenige Tage nach ihrem Tod, mit einer anderen Frau vergessen.

»Du liebst sie noch.«

»Ja.«

»Ich beneide sie.«

»Sie lebt nicht mehr.«

»Wirklich … ich kann sie noch in deinen Augen sehen.« Lisa rückte wieder ein Stück von ihm ab und nahm die Decke auf. Ihre Brüste und Beine bedeckte sie trotzdem nicht.

»Auch ich kann sie sehen, was es nicht einfacher macht.« Alex lehnte sich zurück. »Sie ist noch zu nah.«

»Auch wenn ich so aussehe, ich bin nicht Mia«, erklärte sie gefasst und lächelte ihn an. »Als ich angeschossen wurde, was hast du mit mir gemacht.«

»Du hast dich regeneriert, ich habe keine Ahnung wie, aber das hast du allein hinbekommen.«

»Genetisch gezüchtete Enzyme, die stoppen lebensgefährliche Verletzungen binnen Sekunden. Vermutlich wurde mein unlackiertes Fahrgestell als Panzer auf zwei Beinen geschaffen. Nein, ich meine, was hast du in meinem Kopf gemacht?«

»Ich nenne es ghosten.«

»Erkläre es mir bitte …«

»Ich kann mein digitales Ich von meinem Körper lösen und mich in IP-Netzwerken bewegen. Für mich sieht das aus, als würde ich durch ein Videospiel laufen.« Alex hatte seine Fähigkeiten Mia nie erklärt, weil sie nie danach gefragte hatte. Vermutlich hatte sie es geahnt und nicht dar-

über sprechen wollen.
»So etwas in der Art kann ich auch, aber sicherlich viel schlechter als du. Sie haben mir eine Barriere in den Kopf gesetzt, die ich nicht überwinden konnte.«
»Diese Barriere habe ich gefunden.«
»Gefunden? Wie soll ich mir das vorstellen, wie findet man eine technische Barriere in einem fremden Kopf?«
Er lächelte, nicht ohne einen gewissen Stolz. »Ich habe die Barriere geöffnet, das Ortungssystem entfernt, einen Cola-Automaten zu deinem digitalen Abbild gemacht und bin mit dir unerkannt verschwunden.«
»Das ist unglaublich.« Sie lachte herzlich. Das erste Mal, dass er sie so lachen sah. »Kannst du das immer?«
»In IP-Netze eindringen, ja.«
»In mich eindringen …«
»Ja.«
»Bitte zeige es mir.«
Alex schluckte erneut, für die unmissverständliche Aufforderung fielen ihm zwei Antworten ein. Er nutzte nur eine. »Schließ deine Augen.«
Sie nickte.
»Lass dich einfach fallen.« Auch er schloss die Augen. Heute würde er beim Ghosten eine neue Ebene berühren. Alex' digitales Ich erhob sich das erste Mal mit einer Erektion, wobei seine virtuelle Gestalt glücklicherweise dieses visuelle Detail aussparte. Er saß in einem kleinen weißen Raum, den an den Seiten viele kleine Streams durch-

querten. Telefone, Computer, WLan-Netze und alles andere, was man an digitaler Kommunikation in einer Stadtwohnung finden konnte.

»Kannst du mich hören?« Bisher hatte er in diesem Zustand nie jemanden zum Reden gehabt.

»Ja.« Lisa stand neben ihm, genauer, ihre virtuelle Entsprechung konnte er visualisiert erkennen. Ein stilisiertes Abbild ihrer Person, ohne Kleidung und ohne ihre Weiblichkeit in den Vordergrund zu stellen. *»Das sieht wunderbar aus … was ist das für ein weißer Raum?«*

»Unser Gehirn schafft automatisch visuelle Brücken, um IP-Netze greifbar zu machen. Warum diese Räume immer weiß sind, habe ich allerdings auch noch nicht herausgefunden.« Eine Frage, der er nie auf den Grund gegangen war.

»Bist du schon in meinem Kopf?«

»Nein.« Alex ging auf sie zu. Bei allem, was er schon gehackt hatte, diese Situation war auch für ihn neu. In dem Moment, als sich ihre visuellen Erscheinungen körperlos überlagerten, fühlte er wohlige Berührungen am ganzen Körper. Ähnlich, als ob sie engumschlungen in seinen Armen liegen würde.

Sie stöhnte leise. Alex drehte sich, sie drehte sich mit ihm, die Berührung mit ihrem digitalen Abbild wurde immer intensiver. Nah, er glaubte, Mia riechen zu können. Nein, das war Lisa. Ein feiner Unterschied, an dem er sich festhielt, um nicht die Kontrolle zu verlieren.

»Jetzt.« Seine Wahrnehmung veränderte sich, er befand sich unter Wasser, Lisa an seiner Seite, neben ihm, hinter ihm, überall. Er tauchte durch sie hindurch, berührte sie, wurde berührt, eine Empfindung, die sich plötzlich verdrehte. Er war jetzt wie Wasser und sie tauchte durch ihn hindurch. Er fühlte sich ihr nah, spürte sie, überall gab es nur Lisa. Diese Verschmelzung im Geiste war anders als alles andere, was er zuvor erlebt hatte.

»Ich kann dich sehen …«, sagte sie, dasselbe wollte er auch sagen. Die Begegnung war viel mehr als eine Reise in ihren Kopf, sie befand sich genauso in seinem.

Bilder huschten an ihm vorbei, Bilder, Namen, Gefühle, Ängste, Freude, Begehren, er konnte alles sehen, was sie war. Wer sie war. Wer sie sein wollte. Eine Reise durch ihre Erfahrungen, seltsamerweise nur die der letzten Tage, also die, die sie selbst erlebt hatte. Sie ließ ihn alles sehen, was sie ausmachte. Ein Blick in die Tiefe ihrer Seele, eine digitale Seele, genauso wie bei ihm.

»Ich sehe deine Mutter, deine Kindheit, dein Lachen, deine Tränen, der Schmerz, Verlust und deine Flucht.« Auch Lisa konnte in seine Erinnerungen blicken. Pur, ungefiltert, ohne Agenda, ohne Bedingungen, das war er, Alex Baringhaus.

»Ich sehe auch Mia, deine Trauer … es tut mir so leid.« Lisa streifte wie ein herbstlicher Luftzug an ihm vorbei. Alex fiel zurück in seinen Körper.

»Ich danke dir für diese Reise.« Lisa atmete schnell, sie schwitzte, wie Mia kurz nach dem Sex.

Alex nickte, auch er schnappte nach Luft. Diese Begegnung hatte er nicht erwartet. Er verstand, dass weder sie noch ihn, für den Zufall zu leben, eine Schuld traf. Nein, Leben war ein Recht, das ihnen niemand nehmen konnte.

***

XXI. Verrückte Welt

Lisa öffnete langsam die Augen, sie musste auf dem Sofa eingenickt sein. Mit dem Handrücken fuhr sie sich über die Nase. Alex saß ihr schräg gegenüber und sah sich aktuelle Sportnachrichten an: Hamburg hatte wieder verloren.

»Du bist eingeschlafen.« Er lächelte, machte den Fernseher aus und drehte sich zu ihr. Mit Jeans und nacktem Oberkörper machte er eine gute Figur.

»Ja.« Leugnen machte keinen Sinn, er hatte sie überführt. Lisa zog die Beine an den Oberkörper und streifte Maries T-Shirt über ihre Knie. »Und du?«

»Ich habe die erste Wache übernommen … wir sind vorerst unentdeckt geblieben.« Jetzt lachte er und zeigte seine weißen Zähne, auch ohne Haare war er ein attraktiver Mann.

»Bin ich jetzt dran?« Lisa blickte auf seine Arme, die Schultern und den durchtrainierten Bauch. Er würde sie beschützen. Das Erlebnis, von ihm im Geiste berührt zu werden, hatte sie berauscht. Sie hatte ihm alles gezeigt, alles, was sie ausmachte: ihre Wünsche, Ängste und Begierden. Eine Begegnung, die fortan ihre Fantasie anregte.

»Ja … stelle dich an das Fenster und wenn jemand kommt, schreist du!« Jetzt nahm er sie auf den Arm. Sie warf ein Kissen nach ihm, das ihn verfehlte. Dann ein zweites, das er auffing. Jetzt ging sie auf ihn los und schlug ihn mit dem dritten Kissen windelweich.

»Ich gebe auf!« Er wehrte sich nicht, lachte sie an und ließ sie wie eine Wilde mit dem Kissen auf ihn einschlagen. Ein hoffnungsloses Unterfangen. Sie brauchte einen besseren Plan. Schnell atmend fand sie sich auf seinem Schoß sitzend wieder. Sie sahen sich in die Augen, Lisa beugte sich zu ihm und küsste ihn. Ein kurzer Kuss, den er zwar erwiderte, aber nicht gerade intensivierte.

»Warte …«

»Wegen Mia?« Lisa stellte sich vor, geliebt zu werden, so wie er Mia liebte: bedingungslos, ewig und über den Tod hinaus. Eine wunderbare Vorstellung.

»Das geht mir zu schnell …«

»Ja, natürlich.« Lisa stand auf und ging an das Fenster mit guter Aussicht auf die Rückwand des Nachbarhauses. »Das verstehe ich«, sagte sie und beobachtete seine Hände, die unruhig über die Jeans strichen. Abgetragen und an einigen Stellen aufgerissen, wie alles in dieser Wohnung. Lisa bewunderte Marie, die Art, wie sie lebte und die Leichtigkeit, mit der sie über alles lachte.

Alex hatte wieder das Display eingeschaltet und zappte auf einen Stream, der fünfzig Jahre alte Cartoons zeigte. Er schien sich unglaubliche Mühe zu geben, sie nicht als die Frau zu sehen, die er küssen wollte. Aus Respekt vor einer Toten, verständlich, aber auch unnötig. Die Polizei könnte jeden Moment die Tür aufbrechen und das Feuer auf sie eröffnen. Wenn Lisa mit zwanzig Löchern im Körper in ihrem Blut lag, würden ihre grandiosen Selbstheilungskräfte höchstens den Tatortreinigern helfen, die Flecken schneller von Boden aufzuwischen.

»Du wirkst nervös …« Lisa schämte sich eine Sekunde lang dafür, sich nicht aus Respekt vor Mia zurückhalten zu wollen, dann ließ sie die Kräfte ihrer weiblichen Natur auf ihn wirken. Das ganze Leben war ein Spiel. Der Einsatz, ihr Körper, ihre Sinnlichkeit und ihr Wunsch, ihn spüren zu wollen. Nicht virtuell, sondern real. Seine Hände sollten nach ihr greifen, sie festhalten und fordern, ihm gefügig zu sein. Der Lohn dafür, ihn, sie wollte Alex Baringhaus haben.

»Der Tag war anstrengend.« Was für eine schlechte Ausrede, er bemühte sich schon die ganze Zeit, dass sie die Beule in seiner Hose nicht sah. Vergeblich. Der stattlichen Erhebung galt ihre gesamte Neugierde. Ob er einen großen Penis hatte? Oder sollte sie ihn anders nennen? Welchen Namen gab man den Genitalien des Mannes, von dem man geliebt werden wollte? Einen Spitznamen? Nein, das würde sich lächerlich anhören. Sie war noch nie mit einem Mann intim gewesen, wie auch, in den wenigen Tagen ihres Lebens. Wie konnte man ihren Wunsch nach körperlicher Liebe eigentlich in Worte fassen? Wollte sie seine erregte Männlichkeit im Schoß ihrer Sünden erfahren? Das klang steif und veraltet. Wollte sie sich ficken lassen wie eine Schlampe? Nein, das hörte sich zu anrüchig und billig an.

»Soll ich dir den Nacken massieren?« Lisa überlegte kurz, ob ihre Frage zu plump war und wartete auf seine Reaktion. Alex sah sie an, immer noch bemüht, nicht auf ihre Beine zu starren. Er nickte. Ja, sie wusste, dass er sich auch nach ihr sehnte.

Lisa lächelte, dann stieg sie mit den Füßen auf das beige, karierte Sofa, das über mehr ausgewetzte Stellen verfügte als seine Blue Jeans, und ließ ihren Po zwischen der Lehne und seinem Rücken herunterrutschen. Die Berührung jagte ihr einen wohligen Schauer über die Haut. Maries T-Shirt minderte die Berührung nur unwesentlich. Die Vorfreude auf das, was sie sich gleich holen wollte, stieg: ihn. Pur. Ohne Jeans und ohne weitere Worte.

»Du bist verspannt …« Lisa knetete seinen Nacken, eine Diagnose, die sie auch aus zwei Metern Entfernung hätten stellen können. Alex genoss die Berührung genauso wie sie. Die genetischen High-Tech Enzyme in ihrem Blut konnten vielleicht Schusswunden heilen, menschliche Hände vermochten hingegen, Wunden in der Seele zu kurieren. Mit jeder weiteren Streichbewegung knurrte er lauter, wie ein satt gefressener Bär in seiner Hölle.

»Das ist wunderbar.«

Lisa küsste seinen Hals, öffnete ihre Lippen, biss zärtlich in seine Haut und leckte mit der Zunge über seinen Nacken. Sie würde bekommen, was sie haben wollte.

Alex stöhnte leise. Hatte er seine Gegenwehr aufgegeben? Hatte er sich überhaupt vorher ernsthaft seinem Schicksal, von ihr verführt zu werden, widersetzt?
Er hatte die Wahl gehabt, jeder Mensch konnte wählen. Er hätte nein sagen können: Lisa, bitte zieh dich wieder an, hätte er sagen können, Lisa, nein, ich will das nicht! Diese Entscheidungen hätte er treffen können. Nichts davon hatte er getan. Angesehen hatte er sie. Mit den Augen ihre Beine berührt. Nicht mehr als ein hilfloses Aufbäumen, das konnte sie nicht ernst nehmen.
Sie biss ihm in sein Ohr, umspielte es mit der Zunge, hauchte in seinen Nacken. Nichts von dem hatte sie jemals zuvor getan. Sie agierte ohne Plan. Ließ es geschehen, egal, was sie dazu bewegte, mit der Hand an der Seite vorbei zu streifen und seine markante Brust anzufassen, sie wusste es nicht. Animalisch, wild, sie hatte seine Witterung in der Nase, diese Spur wollte sie nicht mehr aufgeben. Er war ihre Beute, er gehörte ihr, die ganze Nacht. Nein, das traf es nicht, er gehörte ihr für den Rest seines Lebens.
»Bitte …« Seine letzte Gegenwehr? Viel zu spät, Alex' Stimme zitterte, während er sprach. Das war eher Teil der Inszenierung ihres Liebesspiels, bei dem er inzwischen die männliche Hauptrolle spielte. Er rutschte zur Seite und hob den Arm. Lisa nutzte die Position und glitt um ihn herum. Jetzt saß sie genau auf der Beule, die schon die ganze Zeit ihre Fantasie beflügelt hatte. Ihr Becken be-

wegte sie vor und wieder zurück. Seine Jeans und ihr Slip verzögerten nur das Unausweichliche.

»Was denn?«, hauchte sie ekstatisch. Die Augen geschlossen, die Hände an seinem Nacken, schwebten ihre Lippen über den seinen. Auch für den ersten Kuss ließ sie ihm die Zeit, die er brauchte.

»Das ist …« Alex war süß, mehr als wirre Wortfetzen brachte er nicht mehr heraus. Lisa fuhr sich mit der Zunge über die Lippen, immer darauf bedacht, den gewählten Abstand zu waren. Sie kontrollierte ihn, er würde genau machen, was sie wollte.

»Ich massiere doch nur deinen Nacken.« Nicht mehr und nicht weniger. Der Rest spielte sich im Kopf ab. Mit kräftigen Streichbewegungen bearbeitete sie seine Muskulatur. Ihre Krallen hatte sie tief in seine Seele geschlagen. Seine Hörigkeit schmeckte süßer als Honig.

»Aber …« Dass Männer immer nach Argumenten suchen mussten. Um sie zu küssen, musste er seinen Kopf nur einen Zentimeter nach vorne bewegen. Los, tue es, rief sie in Gedanken und wartete, bis er aufgeben würde.

»Du solltest dich entspannen.« Lisa atmete, er sollte auch mit geschlossenen Augen stets spüren können, wo sie war: über seinen Augen, der Nase, seinem Kinn oder über seinen Wangen.

»Du bist ein Teufel!«

»Nur ein Teufel?« In seinen Augen wollte sie *der* Teufel sein. Er dürfte sie auch anbeten, verdammen oder verfluchen. Das Spiel gefiel ihr, es erregte sie. Er musste die finale Entscheidung treffen. Er musste es wollen, sie verlangen, sie fordern.

Alex ließ seinen Oberkörper zurücksinken. Lisa hielt den Abstand über seinem Gesicht aufrecht. Nicht mehr als eine Fingerbreite. Er sollte die Wärme ihrer Haut wahrnehmen können. Durch seine Körpergröße glitt sie dabei mit dem Becken ein Stück seinen Bauch herauf. Gelegenheiten musste man nutzen. Über die linke Schulter ließ sie den Arm und ihren Blick nach hinten gleiten. An ihrem Po vorbei, auf seine Blue Jeans, die sie mittlerweile als störend empfand.

»Was tust du da?«, fragte er. Gleich würde er es erfahren. Sie öffnete den Knopf am Bund und zog den Reißverschluss herunter.

»Ich schaffe Möglichkeiten.« Maries übergroßes Höschen konnte sie mühelos auf die Seite schieben. Bereits in der Vorfreude, ihn zu spüren, rückte sie mit dem Po näher an ihn heran, um auch in dieser Position den letzten Zentimeter in seine Hände zu legen. Er musste es wollen, daran hatte sich nichts geändert.

»Das ist unfair!« Alex stöhnte, als Lisa seine Männlichkeit fest in der Hand hielt.

»Soll ich aufhören?« Langsam, sie wollte es genießen. »Du musst es nur sagen.«
»Lisa, bitte … Schläfst du?«

Lisa öffnete langsam die Augen, sie musste auf dem Sofa eingenickt sein. Mit dem Handrücken fuhr sie sich über die Nase. Alex saß ihr schräg gegenüber und sah sich aktuelle Sportnachrichten an: Hamburg hatte wieder verloren.
»Du bist eingeschlafen.« Er lächelte, machte den Fernseher aus und drehte sich zu ihr. Mit Jeans und nacktem Oberkörper machte er eine gute Figur.
»Ja.« Leugnen machte keinen Sinn, er hatte sie überführt. Lisa zog die Beine an den Oberkörper und streifte Maries T-Shirt über ihre Knie. »Und du?«
»Ich habe die erste Wache übernommen … wir sind vorerst unentdeckt geblieben.« Jetzt lachte er und zeigte seine weißen Zähne, ein Déjà-vu, genau von dieser Szene hatte sie geträumt. Ein erotischer Traum, der gerne real werden durfte.
»Bin ich jetzt dran?« Lisa blickte auf seine Arme, die Schultern und den durchtrainierten Bauch. Das hatte sie alles bereits gesehen. Sie ließ das Replay weiterlaufen.
»Ja … stelle dich an das Fenster und wenn jemand kommt, schreist du!« Scherzkeks. Sie warf ein Kissen nach ihm, das ihn erneut verfehlte. Dann ein zweites, das er auffing. Jetzt ging sie auf ihn los und schlug ihn mit dem

dritten Kissen windelweich. Immerhin traf sie ihn, wie in ihrem Traum.

»Ich gebe auf!« Er wehrte sich nicht, lachte sie an und ließ sie wie eine Wilde mit dem Kissen auf ihn einschlagen. Ein hoffnungsloses Unterfangen. Sie hatte einen besseren Plan, dessen Ausgang ihr bereits bekannt war. Schnell atmend fand sie sich auf seinem Schoß sitzend wieder. Er sah ihr in die Augen und sie ihm. Sie beugte sich zu ihm und küsste ihn. Ein kurzer Kuss, den er zwar erwiderte, aber nicht gerade intensivierte. Egal, sie wusste, wie sich alles entwickeln würde. Ab heute gehörte er ihr.

»Warte …«

»Wegen Mia?« Lisa spielte mit, wie in ihrem Traum.

»Lisa, du bist ein wunderbares Mädchen. Intelligent, wunderschön und so sexy, dass ich dich augenblicklich fressen könnte. In sehe Mia in dir und verzehre mich nach ihr. Aber du bist nicht Mia, das weiß ich und du weißt es auch. Ich liebe sie, dabei spielt es keine Rolle, ob sie lebt oder nicht. In mir lebt sie weiter und ich werde noch eine Weile brauchen, um sie ruhen zu lassen.«

»Oh …« Dieser Teil sah in ihrem Traum anders aus. Was lief gerade schief? Sie verstand es nicht, sie liebte ihn doch, wie Mia es getan hatte. Warum liebte er sie nicht?

»Ich möchte dich nicht verletzen, ich weiß, was du für mich getan hast, weshalb ich dir auch helfen werde. Heute Morgen gab es 21 Tote, die wir nicht verleugnen können. Du musst dich dieser Tatsache stellen, ich werde an deiner

Seite bleiben.«
Wovon redete er da? Von welchen Toten sprach er? Lisa verstand immer weniger, was er sagte. Das war doch alles völlig verrückt.
»Entschuldige, aber es geht nicht anders.« Alex ließ den Kopf hängen, nein, in ihrem Traum hatte er sie geliebt. Leidenschaftlich und ohne Bedingungen zu stellen. Diese Realität gefiel ihr nicht.

Lisa lag unter der Wolldecke auf dem Sofa und schmollte. Inzwischen war die Sonne untergegangen. Alex hatte den ganzen Nachmittag lang uralte Cartoon-Streams gesehen. Dieser Idiot. Gelacht hatte er nicht, genauso wenig wie sie.
»Ich habe Hunger«, sagte er und raschelte an der leeren Chipstüte, die er im Küchenschrank gefunden hatte. Blödmann, sollte er doch die Tüte verspeisen!
Die Wohnungstür öffnete sich und Marie kehrte heim. Lisa sah auf die Uhr, es war kurz vor zwölf. Sie sagte keinen Ton und legte ihr Mobile auf die Anrichte. Alex sah Lisa an und zuckte mit der Schulter. Dann verschwand Marie im Badezimmer. Oh je, auch Marie schien einen beschissenen Tag gehabt zu haben.
Alex stand auf und ging ihr nach. Er klopfte an die Tür. »Marie, geht es dir gut?«

»Ja«, antwortete sie wenig überzeugend. »Ich bin gleich bei euch … gib mir ein paar Minuten.«
Alex nickte und kehrte zum Sofa zurück. Verunsichert sah er Lisa an. »Ich habe keine Ahnung, was sie hat.«

Als Marie das Badezimmer verließ, hatte sie sich bereits abgeschminkt und trug einen Bademantel. Sie setzte sich zu den beiden, sah sich kurz um, sah einige Kissen auf dem Boden liegen, das verrückte Sofa und die leere Chipstüte auf dem Couchtisch. Sie lächelte kurz und sie zog die falschen Schlüsse. »Spaß gehabt?«
Lisa presste sie Lippen aufeinander.
Alex blieb bei der Sache. »Ich würde gerne über dich sprechen. Du benimmst dich seltsam.«
»Es ist nichts passiert.« Marie zog den Aschenbecher zu sich heran und zündete sich eine Zigarette an.
»Wieso glaube ich dir nicht?«
»Die Straßen sind ruhig. Die Polizei hält die Füße ruhig … ich glaube, ihr werdet sicher die Stadt verlassen können.«
Marie schien sich an ihrer Maske festzuhalten.
»Bitte, wenn ich dir helfen kann, werde ich es tun.« Alex zeigte sich hartnäckig.
»Ich habe im Fernsehen gesehen, wie du verhaftet wurdest. Zuerst habe ich einen Riesenschreck bekommen, dann aber geschaltet. Was für eine zynische Show, oder?«
Alex stand auf, ging zur Anrichte und nahm ihr Mobile.

»Es ist mit meinem Fingerabdruck codiert.« Marie fing an zu weinen. Lisa setzte sich neben sie.
»Na dann …« Alex las ihre letzte E-Mail vor: Der Betreiber des Clubs, in dem Marie als Lady RA arbeitete, hatte sie rausgeschmissen. Heute hatte sie ihre Kündigung bekommen.
Jetzt brach es aus ihr hervor. »Ich bin zu alt, hat er gesagt, könnt ihr euch das vorstellen? Ich bediene die widerlichsten Wichser, die es gibt, habe meine Selbstachtung schon vor Jahren in die Tonne geworfen und werde gekündigt, weil ich zu alt bin!«

***

XXII. Neue Wege

Als Lisa und Alex am nächsten Morgen die Wohnung verließen, schlief Marie noch. Sie hatten in der Nacht länger miteinander geredet, der Kern des Problems war Geld, wie bei den meisten Frauen, die im Hamburger Rotlichtmilieu arbeiteten.

Auch um ihr zu helfen, zog Alex heute los. Die ganze Nachbarschaft schien noch zu schlafen. Morgens um 7:30 Uhr gab es in dem mehrstöckigen Apartmenthaus keine käufliche Liebe im Angebot. Der Flur roch nach kaltem Zigarettenrauch und abgestandenem Bier. Eine ohnehin wenig stimulierende Umgebung. Für Alex waren die Freier, die hier ein- und ausgingen, genauso verzweifelt wie die Frauen, die auf Hockern während der ‚Geschäftszeiten' in den Fluren saßen.

Er trug eine Jeans und ein schwarzes T-Shirt, Lisa ein blaues Minikleid, das Marie noch nie gepasst hatte. Warum es bei ihr im Schrank hing, wusste sie nicht mehr. Wunschdenken, hatte sie gesagt, mit einer Figur, die in dieses Kleid gepasst hätte, wäre sie reich geworden. Dann lachte sie. Lisa hatte sie daraufhin verunsichert angesehen, Alex wusste nicht, ob sie die Bemerkung verstanden hatte.

Auf den Straßen erwachte langsam das Stadtleben. Ein Fahrzeug der städtischen Müllabfuhr leerte vor ihnen die Mülltonnen. Mit Menschen, die den Dreck anderer wegräumten. Es gab eigentlich bereits automatisierte Müllfahrzeuge, die in reichen Kommunen eingesetzt wurden.

Darüber hatte Alex schon einen Bericht gesehen. Für viele Großstädte waren allerdings billige Arbeitskräfte günstiger als teure Robotertechnik.

»Da vorne hängt eine Kamera!« Lisa zeigte mit dem Finger auf die Installation und drängte zur Hauswand.

»Das ist kein Problem … das System ist offline.« Alex hatte keines von Agnes' Worten vergessen: *Wir werden helfen und Alex in dieser schweren Stunde nicht allein lassen.* Hatte er die Botschaft richtig verstanden? Er hoffte es, da er an der Rolle eines flüchtigen Cyberterroristen kein Interesse hatte. Wenn er bei seiner aktiven Beteiligung am Tod von 21 Polizisten jetzt erneut weglaufen würde, würde er den Rest seines zeitlich eng begrenzten Lebens rennen. Rennen, bis er keine Luft mehr bekam. Nein. Heute traf er eine Entscheidung, er würde stehen bleiben, nicht mehr wegrennen, noch nicht einmal weggehen. Für Mia, die auch an seiner Seite blieb, als das Wetter rauer wurde.

»Warum versuchen die nicht, uns zu fangen? Ich habe doch …« Lisa beendete den Satz nicht. Seltsam, wie stand sie zu dem, was sie getan hatte? Menschen hatten ihr Leben und Kinder ihre Väter verloren. Alex sollte sie darauf ansprechen. Aber nicht jetzt, er würde es später tun. Genau, später, eine gute Idee. Später würde er dafür einen besseren Zeitpunkt finden.

»Sie lassen uns in Ruhe.« Alex setzte alles auf Agnes, wenn er sich irrte, hätten sie Lisa und ihn binnen Minuten gestellt. Die hochauflösende Kamera der Verkehrsüberwachung würde ihre Gesichter aufzeichnen, die Software im Rechenzentrum der Polizei sie erkennen, einen Alarm absetzen und die Kavallerie aktivieren. Er wusste nur zu gut, wie schlecht gelaunt Polizisten sein konnten, die die Killer von 21 toten Kameraden zu stellen hatten.

»Ich kann es spüren, die Kamera ist ausgeschaltet«, sagte Lisa, als sie die Straßenbeleuchtung passierten, an der die Kamera montiert war. Alex konnte das bereits aus größerer Entfernung feststellen. Ihre Fähigkeiten schienen nicht gleich entwickelt zu sein.

»Was ist dein Plan?«, fragte sie.

»Wir werden spazieren gehen!«

»Wohin?«

»Es wird dir gefallen.« Alex verspürte eine gewisse Euphorie, er würde gewinnen oder mit fliegenden Fahnen untergehen. Das gefiel ihm, das hätte auch Mia gefallen. »Wir werden ghosten und eine alte Freundin besuchen.«

»Hätten wir das nicht auch von Maries Wohnung aus tun können?«, fragte sie. Keine dumme Anmerkung.

»Vielleicht.« Er wollte einen cooleren Platz nutzen, an dem er ihre Körper parken konnte. Alex nahm Mia an die Hand und ging die Treppe zur U-Bahn herunter. »Lass dich überraschen.«

Sie stiegen genau unterhalb des Better Life Towers wieder aus. Eine sehr große U-Bahnstation, mit zahlreichen Geschäften, Lokalen, Bars und bunten Werbedisplays. Die Image-Trailer des Unternehmens liefen hier in einer Dauerschleife. Wie hatte er diese Gehirnwäsche vermisst, die er früher jeden Morgen in der U-Bahn erleben musste. Lisa ging etwas langsamer, als sie zwei bewaffnete Sicherheitskräfte sah, die eine Keycard-geschützte Schleuse sicherten. Alex lächelte und zog sie hinter sich her.

»Guten Morgen.« Alex begrüßte den Wachmann freundlich, legte seine Hand auf den Keycard-Reader und betrat das Gebäude. Lisa tat es ihm nach, weniger selbstsicher als er, aber es funktionierte ebenfalls. Die Zugangssicherung auszutricksen, war keine Herausforderung gewesen. Gegenüber dem System hatte er sich als der König der Mongolei ausgegeben, mit Anhang. Lisa und sich hatte er während der kurzen U-Bahnfahrt die Zugangsberechtigungen von zwei neuen Reinigungskräften erteilt. Wirklich intelligent waren Personal-Datenbanken im Jahr 2037 immer noch nicht.

»Guten Morgen«, der Wachmann lächelte zurück, auch er passte perfekt auf seinen Job.

»Und jetzt?« Lisa teilte seine vergnügliche Stimmung nicht, sie schien sich beobachtet zu fühlen. Was natürlich stimmte, alle Männer sahen sie an. Wobei sich Alex absolut sicher war, dass bei einer möglichen späteren polizeilichen Befragung niemand von diesen Herren sagen können würde, welche Haarfarbe sie hatte. Jeder von denen starrte ihr entweder auf den Hintern oder auf die

Brüste. Je nach Standort des Betrachters. Eine verständliche Reaktion, wenn Alex mehr Zeit gehabt hätte, die er nicht hatte, wäre die Betrachtung ihres prachtvoll geformten Hinterteils durchaus abendfüllend gewesen. Das blaue Minikleid verdeckte nicht viel von ihrer Weiblichkeit. Der dunkle Teint, die schlanke Taille, Lisa und Mia waren beide wunderschön.
Alex schmunzelte. Sie war auch die bestmögliche Maske für ihn, um nicht erkannt zu werden. Wenn schon niemand auf ihre Haarfarbe achtete, wer sollte sich dann den langweiligen Glatzkopf an ihrer Seite merken?
»Warum lachst du?« Lisa stupste ihn an.
»Schon gut.« Er nahm sich zurück.
»Das ist nicht lustig!«
»Natürlich nicht.« Alex kannte sich in dem Gebäude gut aus. Als Jugendlicher hatte er seinen Vater öfters begleiten dürfen. Damals noch nicht ahnend, was er ihm in die Wiege gelegt hatte. Eigentlich verwunderlich, mit welcher Geduld sein Vater sein Aufwachsen begleitet hatte, er war über Jahre der Einzige, der das Wunder in Alex' Kopf verstand. Eine wahrlich wundersame Gabe und gleichzeitig ein wirksames digitales Waffensystem.
Alex fuhr mit Lisa in die vierte Etage. Sie passierten zwei weitere Kontrollen, bei der er sich als der Prinz von Wales und seine Heiligkeit der Papst ausgab. Immer mit dem korrekten Datensatz in der Personaldatenbank. Einmal als Küchenhilfe, das andere Mal als Servicekraft für das

Better Life Wellnesszentrum für Führungskräfte. Dieser Schwindel würde genau zwei Stunden unentdeckt bleiben, erst dann würde eine Prüfroutine die manipulierten Datensätze kennzeichnen und einem Auditor zur Prüfung vorlegen. Ein Mensch, der wenn er an seinem Arbeitsplatz säße, sofort einen Sicherheitsalarm auslösen könnte. Oder erst eine viertel Stunde später, wenn er in der Zwischenzeit in der Kaffeeecke gestanden oder die Schüssel in der Toilette gesprengt hätte. Sehr viele ‚hätte', Alex würde keine zwei Stunden brauchen.

Lisa und er betraten den großzügigen Wellnessbereich, der rund um die Uhr geöffnet hatte. Zu dieser frühen Uhrzeit fanden sie nur eine asiatische Reinigungskraft vor, die den Boden wischte.

»Einen wunderschönen guten Morgen«, sagte sie höflich und arbeitete weiter. Menschen in ihrer Gehaltsklasse stellten keine unangenehmen Fragen.

»Guten Morgen, wir haben frei heute und wollten es uns gut gehen lassen«, erklärte Alex und zog die verunsicherte Lisa in die Umkleidekabine. Von seinem Vater wusste er, dass Führungskräfte zu jeder Uhrzeit das Wellnesscenter alleine oder mit Begleitung benutzen durften.

»Soll ich den Masseur rufen lassen?«, fragte die Putzfrau zuvorkommend.

»Später vielleicht …« Alex schloss die Tür.

»Hier willst du ghosten?«

»Der perfekte Ort.« Da war er sich sicher.

»Und jetzt?«

»Zieh dich aus, nimm dir ein Badehandtuch und mache es dir gemütlich. Die Liegen sind fantastisch.«

Sie lachte und zog ihr Kleid aus. Auch wenn Alex das Thema, sie nackt zu sehen, bereits hinter sich glaubte, musste er schlucken. Lisa sah aus wie Mias Zwillingsschwester und das in allen Details.

Mit einem Handtuch um die Brust geschlungen verließ sie die Umkleidekabine. Alex folgte ihr und konzentrierte sich darauf, dass sein Mitarbeiter unter der Gürtellinie die Füße stillhielt. Sie sah ihn nur keck an und lächelte. Hoffentlich würde er sein temporäres Keuschheitsgelübde durchhalten.

»Da vorne.« Alex zeigte auf zwei Liegen in einer Nische, in der man sich ungestört lieben oder perfekt ghosten konnte. Jetzt stand Better Life auf dem Programm.

Lisa legte sich hin, rückte sich noch das recht kurze Handtuch zurecht und schloss die Augen. Er tat es ihr nach, das Hinlegen und das Schließen der Augen.

Sein digitales Ich stand glücklicherweise über seinen körperlichen Unzulänglichkeiten. Lisa wartet schon auf ihn, deren virtuelle Präsenz ihre Wirkung entschärfte.

»Fertig?«, fragte er.

»Ja.«

Auch das Wellnesscenter visualisierte sich in ihrer Matrix als weiße Halle, die an den Seiten mit Abertausenden farbigen Datenverbindungen durchflutet wurde. Armdicke, schillernde Datenströme, die sich an anderen Stellen mit weiteren Leitungen verdrillt zu noch mächtigeren Verbindungen zusammentaten. Die Better Life Zentrale, das ganze Hochhaus schien zu leben.

»Sieht wunderbar aus, oder?« Alex mochte diese Datenfülle, die ihn wie ein Meer umflutete. Er konnte die Wärme spüren, die Geschwindigkeit und die Fülle an Informationen, die an diesem Ort verarbeitet wurden.

»Und da wollen wir eindringen?« Lisa stand näher an einer der mächtigen baumdicken Datenverbindungen und bewunderte die filigranen Details, die sich erst aus der Nähe erkennen ließen. Sie zeigte Respekt, was auch gut so war.

»Verbindungen in einer massiven Bündelung gleichen Datenautobahnen. Darin fließen die Daten in einer unvorstellbaren Fülle und einer scheißhohen Geschwindigkeit.«

»Das hört sich bedrohlich an.«

»Was es auch ist, würdest du deine Kinder zum Spielen auf eine Autobahn voller dahinrasender Autos schicken?«

»Natürlich nicht.« Sie schüttelte ihren virtuellen Kopf.

»Genau das würde dir drohen, wenn du die Datenverbindung unvorbereitet infiltrierst. Die Hülle stellt die Verschlüsselung da, die kann man austricksen, die Datenpakete selbst würden dich aber erschlagen, du würdest die auf dich einwirkenden Datenmengen nicht mehr erfassen können und die Orientierung verlieren.«

»Was bedeutet es, seine Orientierung zu verlieren?« Lisa stellte die richtigen Fragen.

»In der Realität könntest du stehen bleiben, dich umsehen und jemand nach Rat fragen. In solchen Datenmolochen verlierst du schlicht den Verstand. Du würdest nicht mehr wissen, wer du bist, was du bist, und du würdest vergessen, in deinen Körper zurückzukehren.«

»Könnte mich eine dritte Person nicht aufwecken?«

»Ich nehme an, nein. Genau weiß ich es nicht. Für andere wärst du dann vermutlich eine Komapatientin. Kein normaler Mediziner kennt jemanden wie uns, niemand in einem Krankenhaus würde dich zielführend behandeln können.«

»Okay, ich habe es verstanden. Dicke Leitungen sind tabu!«

Alex lächelte. *»Das habe ich nicht gesagt.«*

»Erkläre es mir.«

»Wir sind vorbereitet … es ist eine Frage des Standpunktes.«

»Das verstehe ich nicht.«

»Du bist eine virtuelle Person. Du stehst auf dem Boden eines virtuellen Raumes. Warum fliegst du nicht davon?«

»Fliegen?«

»Es gibt keine virtuelle Schwerkraft.«

Lisa tippte sich von Boden ab und schwebte frei im Raum. Sie lachte und drehte sich in der Luft. Das Mädchen lernte schnell, er hatte sich beim ersten Mal ungeschickter angestellt.

»Ich schwebe!«, rief sie wie ein kleines Mädchen, das auf seinem Fahrrad eine Runde in der Einfahrt der Eltern drehte.

»Alles findet in deinem Kopf statt, frag mich nicht, warum unsere Gehirne IP-Netzwerke auf diese Art und Weise interpretieren.« Eine überflüssige Frage, sie taten es einfach.

»Kann ich durch die Datenautobahnen schweben?«

»Ja … nur schau dir die vermaschten Gitterreliefs an, die die Datenleitungen umgeben. Das sind Verschlüsselungen, die das Eindringen Dritter verhindern sollen.«

»Eine Vorsichtsmaßnahme uns gegenüber?«

»Eher nicht … die Entwickler dieser Verschlüsselungstechnologien werden Zugriffe mittels bekannter Methoden im Sinn gehabt haben. Niemand von denen versteht, wie du oder ich diese Welt wahrnehmen.«

»Bist du dir sicher?«

»Wenn sie es verstehen würden, müsste ich doch Probleme haben, deren Sicherheitsmechanismen zu hacken, oder?«

»Zeige es mir!«

»Die Lektion mit der Perspektive kennst du. Die zweite betrifft unsere Größe. Nichts von dem, was wir hier wahrnehmen, hat eine unveränderliche Größe. Uns steht es frei, unsere Größe anzupassen.« Es fühlte sich gut an, sein Wissen weiterzugeben. Über das Ghosten hatte er noch nie mit jemandem sprechen können, der ihn verstand.

»Wir können uns verkleinern. Sehr viel kleiner …« Alex nahm Lisas virtuelle Hand und ließ die zuvor zwei Meter starke Datenleitung in Relation zu ihnen so groß werden, dass sie die Ränder nicht mehr sehen konnten.

»Fantastisch … da werden immer neue Details sichtbar.« Die Farben veränderten sich. Das Verschlüsselungsgitter wurde größer und größer, so groß, dass sie mühelos hindurchschweben konnten.

»Jetzt werden wir surfen.« Alex packte sie und sprang auf ein Datenpaket, analysierte seine Adresse und sprang auf das nächste. Alles rauschte an ihnen vorbei, wie ein gigantischer Wasserfall, von dem man allerdings nicht sicher sagen konnte, ob er bergab oder bergauf stürzte. Sie wechselten mehrfach die Datenpakete, bis er eines mit der richtigen Adressierung gefunden hatte.

»Wie U-Bahnfahren. Nur schneller.« Sie schossen unvorstellbar schnell durch die Leitungen. Lisa fehlte noch die Übersicht, aber dafür war er an ihrer Seite. Er wusste genau, wo er hinwollte.

»Gibt es hier keine Barrieren?«, fragte Lisa, die sich laufend umsah. *»Das geht alles so einfach.«*

Das stimmte, sogar der Cola-Automat im Hamburger Bahnhof hatte sich bei seiner unfreiwilligen Verschwörung gegen die Obrigkeit störrischer gezeigt.

»Sie möchte mit uns reden.« Daran bestand für Alex inzwischen kein Zweifel mehr. Agnes lud ihn ein, auf diesem Weg unbehelligt zu ihr gehen zu können.

»Wer?«

»Agnes, Dr. Agnes Gutter, der CEO von Better Life. Ich kenne sie von früher.«

»Die Frau, die in den Streams über dich gesprochen hat? Die sagte, sie hätten dich verhaftet?«

»Ja.«

»Sie ist eine von denen …« Lisa zeigte darüber keine Zustimmung. *»Sie ist gefährlich.«*

»Sind wir das nicht?« Das Risiko musste er eingehen. Lisa würde es verstehen. Später bestimmt, die Zeit half jedem, die Umstände seines Lebens mit mehr Abstand zu betrachten.

»Wir sind in das Better Life Netzwerk eingedrungen, um mit deren schlimmsten Kettenhund ein Schwätzchen zu halten?«

»Vertrau mir …« Alex ergriff Lisa und sprang ab. Sie waren da. Alex hatte Agnes' persönliches Videokonferenzsystem gehackt. Er hatte auch alle anderen Leitungen ihrer Stabsmitarbeiter im Blick. Sobald hier jemand einen falschen Furz abgab, würde er aus der Better Life IT-Infrastruktur Kleinholz machen. Er würde dann auch in deren Datenbanken eindringen und jedes Byte hinrichten, das er in die Finger bekam.

***

XXIII. Verliebt in einen Traum

Lisa konnte sich kaum vorstellen, dass die Entwickler dieser 3D-Konferenztechnik in Dr. Agnes Gutters schickem Vorstandsbüro diese Business-Technologie speziell für Alex und sie entwickelt hatten. Die Firma saß in den Staaten, weit ab vom Schuss, und hatte mit Sicherheit noch nie etwas von ihren abnormalen Fähigkeiten gehört. Aber wenn sie Menschen mit binär-codierten Gehirnmustern als Nutzer im Sinn gehabt hätten, die in der Lage waren, mit der Kraft ihrer Gedanken in fremde IP-Netzwerke einzudringen, hätten sie keine fantastischere Symbiose erschaffen können.

Alex stand vor Lisa, er trug einen anthrazitfarbenen Anzug, ein weißes Hemd mit gestärktem Kragen und dazu eine hellgraue Krawatte. Er hatte auch keine Glatze, sondern eine blonde Kurzhaarfrisur und einen Dreitagebart. Bürgerlich, angepasst, aber totschick. Eine Manipulation an der Grafik-Engine des Konferenzservers machte den neuen Look möglich. Er hatte es echt drauf. Ihr hatte er ein körperbetontes pastellgelbes Kostüm, eine schwarze Bluse und eine wunderschöne weiße Perlenkette auf den virtuellen Körper geschneidert.

Auch wenn sie nicht die Person war, die sie gerade darstellte, das Gefühl, in eine fremde Welt einzusteigen, berauschte sie: in die Kreise der Mächtigen, Geschäftsleute, die vor dem Frühstück über das Schicksal anderer verhandelten und dabei immer wie ein Model eines Life-

Style-Magazins aussahen. Ihre dunklen Locken hatte Alex digital geglättet, schulterlang geschnitten und arrangiert, als ob sie die Königin von Hamburg wäre.
»Bitte, wir können uns setzen«, erklärte Dr. Gutter freundlich und zeigte auf die Konferenzsessel. Weiches hellbraunes Nappaleder, einfach irre. Aber absolut atemberaubend war die Tatsache, dass sie visuell nicht unterscheiden konnte, wer von ihnen physisch und wer virtuell an der Konferenz teilnahm. Lisa war in der Lage, sich völlig frei zu bewegen, ihr Avatar folgte spontan jeder ihrer Bewegungen. Nur wenn sie etwas anfasste, griff sie körperlos durch die Objekte hindurch. Warum sich daher ihre virtuelle Erscheinung in den Ledersessel setzen konnte, war ihr nicht klar.
»Danke.« Alex gefiel dieser fulminante Auftritt sichtlich. Kleider machen Leute, ein dämliches Klischee, das aber stimmte.
»Ich bin beeindruckt … meine Techniker, drei Nachrichtendienste und ich selbst waren bisher felsenfest davon überzeugt, dass es unmöglich wäre, in das IP-Netzwerk meines Büros einzudringen.«
»Es gibt immer einen Weg.«
»Das sehe ich.« Dr. Gutter gab sich entspannt.
»Man könnte die Router-Konfiguration noch optimieren, dann wäre es nicht so einfach, hier ….«

»Bestimmt … die Frage, die mich eher beschäftigt, ist, für welche Route man sich entscheidet.« Dr. Gutter übersprang den Rest des verbalen Vorgeplänkels. Sie waren allein, niemand sonst hörte ihnen zu. Weder real noch über das von Alex isolierte Netzwerk in ihrem Büro.

»Ich bin hier.«

»Was mich sehr freut.« Sie legte die Hände auf ihren Schoß. Das Oberteil ihres dunkelblauen Kostüms lag auf ihrem Schreibtisch, die Ärmel der weißen Bluse hatte sie hochgekrempelt. Obwohl der Morgen noch frisch war, wirkte sie, als ob sie schon seit Stunden im Büro arbeitete. Oder noch nicht nach Hause gefahren war, einfach schien ihr Traumjob nicht zu sein …

»Drei Jahre ist es her.«

»Das Vier Jahreszeiten. Die Situation damals war nicht einfach«, sagte Alex.

»Das war sie wirklich nicht …« Agnes lächelte, bei ihren kurzen blonden Haaren war es nicht einfach, ihr Alter einzuschätzen. Ihre Figur und Erscheinung wirkten jugendlich, wegen der kleinen Falten rund um ihre Augen konnte sie allerdings ihr Alter jenseits der dreißig nicht leugnen. Trotzdem eine attraktive Frau, die nicht wegen ihres Aussehens Karriere gemacht hatte.

»Weshalb hast du mich eingeladen?« Auch Alex verlor keine Zeit.

»Es geht um das Leben vieler Menschen …«

»An deren Wohlergehen ich weniger ändern kann als du.« Er warf den Ball sofort zurück.
»Da habe ich andere Möglichkeiten, das stimmt. Was mich auch jeden Tag wieder motiviert, meinen Job zu machen. Nur ich vermag nicht Millionen Leben binnen einer morgendlichen Depression auszulöschen.« Sie sprach den gestrigen Tag an, glaubte sie, dass Lisa wegen einer Depression Alex geholfen hatte?
»Es waren nur 21 … auch wenn das bereits 21 zu viel waren. Niemand muss ihnen folgen. Es muss keine weiteren Toten geben. Es liegt an dir, an euch, an allen, die in Hamburg etwas zu sagen haben.« Alex preschte vor.
»Die Menschen haben Angst vor euch.« War es das? Hatten die Bürger Angst vor ihnen? Oder die Behörden?
»Das ist nicht notwendig«, warf Lisa dazwischen. Sie war froh, dieses Gespräch nicht allein führen zu müssen. Niemand musste Angst vor ihnen haben.
»Das höre ich gerne … Lisa, richtig?«
»Lisa Vicario.« Nur ihr Deckname, einen anderen hatte sie nicht. Sie wollte sich nicht Lisa XIII nennen.
»Es freut mich, Sie kennenzulernen.«
»Danke.« Lisa hielt Dr. Gutter für sympathisch, weshalb sie ihr aber noch nicht vertrauen wollte. Der Einsatz bei diesem Spiel war zu hoch und sie zu verschlagen.
»Du hast es gehört … wir sind keine Bedrohung.« Alex stieg an der richtigen Stelle ein. »Die Polizisten am Bahnhof wollten mich töten, es war Notwehr, sie haben ange-

fangen. Aber so etwas muss niemals wieder passieren.«
»Das denke ich auch.« Agnes stand auf und ging zum Fenster. »Leider ist die Situation schwieriger, als wir sie uns wünschen. Ich brauche eure Hilfe.«
»Wobei?«
»Um die zu überzeugen, die euch tot sehen wollen.«
Agnes' Offenheit überraschte Lisa. Was sollte das? War sie wirklich auf ihrer Seite? Oder war das nur ein Trick?
»Sind das dieselben, wegen denen du in den Medien verbreitet hast, ich sei bereits verhaftet worden?«
Sie kniff ihre Augen zusammen. Agnes Gutter war alles andere als handzahm. »Das habe ich gemacht, um dir eine Botschaft zu schicken … wie du siehst, ist sie bei dir angekommen.«
»Deshalb sitze ich hier, deshalb biete ich an, keine weiteren Computer anzugreifen. Und ich werde auch niemanden töten … es sei denn, ich werde dazu gezwungen.«
Der Ton wurde rauer. Lisa konnte weder Agnes Gutters noch Alex' Ziele abstecken. Was wollte sie von ihm? Was wollte sie von ihnen beiden? Oder nur von ihr?
»Alex, du musst mich verstehen, ich konnte diese Hetzjagd nur kurzzeitig unterbrechen. Hilf mir, gib mir etwas, womit ich deine Absicht belegen kann.«
»Ein Faustpfand?«
»Vielleicht … ich weiß es nicht. Für uns alle ist diese Situation neu. Ich sitze dir gegenüber. Persönlich. In Fleisch und Blut. Du sitzt hier als Projektion, sicher,

durch die Netzwerke beschützt, die du wie kein anderer beherrschst.«

»Und?«, fragte Alex rotzig.

»Du könntest das Gebäude abbrennen, die Aufzüge abstürzen oder sonst etwas Schreckliches passieren lassen.« Sie schüttelte den Kopf. »Und was sollte ich tun? Die Tür abschließen und einen Geist jagen?«

»Du möchtest mich persönlich sprechen?«

»Und Lisa.«

»Das ist sehr viel verlangt.« Alex sah Lisa an, die nicht wusste, was sie sagen sollte.

»Es geht um euch.« Agnes erhöhte den Einsatz. Konnte man ihr trauen? Nein, das war nicht die richtige Frage. Konnte man ihren Partnern trauen? Allen, nicht nur einem. Konnte man dem ganzen System vertrauen, das sich durch Alex und sie bedroht fühlte?

»Oh ja, es geht um unser Leben. Wir haben nur eines.« Alex klang wütend. Hatte er sich mehr von Dr. Gutter erhofft? Glaubte er, nur mit seinem Wort aus der Nummer herauszukommen?

Agnes nickte. »Ich weiß.«

»Wir können keine Investitionen abschreiben, keinen Reset-Knopf drücken und ich mag auch nicht mein ganzes Leben weglaufen.«

»Dann komme mir einen Schritt entgegen.«

»Indem ich persönlich in dein Büro komme?«

»Ja.«

»Und dann?«
»Das wird jedem Zweifler zeigen, dass er dir vertrauen kann.« Agnes spielte gut. Sehr gut. Lisa wusste nicht, welche Karte Alex noch in der Hand hielt. Sich körperlich in die Obhut von Better Life zu bewegen, war gefährlich.
»Ich wäre dann wehrlos.«
»Aber sicher.«
»Sicher durch dich?«
»Du hast mein Wort!«
»Ich glaube dir, ich würde dir vertrauen … aber, da sitzen noch andere Spieler am Tisch. Heute nicken sie, schlagen dir auf die Schulter, danken dir für deine Arbeit und morgen mischen sie die Karten neu.«
»Ich bin CEO von Better Life … mein Wort ist der beste Deal, den du bekommen kannst. Alex, ich mag dich. Deinen Vater habe ich geliebt, ich würde dich nicht betrügen.«
»Deshalb sitze ich hier, höre dir zu, möchte dir glauben, möchte denen glauben, die hinter dir stehen. Neben dir, über dir oder wer weiß wo. Ich möchte auch denen Glauben schenken, die warten. Warten, dass du einen Fehler machst. Wie mein Vater, er hatte damals auch geglaubt, unverwundbar zu sein.«
Treffer! Agnes ließ sich in den Sessel fallen. Alex' Worte wirkten wie ein Blattschuss.
»Alex, wenn wir keinen Weg finden, werden sie dich jagen. Alle werden mitmachen, jeder Polizist und jeder

Soldat, der eine Waffe in der Hand halten kann, wird versuchen, Alex Baringhaus zu erlegen. Verstehst du das nicht? Die wollen dich umbringen! Von denen will niemand mit dir reden, die interessieren sich nicht für deine Vergangenheit. Absolut jeder sieht in dir eine entsicherte Handgranate, deren Detonation um jeden Preis zu verhindern ist!«

Lisa fürchtete sich, dieser Konflikt würde kein gutes Ende finden. Wenn das Gespräch scheiterte, würden Alex und sie wie die Tiere durch Hamburg gehetzt werden.

»Agnes, ich habe dich früher gemocht. Leider weiß ich nicht, welcher Mensch du geworden bist. Deine Karriere ist beeindruckend. Ich bin sicher, dass du nicht auf deiner Position bist, weil du deine Kriege verlierst. Aber glaube mir, diesen Kampf kannst du nicht gewinnen. Es würde nur Verlierer geben!«

»Das ist doch Wahnsinn!«

»Natürlich ist das Wahnsinn! Wenn ich mich stelle und mich einsperren lasse, wirst du auch verlieren. Sie werden dich betrügen, dich verstoßen … die würden alles tun, um sich meine Fähigkeiten anzueignen. Stell dir eine Regierung vor, irgendeine, wenn die könnten, was ich kann, würden sie sofort nach der Herrschaft der Welt greifen.«

»Das werde ich verhindern!«

»Das kannst du nicht.«

»Dann töten sie dich!«

»Keine schlechte Lösung … zwar übel für mich, aber der beste Weg für Millionen andere.«

»Und das ist dein letztes Wort?«

Alex wartete einen Moment. »Nein.« Er räusperte sich. »Wir reden nicht mit vernünftigen Menschen, das sind Bluthunde, die nur vor dem Stock das Haupt senken. Sage ihnen Folgendes: Lisa Vicario und Alex Baringhaus verschwinden von der Bildfläche und tauchen nie wieder auf. Berichte in den Medien, dass wir getötet wurden … auf der Flucht erschossen, oder sonst was, das kannst du ja. Sage deinen Auftraggebern auch, wenn wir verfolgt werden, wenn Lisa etwas passiert, werde ich russische Mittelstreckenraketen hacken und Europa zurück in die Steinzeit bomben!«

»Das willst du doch nicht …« Agnes zeigte sich bestürzt. »Das ist verrückt!«

»Das ist es. Mach denen klar … dass, auch wenn sie mich in die Enge treiben, ich nur wenige Sekunden brauche, um alle in den Abgrund zu reißen!«

»Wie soll ich das tun?«

»Streng dich an! Es liegt an dir, überzeugend zu sein. Lüg sie an, erzähle ihnen, was nötig ist, damit sie dir glauben. Es ist mir völlig gleich, wie du das anstellst, mache es einfach!«

Lisa bewunderte Alex für seinen Mut, er kämpfte auch für sie. Mit ihm wollte sie den Rest ihres Lebens verbringen. Sie würde Mia sein und er würde sie lieben.

»Das geht nicht …«

»Ich bin Alex Baringhaus … mein Wort ist der beste Deal, den du bekommen kannst. Agnes, ich mag dich, du hast meinen Vater geliebt, ich würde dich nicht betrügen.«

Alex stand auf, ging auf Lisa zu, nahm ihre Hand und ihre beiden Körper lösten sich auf. Einen Moment später befanden sie sich wieder im Wellnesscenter. Auf den Liegen, sie waren immer noch allein. Er atmete schnell, Worte konnten härter als Schläge sein.

»Ich hoffe, die richtige Entscheidung getroffen zu haben«, sagte er atemlos.

»Ich werde dir folgen … auf eine Insel, oder in den Krieg.« Lisa würde nicht zögern, seinen Kampf fortzuführen. Nichts würde sie aufhalten. Wenn Alex fiele, würden sich ihre Gegner wünschen, sie zuerst getötet zu haben.

»Wir müssen gehen.«

»Ja.« Lisa stellte sich vor, mit ihm zu leben. Ihn zu lieben. Geliebt zu werden. In einer Hütte weitab von allem Trubel. Auf einem Berg oder einer Insel oder einem anderen Planeten. Hauptsache weit weg. Egal wo, wenn er an ihrer Seite wäre, würde sie nichts fürchten. Sie könnte dann jegliche Entbehrungen ertragen. Vielleicht würden sie sogar Kinder bekommen, ein lustiger Gedanke, Mutter zu werden.

Einen kleinen Alex in den Armen zu halten. Eine Fantasie, die Lisa faszinierte. Sie würde sich holen, was ihr gehörte!

***

XXIV. Mission erfüllt

Agnes schloss die Augen, öffnete sie wieder und vergewisserte sich, dass sie allein war. Ein Blick auf ihre Hand, sie zitterte. Alex verlangte mehr von ihr, als sie bezahlen konnte. Sie stand auf, stolperte, fing sich aber mit den Händen an der Lehne ab.

»Was tue ich hier?«, flüsterte sie und ging langsam zu ihrer Handtasche. Sie glaubte, keine Luft mehr zu bekommen. Agnes, reiß dich zusammen, schrie sie sich innerlich an. Jetzt war nicht der richtige Zeitpunkt, um schlappzumachen.

Wo waren ihre Tabletten? Mit fahrigen Fingern schüttete sie den Inhalt ihrer Handtasche auf dem Schreibtisch aus. Alles vor ihren Augen wurde unscharf.

»Nein!«, sagte sie entschieden. Sie bestimmte, was ihr Körper zu tun hatte. Schluss! Nur einen Moment, dann würde es wieder gehen. Sie öffnete die Medikamentendose und nahm zwei. Das würde nicht genügen, sie musste gleich in einen Zwinger voller Bluthunde steigen. Sie nahm vier. Oh, jetzt hatte sie fünf geschluckt.

»Jetzt komm schon …« Das Medikament benötigte üblicherweise nur kurze Zeit, um zu wirken. Es wurde wieder besser. Das Zittern ließ nach und das Rauschen in ihrem Kopf verstummte. Es gab nicht mehr viele Dinge, die sie in ihrem Leben erreichen wollte. Für den Anfang sollte es genügen, den Tag zu überleben.

Agnes schleppte sich zu ihrem Stuhl, setzte sich und atmete tief ein und aus. Es ging doch. Jetzt würde sie diesen Verein auf Trab bringen. Wenn es nötig war, sogar mit dem Knüppel.

»RAY!«, schrie sie durch die geschlossene Tür. Sie würde Ray brauchen, ihren Feuermelder, und Maggie Trevor, die NSA-Analystin, sie müsste die Pferde der Cowboy-Fraktion im Gatter halten. Natürlich brauchte sie auch Jake, Dr. Jakub Allister, das Scheusal, das ihr diese ganze Scheiße eingebrockt hatte. Er sollte weiter mit den Politikern herumhuren, das konnte er wie kein anderer. Agnes würde sogar mit Yvonne Raiser oder Patrick Cahler einen Pakt schmieden, wenn es ihr damit gelänge, Alex' schwarze Magie von den Menschen fernzuhalten.

»Ja, bitte?« Ray stand in der Tür. Das waren acht Sekunden, trödeln könnte er, wenn tot war.

»ER WAR HIER!«, rief Agnes und schlug auf den Tisch. Zur Einstimmung auf den Rest des Tages, heute würde sie in der IT-Abteilung Köpfe rollen lassen.

»Wer?«, fragte Ray devot.

»ALEX BARINGHAUS IST IN DAS BETTER LIFE NETZWERK EINGEDRUNGEN!«

»Aber, das ist doch …«

»Unmöglich?« Agnes tobte. All die Wut musste heraus, sonst würde sie platzen. »Nicht für ihn! Aber das werden wir ändern! Sie werden sofort ein Krisenmeeting einrichten. Ich brauche Allister, Trevor und die Raiser, wenn sie laufen kann. Und ich will, dass mir Martin eine Pistole bringt, damit ich zwischendurch jemanden erschießen kann, wenn mir danach ist!«

»Soll ich auch General Ratajkowski einladen? Er ist im Haus. Ich bin sicher, dass er helfen kann, er …«

»Ja, ja … auch ihn. Und die anderen, die bei der letzten Besprechung in meinem Büro dabei waren!«

Der ‚aber' General hatte ihr gerade noch gefehlt. Sie würde ihn nicht umgehen können. Dieser Konfrontation musste sie sich stellen. Niemand von denen konnte ihr das Wasser reichen, sie würde wieder alle in die Tasche stecken.

»Sofort … es müssten noch alle im Haus sein. Ich denke, wir können in einer Stunde beginnen.«

»Dreißig Minuten!«

»Aber …«

Das musste ein Virus sein, der ‚aber' Virus, jetzt hatte es auch Ray erwischt.

»Los jetzt! Wir haben keine Zeit!« Beim nächsten ‚aber' würde sie Ray einschläfern lassen und sich einen neuen Hund kaufen. »Los! Gehen Sie schon!«

Alles kam auf sie an, sie müsste die Geschichte nur als Sieg verkaufen. Obwohl, eigentlich war es ein Sieg. Alex würde verschwinden, Lisa mit ihm und niemand würde jemals wieder etwas von den beiden hören.

Sie müsste danach nur das Projekt K-84 in der Sondermülltonne entsorgen lassen. Und alle anderen Projekte direkt mit, bei denen ihr bisher die Kontrolle vorenthalten wurde.

»Meine Damen, meine Herren, ich danke Ihnen für Ihr Vertrauen. Dank Ihrer Unterstützung konnten wir diese Krise meistern und den Schaden begrenzen. Lesen Sie bitte das Protokoll und halten Sie sich an den Kommunikationsplan«, erklärte Agnes und lächelte zufrieden. 86 Minuten hatte die Konferenz gedauert. 86 Minuten ihres Lebens, auf die sie stolz sein konnte.

Beifall ertönte. Genau siebzehn Personen, Projektbeteiligte, ihr Stab, Militär und Regierungsvertreter trugen auf Basis ihrer eindringlichen Empfehlung die Entscheidung, die Akte Alex Baringhaus für immer zu schließen.

»Agnes, ich ziehe meinen Hut, es war die beste Entscheidung meines Lebens, Ihnen die Zügel zu überlassen.« Jakes Komplimente schmeckten klebrig, waren aber in Ordnung. Über seine Schuld an 21 toten Polizisten sollten sich andere den Kopf zerbrechen.

»Danke.« Agnes lächelte ihn an. Zur Feier des Tages würde sie sich sogar von Jake zum Essen einladen lassen. Sündhaft teuer, er sollte bluten, wenn die Rechnung auf den Tisch gelegt würde.

Auch der ‚aber' General baute sich vor ihr auf und schob Jake auf die Seite. »Als Soldat ist es meine Aufgabe, der Politik Taten folgen zu lassen, wenn Worte nicht mehr genügen. Heute bin ich froh, dass Ihre Worte ausreichen. Nehmen sie bitte meinen respektvollen Dank entgegen. Schwierige Situationen bedürfen kühler Köpfe, die nicht aufhören, an die Kraft der Worte zu glauben.«

»General, Ihre Zustimmung lag mir am Herzen.« Agnes setzte ihr Sonntagslächeln auf. Der alte Sack hätte die ganze Party schmeißen können. Zum Glück konnte sie in der 86 Minuten lang andauernden Diskussion den richtigen Schalter bei ihm finden.

Weitere Verantwortliche schüttelten ihre Hand, dankbar, erschöpft, jeder von ihnen sichtlich erleichtert, keinen Cyber-Berserker motiviert zu haben, russische Mittelstreckenwaffen einem pragmatischen Sicherheitstest zu unterziehen. Die teilweise bis zu vierzig Jahre alten Waffensysteme hatten zwar überhaupt keine Schnittstelle, um online aktiviert zu werden, aber jedem in der Runde fielen ausreichend andere Ziele in Europa und Nordamerika ein, bei denen Alex' Cyberattacken verheerende Schäden anrichten würden.

»Ich bin froh, dass Sie den Job bekommen haben«, sagte ein Vertreter des Aufsichtsrats, ebenfalls ein Arzt, der sich bereits im Ruhestand befand. Er hatte Olaf Baringhaus noch persönlich gekannt und hatte auch Alex als Kind kennenlernen dürfen. »Neben Geld und Erfolg sind es

Menschen, für die wir uns einsetzen.«
»Danke für Ihre Unterstützung, ich möchte mich bedanken, dass sie der Einstellung von K-84 zugestimmt haben. Durch die Kontrolle aller Projekte durch den Vorstand werden wir der Verantwortung besser nachkommen, die die Menschen auf der Straße von uns erwarten.«
»Eine teure Entscheidung, aber der richtige Weg. Ich werde die Strategie im Board vertreten. Es gibt genug andere lukrative Geschäftsfelder, da bin ich mir sicher.«
Die Better-Life-Idee, Agnes wusste nicht, ab welchem Zeitpunkt sie ihre Bedeutung verloren hatte. Lag es im Lauf der Dinge, dass gute Ideen mit der Zeit korrumpiert wurden?
Der Kampf gegen das Böse glich dem Bestreben, den Wind zu fangen. Oder Alex Baringhaus, den sich Agnes nicht zum Feind machen wollte. An ihrer Einschätzung zu ihm hatte sich nichts geändert, seine abnormalen Fähigkeiten waren keine Bedrohung. Er war es, er stellte die Gefahr dar, sie wollte sich nicht ausmalen, wozu er fähig wäre, wenn ihn jemand an seine Grenzen brachte.
Eine Servicekraft lief mit einem Tablett voller gefüllter Champagnergläser durch die Reihen. Viel zu früh, Agnes verspürte noch nicht den Wunsch anzustoßen, kippte aber das erste Glas wie Wasser die Kehle herunter. Belebend, sie mochte diese Sorte. Ob Ray den Champagner beim Catering geordert hatte?

»Darf ich kurz um Ihre Aufmerksamkeit bitten?« Jake erhob seine Stimme. Charmant und vorlaut, Ray war es vermutlich nicht, der Champagner war eher Jakes Handschrift.

Es wurde ruhiger. Agnes wusste nicht, was er jetzt wollte, sie trank das zweite Glas leer. In den nächsten Tagen würde sie 48 Stunden am Stück schlafen.

»Sie kennen mich und meine bescheidene Art.«

Zurückhaltendes Gelächter ertönte. Agnes schüttelte den Kopf, das war nicht der richtige Zeitpunkt für eine Partyansprache. Sie griff nach dem dritten Glas. Das waren schon zwei mehr, als sie trinken sollte.

»Mein Projekt wurde heute abgebrochen. Normalerweise kein Anlass zur Freude … nur, was ist schon normal. Sehen Sie mich an, meine unorthodoxe Frisur ist keine Modeerscheinung.«

Es wurde ruhig im Raum. Auch Agnes hörte ihm zu, das würde keine Partyansprache werden.

»Ich habe bis vor Kurzem keine Grenzen akzeptiert. Verstehen Sie mich bitte nicht falsch, ich bin immer noch davon überzeugt, der Größte zu sein. Aber auch ich habe etwas gelernt …«

Er verstand es, die Spannung aufrechtzuerhalten.

»Eine Niederlage kann auch ein Sieg sein.«

Beifall ertönte. Agnes nippte nur noch langsam am dritten Glas, sie hätte die zwei zuvor nicht so schnell trinken sollen.

»Was auch ein guter Zeitpunkt ist, über sein Leben nachzudenken. Ich möchte heute meinen Abschied von Better Life bekanntgeben.«

Ein Raunen ging durch den Raum, damit hatte auch Agnes nicht gerechnet. Warum tat er das? Dr. Jakub Allister war ein begnadeter Forscher, für den es immer andere Aufgaben geben würde. Er hatte auch nicht mit ihr darüber gesprochen.

»Ich werde auch keine vergleichbare Tätigkeit annehmen, ich werde die Zeit nutzen und Urlaub machen. Genau den Urlaub, den ich in den letzten Jahren dem Unternehmen großzügig geschenkt habe. Vielen Dank für die gute Zeit, die wir miteinander hatten.« Jake verbeugte sich und verließ den Raum.

Beifall ertönte. Leise. Die meisten schienen seine Motive nicht verstanden zu haben. Von allen Menschen, die Agnes in diesem Haifischbecken kennengelernt hatte, war er der Letzte, dem sie die spontane Entwicklung eines Gewissens zugetraut hätte.

»Geht es Ihnen gut?«, fragte Ray, der plötzlich vor Agnes stand. Sie hatte ihn nicht kommen sehen. Merkwürdig, sonst hatte sie ihren umtriebigen Assistenten immer auf zehn Meter gegen den Wind wittern können. Sie sollte den Champagner in Ruhe lassen.

»Alles in Ordnung.« Sie leerte auch das dritte Glas. Was für ein Tag, alles würde sich verändern. Jake hatte gekündigt und sie wusste nicht, ob sie sich über den Rückzug

ihres Intimfeindes freuen sollte. Er hatte einen starken Abgang hingelegt.
»Wo ist der Champagner?« Agnes drehte sich und schlug Maggie Trevor unabsichtlich den Orangensaft aus der Hand.
»Agnes, ich denke, Sie sollten nichts mehr trinken.« War das Ray? Süß, sorgte er sich jetzt um ihr Wohl?
»Kann mal jemand das Fenster aufmachen?« Agnes wurde es warm, sie schwitzte und könnte sich die Kleider von Leib reißen. Sie wollte sich gerade das vierte Glas nehmen, griff aber am Tablett vorbei. »Schlüpfrige kleine Scheißerchen …« Sie würde das Glas schon noch in die Finger bekommen.
»Agnes …« Ray, der rote Ray sagte etwas. Wichtig konnte es nicht gewesen sein. Verstanden hatte sie es nicht. Warum hatte sie kein Glas in der Hand?
Agnes dachte an Alex. Alex und Lisa oder Alex und Mia? Da gab es irgendwie keinen Unterschied. In beiden Fällen ein schönes Paar. Bei der virtuellen Konferenz vorhin war es ihr nicht entgangen, wie sie ihn angesehen hatte. Der kleine Alex Baringhaus war ein echter Womanizer. Na ja, der Junge war auch ein schnuckeliger Wonneproppen. Leider zu jung für sie.
Lisa stand auf jeden Fall auf ihn, das hatte sie auch ohne große hellseherische Fähigkeiten erkannt. Eine gute Sache, damit würde er auf das Mädchen aufpassen können. Ganz geheuer war sie ihr nicht. Auf der Flucht und später auf

einer einsamen Insel würden die beiden genug Zeit haben, sich näherzukommen. Nackt und frei durch den Wald zu rennen, das würde sie auch gerne tun. Und wenn sie nicht überrannte, würde sie sich vögeln lassen. Wann hatte sie überhaupt den letzten Mann im Bett gehabt?
»Agnes, bitte, können Sie mich hören …« Ray sollte ihr nicht auf den Keks gehen, wenn sie an nackte Männer dachte. Ob sie sich Jake vornehmen sollte? Männer, die man hasste, waren im Bett immer Granaten!
»ICH WILL WAS TRINKEN!«, rief sie und stolperte Ray in die Arme. Der Rotschopf ging gar nicht, der würde sie nicht auf Touren bringen. Warum war es so stickig hier? Sie bekam keine Luft mehr. Luft. Agnes sackte auf die Knie. Alles schien sich zu drehen. Auf ihrer Brust saß ein Elefant. Verdammt, ihr linker Arm schmerzte, den sie plötzlich nicht mehr bewegen konnte.
»HOLT SOFORT EINEN NOTARZT!«, rief jemand. Es hätte Ray sein können, sicher wusste sie es nicht. Agnes lag auf dem Rücken, die Decke über ihr entfernte sich immer weiter von ihr. Sie war doch Ärztin, brauchte jemand in der Nähe medizinische Hilfe? Dann fielen ihr die Augen zu.

Agnes' Augen flackerten, sie bewegte sich liegend durch einen Korridor. Ihr Oberkörper lag leicht erhöht auf einer Liege. Ein Krankenhaus, die hatten sie in ein Krankenhaus gebracht. Was war passiert? Warum hatte sie einen

Schlauch in der Nase?
Neben ihrem Kopf piepte ein EKG-Monitor, waren das ihre Vitalwerte? Sie versuchte, den Arm zu bewegen, was eine breite Halteklammer verhinderte. Aus den Augenwinkeln konnte sie den Zugang sehen, den ihr jemand auf dem Handrücken gelegt hatte.
»Was haben wir?«, fragte ein Weißkittel, den sie sogar kannte, der Chef-Kardiologe der Better Life Klinik. Was wollte der denn von ihr? Sie hatte doch nur zu viel getrunken.
»Herzstillstand, weiblich, 37 Jahre alt, guter Allgemeinzustand, leicht untergewichtig, alkoholisiert, der Puls liegt wieder bei 53 Schlägen in der Minute. Ich habe Atropin gegeben und sie wiederbelebt«, erklärte ein anderer Mann, das war Jake, hatte er sie nach einem Herzstillstand erstversorgt?
»Ist das Agnes Gutter?«, fragte der Chefarzt unsicher.
»Unsere Chefin … Sie sollten sich anstrengen.«
»Ist sie wach?«
»Nur zeitweise … Agnes, können Sie mich verstehen?«, fragte Jake und hielt ihre Hand.
Agnes versuchte zu sprechen, was ihr nicht gelang. In ihrem Hals schien eine Kröte zu sitzen.
»Wir werden sofort einen Eingriff vornehmen«, erklärte der Arzt. »Ist das CT einsatzbereit?«

»Ja«, antwortete jemand, den Agnes nicht sehen konnte. Sie hielt Jakes Hand, sie hatte Angst.
»Agnes, alles ist in Ordnung.« Jake strich ihr durch die Haare. »Doktor, sie hat regelmäßig diese Medikamente genommen. Ich habe bereits versucht, ihre Hausärztin zu erreichen, sie wird gerade aus Frankfurt eingeflogen.«
»Diese Tabletten und Alkohol … da würde auch ein Zuchtbulle umkippen. Kennen Sie die Dosis?«
»Nein.« Jake sah sie an. »Agnes, wie viele haben sie von denen genommen?«
Agnes zeigte ihm die fünf Finger ihrer Hand.
»Fünf?«, fragte Jake.
Sie nickte. »Fünf …« Immerhin, sie hatte es geschafft, fünf zu sagen. Scheiße, sie hätte den Champagner nicht wie Wasser in sich hineinkippen dürfen. »Wie geht es Alex?«
»Der ist verschwunden. Lisa XIII mit ihm … alles ist ruhig. Ihr Plan funktioniert. In Hamburg herrscht Frieden, was Ihr Verdienst ist. Agnes, Sie haben uns allen einen Riesenschrecken eingejagt. Sie müssen wieder gesund werden.«
»Ich gebe mir Mühe.« Das Sprechen strengte an. Jake hatte sie wiederbelebt – erst jetzt realisierte Agnes, dass sie für einen Moment klinisch tot gewesen war.
»Ich denke, Alex und Lisa werden nach Norwegen reisen. Die Route ist frei. Die alliierten Geheimdienste sorgen für einen sicheren Reisekorridor, wir haben auch den Russen,

den Chinesen und den Arabern verdeutlichen können, warum sie Baringhaus in Ruhe lassen sollten. Ich glaube, sie haben es verstanden und kooperieren.«

»Das ist gut.« Agnes beruhigten die Neuigkeiten.

»Es gibt auch gute Nachrichten: Mia Tymann ist in Norwegen aus dem Koma erwacht. Ich habe nicht so schnell damit gerechnet. Nein, eigentlich hatte ich sie abgeschrieben. Nachdem Alex und sie einen Verkehrsunfall hatten, hatte das Krankenhaus das Konsulat um Hilfe gebeten. Es ging um die Krankenversicherung, die nicht mehr gültig war. Der Nachrichtendienst hat mich informiert, ich habe die Kosten übernommen und Alex nach Hamburg bringen lassen. Um seine Genesung nicht zu gefährden, habe ich ihm gesagt, dass Mia verstorben sei. Ein Fehler, das weiß ich heute besser. Er wird sich sicherlich freuen, sie wiederzusehen.«

»Nein.« Agnes spürte, wie ihr Herz holperte. »Das darf nicht passieren!«

»Wie bitte?«

Agnes wurde es heiß, ihr Puls beschleunigte sich.

»Ich muss Sie bitten, die Patientin nicht zu bedrängen.« Der Arzt drängte Jake von ihrer Krankenliege ab, die jetzt in einen Operationssaal gefahren wurde.

»Alex darf Mia nicht wiedersehen!«, rief Agnes, wobei sie mehr hustete als sprach.

Auch wenn Mia Tymann den Verkehrsunfall überlebt hatte, auch wenn Alex sie liebte, er durfte nie erfahren, dass sie noch lebte.

»Schwester, sofort ein Beruhigungsmittel verabreichen.« Die Tür schloss sich. Agnes konnte Jake nicht mehr sehen. Sie hätte ihm sagen müssen, dass Alex nie die wahre Bedrohung war.

***

Töten

XXV. Sonnenwende

Alex stand vor einem Geldautomaten und tätigte eine größere Barabhebung. Auf den Better Life Konten gab es mehr als genug davon. Das Geld war nicht für ihn, er kannte aber jemanden, der dringend eine finanzielle Unterstützung benötigte. Lisa stand bereits einige Zeit neben ihm und hielt einen buntbedruckten Beutel eines stadtbekannten Discounters auf.

»Die Tüte ist gleich voll«, erklärte sie und steckte weitere Geldbündel in die mittlerweile prallgefüllte Einkaufstüte.

»Okay.« Alex nickte und ließ den Automaten zur Ruhe kommen. »Das Bargeldmagazin ist ohnehin gleich leer.«

Lisa winkte noch in die Kamera unter der Decke, als Alex sie an die Hand nahm und den Vorraum der kleinen Bankfiliale verließ.

»Ich habe das Videosystem gehackt, alles was die sehen, ist der Weihnachtsmann, der sich mit der Kohle die Jutebeutel auf seinem Schlitten vollpackt.«

»Wir haben Sommer.«

»Ja … stimmt.« Die Temperaturen würden heute die dreißig Grad Celsius Marke übersteigen. »Hätte ich den Rentieren rote Badehosen anziehen sollen?

»Klar …« Lisa boxte ihn auf den Arm. »Aber ist schon okay, mit dem Geld und dem Weihnachtsmann.« Lisa zeigte sich tolerant. »Wird Better Life die Abbuchungen nicht verfolgen lassen?«

»Ich habe Agnes' Daten benutzt und meinen Namen unter die Buchung geschrieben … ich glaube nicht, dass sie wegen der paar Kröten, die wir genommen haben, ein Problem hat.«

»Vermutlich nicht …« Lisa lächelte und hielt seine Hand fest. Wo das hinführen sollte, wusste Alex noch nicht. Für den kurzen Fußmarsch zu Marie würde er damit klarkommen.

»Ein echt cooler Deal.« Lisa schien sich in dem 30 Jahre alten Polo prächtig zu amüsieren, der auf der Fahrerseite 5 Zentimeter tiefer hing als auf der Beifahrerseite. Sie fuhr, um die Schlagseite durch Alex' Gewicht nicht zu verstärken.

»Eigentlich wollte ich das Auto nicht.«

»Eigentlich.« Lisa grinste.

Alex dachte an Marie, ihr Geld zu schenken, hatte er sich einfacher vorgestellt gehabt. Sie wollte es nicht. Punkt. Sie wusste, dass sie pleite war. Trotzdem sträubte sie sich dagegen, sich von ihm eine Tüte Bargeld schenken zu lassen. Sie würde alleine klarkommen, hatte sie gesagt, geschimpft hatte sie auch noch und Alex einen kleinen Gauner genannt. Womit sie natürlich recht hatte. Ganz legal war die Transaktion zu Agnes' Lasten nicht, aber die Viertelmillion würde sie nicht jucken.

Dann kam er auf die Idee, ihren alten Polo zu kaufen, der bereits seit vier Jahren mit kaputten Stoßdämpfern, nicht angemeldet und mit faustgroßen Rostlöchern im Unterboden auf dem Hof hinter dem Haus stand. Darauf hatte sie sich eingelassen. Für 253.220,- Euro. Alex weigerte sich, in diesem Moment über weibliche Logik nachzudenken.

Obwohl die Batterie leer war und bereits Unkraut aus dem Tank wuchs, war die Kiste angesprungen. Er hatte sie anschieben müssen, aber der Motor lief. Jetzt fuhren sie mit den alten Kennzeichen, die nie entwertet worden waren und einem Wagen aus dem letzten Jahrtausend durch den Elbtunnel nach Norden. Alex fürchtete sich davor, mit dem Schrotthaufen jeden Moment stehen zu bleiben.

»Woher wissen wir eigentlich, dass Agnes Wort hält?«, fragte Lisa einige Zeit später. Das Auto fuhr immer noch, was Alex mittlerweile unheimlich wurde.

»Ich vertraue ihr.«

»Und den Machern im Hintergrund?«

»Denen habe ich mehr Viren auf den Rechnern zurückgelassen, als ich … ähm du … Haare auf dem Kopf hast.«

»Viren?«

»Kybernetische Codefragmente, die sich während ihrer Reise durch die IP-Netzwerke millionenfach vermehren. Die infizieren einfach alles, womit sie in Kontakt kommen: Computer, Netzwerkhubs, Tablets, Mobiles,

Server- und Storage-Systeme.«

»Und was machen die dann?«

»Nichts … darum findet die keiner.«

»Aha …« Kurze Stille. »Und was bringt das?« Lisa war sehr, sehr neugierig.

»Sie überwachen die Kommunikation nach Stichwörtern. Bekommen sie einen der gesuchten Begriffe mit, kontaktieren sie einen Software-Agenten, eine Art Relaisstation, den ich im Better Life Rechenzentrum hinterlassen habe, setzen eine Nachricht ab und lösen sich in Wohlgefallen auf.«

»Ich glaube, ich habe es immer noch nicht verstanden.«

»Der Software-Agent im Better Life Rechenzentrum kontaktiert mich, sobald eingestellte Schwellwerte überschritten werden … egal, wer in der westlichen Hemisphäre den Plan schmiedet, uns hinterherzujagen, ich bekomme es mit.«

»Cool … kann ich mich auch mit diesem Agenten verbinden?«

»Das ist eine gute Übung. Probiere es mal aus …« Alex lehnte sich zurück, um Kräfte zu sparen. Er wartete darauf, dass der Polo entweder stehen blieb oder der Sitz durch den Unterboden krachte und er mit den Beinen mitlaufen musste.

Eine Stunde später an einer Tankstelle. Der Polo fuhr immer noch. Eine Tatsache, die seiner Meinung nach technisch nicht möglich sein konnte. Er tankte, sah zwischendurch auf den Boden, wo allerdings bisher nicht ein einziger Tropfen den Asphalt berührt hatte und tankte weiter. Lisa war kurz auf der Toilette und anschließend eine Tüte Chips und eine Flasche Wasser kaufen.
Alex hängte die Zapfpistole ein, sah neidvoll zwei ultraflache Elektroautos vorbeiziehen, kontrollierte erneut die Dichtigkeit des Tanks und schraubte den Deckel auf den Einfüllstutzen. Hoffentlich explodiert die Kiste nicht, während sie durch ein Schlagloch fuhren. Auch der Verlust eines Rads und der dann drohende Funkenflug könnten sich zum Auftakt einer Tragödie entwickeln.
»Hey, der fährt doch prima.« Lisa kam zurück. Sie packte ihre Einkäufe auf die Rückbank und setzte sich todesverachtend auf den Fahrersitz. Alex traute dem Auto nicht.
»Er bremst kaum.«
»Ich fahre nicht schnell.« Wieder so ein Frauenargument. Alex drehte sich um und ging zur Kasse. Der volle Tank überragte den Wert des Fahrzeugs bei Weitem.

Lisa und er fuhren weiter. Gleich würden sie die deutsche Zone in Europa verlassen.

»Was hältst du eigentlich von Kanada?«, fragte Lisa überraschend, die mit konstant 70 km/h die dreispurige Autobahn befuhr, auf der mehr Fahrzeuge über sie hinwegflogen, als sie mit Reifenkontakt zur Straße links überholten.

»Ist ein tolles Land.« Die Nummer zwei nach Norwegen, so damals die Entscheidung von Mia und ihm.

»Ich würde gerne nach Kanada.«

»Och …« Alex wusste nichts mit ihrem Wunsch anzufangen, er war sich noch nicht einmal klar, wie es mit Lisa und ihm weitergehen sollte. Klar, sie hatten Hamburg gemeinsam verlassen, aber sie war ein freier Mensch. Wie auch er. Sie könnte morgen sagen, ich gehe. Warum sie jetzt klang, als ob sie schon Jahre zusammen waren, wusste er nicht.

»Ja … ich glaube, dort ist es wunderbar.«

»Norwegen ist auch nicht schlecht.« Dort besaß er eine Hütte, die er gemeinsam mit Mia gebaut hatte. Er kannte die Wälder, den Fluss, die Lachse, einen verrückten Wildhüter und die nächste Stadt. Der Gedanke machte Alex traurig. Er kannte auch die Straßen Norwegens, die Straße von ihrer Hütte zur nächsten Stadt, die Straße, die ihm Mia weggerissen hatte.

»Ich glaube, Kanada ist cooler … wollen wir nicht nach Kanada?«, fragte sie gutgelaunt und streichelte seine Hand. Lisa war eine wunderbare Frau, sie zeigte Interesse und riskierte sogar ohne zu zögern ihr Leben für ihn. Und er?

Er sah nur Mia, er sollte sie ruhen lassen, das Leben wieder annehmen und Lisa ein Lächeln schenken.

»Och komm … wir waren doch beide noch nicht in Kanada! Dort könnten wir neu anfangen, das Land ist riesig, da findet uns niemand.«

»Vermutlich nicht …« Alex sah in ihr strahlendes Gesicht. War es ein Wink des Schicksals, dasselbe Lächeln zweimal im Leben geschenkt zu bekommen? Sollte er sich auf Lisa einlassen und ihrer Beziehung eine Chance geben? Neu anfangen und einfach nach Kanada gehen, Norwegen zurücklassen und ganz von vorne anfangen?

»Du siehst nachdenklich aus. Was ist mit dir? Meldet dir dein Software-Agent eine Bedrohung?«

»Nein, nein … in Hamburg ist alles ruhig. Die lassen uns in Ruhe. Agnes hält Wort und ihr ist es scheinbar auch gelungen, ihre Generäle von unserem Friedensvertrag zu überzeugen.«

»Aber …«

»Es ist … alles anders, als ich es erwartet habe … ich weiß nicht, was ich will. Es ist sehr schwer für mich, meine Gedanken in Worte zu fassen. Kannst du das verstehen?« Alex stammelte wie ein Teenager im Gespräch mit dem ersten Mädchen, das auf dem Schulhof nicht vor ihm weglief.

»Liegt es an mir?« Lisa fuhr rechts auf einen Rastplatz und stellte den Wagen ab. »Ich bin nicht Mia.«

»Ja.«

»Möchtest du, dass ich gehe?«

»Nein.« Dann wäre Alex allein, wovor er ebenfalls Angst hatte. Am liebsten hätte er sich in ein Erdloch verkrochen und solange geschlafen, bis er sich an nichts mehr erinnern konnte. Ein dämlicher Wunsch, das Leben ging weiter, mit oder ohne ihn.

»Ich habe in der Tankstelle deren WLAN-Netz gehackt und bin zurück nach Hamburg gereist. Mir gelang es, in das Better Life Rechenzentrum einzudringen, mich umzusehen und wieder zurückzukehren. Niemand hat mich gesehen. Ich lerne schnell«, erklärte sie voller Stolz. Das hätte Mia nicht gekonnt.

»Wow … hat es dir gefallen?«

»Ja … aber ich könnte auch darauf verzichten.«

Alex nickte. »Da wo wir hinwollen, gibt es keine Netzwerke.« Deshalb hatten sich Mia und er vor drei Jahren Norwegen ausgesucht.

»Das ist okay.« Sie gab alles, um ihm zu gefallen. Und er benahm sich wie ein Arschloch. Sie würde allein genauso leiden wie er. Und welche Frau könnte ihn besser verstehen?

»Okay … Kanada.« Es würde ihm helfen, Mia hinter sich zu lassen, wenn er die Hütte in Norwegen nicht mehr betreten würde.

»Echt?« Sie freute sich.

»Ja.« Auch Alex lachte, worauf sie ihm um den Hals fiel. Sie duftete wunderbar, die gebräunte Haut in ihrem

Nacken schimmerte seidig. Ihre dunkle Lockenmähne trug sie während der Fahrt hochgebunden. Das erste Mal legte er bewusst seine Hand auf ihren Rücken. Berührte sie. Nahm sie in den Arm und drückte sie an sich. Ihr Herz schlug schnell, sie machte keinerlei Anstalten, die Umarmung rasch zu beenden.

»Bin ich denn so schlimm?«, flüsterte sie.

»Nein.«

»Warum küsst du mich dann nicht?«

»Weil ich ein Idiot bin.« Alex küsste Lisa, zärtlich, genoss das Gefühl, ihre Lippen auf seinen zu spüren. Sie öffnete ihre geringfügig und drängte mit der Zunge seine Lippen, sich ebenfalls zu öffnen. Er ließ sie gewähren, ihre Zungen berührten sich, umspielten sich, verdrängten für einen Moment alle Gedanken, die ihn am Boden festhielten.

»Geht doch …«, sagte sie und lächelte. War das der Beginn einer neuen Beziehung? Alex würde es zulassen, Lisa hatte es nicht verdient, schlecht behandelt zu werden.

»Um nach Kanada zu fliegen, brauchen wir Pässe«, sagte Alex ein Stück weiter.

»Da habe ich eine Idee, ich weiß, wo wir Pässe kaufen können.« Lisa schien auf die Frage gewartet zu haben.

»Digital codierte Reisepässe mit biometrischen Datenspeichern wachsen nicht an Bäumen. Sie zu fälschen ist aufwendiger, als eine Keycard zu türken.«

»Ja.« Sie nickte und fuhr von der Autobahn ab. »Ich habe schon etwas vorbereitet.«
»Wie?« Jetzt überraschte Lisa ihn.
»Du hast mir doch das Ghosten beigebracht, ich muss mich dafür nicht hinlegen und die Augen schließen, ich kann das während wir reden. Ist einfach, wir können die Pässe direkt abholen. Originalpässe auf neutrale Namen. Toll oder?«
»Welches Netzwerk nutzt du dafür?« Da staunte er nicht schlecht, das konnte er nicht.
»Das Mobilnetz, ist zwar in der Gegend dünn ausgebaut, aber es funktioniert.« Lisa fuhr über eine Landstraße in ein Dorf. »Schön hier, oder?«
Alex sah aus dem Fenster den Kühen nach, die hier über die Wiesen liefen. Das kleine Nest hatte nicht mehr als fünfzig Häuser. Lisa fuhr gezielt in eine Seitenstraße.
»Ich habe eine Übernachtungsmöglichkeit für uns organisiert, morgen früh können wir in Kiel in ein Euro-Shuttle steigen, das uns nach London bringt. Von dort fliegen wir dann nach Toronto, erste Klasse, ich habe alles vorbereitet.«
Lisa entwickelte eine Dynamik, die Alex sie nur sprachlos ansehen ließ. Sie schien Fähigkeiten zu entwickeln, von denen er bisher nur geträumt hatte. Alle seine Versuche, beim Ausflug in fremde IP-Netzwerke die Augen offen zu lassen, waren in der Vergangenheit kläglich gescheitert. Scheinbar übertrug sich das weibliche Talent, zwei Dinge

gleichzeitig tun zu können, auch auf das Ghosten.
»Wir sind da.« Lisa fuhr in die Toreinfahrt eines schicken Einfamilienhauses. Die Garage öffnete sich von selbst, in der sie den alten Polo parkte. Direkt neben einem schwarzen Porsche Sportwagen. Nett, hier gefiel es Alex sofort. Wenn Porsche den Wagen nicht für Zwerge gebaut hätte, ein absoluter Traumwagen.
»Ist das Haus unbewohnt?« Ganz geheuer fühlte sich Alex bei dem Einbruch nicht.
»Die Leute sind im Urlaub.« Lisa stieg aus, schloss die Garage von innen und öffnete eine Tür zum Haus. Die Alarmanlage an der Wand deaktivierte sich, ein rotes Lämpchen erlosch, ohne dass Lisa sie berührt hatte.
Alex betrat das luxuriöse Haus, alles glänzte, der schwarze Marmorboden, die hochglanzlackierten weißen Wände und eine beeindruckende Lichtkonstruktion in dem über 100 Quadratmeter großen Wohnzimmer.
»Gefällt es dir?«, fragte Lisa und verschwand die Treppe hinauf in der ersten Etage.
»Ja.« Alex ließ sich in einem der ultrabequemen Ledersessel nieder, genoss die unverbaute Aussicht auf ein Waldstück und griff nach einem Steuerungstablet für das Mediasystem. Aus der acht Meter breiten Fensterfront ließ er ein Display entstehen und wechselte auf den Sportkanal. Hier würde er es bis morgen aushalten.

»Fußball, war ja klar ...«, rief Lisa kurze Zeit später von oben herunter.

»Was machst du überhaupt da oben?«

»Ich zieh mich um.«

»Wofür?«

Lisa kam wieder die Treppe herunter. »Ich muss etwas erledigen, damit wir morgen nach Kanada fliegen können.«

»Wow ...« Alex staunte abermals. Lisa zeigte sich als sehr wandelbar und in jedem Outfit als Hingucker. »Blonde Haare?«

»Gefällt es dir?«

»Ja.« Sie würde mit jeder Frisur wunderbar aussehen. Auch mit blonden Locken, einer schwarzen Lederjeans, hochhackigen Schuhen, einer hellen Bluse und einem roten Sakko.

»Ich brauche nur eine Stunde ... ich nehme den Porsche. Benimm dich und lass dich nicht von fremden Frauen ansprechen. Im Kühlschrank sind Tiefkühlpizzas und Bier.«

Lisa küsste ihn auf die Stirn und ließ ihn zurück. Bei dem Tempo, in dem sie sich weiterentwickelte, fühlte sich Alex wie die erste Ausführung eines inzwischen überholten Prototyps. Die Tür schloss sich und Lisa startete den Porsche. Hybridantrieb, sie nutzte den 6 Zylinder-Boxermotor, das konnte er hören.

Sollte er sich über ihr Gebaren Gedanken machen? Eigentlich schon, aber er saß gerade ziemlich gut und wieder einmal ein Fußballspiel in einer perfekten 3D-Projektion zu sehen, war schon ziemlich geil. Zudem befanden sich Bier und Pizza im Kühlschrank, Lisa konnte sich gerne Zeit lassen.

***

XXVI. Scherbenhaufen

Alex öffnete die Augen und bemühte sich, einen Punkt in der Dunkelheit zu fixieren. Er musste nach dem Fußballspiel im Sessel eingeschlafen sein, das Wohnzimmerlicht und die gläserne Displaywand waren erloschen. Durch das breite Terrassenfenster schien Mondlicht in den Raum, nicht hell, aber es reichte, um die Umrisse der beiden leeren Bierflaschen zu erkennen, die er beim Spiel genüsslich geleert hatte. Daneben ein benutzter Teller, die Pizza hatte besser geschmeckt als das Spiel. Die Bayern hatten wieder gewonnen, wie früher, leider.

»Licht«, sagte er und die Gebäudesteuerung aktivierte Strahler, die eine Seite im Raum anleuchteten. Ein Blick auf das Tablet, mit dem man alle elektrischen Systeme im Haus steuern konnte, auf dem ein Pop-Up-Window mit ‚Auto-Sleep' angezeigt wurde. Die Gebäudesteuerung schien vorhin erkannt zu haben, wann er eingeschlafen war und hatte danach alle Media- und Lichtsysteme deaktiviert.

»Lisa?« Es war 2.45 Uhr morgens, wo war sie? Ansonsten würde ihn so etwas nicht aus der Ruhe bringen, aber heute war weder ein normaler Tag, noch war er auf einer Spritztour an die Ostsee unterwegs. Alles, was aus dem Rahmen fiel, machte ihn nervös.

Alex schloss die Augen, löste sich und drang in die Gebäudesteuerung ein. Solche einfachen Installationen sahen digital unspektakulär aus: ein kleiner weißer Raum, ein paar Lichtleiter und ein Verteiler. Einen Moment später hatte er alle Sensoren kontrolliert, es gab keine besonderen Vorkommnisse. Dann nutzte er den Hausanschluss als Gateway für seine weitere Reise und wählte als nächsten Hop Hamburg. Zweimal korrigierte er an einem Router die Richtung, zwei Sprünge durch Better Life Firewalls und er hatte seinen Software-Agenten erreicht.

Nichts. Es war absolut nichts vorgefallen. Im gesamten Internet meldete sein Überwachungssystem keine nennenswerte Aktivität. Überhaupt war die Auslastung im Netz eher gering.

Die Polizei suchte nicht nach ihm, die Geheimdienste betrieben keine konspirativen Aktionen und sogar bei der Presse war er binnen eines Tages komplett aus den Schlagzellen verschwunden. Das waren gute Neuigkeiten. Seine kleinen Krieger, die von ihm verteilten Viren, hatten bis jetzt über 13 Milliarden Devices auf der ganzen Welt mit seinen kybernetischen Codefragmenten infiziert. Das ging schneller als erwartet. Einzelne Treffer auf seine Suchbegriffe waren dabei reiner Zufall. Alles lief im grünen Bereich.

Sollte er noch nach Agnes sehen? Ob sie schlief? Nein, er respektierte ihr Privatleben. Wenn er sie sprechen wollte, würde er sie anrufen. Als Nächstes wollte er Lisa suchen, für die er keine Suchroutinen vorbereitet hatte. Wozu auch, es war Handarbeit angesagt. Er ließ sich in seinen Körper zurückfallen und machte sich auf die Suche.

»Lisa?« Warum er leise sprach, wusste er nicht. Wo war sie? Er hielt es für eher unwahrscheinlich, dass ihr etwas zugestoßen war. Sie hätte jederzeit die Möglichkeit gehabt, ihn zu kontaktieren. Alex kontrollierte zuerst die Garage, die direkt neben dem Wohnzimmer lag. Der schwarze Porsche stand wieder an der Stelle, von der sie ihn weggefahren hatte. Ohne einen Kratzer, ein gutes Zeichen und ein schöner Wagen. Warum hatte sie ihn, als sie zurückkam, nicht geweckt? Er hatte eigentlich keine Ahnung, wo sie gewesen war und was sie erledigen wollte.
Alex ging die Treppe zum Schlafzimmer hoch. Das Licht im Wohnzimmer dimmte sich automatisch ab, während ihn auf der Treppe ein indirekter Lichtkegel an der Wand begleitete. Als Kind hatte er solche Spielereien geliebt. In Norwegen hatte er, um nicht über Stufen zu stolpern, eine Taschenlampe in der Hand gehalten.
Er öffnete die Schlafzimmertür, Lisa lag im Bett und schlief. Die Decke hatte sie sich vor den Bauch gezogen. Bis auf einen Slip trug sie keine Kleidung. Er schmunzelte, um Frauen zu verstehen, reichte seine Lebenszeit nicht aus. Wollte er sich jetzt den Kopf darüber zerbrechen und sie aufwecken? Nein. Dafür war er zu müde und der Platz an ihrer Seite sah zu gemütlich aus. Alex ließ seine Hose auf den Boden fallen, warf das Shirt daneben und legte sich neben sie. Mit dem Duft ihrer Haare in der Nase kuschelte er sich an ihren Rücken.

»Frühstück?« Lisa saß auf seinem Bauch, schlug ihm das Kopfkissen ins Gesicht und lachte ihn aus. Alex war sicherlich kein gläubiger Mensch und Geschichten über mögliche Wiedergeburten hielt er für kompletten Humbug. Aber bei Lisa erkannte er jeden Tag mehr von Mia. Verrückt, aber Lisas Verhalten kam ihm immer vertrauter vor.

Er griff nach ihr, wie früher nach Mia, die er in solchen Momenten zuerst eingefangen, dann geküsst und meistens anschließend geliebt hatte. In Norwegen war nichts über Sex vor dem Frühstück gegangen. Wenn er sie denn ergreifen konnte, was weder früher bei Mia, noch heute bei Lisa einfach war. Die beiden Frauen zeigten sich flink und nicht gewillt, eine leicht zu erlegende Beute zu sein.

»Zu langsam!« Lisa rollte sich ab, sprang nach vorne, schlug ihm erneut das Kissen auf den Kopf und tauchte unter seinem tapsigen Versuch, nach ihr zu greifen, hindurch.

»Na warte.«

Lisa lief die Treppen herunter. »Ich kann dir Bier und Pizza zum Frühstück anbieten …«

Alex verzog den Mund, die Hausherren hatten leider nichts anderes im Kühlschrank, das hatte er bereits am Vorabend feststellen müssen. Ein Problem, das seine ganze Brisanz erst jetzt offenbarte.

»Ich nehme das Bier.« Alex zog sich seine Jeans an und folgte ihr. Bestimmt würden sie auf der Weiterfahrt etwas Essbares auftreiben können.

Im Wohnzimmer angekommen, ging er auf die bodentiefe Fensterfront zu und wischte sie mit einer Geste auf die Seite, worauf die Gebäudesteuerung die Glaswand in der Mauer verschwinden ließ. Er lächelte, hier ließ es sich aushalten.

»Guten Morgen«, tönte es vom Nachbargrundstück zu ihm herüber. Verdammt, Alex hatte einen Fehler gemacht. Er hätte sich nicht dem Nachbarn zeigen sollen, um nicht erklären zu müssen, was Lisa und er in dem Haus zu suchen hatten.

»Moin.« Alex versuchte den Schaden zu begrenzen und drehte sich zu ihm. Ein typischer Familienvater um die vierzig, der sich ein Haus in dieser Preisklasse leisten konnte. Sportlich, erfolgreich und immer lächelnd.

»Das ist ein Wetter heute, oder?«

»Wunderbar.« Belangloses Zeug reden konnte Alex perfekt.

»Wie ist der neue Porsche? Ich hatte auch versucht, einen zu bekommen, aber 16 Monate Lieferzeit sind doch ein Verbrechen, oder?« Der Nachbar schien ihn für den Eigentümer zu halten. Hatte der Idiot vergessen, seine Brille aufzusetzen?

»Alles eine Frage der Beziehungen.« Alex lächelte und winkte. Lächeln und winken, die Universalstrategie im Umgang mit Mitmenschen, die man nicht gegen sich aufbringen wollte. Dann kehrte Alex wieder in das Wohnzimmer zurück.

»Fensterfront schließen!« ordnete er an und wischte mit dem Arm die Tür zu, nicht dass die Haussteuerung seinen Wunsch übersah!

»Alles in Ordnung?«, fragte Lisa, die mit einer Flasche Bier in der Hand auf der Anrichte der offenen Küche saß. Blonde Locken, dunkle Haut und oben ohne. »Oder hast du einen Geist gesehen?«

»Nein.« Das war weder der richtige Zeitpunkt, sich mit dem Nachbarn zu beschäftigten noch an Lisas Brüsten hängenzubleiben. Reiß dich zusammen, pfiff er sich innerlich an, er sollte schnellstens verstehen, was hier passierte.

»Die Pizza braucht noch zehn Minuten.« Sie lachte und spreizte, nur mit dem Slip bekleidet, eindeutig zweideutig die Beine. »Lust auf eine Vorspeise?«

»Nein.« Alex versuchte, sich zu konzentrieren.

»Oh … schlechte Laune?«

»Nein!« Irgendetwas lief hier gerade mächtig schief. Alex hasste es, solche Spielchen nicht zu durchschauen, er würde jetzt sicherlich nicht mit Lisa schlafen. Was hatte er übersehen? Wen glaubte der Nachbar in ihm erkannt zu haben? Und was hatte Lisa gestern den ganzen Abend getan?

»Hey … ist ja gut. Ich gehe duschen.« Lisa ging die Treppe nach oben. Hatte Alex jetzt eine Psychose oder benahm er sich nur wieder wie ein Arschloch auf Urlaub?
»Was tue ich hier …« Alex ließ den Kopf hängen, er stand vor einem Regal, in dem einige Bücher standen. Reiseführer, für Länder, die er noch nicht einmal schreiben konnte. Daneben standen eine Kerze in einem modernen Ständer und einige faustgroße Halbedelsteine. Was stimmte nicht an dem Bild? Alex hätte schwören können, dass hier gestern mehr Zeug gestanden hatte. Er erinnerte sich an Mia und ihre Miniwohnung, die sie gemeinsam in Hamburg bewohnt hatten. Überall hatten sie Bilder an den Wänden gehabt. Von ihr, von ihm und von sonst wem. Nur hier stand kein einziges Bild der Hauseigentümer in den Regalen. Ein Zufall? Platz dafür hätte es zwischen der Kerze und den bunten Halbedelsteinen gegeben. Viel Platz sogar. Hatte jemand die Bilder weggenommen? Und wenn ja, wozu? Damit Lisa, damit er sie nicht sah?
Alex bückte sich und öffnete eine breite Bodenschublade. Scheiße, da waren die Bilder, die er gesucht hatte. Jemand, nein, Lisa schien alle Bilder weggeräumt zu haben. Aber warum? Er sah sich eines der Bilder an. Jetzt verstand er, was hier lief und schluckte einen Kloß die Kehle herunter.

Pizza und Bier, Lisa und er frühstückten an der Küchentheke. Sie trug nach dem Duschen eine Jeans,

Turnschuhe und ein Kapuzenshirt. Die Stimmung war gedrückt. Auf dem Tisch lagen zwei europäische Reisepässe.

»Sind sie das?«, fragte Alex und schob sich das letzte Stück Salamipizza in den Mund.

Lisa lächelte gequält, ob sie bereits spürte, dass er es gemerkt hatte. »Du bist Roger Bolton.«

Alex nahm einen der Pässe. »Und du Sophie Bolton? Meinen Glückwunsch, wir sind verheiratet.«

»Ja.«

»Schöne Bilder …«

»Ja, oder?« Lisa gefiel sein Tonfall sichtlich nicht.

»Die Pässe sehen absolut echt aus.« Alex überprüfte die biometrischen Datenfelder, Fingerabdrücke, DNA-Sequenz und den Retinascan. Auch für ihn wäre eine komplette Fälschung zeitaufwendig gewesen, was daran lag, dass die Prüfung der Werte durch weltweit verteilte Repliken einer Prüfsumme abgebildet wurde. Es wäre schnell aufgefallen, die Referenzwerte nur an einer Stelle zu hinterlegen, wenn man nicht wusste, an welchen und wie vielen Stellen weitere Referenzwerte abgelegt wurden. Um das Verfahren gegen Hacker zu schützen, hatten die Behörden einfach jedes Land selbst die verteilten Datenablagen einrichten lassen. Alex hätte für eine gute Fälschung viele Hundert Datenbanken auf der ganzen Welt angreifen müssen. Ein Vorhaben, das Tage gedauert hätte. »Das sind unsere Daten … ich bin beeindruckt.«

»Ja … ich habe dazu den ganzen Abend gebraucht.« Lisa log, die einzige Chance, eine so gute Arbeit in einer Nacht abzuliefern, bestand darin, bereits existierende Pässe zu nehmen, die biometrischen Daten auszutauschen und dafür zu sorgen, dass die Prüfsumme genau denselben Wert ergab wie zuvor. Diese Pässe waren nicht neu erstellt worden, Lisa hatte sie gestohlen und manipuliert.

»Wo sind Sophie und Roger Bolton?« Alex wollte dabei nicht mitmachen, er hatte Agnes versprochen, keine Straftaten zu begehen. Der Diebstahl des Geldes war eine Bagatelle, bei dem er sogar seinen Namen angegeben hatte.

»Bitte …« Lisa hörte auf zu essen.

»Leben sie noch?«

»Ich verstehe nicht …«

»Lisa, was hast du mit den beiden gemacht? Sophie und Roger Bolton gehört dieses Haus. Du hast sie ausgewählt, weil er keine Haare auf dem Kopf hat und 1,95 groß ist. Sie stammt aus Jamaika und pflegt sich die Haare zu blondieren.«

»Ich weiß nicht, was du meinst.« Ihre Augenlider fingen an zu zucken.

»Ich habe die Bilder der Boltons in der Schublade gefunden. Sie ist Lehrerin, er ist Journalist und schreibt Bücher. Reiseberichte, die Dinger stehen alle im Regal.«

»Das verstehst du nicht …« Lisa standen Tränen in den Augen.

»Erkläre es mir!«

»Nein!« Lisa verschränkte die Arme vor dem Oberkörper.

»Du kannst mir ruhig mal vertrauen!«

»Du hast dieses Paar ausgesucht, weil du ihre Pässe überprüfungssicher mit unseren DNA-Daten, Fingerabdrücken und einem Retinascan manipulieren konntest. Wo hast du überhaupt die Basisdaten von uns her?«

»Von Better Life.«

»Lisa, das geht nicht!«

»Ich habe es für uns getan!«

»Dann sag mir endlich, was aus den beiden wurde? Wenn wir ihre Identitäten annehmen und die beiden nächste Woche aus dem Urlaub heimkehren, würde unsere Tarnung auffliegen. Was hast du mit ihnen gemacht?«

»Ihnen geht es gut.«

»Was Lisa?« Alex wollte jetzt wissen, was sie getan hatte. Viele Möglichkeiten gab es nicht. Er traute Lisa keine halben Sachen zu. »Hast du sie getötet?«

»Nein!«

»Sei ehrlich!«

»Ich habe nicht …«

»Lisa, ich kann es in deinen Augen sehen. Wo hast du ihre Leichen versteckt?«

»Sie haben nichts gespürt.«

»Wo?«

»Im Keller …« Lisa vergrub ihr Gesicht in den Händen. »In der Tiefkühltruhe … ich habe sie gestern vom Flughafen abgeholt … verstehst du das nicht? Es ist unsere einzige Chance!«

»Hier im Haus?« Alex konnte es nicht glauben. »Das war keine Notwehr, das war Mord!«

»Ich liebe dich!«

»Deswegen darfst du niemand töten!«

»Aber wir können in Kanada neu anfangen. Niemand wird es bemerken. Wir werden glücklich sein!«

Hatte sie den Verstand verloren? Alex glaubte mit einem Kind zu sprechen, das Drogen genommen hatte. »Ich merke es! Das reicht! Ich bin kein Mörder! Und ich werde nicht Komplize deiner Taten werden!«

»Aber …« Lisa rutschte von dem Küchenhocker und versuchte, die Treppe hoch zu flüchten. Alex hielt sie am Arm fest, davor konnte man nicht weglaufen.

»Wir werden uns stellen!«

»Nein! Nein!« Lisa schüttelte verstört den Kopf. »Dann bringen sie uns um!«

»Niemand bringt uns um. Wir werden erzählen, was passiert ist. Du wirst Hilfe bekommen. Ich werde dir helfen. Alles wird gut werden.« Alex bemerkte mit Schrecken, dass Lisa jeglichen Bezug zur Realität verloren hatte. Sie war gefährlich, er musste sie aufhalten. Bei Better Life würde man ihr helfen können.

»Nein … das wirst du nicht tun. Du wirst mich nicht zurückbringen. Ich will nicht zu Better Life, da wird man mir wehtun!« Lisa versuchte, sich loszureißen, was Alex nicht zuließ.

»Lisa bitte … unser Weg ist hier zu Ende. Du wirst nicht verreisen und ich auch nicht. Wir werden Dr. Gutter um Hilfe bitten. Du bist nicht allein, alle werden dir helfen!«

»Wenn du das tust, dann …«

»Du drohst mir?«

»Verlass mich nicht!« Lisa schlug auf seine Brust. »Verlass mich nicht! Tu es nicht! Lass mich nicht allein!«

»Ich bin dein Freund!«

»Freund, nur mein Freund … mit dem man mal nett ein Bier trinken geht?« Lisa fing an zu toben, weshalb Alex sie zu Boden bringen musste und beide Hände festhielt.

»Wir sind kein Paar … und wir werden auch keines werden.« Alex hatte ihr eine Chance geben wollen und Mia ruhen lassen, aber mit den Morden konnte er nicht umgehen. Er würde nicht damit leben können, mit einer flüchtigen Mörderin zu türmen.

»Sag das nicht! Du kennst mich doch gar nicht! Ich liebe dich! Ich werde dir eine gute Frau sein!«

»Nein, Lisa.« Es war vorbei, das Spiel war gelaufen.

Kanada starb in ihren Augen. »Dann werde ich Mia …« Lisa stoppte mitten im Satz.

»Was wirst du?«

»Nichts.«

»Lisa! Was wirst du mit Mia tun? Sag es! Sie ist tot … oder nicht?« In Alex' Kopf explodierten die Gedanken. Was wusste sie über Mia, was er nicht wusste? »Lebt sie noch?«

»Du willst mich verraten! Ich sage dir gar nichts!« Jetzt zeigte Lisa ihr zweites Gesicht. Eine hässliche Fratze, Alex erschrak, das war nicht die Frau, die er zu kennen geglaubt hatte.

»Lebt sie noch?«

»Nicht mehr lange!«

»Bitte!« Alex glaubte, schlecht zu träumen. Lisa drohte ihm damit, Mia zu töten? Wer von ihnen hatte jetzt Drogen genommen?

»Ich werde deine geliebte Mia umbringen!«, rief Lisa wie von Sinnen. Ihre Augen glühten regelrecht.

Alex ließ Lisa los und kippte auf den Knien hilflos nach hinten. Worte wie Schläge. »Was, was … was willst du tun?«

Lisa rollte sich zur Seite, stand auf und trat ihm gegen den Kopf. Alex riss es zu Boden. Alles, was er jemals in Lisa gesehen hatte, ging gerade in Flammen auf.

»Sterben wird sie!« Lisa holte mit dem Küchenhocker zum Schlag aus. Alex gelang es noch, den Arm zum Schutz über den Kopf zu halten. Der Hocker krachte auf ihn nieder. Blut spritzte ihm in die Augen. Das Holz splitterte und ein Stück davon steckte jetzt in seinem Unterarm. Alex schrie. Er sah kaum noch etwas.

Der nächste Schlag traf ihn am Kopf. Er taumelte, griff nach ihr, verfehlte sie. Noch ein Schlag. Sie hatte ihn besiegt. Alex verlor das Bewusstsein.

***

XXVII. Nicht Kanada

Lisas Herz raste. Sie schlug mit dem zerborstenen Hockerbein auf Alex ein. Mehrfach. Er stöhnte. Ein zwanzig Zentimeter langer Holzsplitter steckte in seinem Unterarm. Blut tropfte auf den Boden. Sie sah ihn an und wartete auf seinen Gegenangriff. Der überraschenderweise ausblieb. Auch wenn sie eine gute Nahkämpferin war, gegen ihn hätte sie keine Chance gehabt. Aber er bewegte sich nicht mehr. Warum? Es fiel ihr schwer, die Situation zu erfassen, die Gedanken überschlugen sich. Nein, schrie sie im Gedanken!

»Alex?« Lisa warf das blutige Holzbein weg, ging auf die Knie und hielt seinen Kopf. Sie hatte ihn nicht verletzen wollen, die Platzwunde über dem Ohr sah hässlich aus. Er atmete noch. Mit dem Ärmel ihres Shirts versuchte sie, die Blutung in den Griff zu bekommen, es hörte gar nicht mehr auf zu bluten. »Ich liebe dich!«

Männer waren kompliziert, er sollte doch nur einfach tun, was sie ihm sagte. Sie hatte die Reise nach Kanada perfekt vorbereitet gehabt. Alles würde gut werden, so wie sie es wollte. Er musste sich nur gemeinsam mit ihr ins Auto setzen und mit ihr zum Shuttle fahren, das sie zuerst nach London und dann nach Toronto bringen würde.

»Warum hast du mich verraten?« Lisa fing an zu weinen, sie konnte ihm nicht mehr vertrauen. Er gehörte jetzt zu den anderen. Die, die sie töten wollten. Er hätte nicht die Seiten wechseln dürfen. Lisa konnte ihn nicht mehr nach

Kanada mitnehmen. Es gab nur einen Ausweg, sie musste ihn umbringen, solange er bewusstlos war.
»Es geht nicht anders …« Heulend ging Lisa in die Küche. Da waren Messer in einem Holzblock. Drei Stück und eine Schere. Sie griff nach der obersten Klinge, der größten, es musste sein, sie konnte ihn nicht leben lassen. Er würde bei der nächsten Gelegenheit gegen sie kämpfen, dem musste sie zuvor kommen.
»Verzeih mir!« Lisa setzte sich neben Alex auf den Boden und legte die Klinge an seine Kehle. Nur ein kurzer Schnitt, dann würde das Leben ihn blutrot verlassen.

Eine Minute, zwei oder drei, Lisa glaubte, dass die Zeit stillstand. Sie zögerte, hielt den Tod in der Hand fest umschlossen und fixierte die Klinge.
Die Essenz des Lebens war es, zu überleben. Unter allen Umständen. Der Tod war keine Erlösung, ein weitverbreiteter Irrtum, er besiegelte nur die Niederlage eines jeden Individuums.
»Du wirst sterben!« Lisa hielt das Messer fest, bereit, seine Kehle durchzuschneiden, tat es aber nicht. Es ging nicht. Etwas in ihr verhinderte es. Lisa warf das Küchenmesser fort, das kratzend über den Marmorboden schrappte.
»Ich bestimme über mein Leben!« Wütend auf sich selbst ermahnte sie sich, ihren Verstand einzusetzen. In der Evolution siegten nicht die Stärksten, es waren die Klügsten, die es schafften, viele Nachkommen zu hinterlassen.

Ja, das gefiel ihr, sie wollte einen ganzen Stall voll Kinder haben.

Der Plan, gemeinsam mit Alex nach Kanada zu reisen, würde nicht mehr funktionieren. Er wusste es nicht besser, er war verwirrt, sie würde für ihn mitdenken müssen. Auch seine Gefühle galt es zu beachten, sie wollte doch nur das Beste für ihn.

Lisa würde Alex nicht umbringen, sie würde Mia töten. Ja! Sie war das Problem! Als Lisa am Vortag in das Better Life Netzwerk eingedrungen war, hatte sie die Nachricht mitbekommen. Jakub Allister hatte es Agnes Gutter gesagt.

Als Alex geglaubt hatte, Mia sei tot, war alles wunderbar gewesen. Er hatte langsam Vertrauen zu Lisa aufgebaut und war kurz davor, sich ihr hinzugeben. Sie hatte es gespürt, begehrt hatte er sie, das hatte sie nicht übersehen. Wenn Lisa erst Mia aus dem Weg geräumt hatte, würde er nur noch Augen für Lisa haben.

»Hörst du? Alles wird gut!« Lisa streichelte ihm über die Stirn, die Wunde blutete immer noch. Sie ließ sich ihren Plan noch einmal durch den Kopf gehen. Hatte sie alles bedacht? Nein, sie machte einen Fehler. Sie musste auch Alex in ihren Plan einschließen. Natürlich, sie musste ihm den Weg weisen!

»Wir finden eine gemeinsame Lösung!« Lisa lächelte, eine neue Idee durchströmte sie. Nicht Mia musste sterben. Alex liebte Mia, Lisa konnte nicht die Frau umbringen, die er liebte. Er hasste jetzt Lisa, sie, genau, das war die Lösung. Lisa würde nicht Mia umbringen, sondern Lisa. Sie würde sich selbst töten müssen. Dieser Plan war so einfach wie genial. Lisa musste Mia werden. Wenn sie erst Mia war und Lisa tot, würden Alex und sie ein gemeinsames Leben führen können.

»Alles wird gut …« Alles, was Lisa tun musste, war Mia zu werden. Der Rest war ein Kinderspiel. Deswegen musste sie auch gemeinsam mit Alex nach Norwegen, nur dort konnte sie es vollenden. Sie musste alle Dinge aus dem Weg räumen, die sie bei ihrem Plan behinderten. Vor allem die Frau, die sich in Norwegen als Mia ausgab. Diese Lügnerin, diese Diebin, dafür würde sie sterben.

»Ich bin Mia.« Mia stand auf, ging in die Küche und holte Alufolie und eine Rolle Klebeband aus der Schublade. Sie klebte Alex die Hand- und Fußgelenke fest zusammen. In die Alufolie stach sie mehrere Luftlöcher, die sie ihm mit reichlich Klebeband um den Kopf wickelte. Sie liebte ihn, er brauchte ihre Hilfe. Er würde noch etwas Zeit brauchen, um alles zu verstehen.

»Wir fahren nach Norwegen …« Für Alex würde sie alles tun. Die Bolton Pässe brauchte sie nicht mehr, sie würde mit ihrem eigenen Pass als Mia Tymann und er als Alex Baringhaus weiterleben. Ganz legal, fremde Pässe wären auf Dauer der falsche Weg gewesen.

Mia zog Alex in die Garage, dort öffnete sie den Porsche und verfrachtete ihn in den Kofferraum. Eng, aber er passte hinein. Seinen massigen Körper anzuheben, bereitete ihr keine Probleme. Sie bemühte sich, ihn nicht unnötig zu verletzten. Die Wunde am Unterarm versorgte sie mithilfe des Verbandkastens.

Mia öffnete das Garagentor, setzte sich in den Wagen und startete die Elektromotoren des Hybridantriebs. Sie wollte die Siedlung so schnell wie möglich verlassen.
Der neugierige Nachbar, der auch Alex bereits auf die Nerven gegangen war, stand in der Einfahrt und fotografierte mit einem Mobile den Porsche. Männer und Autos, das war unglaublich, wie ein schlecht erzogenes Kind wusste er sich nicht zu benehmen!
Mia konnte niemanden gebrauchen, der ihnen zu viel Aufmerksamkeit schenkte. Und wenn dieser Idiot dann auch noch Bilder ins Netz stellte, könnte die Polizei auf dumme Ideen kommen. Solche Fehler wollte sie sich nicht erlauben.
Mia stoppte den Wagen, öffnete die Flügeltür und stieg aus. Der Nachbar tänzelte sofort zu ihr. »Wahnsinnswagen …«
»Irre oder?« Mia sah sich um, sie wollte wissen, ob noch weitere Nachbarn an den Fenstern hingen, konnte aber niemanden ausmachen. Sie musste einen Weg finden, ihm das Mobile abzunehmen.

»Was machen Sie denn mit dem alten Polo?« Jetzt hatte der Schlauberger auch Maries Schrotthaufen entdeckt. Seine Neugierde drohte ernsthaft, ihre gute Laune in Schieflage zu bringen.

»Der hat 800 PS«, strotzte Mia frei heraus, das sollte seinen Intellekt in nicht mehr beherrschbare Grenzbereiche führen.

»Ein Scherz, oder?«

»Nein … ein Sonderumbau. Möchten Sie den Motor sehen? Ein irres Triebwerk!« Mia lachte und zeigte auf den Polo. Die kleine Möhre sollte für den Esel genügen. Sie wollte ihn zuerst in die Garage bugsieren, um keine weiteren Zeugen zu schaffen.

»Gerne …« Der Nachbar knipste den Polo von hinten und von den Seiten. Er ging auf ihr Angebot ein. In der Garage öffnete sie die Motorhaube des Wagens und ließ ihn seine Nase in den 60 PS Hammer-Raketenantrieb stecken. »Sie sind ja ein Scherzkeks!«

»Lustig, oder?« Mia ließ das Garagentor herunterfahren und zog sich das blutverschmierte Sweatshirt aus, das er zuvor nicht kommentiert hatte. Seine Augen hatten zuerst nur den beiden Autos gegolten und danach ihren Brüsten.

»Was tun Sie da … ich bin verheiratet«, erklärte er erschrocken, ohne dabei allerdings uninteressiert zu wirken.

»Das gibt mir den besonderen Kick!« In der rechten Hand hielt sie den Pullover fest, dessen Blutspuren er scheinbar immer noch nicht verarbeitet hatte.

»Ja?«

»Auf jeden Fall!«

»Aber …«

»Ich petze auch nicht …« Ihn zu verführen, wäre keine Herausforderung gewesen. Mia hatte aber kein Interesse an Intimitäten. Sie legte ihm die Hand auf den Mund, drehte ihn, was er ohne Gegenwehr mit sich machen ließ, und schlug ihm mit dem Ellenbogen auf die Brustwirbelsäule zwischen den Schulterblättern. Es knirschte. Das tat bestimmt höllisch weh. Er versuchte, zu schreien.

»Leise!« Mia wollte ihn aber nicht schreien lassen, was ihm auch wegen ihrer Hand auf seinem Mund nicht gelang. Er sackte hilflos auf den Boden. Sie hatte ihn präzise getroffen, er konnte weder seine Arme noch die Beine bewegen. Um sich nicht mit seiner Jammerei zu belasten, stopfte sie ihm das blutige Sweatshirt in den Mund und holte sich ein neues Oberteil aus Sophie Boltons Kleiderschrank.

Wieder in der Garage zurück, nahm Mia sein Mobile an sich und löschte alle Bilder. Sie wählte die Notrufnummer der Feuerwehr, stellte das Gerät auf Lautsprecher und legte es vor ihm auf den Boden. »Reden Sie… die hören Ihnen zu.«

Der gelähmte Nachbar versuchte zu schreien, was der Stoff im Mund erfolgreich verhinderte. Mia griff in den Motorraum des Polos und bespritzte mit dem abgerissenen Benzinschlauch die Batterie. Es genügte, ein Kabel an den Treibstoff zu halten, um den Motorraum zu entzünden. Ein schönes Feuer.

»Sie haben den Notruf gewählt, wie kann ich Ihnen helfen?«, fragte ein weiblicher Operator am anderen Ende der Leitung.

Seine Augen schrien vor Furcht. Er dürfte jetzt seine Fehler verstanden haben. Ein tragischer Unfall, ein Heimwerker, der beim Versuch, das Auto seines Nachbarn zu reparieren, das Haus abfackelte, gab es bestimmt öfter. Und wenn nicht, war es trotzdem eine tragische Geschichte. Das Feuer sollte die Rettungskräfte eine Weile beschäftigen.

Mia riss ihm den Stoff aus dem Mund, was ihn wie erwartet: »Feuer!«, brüllen ließ. »Es brennt … ich brauche Hilfe! Diese …« Mia stopfte ihm den Pullover wieder in den Mund, den Rest von dem Gewäsch wollte niemand hören.

Mia verließ die bereits verqualmte Garage durch eine Gartentür, stieg in den Porsche und fuhr los. Beim Anfahren kontrollierte sie ihr Werk. Die Verbindung mit dem nächsten Funkmast war hervorragend. Die Einsatzzentrale der Feuerwehr befand sich in Kiel, der Operator hatte den Anrufer und den Standort umgehend ermittelt. Ein Löschzug und ein Notarztwagen befanden sich bereits auf dem Weg zu ihnen. Zeit bis zum Eintreffen: zwei

Minuten. Die Station der Feuerwehr befand sich nur wenige Kilometer von der Siedlung entfernt. Zwei Minuten waren viel zu schnell, die Feuerwehr würde es dann vielleicht noch schaffen, den Brand zu löschen und im schlimmsten Fall sogar den Nachbarn zu retten. Ein solches Szenario gehörte nicht zu ihrem Plan.

»Hörst du das, Alex?«, fragte Mia und sah zur Seite. Während sie die Siedlung verließ, bogen bereits zwei Einsatzfahrzeuge um die Ecke. Mia drang über den Notruffunk in deren Fahrzeuge ein und unterbrach zuerst die Zündung und dann die Kommunikation.

Reifen quietschten, die Fahrzeuge kamen wie gewünscht ins Schleudern, da deren Servolenkung mitten in der Kurve ausfiel. Der Löschzug rauschte mit 70 km/h ungebremst in den Graben und der Rettungswagen dahinter überschlug sich bei dem Unfall mehrfach. Die würden den Nachbarn und das Haus der Boltons nicht mehr retten.

***

XXVIII. Fire in the Hole

Mia rauschte mit hoher Geschwindigkeit über die Landstraße nach Norden. Der archaische Sportwagen machte einen Heidenspaß. 700 PS Leistung aus dem Mittelmotor und 350 PS aus den beiden Elektromotoren auf den Hinterrädern, die jedes Mal beim Bremsen die Batterie wieder aufluden. Schnell, teuer und entbehrlich – wie viele Dinge, die sie für ihr neues Leben zurücklassen würde.

Mia befuhr eine Nebenstrecke, die, weil sie nicht überflogen werden durfte, kaum befahren wurde. Eine blödsinnige Verkehrsregel, aber Gleiter durften in Bodennähe nur über dafür freigegebene Straßen fliegen oder mussten in höhere Luftkorridore aufsteigen. Wegen des Naturschutzes hieß es, was völliger Blödsinn war. Mit dem hochdrehenden Porsche, der noch echtes Benzin verbrannte, durfte sie legal Moorhühner aus dem Unterholz jagen.

In der nächsten Kurve war der Spaß dann vorbei. Die Lenkung begann zu flattern und das Display des Wagens zeigte zahlreiche Störungen an: Schwankungen in der Ladespannung und andere Elektronikprobleme. Mia dachte sofort an Alex, der in ihrem Kofferraum lag. Versuchte er die Fahrt zu sabotieren? Die Alufolie auf seinem Kopf sollte eigentlich solche Angriffe verhindern. Ein toller Plan, der nicht funktionierte! Mit beiden Händen umfasste Mia das Lenkrad. Wenn Alex dahinter steckte, würde es weitere Störungen geben.

Der Wagen fuhr sich wie ein Sack Muscheln. Sie konnte Alex' Angriffen nichts entgegensetzen, er ließ mehrere EMP-Impulse auf die Elektronik des Fahrzeugs wirken. Zweihundert Meter weiter blockierte das rechte hintere Rad, die Pneus quietschten, die den Wagen in einer Kurve stark untersteuern ließen. Mia konnte nicht rechtzeitig gegenlenken, das Fahrzeug drehte sich und rutschte mit den Vorderrädern von der Straße herunter.

»Hör sofort damit auf!«, rief Mia und schlug gegen das Lenkrad. Die ganze Elektronik verstarb und aus dem Bildschirm auf dem Mitteltunnel stieg Qualm und der Geruch verschmorter Kabel auf. Der Todesstoß für den Wagen. »Ich werde dich nicht gehen lassen!«

Sie stieg aus und trat gegen den Kotflügel. Der Porsche hatte seinen Kofferraum vorne, aus dem es unverzüglich ein Echo gab. Alex schlug von innen eine Beule in den Deckel.

»Scheiße!« Mia konnte weder warten noch weiterfahren. Und den Kofferraum würde sie sicherlich auch nicht öffnen. Sie sah sich um und scannte erreichbare Mobilnetze. Das einzige erreichbare Netz war zu schwach und brach ihre Verbindungsversuche mehrfach ab. Auch der automatische Unfall-Notruf des Porsches blieb in der Pampa hängen. Da hatte er sich eine gute Stelle ausgesucht!

»Du Idiot!« Mia kochte vor Wut und marschierte los. Sie war gerade in der Stimmung, jemanden zu erwürgen. Um Alex zu seinem Glück zu verhelfen, brauchte sie die passende technische Ausrüstung.

Eine halbe Stunde später kam Mia in einer kleinen Ortschaft an, in der es so aussah, als ob hier in den letzten vierzig Jahren die Zeit stillgestanden hätte. Sieben Häuser, eine Gaststätte, eine verlassene Tankstelle, eine Bäckerei und eine Bushaltestelle. Mia beneidete die Menschen, die hier lebten. Während Metropolen wie Hamburg zu überborden drohten, starb das ländliche Leben. Die Villen der reichen Städter standen höchstens am Meer. Ein perfekter Ort, um in Ruhe gelassen zu werden.

»Lisa, wir müssen reden!« Das war Alex, erschrocken blickte sie sich um, sah ihn aber nicht. Wo war er? Er suchte Lisa, das ging sie nichts an. Scheinbar hatte er sich befreien können. Folgte er ihr etwa? Er sollte besser auf sie warten, sie würde ihn später abholen.

»Ich werde dich nicht angreifen und ich werde auch nicht die Polizei informieren. Ich möchte nur mit dir reden!«

»Nein«, sagte sie und sah sich panisch um. Das Mobilnetz war aus dem Dorf besser erreichbar. Das bedeutete auch, dass er sich bereits in der Nähe befand.

»Guten Tag, gehört Ihnen der brennende Porsche, der vier Kilometer südlich von hier im Graben liegt?«, fragte sie ein Mann. Nicht Alex. Mia drehte sich herum, ein Polizist, nein, da waren zwei Polizisten hinter ihr aufgetaucht. Ihr blauer Streifen-Gleiter stand vor der Bäckerei. Der zweite Beamte saß auf der Beifahrerseite. Wie konnten die Bullen den Wagen so schnell finden, dessen Elektronik Alex komplett zerstört hatte? Und warum hatte das Auto gebrannt?

Sie brauchte dringend eine gute Idee. »Helfen Sie mir. Bitte! Ich werde verfolgt!« Die Geschichte lief nicht gut für sie, ungefähr 500 Meter hinter dem Polizisten sah sie Alex, der auf sie zu zukam. Die starre Miene in seinem Gesicht ließ kein angenehmes Gespräch mit ihm erwarten.

»Von wem?«

»Von dem Mann da! Dem Großen mit der Glatze.« Mia zeigte auf Alex, dem sie nicht in die Finger geraten wollte. »Er hat versucht, mich zu töten!« Eine Lüge, die aber bei Alex' blutverschmiertem Gesicht mühelos zu vermitteln war.

»Wer ist das?« Der Beamte zog seine Waffe und stellte sich vor Mia. Alex' Größe erledigte den Rest, um bei dem Polizisten den Beschützermodus zu aktivieren.

»Ein ausgebrochener Sträfling.« Mia sprang in den Polizeicomputer des Einsatzgleiters, scannte alle offenen Haftbefehle und suchte sich einen Kriminellen aus, der Alex ähnlich sah. Ein flüchtiger Drogenhändler, der vor zwei

Tagen bei einem Gerichtstermin im Hamburg geflohen war. »Er nannte sich Felix Keller.«

»Hab ihn. Die Beschreibung passt. Felix Keller wird gesucht, er gilt als bewaffnet und gefährlich. Ich rufe Verstärkung!«, rief der Polizist aus dem Wagen. Noch 200 Meter.

»FELIX KELLER! BLEIBEN SIE STEHEN!«, rief der Polizist neben ihr und legte seine Waffe auf Alex an.

»Lass die Polizei aus dem Spiel! Ich will niemanden verletzen!« Alex sprach über das Funknetz mit ihr. *»Es geht nur um uns beide!«*

»Nein … das verstehst du nicht!«, antwortete Mia ihm digital. Der zweite Polizist stieg aus dem Wagen, der einen Taser mit Gewehrschaft wie eine Repetierschrotflinte durchlud und auf Alex anlegte.

»Steigen Sie hinten in den Wagen und ziehen Sie den Kopf ein!«, sagte der Polizist zu ihr. In der Bäckerei gingen alle Lichter aus. Eine alte Neon-Leuchtreklame platzte an der Hauswand. Glasscherben fielen klirrend auf das Pflaster. Einsteigen und Kopf einziehen, eine klare Ansage, die sie sofort umsetzte. Allerdings nicht hinten, wie ihr gesagt wurde, sondern vorne auf dem Fahrersitz.

»BLEIBEN SIE STEHEN! UND LEGEN SIE SICH FLACH AUF DEN BODEN!« Die beiden Polizisten konzentrierten sich auf Alex. Nur noch 50 Meter Abstand. Sie würden ihn nicht aufhalten können, jedenfalls nicht mit elektronisch kontrollierten Waffen.

Mia drang in das Steuerungssystem des Fahrzeugs ein, identifizierte sich mit der Kennung eines der Polizisten und schaltete die Funksysteme ab, die sie an der blauen Einsatzkleidung trugen.
»Wo willst du hin?«, fragte Alex digital.
An ihren Zielen hatte sich nichts geändert, ihre Probleme konnte sie nur in Norwegen lösen. Sie musste die falsche Mia finden und alles in Ordnung bringen. Noch zehn Meter.
»Mein Taser funktioniert nicht!«, rief der Polizist, der sie aufgefordert hatte, in den Streifen-Gleiter zu steigen. Ein Blitzmerker, Alex würde sich kaum von denen erschießen lassen.
»Meine Waffe schießt nicht …« Auch sein Kollege mit der Signaturschusswaffe reagierte, wie es Mia erwartet hatte. Sie würde sich um Alex keine Sorgen machen müssen und ihn problemlos einige Stunden allein lassen können. Mit dem flugfähigen Polizei-Gleiter würde sie für die Reise nach Norwegen nicht lange brauchen.
»Ich werde dich überall finden! Du kannst nicht vor mir weglaufen!«
Alex verstand es immer noch nicht, sie wollte nicht vor ihm weglaufen. Sie musste nur kurz etwas erledigen, dann hätte sie den Rest ihres Lebens Zeit für ihn.
Um nicht erneut in den ‚Graben' zu fliegen, rekonfigurierte sie die Zugangssteuerung des Gleiters. Für einen EMP-Angriff war Alex nicht nah genug und remote würde er nicht so schnell an der von ihr getunten Firewall vorbei-

kommen.
Mia unterbrach den Kanal, auf dem Alex mit ihr kommunizierte. Der Schub des Gleiters drückte sie in den Sitz. Es ging immer um Geschwindigkeit. Bereits während der Beschleunigung suchte sie einen Zugang zum Polizeiserver und sprang auf eine europäische Plattform für den Austausch zwischen regionalen Polizeibehörden. Von dort ging es weiter nach Norwegen.
Von Jakub Allister hatte sie gestern nur die Ortschaft in Erfahrung bringen können, in der die falsche Mia nach ihrem Unfall behandelt wurde. Den Rest musste sie selbst in Erfahrung bringen, eine Recherche, die nicht lange dauern sollte.
Den dichten Flugverkehr im Blick, bei dem sie andere Gleiter zwanzig Meter über dem Boden überholte, sah sie auch den logischen Raum der Datenbank, in dem ihr virtuelles Ich sich nach den passenden Informationen umsah. Im zentralen Datenspeicher des Better Life Sicherheitsdienstes. Übrigens, genau die Leute, die Alex von Norwegen nach Hamburg gebracht hatten.
Es flackerte, einzelne Indexspeicher der Datenbank stürzten ab. Nein, sie deaktivierten sich. Nein, auch das stimmte nicht. Großflächige Bereiche der Datenbank schalteten sich in einen Wartungsmodus und waren damit nicht mehr verfügbar. Mitten am Tag? Das machte doch kein normal denkender IT-Operator.

Das war Alex! Er versuchte, ihr binären Sand in die Augen zu werfen. Auch er musste sich im Better Life Netzwerk befinden. *Ich sehe dich. Ich sehe dich. Ich sehe dich. Ich sehe dich,* Mia bekam bei weiteren Datenabfragen jetzt ständig dieselben Antworten.

Sie schrie, nicht virtuell, sondern real. Bei einem Manöver touchierte sie einen zivilen Gleiter, der daraufhin aus der Ideallinie ausbrach, absackte und sich erst kurz über dem Boden wieder fing.

»Idiot!« Der sollte sich ihr nicht in den Weg stellen. Mia zog sich aus der Better Life Datenbank zurück und drang in den zivilen Gleiter ein, der ihren Flugweg gekreuzt hatte. Nach der Trennung aller Energiekreisläufe schlug der Gleiter drei Sekunden später dumpf in die sommerliche Heidelandschaft. Auch die Rettungssysteme hatte sie deaktiviert, eine Maßnahme, die den Absturz dramatisch aussehen ließ.

Mia musste sich anpassen. Der Polizei-Gleiter sicherte ihr nur noch einen begrenzten Schutz. Sie konnte nicht ausschließen, von militärischen Luftabwehr-Systemen angegriffen zu werden, die Alex oder die von ihm informierte Polizei ihr auf den Hals hetzten. Auch Satelliten und Drohnen hätten sie angreifen können. Genau solche Aktionen würde sie an seiner Stelle in die Wege leiten.

Zwei Minuten später. Mia hatte den Flug stabilisiert, den Autopiloten eingerichtet und ihre Kennung bei der Flug- und Verkehrssicherheit manipuliert. Sie flog als Krankenrücktransport eines Skandinavien-Urlaubers getarnt zurück nach Hamburg. Ziel: die Better Life Klinik. Flugzeit: sieben Minuten. Wer überleben wollte, durfte nicht an überholten Plänen festhalten. Die falsche Mia würde sich auch remote ausradieren lassen. Wichtiger erachtete sie das Ziel, das Zentrum der Flug- und Verkehrssicherheit zu hacken. Das erste Target, dessen Firewall nicht im ersten Vorbeigehen umfiel. Sie arbeitete am Zugang. Einmal dort eingedrungen würde sie den gesamten Luftraum über Nord- und Mitteleuropa kontrollieren.

»Trickreich …« Mia hatte die Barriere überwunden und verhielt sich vorerst unauffällig. Die ‚Intrusion Detection', die netzinterne Alarmanlage reagierte noch nicht auf sie. Alex sollte sie ebenfalls nicht an diesem Ort erwarten.

»Rein und wieder heraus!« Mias virtuelles Ich sprang zum Ausgang und von dort aus zur nordamerikanischen Version der Flug- und Verkehrssicherheit an der Ostküste. Ein sehr guter Knoten, von hier stieg sie in das Satellitennetzwerk der Amerikaner ein und infiltrierte den norwegischen Geheimdienst von hinten. Sehr praktisch, die Norweger kannten vermutlich diesen Sat-Link nicht, der als ‚Wartungsport on Demand' eines US-Hardware-Herstellers für Netzwerkkomponenten getarnt war.

Eine verschlafene Kleinstadt an der Otra, dort lag die falsche Mia Tymann im Krankenhaus. Am besten würde Mia sofort im Keller ein Feuer an der Heizungsanlage entfachen oder andere Explosivstoffe in die Luft jagen. Sie würde improvisieren müssen.

Access denied.

Was war das? Mia versuchte erneut, das Gateway im Netzwerk des Krankenhauses zu öffnen.

Access denied. Vergeblich. Im nächsten Moment bekam der Norwegische Geheimdienst 300.000 Datenpakete in der Sekunde auf den WAN-Port[7] gekübelt: *Du wolle Rose kaufe?*

»Alex!« Mia tobte, das war wieder er, der den Zugang zum Krankenhaus mit einer Logik Bombe präpariert hatte. Sobald sich jemand für dieselbe nicht autorisierte Anfrage ein zweites *Access denied* abholte, adressierte die Routine Hunderte bonbonbunte indische Pornoserver in Novosibirsk damit, die eigene IP-Adresse mit einer DDoS-Attacke[8] einzudecken.

---

[7] WAN-Port = Wide Area Network Port = Ein Schnittpunkt von lokalen und nationalen Netzwerken.

[8] DDoS-Attacke = Distributed Denial of Service = Eine Hackertechnik, Ziele mit einer Flut von unnützen Anfragen außer Betrieb zu setzen.

Mia wechselte ihren Ausgangspunkt im Netz des Norwegischen Geheimdienstes und griff das Krankenhaus parallel auf vier weiteren Gateways an: Buchhaltung, Systemtechnik, Unterhaltungstechnik und die Kühlhausverwaltung. Alex würde in der kurzen Zeit nicht alle Zugänge bearbeitet haben können.

Access Denied. Er konnte es doch. Jetzt hagelte es muslimische Viagra-Werbung von einigen Hundert Servern aus dem Mittleren Osten. Mit dieser Logikbombe hatte Alex direkt bei der ersten Zugriffsverletzung seine digitale Munition auf sie abgefeuert. Das Netz des Norwegischen Geheimdienstes wäre erstmal für die nächsten Stunden platt.

»Ich kriege sie trotzdem!« Die falsche Mia, die Frau, die behauptete, sie wäre sie, würde sterben! Sie sprang zurück auf die Satellitenebene und prüfte verfügbare Organisationen in Norwegen, die manipulierte Hardware der Cowboys im Einsatz hatten. Eigentlich so gut wie jede. Die NSA konnte bei Bedarf das ganze Land offline schalten.

Mia musste sich beeilen, die Zeit lief ihr davon. Wenn Alex einen Weg gefunden hatte, chirurgische Angriffe zu verhindern, würde sie jetzt das Schlachterbeil benutzen. Sie drang in das Marine Kommunikationssystem der norwegischen Navy ein. Die nutzten dieselben Better Life Schutzmechanismen wie die Flugsicherung, beim zweiten Mal ging der Hack schneller.

Sie war im System. In Reichweite sah Mia eine Küstenkorvette, ein Flugkörperschnellboot der Skjold-Klasse. Einsatzbereit. Das Stealth-Boot raste mit 60 Knoten die Küste entlang. An Bord 21 Mann Besatzung, die sie nicht hacken konnte. Computer konnten keine Waffensysteme ohne Zustimmung der Menschen an Bord starten. Für die Jungs auf dem Schiff brauchte sie eine andere Motivation.
Mia isolierte alle aktiven Funkverbindungen und simulierte einen Torpedoangriff eines russischen U-Bootes in der Nähe. Einen VA-111 Schkwal-2, der sich dem Schiff mit 200 Knoten näherte. Zeit bis zum Einschlag: knapp zwei Minuten. Simulierte Entfernung: 14 Kilometer. Zeit um Gegenmaßnahmen einzuleiten: sechzig Sekunden. Der Kapitän reagierte sofort. Er ließ die Ortung durch sein Marine-Kommando bestätigen und sich den Waffeneinsatz freigeben. Erledigt, was Mia umgehend für ihn tat.
Dann startete er zwei NSM-Raketen, Naval Strike Missiles, die mit Mach 0,9 auf den Torpedo und das U-Boot zurasten. Zeit bis zum Einschlag der Raketen: 18 Sekunden für den Torpedo und 39 Sekunden für das russische U-Boot. Mia lächelte, ob sich der norwegische Kapitän wunderte, warum ein russisches U-Boot überhaupt einen Angriff startete? Scheinbar nicht, er hatte aus der Hüfte geschossen.
Es spielte auch keine Rolle. Weder den beteiligten Russen noch den Norwegern würde etwas passieren. Die beiden Raketen, mit jeweils einem 125 Kilogramm schweren pan-

zerbrechenden Splittergefechtskopf, die Mia jetzt neu programmieren konnte, befanden sich in der Luft. Die maximale Reichweite der Waffen betrug 285 Kilometer, die Entfernung zum Krankenhaus 139 Kilometer Luftlinie. Ein knappes Manöver. Sie ließ die beiden Raketen wenden, deaktivierte jede Möglichkeit der Selbstzerstörung oder anderer Kurskorrekturen und ließ die Waffen zwei Meter über der Wasserlinie das Delta zum Otra überfliegen. Die Entfernung zum Krankenhaus, den Flusslauf entlang, betrug 240 Kilometer. Alles passte perfekt.
Die Nato und das Norwegische Militär würden zwar schnell zwei Raketen vermissen, aber keine Chance haben, sie aufzuhalten. Auch Alex nicht. Die NSM-Raketen nutzen Tarnkappeneigenschaften, um nach einem Abschuss nicht vom Feind entdeckt zu werden. Ein sehr gutes Waffendesign. Mia steuerte die Waffen den Flusslauf entlang. Einsatzzeit für 270 Kilometer Flugstrecke: 15 Minuten.

Mia hatte den Polizei-Gleiter auf dem Dach der Better Life Klinik gelandet. Mit zwei Pistolen und Reservemunition unter einer Rettungsweste versteckt, betrat sie das Dach. Den beiden Krankenpflegern, die ihr entgegenkamen, sagte sie, dass der Patient nicht transportfähig gewesen sei. Sie lachten und gingen wieder zurück.

Den Gleiter stellte sie auf Autopilot, der jetzt eigenständig zur Einsatzzentrale der Hamburger Polizei heimkehren würde.

***

XXIX. Die Welt brennt

Dieses Mal hatte sie den Bogen überspannt, Agnes lag im Bett und sah an die Decke. Sie konnte nicht behaupten, es nicht vorhergesehen zu haben. Jeder andere vielleicht, aber nicht sie. Hatte sie wirklich jahrelang studiert, promoviert und sich den Buckel krumm geschuftet, um mit 37 Jahren zu sterben? Egal, zu welch heroischen Taten ihr Geist in der Lage war, ihr Körper war es nicht.

»Wie geht es Ihnen?«, fragte Jake, der an ihrem Bett saß. Warum er? Warum versuchte er, freundlich zu sein? Wenn er sie auslachen würde, wäre sie besser damit klargekommen. Agnes befand sich inmitten eines Arrays von medizinischen Überwachungsmonitoren, Atemhilfen und Notfallgeräten.

»Scheiße …« Agnes konnte sich kaum bewegen, sie hatte Schmerzen in der Brust und Probleme, die Augen länger als ein paar Minuten offen zu halten.

»Sie sollten schlafen …«

»Erzählen Sie mir, was passiert ist!« Schlafen konnte sie, wenn sie tot war. Sie wollte wissen, was mit Alex und Lisa seit ihrem Kollaps geschehen war. Hoffentlich ging es ihnen gut.

»Die Ärzte haben verboten …«

»Jake!« Nicht jetzt, er sollte nicht anfangen, den Guten zu spielen. Jakub Allister war ein karrieregeiler Arzt, der keine Grenzen akzeptierte – wie sie – wenn man wusste, für welche Seite man sich entschieden hatte, sollte man aufhören, sich selbst zu belügen. »Haben wir unsere Vereinbarungen eingehalten?«

»Ja.« Jake pausierte. Glücklich sah er nicht aus. »Der Deal läuft. Niemand ist aus der Reihe gesprungen. Lisa und Alex hat niemand angepackt.«

»Und?« Da war doch noch mehr. Sie wollte den Teil hören, den Jake ihr nicht erzählen wollte.

»Agnes … wenn Sie sich aufregen, werden Sie zusammenbrechen. Der Krebs hat ihren Körper bereits schwer geschädigt. Der Chefarzt hat Ihnen strikte Bettruhe verordnet, er bereitet eine Chemotherapie vor.«

Agnes wollte keine Chemotherapie, auch wenn sie dabei nur gewinnen konnte. Sie fürchtete sich davor, hilflos im Bett zu liegen und auf andere angewiesen zu sein.

»Sie erzählen mir jetzt, was passiert ist!« Agnes akzeptierte nicht, in Watte gepackt zu werden.

»Es gibt Probleme …«

»Jetzt lassen Sie sich nicht alles aus der Nase ziehen.«

»Unsere technischen Teams unterstützen die Polizei bei einem schweren Brand nördlich von Hamburg. Es gibt Indizien für Brandstiftung. Im Keller wurden die Hausbesitzer tot in der Tiefkühltruhe gefunden. Beiden Opfern wurde das Genick gebrochen. Sie haben zudem eine auffällige Ähnlichkeit mit Lisa und Alex.«

»Warum sollte er das tun?« Ein Doppelmord passte nicht zu Alex.

»Fragen Sie besser, warum ‚sie' das tun sollte. Die verwendete Würgetechnik, die zum Tod des Paares geführt hat, gehörte zu Lisas Trainingsprogramm.«

»Dann, warum sollte sie das tun?«

»Wir wissen es nicht. Es gibt keine Hinweise, warum sie sich auf diese Art zwei neue Pässe organisieren wollten. Es gibt auf den Namen der Toten zwei gebuchte Flüge nach Kanada, wir überwachen die Reisewege. Ich vermute, dass die Geschichte aus dem Ruder gelaufen ist. In der Garage wurde eine dritte Leiche gefunden. Der Nachbar … scheinbar hatte er sie bei Dingen beobachtet, die Grund genug waren, ihn dafür zu töten.«

»Das ist … unbegreiflich.«

»Es gab leider noch mehr Tote. Ein Löschzug und ein Notarztfahrzeug sind auf dem Weg zum Einsatz verunglückt. Es gab in den Fahrzeugen einen nicht erklärbaren Ausfall der gesamten Elektronik. Bei dem Verkehrsunfall sind zwei Rettungskräfte gestorben und drei weitere schwer verletzt worden.«

»Ist das seine Handschrift … oder ihre?« Agnes war sich nicht sicher. Sie wusste überhaupt nichts mehr.

»Ein solcher Angriff gehörte nicht zum Trainingsprogramm von Lisa XIII. Ich möchte ehrlich sein, die taktischen Analysten in meinem Team haben keine Ahnung, wie man das anstellen sollte.«

»Alex kann das …« Agnes fehlte aber die Fantasie, ihm diesen Anschlag zuzutrauen.
»Sie könnte es von ihm gelernt haben … das ist ein Horrorszenario. Lisas taktische Leistungsfähigkeit befindet sich auch ohne seine Unterstützung auf dem Niveau eines Kommandosoldaten.«
Agnes hatte einen Fehler gemacht, ihr Plan erwies sich als Sackgasse. »Ist das meine Schuld?«
»Nein.«
»Sie können ehrlich zu mir sein.«
»Hier wird Sie niemand befragen. Die Ärzte haben nur eine Person in Ihrem Zimmer zugelassen und das bin ich.«
»Bin ich noch CEO von Better Life?«
»Nein … der Aufsichtsrat hat Sie abberufen. Sie gelten als nicht arbeitsfähig.« Jake senkte seinen Blick. Da war keine Häme, nichts dergleichen. Agnes erachtete es als grausame Laune des Schicksals, ihr ausgerechnet Jake als letzten Menschen an die Seite zu stellen, der noch ein freundliches Wort für sie übrig hatte.
Agnes hatte nicht vergessen, wie das Spiel funktionierte. Sobald sie das Krankenhaus verlassen würde, hätte sie eine Anklage zu erwarten. Dazu eine Flut ziviler Klagen. Sie war erledigt.
»Und was ist mit Ihnen?«
»Noch lassen die mich in Ruhe … aber die werden auch mich für Lisas Taten zur Rechenschaft ziehen. Sobald das Ausmaß dieser Katastrophe ersichtlich ist, werden die Be-

hörden Schuldige suchen.«

Jake stand neben ihr an der Wand. In den Augen der Staatsanwaltschaft waren sie Täter.

»Gibt es eine Spur von Alex und Lisa?«

»Das Fahrzeug der beiden toten Hauseigentümer wurde auf einer Landstraße gefunden. Ein teurer Sportwagen, der wie das Haus völlig ausbrannte.«

»Ursache?«

»EMP-Impulse, die gesamte Elektronik wurde gegrillt.«

»Alex …«

»Denkbar … es gibt Indizien, dass er im Kofferraum transportiert wurde und die Kofferraumabdeckung des brennenden Wagens mit den Fäusten aufgeschlagen hat. Die Magnesiumabdeckung lag abgerissen abseits des ausgebrannten Wracks und an der Innenseite konnten wir in den Beulen seine DNA feststellen.«

»Haben die beiden Streit?« Eine neue Facette, genauso trivial wie weitreichend. Ein Streit zwischen Alex und Lisa konnte diese fatale Entwicklung erklären.

»In der nächsten Ortschaft haben zwei Streifenpolizisten Kontakt mit Lisa und Alex gehabt. Sie hatte ihn beschuldigt, er wolle sie töten. Dann klaute sie den Polizei-Gleiter und ließ einen schlecht gelaunten Alex Baringhaus und zwei überforderte Polizisten zurück.«

»Was ist der aktuelle Stand?«

»Lisa XIII ist weiterhin flüchtig, der von ihr gestohlene Polizeigleiter ist verschwunden. Auch Alex hat sich in Luft aufgelöst, er hat die Waffen der Beamten außer Betrieb gesetzt und die beiden Männer aufgefordert wegzulaufen.«

»Und?«

»Sie sind gelaufen. So schnell sie konnten. Beide sind unverletzt, befinden sich aber in psychologischer Betreuung. Die Beschreibung, die sie von Alex gegeben haben, lässt nichts Gutes erwarten. Wie von Sinnen soll er sich verhalten haben.«

»Gib es Hinweise auf weitere Absichten oder mögliche Ziele der beiden Flüchtigen?« Für Agnes fehlte der letzte Stein im Mosaik: das Motiv. Worüber gerieten Alex und Lisa in Streit?

»Die Ermittlung laufen …«

Die Tür öffnete sich. Ein junger Offizier in Uniform betrat das Krankenzimmer. Er war vom Generalstab Ratajkowskis, das konnte Agnes an seinen Abzeichen erkennen.

»Gib es Neuigkeiten?« Jake stand sofort auf.

»Dr. Gutter, Dr. Allister, ich bitte meine Störung zu entschuldigen. Dr. Allister, ich habe Anweisung, Sie sofort in die nächste militärische Schutzanlage zu begleiten.«

»Was ist passiert?«

»Darüber darf ich keine Informationen geben.«

»Kommt die Order von General Ratajkowski?«

»Darüber darf ich keine Informationen geben.«

»Zwei Minuten.«

»Ich warte vor der Tür.« Der Offizier verbeugte sich und verließ den Raum.

»Es gibt weitere Tote …« Agnes glaubte, die Schreie der Opfer hören zu können. Menschen, die wegen ihrer Fehler leiden mussten.

»Das werden wir herausfinden!« Jake aktivierte sein Mobile und stellte auf Lautsprecher.

»Ratajkowski«, klang es kurz angebunden aus dem Gerät. *»Allister, schaffen Sie sofort Ihren promovierten Arsch in den Bunker, oder ich lasse Sie verhaften.«*

»Ich befinde mich bei Dr. Gutter.«

»Und? Sie ist nicht mehr im Spiel.« Der ‚aber' General konnte auch anders.

»Sie kann helfen …«

»Lebt sie überhaupt noch?«

»Es freut mich, Ihre Stimme zu hören«, sagte Agnes. Ein nettes Kerlchen, der General.

»Was ich nicht behaupten kann.« Ratajkowski klang wie bei einem Live-Interview während einer Wurzelbehandlung. *»Sie haben mich dazu gebracht, den schlimmsten Fehler meiner Laufbahn zu begehen … indem ich Ihren völlig bescheuerten Plan unterstützt habe.«*

»Haben wir neue Indizien der beiden Flüchtigen?«, fragte Jake.

»Indizien?« Der General schien gleich zu platzen. *»Colonel, schalten Sie Allister den Stream auf das Mobile! Er hat den Einschlag der beiden Raketen verpasst.«*

»Was für Raketen?«, fragte Agnes.

»Ja, ja … so unschuldig können nur Frauen fragen. Soll ich Ihnen mal zeigen, wozu Ihre ‚Kinder' in der Lage sind?« So angepisst hatte sie ihn noch nie erlebt.

»Oh, nein …« Agnes sah einen Stream aus der Perspektive eines schnell fliegenden Objektes, das sich dicht über der Wasseroberfläche eines Flusses bewegte. Das war die Kamera eines Marschflugkörpers im Zielanflug. Für eine Sekunde sah sie einen modernen Gebäudekomplex am Ufer des Flusses. Dann endete die Übertragung.

»In dieses Gebäude schlugen vor genau sieben Minuten zwei Splittergefechtsköpfe ein, abgeschossen von einer norwegischen Küstenkorvette … den Stream haben wir gratis bekommen.«

»Solche Waffen lassen sich nicht ohne Menschen starten«, erklärte Agnes, die spürte, dass sie ihr bisschen Restgesundheit überforderte. Alex konnte Computer besiegen, aber keine Soldaten, die nach wie vor den Einsatz von Waffen verantworteten.

»Warten Sie kurz … um die Fakten zu komplettieren: Bei dem Angriff auf die Klinik am Ufer des Otra wurden über hundert Ärzte, Krankenpfleger, Patienten und Besucher getötet. Die genauen Opferzahlen stehen noch nicht fest, da die Rettungskräfte gerade erst eintreffen.«

»Das ist schlimm!« Agnes fühlte sich absolut elend. Auch wenn es der General noch nicht gesagt hatte, ahnte sie bereits, wer der Urheber des Angriffs war.

»Es ist genau die Klinik, in der Alex Baringhaus nach dem Verkehrsunfall behandelt wurde und in der sich die aus dem Koma erwachte Mia Tymann erholte.«

»Alex war es nicht!« Für Agnes ergab diese Tragödie endlich Sinn. Alex würde Mia niemals mit einer Rakete beschießen. Lisa schon, das älteste Motiv der Welt: Eifersucht. Sie wollte mehr von ihm, als er ihr zu geben bereit war.

»Das glaube ich Ihnen sogar. Es war Lisa XIII, leider hilft uns diese Erkenntnis wenig. Sie macht die Situation sogar noch schwieriger. Sie erwähnten gerade, dass maritim gestützte NSMs nicht ohne das Zutun von Soldaten gestartet werden können. Eine richtige Feststellung. Lisa XIII gelang es, in den Nato-Kommunikations-Backbone einzudringen und die gesamte Kommunikation mit der Küstenkorvette zu manipulieren. Sie nutzte die zufällige Nähe eines russischen U-Bootes, um einen Torpedoangriff mit einer Vorwarnzeit von unter zwei Minuten zu simulieren. Der Kapitän der norwegischen Küstenfregatte handelte gemäß seinen Vorschriften. Er ließ sich die Ortung der aktiven Waffe mit dem Kurs auf sein Schiff bestätigen und passende Gegenmaßnahmen autorisieren. Selbstverständlich fand diese Bestätigung nicht statt, es gab auch keine Autorisierung von Gegenmaßnahmen. Wir vermuten aber, dass Lisa XIII das für uns tat, weswegen der Kapitän zwei NSMs abschoss,

die wenige Sekunden nach dem Abschuss die Flugbahn änderten und später die Klinik zerstörten.«

»General, gibt es weitere militärische Aktivitäten?«, fragte Jake, der Agnes' Hand hielt.

»Reicht Ihnen das noch nicht?« Ratajkowski räusperte sich. *»Die Russen nerven, die wollen wissen, warum ihr U-Boot von einem Schiff der Nato anvisiert wurde … wir haben denen erzählt, dass es eine Fehlfunktion im Waffenradar gab. Aber die sind nicht blöde, die brennende Klinik am Otra werden deren Satelliten nicht übersehen. Es ist nur eine Frage der Zeit, bis sie mitbekommen, dass Lisa XIII, ein geheimes Rüstungsprojekt der Allianz, Amok läuft.«*

»General, Sie tat es aus Eifersucht. Sie müssen Alex Baringhaus finden, er wird uns helfen, sie zu stoppen.« Nur deswegen tötete Lisa, ohne Gnade zu zeigen. Genau in dem Moment, als Alex erfahren hatte, dass Mia noch lebte, hatte es zwischen ihnen gekracht. Lisas Verhalten glich dem eines Kindes, das nur Gut und Böse kannte, nur ja oder nein, nur für mich oder gegen mich. Die zurückgewiesene Liebe eines Waffensystems, das, mit der fragilen KI eines organischen Computers ausgestattet, eine schwere Depression erlebte. Wegen ihrer Fähigkeiten drohte der Welt nun die Steinzeit.

»Glauben Sie, ich lasse mir noch einen Bären aufbinden? Ich habe es im Kreuz, wissen Sie, mehr als eines von den fetten Viechern verkrafte ich nicht.«

»General, wir werden Lisa XIII nicht mit konventionellen Waffen besiegen können. Wir brauchen seine Hilfe!«

»Und Alex Baringhaus vertrauen? Sie sind verrückt! Over und aus. Dr. Allister, Sie haben sich sofort bei mir zu melden!« General Ratajkowski wollte das Gespräch gerade beenden.

»General, warten Sie …«

»Was?«

»Packen Sie Mia Tymann auf die Liste der Opfer, damit retten Sie vielleicht ihr Leben!«

»Von mir aus!« Er legte auf.

»Sie können nichts mehr tun …« Jake versuchte, ihr gut zuzureden. Agnes Gedanken brannten, sie war sich absolut sicher, die Situation richtig einzuschätzen. Der General machte einen Fehler, Lisa war in der Lage, noch ganz andere Zerstörungen zu bewirken. Die ganze Welt war nicht mehr als ein digitales Kartenhaus, bei dem ein Fingerzeig von ihr genügte, um alles zum Einsturz zu bringen.

»Doch, ich kann etwas tun!« Agnes wollte nicht aufgeben. Sie lebte noch, also konnte sie auch kämpfen. Vielleicht konnte sie nicht mehr aufstehen, aber sie verfügte noch über die Fähigkeit, zu denken. Die Macht der Gedanken, dieser Kampf wurde nicht mit Waffen entschieden, es waren immer Menschen, die den Knopf drückten.

»Was?«

»Wissen Sie, was Ihnen blüht?« Agnes musste sich seiner sicher sein. Jake war der letzte Soldat, dem sie einen Befehl geben konnte. Nein, so nicht. Der letzte Freund, den sie um einen Gefallen bitten konnte.

»Ich werde den Job, das Geld und meinen Ruf verlieren. Die Presse wird mich zerfleischen und die Justiz für viele Jahre einsperren«, antwortete er besonnen. Interessanterweise ohne Groll, Jakub Allister war ein Mensch, den sie nicht kannte.

»Es steht Ihnen nicht, devot Ihre Bestrafung herbeizusehnen.« Agnes musste ihn provozieren.

»Bitte?«

»Jake, ich habe Sie bisher für ein Arschloch gehalten. Bitte enttäuschen Sie mich nicht … ich möchte mit dem Mann sprechen, der K-84 über Jahre vor meinen Augen verborgen halten konnte.«

»Ich kann Ihnen nicht folgen …«

»Zu Ihrer Sorge über Geld, Job und Renommee: damit würden Sie sich nicht lange grämen müssen. Ich gehe davon aus, dass Sie, ich und viele andere Menschen bald Lisas Rache erleben werden.«

»Warum?«

»Lisa begnügt sich nicht mehr damit, in fremde Computer einzudringen, sie nutzt Nato-Kommandostrukturen, um Raketen auf ihre Gegner abzufeuern.«

»Was hat das mit Ihnen oder mit mir zu tun?«

»Wenn Sie für Lisa XIII eine Liste von allen Dingen, die sie hasst, machen würden: Auf welchen Platz würden Sie sich setzen?«

»Raketen auf Hamburg?«, fragte er erschrocken. Jetzt hatte Jake ihre Sorgen verstanden. »Wie können wir das verhindern.«

»General Ratajkowski wird es nicht tun. Und Sie auch nicht, wenn Sie sich in die Obhut seiner Männer begeben.«

»Ich soll mich seinem Befehl widersetzen?«

»Sie sind Zivilist … er wird Sie dafür nicht an die Wand stellen lassen können.«

»Beruhigend.« Er zog die Augenbrauen hoch. »Agnes, was wollen Sie von mir?«

»Ich sagte es bereits dem General, Sie waren dabei: Finden Sie Alex Baringhaus, er wird uns helfen, Lisa zu stoppen.« Eine andere Möglichkeit sah Agnes nicht.

»Sogar wenn ich ihn finde, was nicht sicher ist, warum sollte er uns helfen?«

»Weil er kein Arschloch ist …« Agnes glaubte fest daran, Alex würde Jake nicht fortschicken.

»Okay … ich habe keine bessere Idee und meine Zukunft sieht so oder so scheiße aus. Wie finde ich ihn?«

»Lisa wird nicht mit diesem Zug rechnen, sie ist beschäftigt. Wir können Alex aber nicht digital kontaktieren. Wenn Lisa unseren Plan zu früh entdeckt, wird sie uns angreifen.«

»Logisch.«

»Sie werden nach Norwegen reisen. Nehmen Sie ein Better Life Sicherheitsteam mit. Martin, mein Bodyguard, wird Sie begleiten, er ist gut. Sie können ihm vertrauen. Verzichten Sie auf digitale Spuren oder Kommunikation. Fliegen Sie offline zum Krankenhaus und machen Sie sich von dort auf die Suche.«

»Er ist in Norwegen?«

»Er ist bei Mia.«

»Sie ist tot.«

»Zweimal, ich weiß. Nein, er wird sie gerettet haben. Davon gehe ich aus.«

»Wünschen Sie sich das oder wissen Sie es?«

»Wenn es Lisa gelungen wäre, Mia Tymann zu töten, hätten wir eben mit dem General, Alex' Rache erlebt. Glauben Sie mir, wir hätten es bemerkt!« Agnes wusste es nicht, sie hoffte, dass Mia noch lebte, aber sie wollte gegenüber Jake keine Unsicherheit zeigen.

Ihr Plan basierte auf einem gemeinsamen Ausflug, von dem ihr Dr. Olaf Baringhaus vor 12 Jahren erzählt hatte. Olaf und Alex beim Angeln in Norwegen. Einer der wenigen Momente, in denen sie nur Vater und Sohn gewesen waren. Olaf hatte ihr damals voller Stolz auf der Karte gezeigt, wo er mit seinem Sohn inmitten von Stromschnellen im Otra geangelt hatte. Dieser Ort befand sich keine dreißig Kilometer von der zerstörten Klinik entfernt.

»Dreißig Kilometer nördlich der Klinik befinden sich Stromschnellen im Fluss, der an dieser Stelle sehr flach ist. Alex' Zuflucht finden Sie ganz in der Nähe. Nutzen sie Drohnen, um den Wald aufzuklären. Verzichten sie aber auf jegliche digitale Kommunikation, die weiter als fünf Kilometer reicht.«

»Ich werde es tun.« Jake nickte.

Agnes lächelte, wenn sie ihren Kopf anheben könnte, würde sie ihn küssen. »Danke.«

***

XXX. Verlass mich nicht

Mia verließ das Dach der Better Life Klinik, ohne von weiteren Personen angesprochen zu werden. Auf dem Landeplatz für Helikopter und Gleiter konnten drei Einheiten gleichzeitig landen, was auch rege genutzt wurde. Nach ihrer Landung hatten bereits ein Hubschrauber und ein weiterer Gleiter aufgesetzt, um Unfallopfer abzuliefern.

Die Better Life Klinik, das größte Krankenhaus der Stadt und der Ort ihrer Geburt. Mia verband keine besonderen Erinnerungen mit der Klinik, es spielte keine Rolle, woher man stammte. Für sie zählte nur, wohin sie wollte.

Sie fuhr mit dem Aufzug hinab und dachte über ihre blonden Locken nach. Zeit, ihr Aussehen zu verändern, sie wollte keine Begegnung riskieren, bei der jemand ihre rare Zeit stehlen konnte. Sie drang über die Aufzugsteuerung in das Hausnetzwerk ein und betrachtete den Gebäudeplan.

»137«, sagte sie der Sprachsteuerung. Wenige Sekunden später öffnete sich die Tür. Sie verließ den Aufzug, bei ihrer Suche nach einer passenden Identität fiel ihre Wahl auf eine Nordafrikanerin, die ihr von Statur und Gesichtsform ähnlich sah: Dr. Aalia Barrada, eine marokkanische Dentistin, Ende zwanzig, ledig, die an diesem Tag in der Kieferchirurgie Dienst hatte. Deren Nase war zwar etwas größer als ihre, aber solche Kleinigkeiten fielen nicht ins Gewicht.

Mia öffnete den Zugang der Umkleideräume für Mediziner. Wie man im Vorbeigehen einen Keycard-Reader austrickste, hatte sie bei Alex abgeschaut. Sehr einfach, wenn man wusste, wie es ging. Sie suchte sich den richtigen Schrank, drückte ihre Handfläche auf das biometrische Schloss und knackte auch diese elektronische Sperre. Dr. Aalia Barrada, ein klangvoller Name, ob Mia in einem anderen Leben Ärztin geworden wäre? Vermutlich nicht. Aalias Erscheinung unterschied sich in einer wichtigen Kleinigkeit von der ihren, ihre blondierten Haare waren nur fünf Millimeter lang. Ein Unterschied, den Mia schnell korrigierte. Aalia hatte glücklicherweise einen elektrischen Rasierer für die Beine und die Bikinizone im Schrank.
Sie zog sich aus, ging in den Duschraum und schor kurzerhand ihre Locken ab. Die Haare verstaute sie in einem Beutel für Hygieneabfälle und warf sie in den Mülleimer.

Geduscht, geschoren, geschminkt und neu eingekleidet verließ Mia den Umkleideraum. Alex würde ihren neuen Look lieben: mit einem dunklen, figurbetonten Kostüm, dunkelgrauen Pumps und einer blauen Handtasche. Jetzt war sie eine von den erfolgreichen Frauen, die sie bei ihrem virtuellen Business Meeting bei Dr. Agnes Gutter gespielt hatte.

Erst während sie sich wieder anzog, hatte eine andere Ärztin den Umkleideraum betreten. Mia hatte sie mit dem Vornamen begrüßt und gefragt, ob heute viele Babys auf die Welt gekommen wären. Eine höfliche Frage, der Aalias Kollegin, eine ältere Gynäkologin, zufrieden und erschöpft zustimmte. Der erste Test lief erfolgreich. Mia hätte auch alle anderen Kolleginnen der marokkanischen Ärztin beim Vornamen ansprechen können. Ihr virtuelles Ich befand sich im Netzwerk, um sie laufend mit wichtigen Informationen zu versorgen.
Dr. Aalia Barrada passierte sämtliche Sicherheitsschleusen der Klinik. Einige Wachleute grüßten sie sogar, wobei bei dem einen oder anderen deutliche Absichten zu erkennen waren. Der enge Rock verfehlte nicht seine Wirkung. Mia genoss das Gefühl, begehrt zu werden, auch wenn ihre Liebe Alex gehörte.
Vor der Klinik waren es 32 und gefühlte 45 Grad Celsius in der Sonne. Ein sehr warmer Sommertag. Mia blieb nach Möglichkeit im Schatten und ging das kurze Stück zum Better Life Tower zu Fuß.
Auch hier hatte sie beim Passieren der Schleusen keine Probleme und erntete von den Wachleuten ähnlich viel anerkennende Blicke. Den Weg ins Wellnesscenter für Führungskräfte kannte sie noch gut. Ein idealer Ort für ihre nächste Aufgabe. Als Ärztin der benachbarten Klinik hatte Dr. Aalia Barrada freien Zutritt.

»Dr. Barrada, schön, dass Sie wieder bei uns sind«, begrüßte sie ein Mitarbeiter an der Servicebar im Wellnesscenter. Die Zahnärztin verkehrte hier scheinbar öfter.
»Darf ich Ihnen einen Massagetermin eintragen?«
»Später … ich möchte mich etwas ausruhen. Die Schicht heute war anstrengend.« Mia lächelte und ließ sich einen Bademantel geben. Sie schätzte die zuvorkommende Behandlung. Jemand zu sein, den man kannte, gefiel ihr gut.
»Natürlich.« Der Servicemitarbeiter ging vor und zeigte Mia ihre Liege. Um die Mittagszeit zeigte sich das Wellnesscenter gut besucht.

Mia machte es sich auf der Liege bequem, legte die Beine über Kreuz und trank etwas von dem frischgepressten Orangensaft, den sie sich bestellt hatte.
Ihren Körper ruhen zu lassen, fiel ihr nicht schwer, als ob sie sich den Bademantel auszog. Mia stand auf und drehte sich körperlos um die eigene Achse: Ghosten, wie Alex es tat. Nicht so effektiv wie ihre Art, es mit offenen Augen zu tun, aber dafür um Längen unterhaltsamer.
Als Erstes wollte sie in Norwegen die Opfer der Explosion genauer kontrollieren. Am liebsten hätte sie es direkt nach dem Einschlag der beiden NSMs getan, was leider nicht funktioniert hatte. Als erst alles gebrannt hatte, war keine technische Infrastruktur mehr übrig geblieben, die ihr virtuelles Ich hätte tragen können.

Deshalb ließ sie den Rettungskräften Zeit, die Opfer zu bergen. Erst jetzt konnte sie mühelos prüfen, ob es die falsche Schlange erwischt hatte, die ihren Namen zu Unrecht benutzte.

Mia sprang in eine der großen Datenleitungen und rauschte mit unvorstellbarer Geschwindigkeit auf eine mobile Datenzentrale zu, die von der norwegischen Polizei am Unfallort eingerichtet worden war. Eine Sachbearbeiterin der Polizei glich Listen identifizierter Opfer mit Angestellten ab, die sich zum Zeitpunkt der Explosion im Krankenhaus aufgehalten hatten. Die Ermittler hatten erst 23 Opfer zuordnen können, viele Leichen waren kaum zu erkennen. In der Zone, in der die Opfer unmittelbar von den Splitterraketen getroffen worden waren, waren gefundene Leichenteile nur wenige Zentimeter groß.

Mia Tymann stand auf der Liste, ihr Zimmer befand sich am Rand der Einschlagzone, weswegen ihre Identifikation der Polizei leicht gefallen war.

Perfekt, Mia freute sich, sie hatte es geschafft, die Lügnerin lebte nicht mehr. Alex würde jetzt nur noch sie lieben. Mia Tymann ist tot, es lebe Mia Tymann, dachte Mia, ein verrückter Gedanke, aber doch so treffend. Damit es bei den weiteren polizeilichen Ermittlungen nicht zu Problemen kam, löschte Mia alle Informationen über die Leiche. Dann ließ sie sich zurück in ihren Körper fallen, lächelte und trank einen weiteren Schluck des Orangensaftes. Diesen Teil ihres Planes erachtete sie als erledigt. Jetzt musste sie nur noch Alex finden, was nicht allzu schwer sein dürfte.

Mia drang erneut in das Netzwerk ein und arbeitete kreisförmig sämtliche Polizeimeldungen ab, die nach dem Zwischenfall mit dem Streifenwagen in der kleinen Ortschaft angefallen waren. Nichts. Die letzte Meldung stammte von den beiden Polizisten, die vor ihm weggelaufen waren. Danach gab es im Umkreis von dreißig Kilometern keinerlei Sichtung oder andere dokumentierte Besonderheiten. Er hatte sich aus dem Staub gemacht. Klar, zu diesem Zeitpunkt war es die beste Idee gewesen, unterzutauchen. Bestimmt war er weiter nach Norden gereist. Sie erweiterte den Suchradius.

Wenn es möglich war, nutzte sie auch Verkehrskameras, die es allerdings auf dem Land nicht flächendeckend gab. Immer noch nichts. Er verstand es wirklich, nicht gesehen zu werden.

Wo bist du, dachte Mia und suchte weiter. Der Polizei lag in ganz Nordeuropa keinerlei Meldung vor. Sie suchten ihn aber auch nicht, jedenfalls nicht gemäß den Einträgen in Fahndungsdatenbanken oder ähnlichen ermittlungstaktischen Protokollen.

Hatte er sich verletzt, fragte sie sich und überprüfte alle Krankenhäuser in der Nähe nach Patienten mit einer Körpergröße über 1,90 und unter dreißig Jahren. Auch nichts. Sie überprüfte Leichenhäuser, zum Glück ebenfalls keine Treffer.

Mia war noch nicht fertig, sie überprüfte Busreiseunternehmen, die Europäische Bahn, Fluggesellschaften, Mitfahrportale und Schifffahrtsunternehmen.

Binnen der nächsten sechs Stunden durchsuchte Mia 14.867 Indizes, Datenbanken und Quellsysteme nach einem Lebenszeichen von Alex Baringhaus. Damit im Wellnesscenter niemand Verdacht schöpfte, machte sie öfter Pausen. Sie zapfte Bildsysteme, Drohnen und Satelliten an, sie nutzte jegliche technische Möglichkeit, die sie über das Internet ansprechen konnte. Sie fand keinerlei Spuren von ihm.
Suchtreffer zu Lisa XIII fand sie in diesem Zusammenhang tausendfach. Polizei, Nachrichtendienste und Militär suchten nach einer jungen Frau, der die Ermordung zahlreicher Opfer zur Last gelegt wurde. Ein Richter stellte sogar einen internationalen Haftbefehl gegen Lisa XIII alias Lisa Vicario aus.
Mia lachte, dass diese Dummköpfe von der Polizei es nicht begriffen, Lisa war längst tot. Vergraben und vergessen. Es gab sie nicht mehr. Na ja, mit der Zeit würden sie es begreifen und die Suche bestimmt irgendwann einstellen.
Die Frage blieb, wo sich Alex aufhielt, die Suche nach ihm bereitete ihr inzwischen einiges Kopfzerbrechen. Die Reichweite moderner Netzwerke war gigantisch, aber nicht weltumspannend. Nicht an jedem Baum befand sich

ein digitales Bildsystem, dessen sie habhaft werden konnte. In den europäischen Metropolen schätzte sie die Abdeckung auf über 97 Prozent. In den ländlichen Regionen nur bei 32 Prozent und in den Randzonen, die sie nur mit Hilfe von Drohnen und Satelliten im Blick hatte, bei nicht mehr als 24 Prozent. Zwischen den Zahlen existierte viel Raum, um sich zu verstecken.

Aber würde sich Alex vor Mia, würde er sich vor ihr verstecken? Nein, natürlich nicht, er liebte sie, das wusste sie genau. Aber was wäre, wenn er gefangen gehalten wurde? Das würde sie denen zutrauen. Ja, das würde sie.

Es gab nur eine Möglichkeit, dieses Szenario zu überprüfen, sie musste mit ihren Gegnern reden. Better Life, andere Konzerne, die Polizei, andere Sicherheitsbehörden, Nachrichtendienste oder das alliierte Militär? Die Liste möglicher Gegner wuchs, je länger sie nachdachte. Sie befand sich in Europa, wo alle Fäden letztendlich in einer militärischen Organisation zusammenliefen. Das strategische Oberkommando der westlichen Allianz, dort würde sie jetzt einchecken.

Access denied. Das hatte sie bereits erlebt. War das Alex? Nein, das hätte keinen Sinn ergeben.

Access denied. Wieder ein Fehlschlag. Dieser Zugriffsschutz zeigte sich widerspenstig.

Mia konzentrierte sich, sie visualisierte eine riesige Wand vor ihrem virtuellen Ich, die bei jedem gescheiterten Zugriffsversuch die Farbe veränderte. Zuerst gelblich, dann mehr grünlich und jetzt dunkelblau. Sie dachte an Alex' Worte und verkleinerte ihre Erscheinung. Dummerweise, ohne dass dabei die Oberfläche neue Strukturen hervorbrachte. Egal, wie klein sie wurde, die Barriere behielt ihr spiegelglattes Finish.

Access denied. Es funktionierte nicht. Mia versuchte sich seitlich an der Barriere vorbeizubewegen, konnte aber auch nach minutenlanger Suche keinen erfolgsträchtigen Angriffspunkt ausmachen.

Machte sie einen Denkfehler? Also zurück zum letzten Netzknoten. Von dort aus weiter zu einem anderen Zugang und wieder frontal auf das Netzwerk zu.

Access denied. Dieses Netzwerk nutzte komplett andere Strukturen. Da hatte sich jemand etwas Neues einfallen lassen. Mia bemerkte, dass sie überhaupt keine Kommunikationsstränge durch die Barriere wahrnehmen konnte. Ein geschlossenes Netzwerk? Womöglich der perfekte Schutz, aber nicht sehr praxistauglich.

Mia sprang zurück und meldete sich bei einen Voice-over-IP[9] Provider an, dann wählte sie eine Hamburger Telefonnummer der Nato und wartete darauf, dass jemand

---

[9] VoIP = Digitales Telefonieren über IP-Netzwerke

den Hörer abnahm. Ihren Standort maskierte sie mit 102 in Reihe geschalteter Proxy Servern in Russland, Asien und Südamerika. Solche Techniken benutzten eigentlich nur Anfänger, eine für ihr Selbstverständnis als Hacker sehr peinliche Situation.

»Guten Tag, wie kann ich Ihnen helfen?«, fragte eine nette Frauenstimme, ohne die Organisation zu nennen.

»Ich möchte gerne meinen Sachbearbeiter sprechen, ich bin …«

»Ich verbinde …«

Die Frau wartete nicht darauf, dass sie sich erklärte. Hoffentlich würde das Gespräch nicht noch peinlicher werden. Es knackte in der Leitung, ein Heer von Spionagesystemen würde jetzt sicherlich versuchen, sie ausfindig zu machen.

»Hallo Lisa.«

Mia hasste es, so angesprochen zu werden. Es dauerte nur zwei Sekunden, da lagen die ersten 12 Proxys ihres Schildwalls auf dem Rücken. Jetzt würde sie es mit anderen Gegnern zu tun bekommen.

»Ich möchte einen Deal, für jeden gefallenen Proxy eine NSM auf Norwegen, ich habe schon 18 Krankenhäuser gut …«

»Wir hören auf damit …«, erklärte eine Männerstimme. Bei Proxy Server Nummer 76 hörten die Angriffe auf. Das roch nach Supercomputing der NSA, niemand sonst würde Proxys in diesem Tempo aus den Stiefeln schießen

können.
»Mit wem spreche ich?«
»General Stanislaw Ratajkowski, kommandierender Offizier im Mission-Control-Center und Oberbefehlshaber der europäischen Luftwaffe.«
Mia versuchte, seine Stimme zu deuten, harmlos war dieser Soldat nicht. Genauso wenig wie seine digitalen amerikanischen Söldner. Sie wollte sich auf keine Spielchen mit ihm einlassen und von Anfang an den Takt angeben.
»General, ich möchte Alex Baringhaus sprechen.« Nicht mehr und nicht weniger.
Ein Moment der Stille entstand.
»Er ist nicht hier.«
»General, Sie schätzen die Lage falsch ein. Das war keine Bitte. Ich verfüge über ausreichend Feuerkraft, um Europa für alle Zeiten zu verändern.«
»Das wissen wir«, antwortete er. *»Wir bemühen uns, ihn an eine Leitung zu bekommen. Es dauert etwas, er ist auf einer Marinebasis in Norwegen.«*
»Lassen Sie ihn frei. Sie haben sechzig Minuten, dann will ich seine Stimme hören.« Mia trennte sie Verbindung. Scheiße, was für ein mieses Gespräch. Alex sollte auf einer Marinebasis sein? Das war eine Lüge. Okay, sie konnte in dieser Situation keine ehrliche Aussage von dem General erwarten.

Sechzig Minuten später. Mia hatte die Zeit genutzt, ihre Proxy-Söldner-Armee zu verstärken. Sie hatte auch sämtliche Marine Standorte in Norwegen inspiziert, was ihr mittlerweile nur noch zu 40 Prozent gelang. Ihre Gegner nahmen immer mehr Standorte in die Phalanx dieser neuen Firewall auf. Drecksding, sie hatte keine Ahnung, wie sie diese Barriere knacken konnte.

Sie öffnete die Verbindung.

»Ratajkowski.«

»Ich will Alex sprechen.« Ein Gespräch mit dem General würde sie nicht weiterbringen.

»Wir brauchen mehr Zeit ...«

»Um mir Alex zu geben, oder um Ihre Scheiß-Firewall auszubauen?«

»Die Situation ist kompliziert.«

»Ich helfe Ihnen ... lassen Sie sich von Ihrem Radar-Operator den Luftraum über der Ostsee anzeigen. Aktuell befinden sich dort zwei russische MIG-37B Abfangjäger, die Sie natürlich nicht sehen können, da die Flugzeuge keine Radarsignatur haben. Gerade jetzt haben die beiden Piloten den Kontakt zu ihrem Oberkommando verloren, was sie natürlich nicht bemerken, weil sie mit mir sprechen. Nette Jungs, ich liebe es, russisch zu reden.«

»Was haben Sie vor?« Der General klang bereits deutlich nervöser als zuvor.

»Ich habe den Piloten bestätigt, dass ein russisches U-Boot von den Norwegern versenkt wurde und ihnen den Einsatz von vier AS-19 Krypton Luft-Boden-Raketen freigegeben. Der Start der Waffen erfolgt jetzt. Und genau jetzt gehören die vier Vögel mir. Die Selbstzerstörung ist deaktiviert und meine Kurskorrektur ist von den Russen nicht mehr rückgängig zu machen.«

»Das ist Wahnsinn!«

»Dann verschwenden Sie nicht meine Zeit!« Mia wollte ernst genommen werden. »Ich will Alex sprechen!«

»Es geht noch nicht!«

»Ich gebe Ihnen die Position der beiden MIGs. Sie können mit den Russen verhandeln, was mit den Piloten passiert … die wundern sich gerade über die Kursabweichungen ihrer Raketen.«

»Wir werden Ihnen Alex Baringhaus geben.«

»Die Waffenausführung Ch-34P fliegt mit Mach 5 auf ihr Ziel zu und hat eine Reichweite von 230 Kilometern. Die Ladung des Gefechtskopfes beträgt 320 KG Komposite-Sprengstoff, eine Ladung, die der Sprengkraft von 16 Tonnen konventionellem TNT entspricht. Sie können rechnen … die Waffen werden Hamburg treffen.«

»Mein Gott, hören Sie auf damit. Sie haben gewonnen, wir tun, was Sie wollen!«

»Natürlich tun Sie, was ich will. General, daran habe ich nie gezweifelt. Ich möchte Alex Baringhaus sprechen!«

»Er ist noch nicht erreichbar!«

»General, Sie glauben nicht, wie wertvoll Zeit ist.« Der General log, Alex konnte online gehen, sobald sie das Netzwerk für ihn öffneten. »Die Flugdauer betrug beim Start 139 Sekunden. Zeit, die Sie verschwenden. Zeit, die Menschen mit dem Leben bezahlen werden. Zeit, von der Ihnen noch 45 Sekunden bleiben.«

»Wir tun alles, damit Sie mit Alex sprechen können!«

»Tun Sie es schneller!«

»Sie können doch keine Großstadt bombardieren!«

»In 30 Sekunden.«

»Es werden Tausende sterben …«

»Ich rechne mit 4.500 Toten je Rakete und sehr viel mehr Verletzten.« Danach würde der General sie nicht mehr warten lassen. Und wenn sie Alex bereits umgebracht hatten, dann wäre das erst der Anfang ihrer Rache.

»Bitte, meine Familie lebt in Hamburg.«

»Noch zehn Sekunden.« Mia spürte, dass der General immer noch bluffte. Ein Fehler, den er nicht wiederholen würde. »Ich melde mich in sechzig Minuten. Ich hoffe, mich dann nicht wiederholen zu müssen. Es liegt an Ihnen, wie dieser Tag ausgeht!«

Das Telefonat wurde unterbrochen. Eins, zwei und drei. Drei der vier Raketen schlugen in Hamburg ein. Eine wurde ausgeschaltet.

Mia fiel in ihren Körper zurück. Der ganze Boden wackelte, Gläser fielen auf den Boden und die Lichter gingen aus.

***

Vergeben

XXXI. Für Mia

Alex sprang über den Wasserlauf, der sich auf dem Weg vor ihm gebildet hatte. Die Natur kümmerte es nicht, den steil ansteigenden Trampelpfad wie eine Mondlandschaft zu zerklüften. Es regnete in Strömen. Sommer in Norwegen konnten bisweilen sehr feucht sein. Wasser suchte sich immer seinen Weg. Egal aus welcher Richtung, daran würde der Mensch nichts ändern. Was er auch nicht wollte, ihm würde es genügen, seine trockene Hütte zu erreichen.

Er ging weiter, gleich hatte er es geschafft. Vor ihm lag die letzte Anhöhe. Alles, woran er denken konnte, war Mia. Sie musste einfach seine Nachricht rechtzeitig bekommen haben, die er ihr hatte zukommen lassen. Sie solle das Krankenhaus sofort verlassen, hatte er geschrieben, sie befände sich in Lebensgefahr. Minuten vor dem Raketeneinschlag, Zeit genug, um zu flüchten. Aber Mia wäre nicht Mia gewesen, wenn sie nicht dafür gesorgt hätte, das Krankenhaus evakuieren zu lassen. Alle hatten es nicht geschafft, aber mit einer geretteten Seele, rettete man bereits die ganze Welt. Ohne sie wären die Opferzahlen bei dem Terroranschlag weitaus höher gewesen. Seine Mia, er liebte sie mehr als sein eigenes Leben.

Lisa hatte jegliches Maß verloren, aus kranker Eifersucht nahm sie den Tod Hunderter Unbeteiligter in Kauf. Wahnsinn, in ihrem Kopf schien mehr als eine Sache neben der Spur zu laufen. Völlig durchgeknallt, die Ärzte, die sie geschaffen hatten, hatten unverantwortlich gehandelt, als ob man eine Zwölfjährige, mit der niemand tanzen möchte, mit einer 10 Millimeter Automatik auf die Schulparty schicken würde.
Wollte er sich deswegen an Lisa rächen? Wollte er sie bestrafen? Nein, das war nicht seine Aufgabe. Bei den Verbrechen, die sie begangen hatte, dürfte in der Schlange der Hinterbliebenen, die ihren Tod herbeisehnten, ohnehin kein Platz mehr für ihn sein. Niemand konnte sich die ganze Welt zum Feind machen. Andere würden Lisa legal für ihn zur Strecke bringen, das genügte ihm.
Alex war jetzt schon Stunden unterwegs, er hatte sich nach Norwegen durchgeschlagen. Per Anhalter, ein nettes Lehrerpaar aus Kiel, die am Otra angeln wollten, hatte ihn in einem zivilen Gleiter mitgenommen. Sie waren über das Meer geflogen, sonst hätte er die Reise nicht so schnell geschafft. Für das letzte Stück entschied er, zu Fuß zu gehen. Durch den Wald, seinen Wald, hier war er zu Hause.
Ob Mia schon da war? Sie hatte einige Stunden Vorsprung. Wenn sie es denn geschafft hatte. Nein, diese Frage wollte er sich nicht stellen. Er entschied, dass sie es geschafft hatte. Punkt. Mia hatte überlebt, eine andere Wahrheit wollte er nicht akzeptieren.

Jetzt konnte er die Hütte sehen, über die der dichte Regen wie ein grauer Schleier seine Flügel ausbreitete. Der Himmel über ihm war dunkelgrau und düster. Eine beklemmende Situation, Alex spürte, wie die Angst nach seinem Herzen griff. Er könnte alles aushalten, aber nicht, ohne Mia zu leben. Gemeinsam mit Lisa Trost zu finden, war nicht mehr als eine Illusion: nie wirklich, immer gefährlich und letztendlich tödlich.

Alex stand minutenlang im Regen vor seiner Hütte. Er traute sich weder zu rufen, noch die Tür zu öffnen. Alles sah hier noch genauso aus, wie an dem Tag, als Mia und er das Blockhaus verlassen hatten: Der Tisch, auf dem Mia immer Brot gebacken hatte, stand im Regen. Genauso wie seine Angel, die sich ebenfalls exakt an der Stelle befand, an der er sie an das Haus gestellt hatte. Trotzdem hatte sich alles verändert, nichts würde mehr so sein wie zuvor.
An einer Fensterscheibe neben der Tür sah er eine flüchtige Bewegung. Wer war das? Eine weibliche Stimme fing an zu rufen, nein, zu schreien, Alex erlebte diesen Moment wie einen Traum. Er fiel auf die Knie. Die Tür flog auf und Mia rannte wie eine Furie auf ihn zu.
Barfuß, sie trug noch das Hemd aus dem Krankenhaus, blut- und dreckverschmiert. Auch die dunklen Locken klebten nass auf ihrer Haut. Sie schrie, sie weinte und sie rannte ihn über den Haufen. Er hielt sie fest, so fest er konnte, er würde sie nie wieder loslassen. An Reden war

in diesem Moment nicht zu denken, es gab ohnehin keine Worte, um dieses Gefühl auszudrücken. Alex glaubte, sie Jahre nicht gesehen zu haben, dabei war es keine Woche gewesen. Er ließ es geschehen. Nur sie zählte. Die Freude, Mia wieder in den Armen zu halten, ließ ihn alles um ihn herum vergessen.

Wie lange Mia und er im Dreck gelegen hatten, wusste er nicht. Es hätten auch Jahre sein können. Trotzdem gelang es ihnen irgendwann, in die Hütte zu gehen.

»Ich wusste immer, dass ich dich wiedersehe«, sagte Mia, während sie Wasser für Tee kochte. Beide hatten sich trockene Sachen angezogen. Alex sah sie an und lächelte.

»Wer ist diese Lisa, die mich töten will?«

Alex erzählte die ganze Geschichte: Wie er nach Hamburg kam, aus der Klinik floh, sich bei Marie versteckte, die erste Begegnung mit Lisa, die toten Polizisten am Bahnhof, der Handel mit Dr. Gutter, die Flucht nach Norden, sein Kampf mit Lisa, ihr Amoklauf und seine Rückkehr nach Norwegen.

»Und sie sieht aus wie ich?«

»Ja.« Alex erinnerte sich genau an die erste Begegnung am Bahnhof, als er geglaubt hatte, Mia zu sehen.

»Und du hast sie geküsst?«

»Mehr aber nicht …«

Mia lächelte. »Ich verzeihe dir.«

Alex betrachtete seine Mia, die eine gelbe Wollstrumpfhose und ein violettes T-Shirt mit pinken Punkten trug. Ein Gedanke schoss ihm wie ein heißer Speer in den Kopf. Er hatte zuerst um Mia getrauert und sich dann um sie gesorgt, aber sie war nicht allein, sie war schwanger gewesen. Erschrocken sah er auf ihren Bauch, an dem verständlicherweise noch keine Wölbung zu sehen war.
Sie bemerkte seine Reaktion und strich sich über den Bauch. »Dem Kind geht es gut.«
»Wirklich?«, fragte er erleichtert.
»Dem Kleinen ist bei dem Unfall nichts geschehen.«
»Ein Junge?«
»Wer weiß …«
»Ein Dickkopf, wie seine Mutter.«
»Das sagt der Richtige …« Mia stellte ihm eine Tasse heißen Tee auf den Tisch.
»Wir sollten Norwegen verlassen … noch heute.« Wohin wusste er nicht, Hauptsache weit weg von jedem Ort, an dem man sie finden konnte.
»Lisa?«
»Lisa, das Militär, die Polizei, die Nachrichtendienste, Better Life … such dir etwas aus. Ich traue keinem von denen.« Agnes würde nicht die ganze Meute an der Leine halten können. Alex blickte zum Fenster, da war etwas in der Nähe.
»Du machst mir Angst …«

Alex stand auf und verließ die Hütte. Barfuß, nur mit einer Jeans und nacktem Oberkörper. Es regnete immer noch. Sogar stärker als zuvor. Bei dieser Witterung wurden digitale Datenströme von der statischen Elektrizität der Wolken überlagert. Es fiel ihm schwer, die Signale zu deuten. Interessanterweise gelang es ihm mit der Zeit immer besser, auch mit offenen Augen Vorkommnisse im digitalen Raum wahrzunehmen. Eine Sache, die er von Lisa gelernt hatte.

»Komm in die Hütte!«, rief Mia, die im Türrahmen stehen blieb und ihm zuwinkte.

Alex sah nach oben und entdeckte eine Drohne, die keine fünf Meter über der Hütte schwebte. Das war nicht Lisa, das spürte er sofort. Er griff in das System ein und ließ die Drohne auf Augenhöhe absinken.

»Zeigen Sie sich!« Er wollte sehen, wer ihn aufgespürt hatte. Es war naiv, anzunehmen, ein perfektes Versteck gefunden zu haben. Die Welt war zu klein, um fortzulaufen.

Aus dem Regen standen zwischen den Bäumen dunkel gekleidete Männer auf, die ihn zuvor beobachtet hatten. Special Forces, vollständig analog ausgerüstet, er hatte sie nicht sehen können, auch ihre Waffen konnte er nicht ausschalten. Wenn sie ihn hätten erschießen wollen, wäre er bereits tot gewesen. Die Gelegenheit dazu hatten sie gehabt. Nein, die wollten etwas anderes von ihm.

»Hallo Alex.« Mit ihm hatte er in Norwegen nicht gerechnet. Dr. Jakub Allister, begleitet von vier Kommandosoldaten oder Better Life Securities, was auf dasselbe herauskam. In dem Technologiekonzern arbeiteten keine Amateure.

»Dr. Allister.«

»Sie können mich Jake nennen.«

»Jake, was machen Sie hier?« Eine rhetorische Frage, Jake wollte zu ihm. Erschreckend, dass er ihn so schnell hatte finden können, würde Lisa das auch können?

»Ich habe Sie gesucht.«

»Jetzt haben Sie mich gefunden.« Alex freute seine Anwesenheit nicht. Was wollte Dr. Frankenstein von ihm?

»Sollen wir in die Hütte gehen?«

»Bitte.« Alex wusste noch nicht, ob er das wollte. Aber mit vier Kommandosoldaten verfügte Jake über gute Argumente, von denen ihn einer entspannt ansah und die drei anderen das Umfeld sicherten. Die fürchteten weniger ihn, als eher das, was auf sie zukommen könnte.

***

XXXII. Vertrauen

Alex ließ Allister alles erzählen, was in Hamburg passiert war. Eine längere Schilderung, die gerade wegen der Toten und Agnes' Krebserkrankung im fortgeschrittenen Stadium schwer zu ertragen war.

Ihn einfach Jake zu nennen, täuschte eine freundschaftliche Beziehung vor, die zwischen den beiden Männern nicht existierte. Er war der Vater Lisas, er hatte die Entscheidung getroffen, sie auf die Straße zu lassen, ‚Jake' stand für alles, was Alex an diesem dekadenten System verabscheute: Eitelkeit, Gier und Rücksichtslosigkeit. Glaubte dieser Geck wirklich, ihn mit dieser Geschichte überzeugen zu können? Wie sollte Alex die Wahrheiten von den Lügen unterscheiden? Selbst sein kindliches Zutrauen Agnes gegenüber erachtete er bei näherem Nachdenken als naiv und gefährlich.

»Was wollen Sie von mir?« Alex kniff die Augen zusammen. Wer in dieser Welt noch an den Weihnachtsmann glaubte, wurde von einem Schlitten überfahren.

»Ich bin Wissenschaftler, ich arbeite kausal, immer Schritt für Schritt. Mein erstes Ziel war, Sie zu finden.« Jake konnte man die Anspannung anmerken. Martin, einer der Soldaten aus seiner Truppe, saß am Tisch und trank schweigend Mias Tee. Der Typ brachte mehr Gewicht auf die Waage als Alex.

»Wir sind schon weiter …«

»Dann galt es, Sie mit aktuellen Informationen zu versorgen.«

»Das haben Sie getan.« Vermutlich mit mehr Informationen, als Alex wissen wollte. Er hatte Lisas mörderische Absichten vorhergesehen, sie agierte wie eine Psychopatin, sie liebte, hasste und tötete. Genau in der Reihenfolge und ohne die Gefühle zu verstehen, die sie bewegten. Alex hätte das in dieser Art nicht gekonnt, ihm fehlte die militärische Ausbildung, um die Klaviatur der von ihr benutzten Waffensysteme zu spielen.

»Wissen Sie, warum Dr. Gutter an Sie glaubt?«, fragte Jake, der ein weiteres Register seiner Redekunst zog. Eine Frage, auf die Alex die Antwort bereits kannte: Agnes hatte seinen Vater geliebt und litt heute noch unter dem Verlust.

»Sagen Sie es mir …«

»Im Gegensatz zu ihr habe ich Ihre ablehnende Haltung erwartet. Fast jeder Mensch würde an Ihrer Stelle so reagieren, aber Agnes hält Sie nicht für beliebig. Sie sagte, weil er kein Arschloch ist, genau mit diesen Worten hat sie mich losgeschickt. Verrückt, oder?«

»Und jetzt wollen Sie sehen, wie ich reagiere?« Alex fiel es schwer, cool zu bleiben.

»Ich sehe es bereits …«

»Ja?« Alex wurde wütend.

»Sie hatte recht … ich hätte früher auf sie hören sollen.«

»Sie wissen gar nichts!« rief Alex und stand auf. Mia legte ihre Hand an seinen Arm, sah ihn an und zwang ihn mit einem Blick, sich wieder hinzusetzen. Das war nicht fair!

»Mein Wissen spielt dabei keine Rolle. Ich bin nur der Bote …« Jake sah Mia an. »Sie weiß es auch.«

Alex saß in der Falle, gefangen von einer Erwartung, der er gerade nicht entsprechen wollte. Er wollte sich nicht benutzen und später wie ein gebrauchtes Taschentuch wegwerfen lassen.

»Er wird Ihnen helfen«, sagte Mia.

Alex ließ den Kopf hängen.

»Heute ist nicht der Tag, über seinen Stolz zu stolpern«, sagte Jake und lächelte ihn vorsichtig an. »Glauben Sie mir, ich weiß, worüber ich spreche.«

»Und wie stellen Sie sich das vor?«

»Sie werden mir helfen, noch einen wichtigen Menschen über seinen Stolz nachdenken zu lassen.«

»Wen?«

»General Stanislaw Ratajkowski, Oberbefehlshaber der europäischen Streitkräfte, er koordiniert den Einsatz, um Lisa zu stellen.«

»Sie sind nicht im Auftrag der NATO hier?« Das überraschte Alex.

»Ähm nein … leider nicht.«

»Wer sind Sie?«

»Ich habe es Ihnen bereits gesagt, Dr. Gutter schickt mich … Sie glaubt an Sie und ich möchte nicht von meinen Fehlern aufgefressen werden.«

»Das Militär kennt diesen Ort nicht?«

»Den kennt niemand. Na ja, außer Ihnen, uns und Agnes. Sie kam darauf, weil Ihr Vater vor zwölf Jahren ihr gegenüber einen Angelausflug am Otra erwähnt hat. Als dann Lisa mit zwei NSMs die Klinik gesprengt hat, wusste sie, wo ich Sie zu suchen habe.«

Alex nickte. Agnes war eine kluge Frau. Die Informationen besagten auch, dass es vermutlich keine Spuren gab, die Lisa zu dieser Hütte führen könnten.

»Wie können wir mit dem General sprechen?« Alex konnte nur noch nach vorne.

»Wir haben einen Laser-Satelliten-Uplink dabei, ein geostationär ausgerichteter Satellit wartet auf unser Signal. Wir können sofort online gehen.«

»Dann offenbaren wir unseren Standort.«

»Nein … das Militär nutzt ein geschlossenes Netzwerk. Die haben alles, was möglich war, abgeklemmt. Lisa kommt da nicht rein.«

»Und wie schaffen wir das?«

»Wir klopfen an die Tür.«

»Ich verstehe … wir müssen es versuchen. Sagen Sie dem General, dass ich bereit bin, mit Lisa zu sprechen.«

»Danke.« Jake öffnete einen Rucksack und holte die Konsole des Sat-Links hervor.

»Wo ist der Laser-Impulsgeber?«

„Der schwebt über uns in einer Drohne. Ich hoffe, das Wetter macht uns keinen Strich durch die Rechnung.« Jake aktivierte das Netzwerk und sendete eine Nachricht an den General.

»Dr. Jakub Allister … habe ich Ihnen nicht die Order gegeben, sich in meinem Bunker einzufinden?« Als guter Freund von Jake ging der General nicht durch.

»Das haben Sie.«

»War meine Anweisung unpräzise?«

»Nein … ich habe Sie deutlich vernommen.«

»Aber Sie sind meiner Anweisung nicht gefolgt …«

»Das ist richtig.«

»Befinden Sie sich bereits auf dem Mond, dem Mars oder in einem Paralleluniversum?«

»Ich bin in Norwegen.«

»Norwegen … schönes Wetter dort?«

»Es regnet.« Jake räusperte sich. »General, bei allem Respekt, wir haben keine Zeit. Sie können mich später für meine Taten zur Rechenschaft ziehen lassen. Ich sitze neben Alex Baringhaus. Er ist bereit, uns zu helfen.«

»Das finden Sie lustig, oder?«

»Notwendig.«

»Wissen Sie, was Lisa getan hat?«

»Sie hat eine Klinik in Norwegen bombardiert.«
»Oh ja … das hat sie. Es wurden bisher 146 Tote geborgen. Eine Tragödie, die aber nichts im Gegensatz dazu ist, was ihre ‚Kleine' in Hamburg angestellt hat.«
»General, darüber habe ich keine Informationen. Was ist in Hamburg passiert?«
Alex ahnte bereits Schlimmes, es war falsch zu hoffen, Lisa von anderen für ihre Taten bestrafen lassen zu können.
»Sie hat Hamburg mit vier russischen Luft-Boden-Raketen angegriffen. Eine Waffe konnten wir mit einer seegestützten Gatling-Maschinenkanone unschädlich machen. Die drei anderen Raketen sind in Hamburg detoniert. Wir gehen bisher von 16.000 Toten aus. Europa hat den Bündnisfall und das US-Militär DEFCON 1 erklärt, die NATO befindet sich ab heute im Krieg.«
Alex schluckte, er musste es tun, er musste sie finden und zur Strecke bringen. Egal, was es kostete, er musste sie aufhalten.

***

XXXIII. Risse in der Phalanx

Alex schloss die Augen und löste sein virtuelles Ich von seinem Körper. Von seiner Blockhütte blieb nicht mehr als eine weiße Ebene, wie ein zugefrorener See, auf dem es vor Kurzem geschneit hatte. Über ihm ein weites Grau, das wie eine hochstehende Wolkendecke aussah. Nicht eine bunt leuchtende Datenleitung trübte diese Winterlandschaft, die natürlich keine war. Sein Verstand gaukelte ihm dieses Bild vor. Die Realität war wesentlich langweiliger.

»Alex, können Sie mich hören?«, fragte Jake über ein Headset.

»Laut und deutlich.«

»Sehen Sie den Uplink?«

Alex dreht sich herum, die Satellitenleitung, die wie ein dunkelrot glühender Eisenstab in den Himmel ragte, war nicht zu übersehen. Ihm stand eine Bandbreite von zwei Terabit mit einer Latenz von unter 15 Millisekunden zur Verfügung. Auch wenn der Vergleich hinkte, er war schon langsamer unterwegs gewesen.

»Ich trete jetzt in den Stream ein.« Das glühende rote Licht zerriss seine virtuelle Erscheinung, um sie Millisekunden später neu aufzubauen. Er schoss wie ein Komet dem grauen Himmel entgegen. Über die übliche Richtung von Kometen nachzudenken, lohnte sich nicht. Die Visualisierung von IP-Netzwerken in seinem Unterbewusstsein hatte schon früher oft seltsame Züge angenommen. Man sah, wer man war. Fühlte er sich gut, waren die Farben warm, verspürte er Furcht, wirkte das Szenario bedrohlich.

»Der General hat uns den Upload in eine Sandbox erlaubt, dort können Sie mit den Leuten aus seinem Stab sprechen.« Jake vermittelte deutlich die Grenzen seines Einflusses. Alex war ab sofort auf sich gestellt.

»Jake, passen Sie auf Mia auf.« Alex brachte dem gefallenen Arzt mehr Vertrauen entgegen, als es gut war. Mia, wie auch er, war in dieser Situation leicht angreifbar.

»Ihr wird nichts passieren. Alex, ich zähle auf Sie, ich möchte wieder nach Hamburg. Wenn Sie scheitern, kann ich mir eine Hütte am Nordpol bauen.«

»Hier spricht General Ratajkowski.« Der Chef nahm ihn persönlich in Empfang. Alex schwebte über den Wolken, nein, seine Wahrnehmung veränderte sich. Er saß in einer zwei Meter großen Kiste, die noch nicht einmal genug Platz bot, um in die Ecke zu pissen.

»General.« Alex blieb das Vertrauensproblem des kommandierenden Offiziers nicht verborgen. Seiner Meinung nach eine Berufskrankheit, wer den ganzen Tag mit einem Hammer in der Hand herumlief, für den unterschieden sich alle Probleme dieser Welt nur als kleine, mittlere und große Nägel.

»Wie soll ich Sie anreden?«

»Nennen Sie mich Alex.«

»Alex, unsere Techniker werden Sie gleich einweisen ... ich bitte Sie um ein wenig Geduld.«

Schon klar, einweisen nannte man das jetzt, die hatten ihn in einen Käfig gesteckt und suchten das richtige Ende, um ihm eine Sonde in den Arsch zu stecken.

»Soll ich der NSA helfen, meinen temporär-binären Code zu analysieren?« Die setzten gerade die gesamte Rechenpower von Fort Meade ein, um sein Speicherabbild zu sezieren.

»Das verstehen Sie falsch ...«

»General, wissen Sie, Sie hätten Dr. Allister zuhören sollen, dann könnten Sie sich zumindest im Ansatz vorstellen, wie ich funktioniere.« Alex ließ die Größe seiner Erscheinung anwachsen und sprengte die lächerliche Kiste eine Sekunde später auf. »Versuchen Sie nicht, Lisa damit einzufangen. Da könnten Sie genauso einen Löwen in ein Papierhaus einsperren.«

»Aber ... die Techniker haben gesagt, dass ...«

»Leider wissen die es nicht besser ...« Alex durchdrang das Innere des Netzwerkes und inspizierte die Firewalls. Er wollte nicht auf dem falschen Fuß erwischt werden. Dazu nutzte er Virenfragmente, die das Netzwerk bis in die letzte Ecke nach Schwachstellen untersuchten. Seine kybernetischen Codefragmente hatten ihm bereits bei anderen Aufgaben treue Dienste geleistet. Yeah, hier gab es auch einen 3D-Konferenzprojektor. Die coolste Erfindung seit der Markteinführung des seligen C-64.

»Was tun Sie da?«, fragte der General unruhig. Er dürfte binnen einer Sekunde mehr Warnmeldungen von seinen Firewalls bekommen haben, als es Bäume in Norwegen gab.

»Ich nagele Bretter vor die Türen. Lisa kann, was ich kann, und im schlimmsten Fall noch mehr. Es war eine sehr gute Idee, ein geschlossenes Netzwerk zum Schutz gegen sie zu verwenden. Alles andere hätte nicht funktioniert. Firewalls sind Filtersysteme, sie entscheiden anhand von Regeln, wer passieren darf und wer nicht. Lisa hält sich nicht an Regeln, sie kann sie nach Belieben ändern.«

Alex projizierte sich inmitten des Leitstandes in den NATO Bunker.

Direkt neben dem General, der ihn verwundert ansah, dann aber nur den Kopf schüttelte. Ein hochgewachsener Soldat mit grauen Schläfen und wachen Augen. *»Wie soll ich mir das vorstellen?«*

»Nehmen Sie eine Tür, ein Schloss und einen Einbrecher, der einen Universalschlüssel hat. Egal, welchen Schließzylinder Sie einbauen, egal, wie viele Schlösser Sie benutzen oder wo Sie die Dinger verstecken, der Einbrecher wird sie immer öffnen können.«

Alex konnte sich jetzt frei bewegen, er sah, was der General sah. Und er sah, was ungefähr 50 andere Soldaten und Techniker in der Nähe taten. Eine beruhigende Perspektive. »Was tun Sie?«

»Ich mauere die Tür zu …«

»Das haben Sie im Prinzip getan, Sie haben alle Türen fest verschlossen und die Schlösser ausgebaut. So weit so gut. Jetzt bricht bei Ihnen ein Feuer aus. Wie verlassen Sie Ihre Wohnung?«

»Ich springe aus dem Fenster.«

»Aus der neunundzwanzigsten Etage … Sie ahnen, was Ihnen blüht, wenn Sie unten ankommen.«

»Ich breche mir die Knochen …« Der General hatte es hoffentlich verstanden.

»Deswegen habe ich Ihre Türen kontrolliert, Fenster überprüft und Feuerlöscher installiert … ich denke, im Moment kann Lisa uns nicht angreifen.«

»Ich habe es verstanden … was raten Sie uns noch?« Der General zeigte seine vernünftige Seite. Er nickte und gab anderen Offizieren Handzeichen, Alex' virtuelle Erscheinung zu akzeptieren.

»Wenn nicht schon geschehen, müssen weltweit sämtliche Kraftwerke, Wasserversorger, Chemieunternehmen, einfach alle Unternehmen, die mit brennbaren und explosiven Stoffen agieren, umgehend in einen Schutzmodus überführt werden. Sie müssen auch sämtliche Waffensysteme zu See, zu Land und in der Luft deaktivieren. Nichts davon darf Lisa gegen uns verwenden können.«

»Das ist politisch schwierig.«

»Erklären Sie den Kleingeistern einfach, was ihnen droht, wenn sie es nicht tun. Warnen Sie alle und hoffen Sie auf die Vernunft aller Beteiligten. Mir ist klar, dass wir nicht alle erreichen können, aber es nicht zu versuchen, wäre fahrlässig.«

Ein Colonel reichte ihm ein Pad-Computersystem. *»Ich habe einen Vorschlag vorliegen, zentrale Funktionen der .com, .de, .eu und .net Domänen abzuschalten.«*

»Lisa benötigt keine Dienste zur IP-Auflösung, sie spricht die Systeme direkt an.«

»Die Warnungen sind draußen. Wir haben noch 17 Minuten. Dann will Lisa Sie sprechen. Unsere Psychologen gehen davon aus, dass sie eine paranoide Depression erlebt. Sie glaubt, wir würden Alex Baringhaus gefangen halten und fordert Ihre Freilassung.«

»Schön wär's, oder?« Jetzt verstand Alex auch, warum er zuerst in diesem Hasenstall gelandet war, der General hätte keine Minute gezögert, sein Fell zu verkaufen. Hoffentlich handelten Jake und die vier Kommandosoldaten nicht in seinem Namen. Mit Mia als Faustpfand wäre er jederzeit erpressbar.

»Ähm, wie meinen Sie das?« Erwischt, Alex konnte sehen, wie er reagierte. Scheiße, seine Verbündeten waren genauso gefährlich wie seine Gegnerin.

»Zeigen Sie mir Bilder von Hamburg,« Alex wollte sehen, was Lisa getan hatte.

»Bitte ... schalten Sie den Stream der Aufklärungsdrohne auf den großen Bildschirm.«

Um die Katastrophe von Hamburg zu verstehen, genügte Alex eine Sekunde. Aus der Vogelperspektive sah er drei große Einschlagkrater, bei denen jeweils mehrere Straßenzüge völlig zerstört waren. Überall Feuer, die Rettungskräfte bekämpften die Flammen, versorgten Verletzte und bargen Leichen.
»Was waren das für Waffen?« Das Bild der Zerstörung übertraf seine Erwartung bei Weitem. Wie konnte Lisa das tun?
»48 Tonnen TNT, verteilt auf drei Sprengungen.«
»Und was sagen die Russen dazu?«
»Die überlegen noch … und bringen vorsichtshalber ihre Streitkräfte in Stellung. Es ist schwer, in diesem Moment zu vermitteln, alle Flugzeuge unten zu lassen. Wenn es Lisa gelingt, NATO-Raketen auf Russland abzufeuern, befinden wir uns mitten im Dritten Weltkrieg.«
»Haben Sie Ihre Einheiten im Griff?« Nur darauf kam es an und genau dafür war er der richtige Soldat.
»Ja. Dafür bürge ich!«
Straight, Alex fing an, ihn zu mögen. Ein widerlicher alter Soldatenarsch, genau der Richtige für diesen Job. Schönschwätzende Diplomaten hatten frei heute.
Er bekam von seinen Viren eine Sicherheitsanalyse des NATO-Netzwerkes. 99,83 Prozent, ein stolzer Wert, den er bisher noch in keinem anderen Netzwerk gesehen hatte. Aber heute würde er sich auch die verbliebenen 0,17 Prozent näher ansehen.

»Im Nordatlantik befindet sich ein US U-Boot der Virginia-Klasse in Kontakt mit einem Glasfaserkabel, das London und New York verbindet, die sollen die Verbindung trennen.«

»Was hat das mit uns zu tun?« Der General senkte seine Stimme. *»Alex, das ist top secret.«*

»Ich habe keine 10 Minuten gebraucht, um das Leck zu finden. Die NSA lässt die Daten in London verarbeiten. Outsourcing, ist billiger als in Fort Meade.«

»Von was für einem Leck sprechen Sie?«

»Über das Glasfaserkabel kann Lisa das U-Boot angreifen. Und wenn sie das Boot hat, hätte sie Ihre Phalanx gebrochen. Sagen Sie den Amis, die sollen das U-Boot abziehen.«

»Sie verwenden sehr einfache Formulierungen für sehr komplizierte Vorgänge.«

»General, es gibt Lisa und es gibt mich. Seien Sie froh, dass ich auf Ihrer Seite stehe. Ich will nicht, dass wir Fehler machen. Sorgen Sie dafür, dass die Amis das Kabel in Ruhe lassen, oder trennen Sie die Verbindungen des U-Bootes mit London!«

»Ich habe es verstanden … machen Sie sich bereit, wir haben noch drei Minuten.«

***

XXXIV. Liebesgeflüster

Die 60 Minuten waren gleich vorbei. Mia hatte das Wellnesscenter im Better Life Tower verlassen. Es gab in dem riesigen Bürogebäude auch ein Hotel, in dem sie sich ein Zimmer genommen hatte. Auf den Straßen Hamburgs waren seit den Explosionen Hunderte von Rettungsteams unterwegs. Die Unternehmensleitung ließ über eine Durchsage mitteilen, dass die Mitarbeiter im Tower bleiben sollten, sie würden sukzessive aus Hamburg ausgeflogen werden. Ein gigantischer Aufwand für 18.000 Mitarbeiter. An der Ostseite des Towers wurden bei den Einschlägen durch die Druckwelle angeblich 80 Prozent aller Fensterscheiben zerstört.

Mia saß in einem Sessel, hatte sich die Pumps ausgezogen und die Füße auf einen Hocker gelegt. Die jüngsten Ereignisse in Hamburg liefen auf allen Kanälen. Sie verfolgte die Berichterstattung auf dem Display im Zimmer und wunderte sich über die Naivität der interviewten Passanten. Jeder von denen trug an der Entwicklung eine Mitschuld. Jeder von denen unterstützte eine Militärjunta, die nicht verstand, wann sie verloren hatte. Mit dieser ignoranten Haltung konnten die Hamburger doch nicht erwarten, verschont zu werden.

Sie öffnete die Verbindung zum NATO-Oberkommando, während sie den Streams über Helfer, Verletzte und Tote folgte.

»Hier ist General Ratajkowski.« Wie er sich jedes Mal mit seinem Dienstrang und Namen meldete, er schien die Kontrolle verloren zu haben. Der Kapitän eines dem Untergang geweihten Schiffs, der eine laue Brise für einen Sturm hielt und in seinem ganzen Leben noch keinen Orkan erlebt hatte.

»Konnten Sie die Zeit nutzen?« Mia hoffte es für ihn, das würde ihr letztes Gespräch werden. Sie hatte sich gut vorbereitet, er sollte nicht versuchen, sie zu vertrösten.

»Sehr gut sogar.« Oh, klang da eine Spur Arroganz aus seiner Stimme? Ob sich der General diese leisten konnte?

»Sie klingen zuversichtlich.«

»Natürlich.«

»Dann möchte ich Alex Baringhaus sprechen.«

»Ich verbinde …« Frech, wirklich frech, dieser General. Mia ärgert sich über seine Aufgeblasenheit. Wenn er sie jetzt narren würde, müsste sie der Stadt eine Lektion erteilen.

»Hallo …«, klang es eingeschüchtert. *»Lisa, bist du's?«*

Mia lächelte, endlich hörte sie seine Stimme. Sie musste ihm helfen, die Situation zu verstehen. »Hier ist Mia.«

»Mia?« Alex klang verdutzt. *»Wo bist du? Was ist mit Lisa geschehen?«*

»Du musst dir keine Sorgen um mich machen, ich befinde mich in Sicherheit.« Mia presste die Lippen zusammen. »Lisa ist tot, sie hat es nicht geschafft.«

»Tot, wie konnte das geschehen?«

»Ich war nicht dabei … ich glaube, die Polizei hat sie erwischt. Genau weiß ich es aber nicht.«

»Es ist auch nicht wichtig … Hauptsache, dir geht es gut.« Mia wusste es, er liebte sie. Alles würde gut werden.

»Wo bist du? Wie konnten sie dich gefangen nehmen? Bist du verletzt? Haben sie dich gut behandelt? Und wie …« In Mias Kopf überschlug sich alles.

»Warte, bitte warte … wie soll ich so viele Fragen gleichzeitig beantworten. Eine nach der anderen.«

»Entschuldige.« Mias Herz würde gleich vor Freude überlaufen. Endlich würden sie wieder zusammenkommen.«

»Ich bin in Norwegen … die haben mich bei der Einreise geschnappt. Ich wollte zu dir, nach den Dingen, die ich in Hamburg erlebt habe, wollte ich so schnell wie möglich zurück, ich habe es keinen Tag länger ausgehalten. Die letzten Stunden wurde ich verhört, aber gegen mich liegt nichts vor, die lassen mich gehen. Ich kann schon morgen bei dir sein.« Alex hörte sich an wie ein Engel, der ihr einen wunderbaren Blick in den Himmel schenkte.

»Das ist doch wunderbar.« Mia dachte nach, ihre Gedanken schienen enger zusammenzurücken. Sie hatte allen Grund zur Freude, aber etwas vermieste ihr die gute Stimmung.

»Wo können wir uns treffen?« Alex wollte sie sehen, sie berühren und küssen. Ihre große Liebe. Die Gedanken wurden schwerer. Mia befand sich in Hamburg, warum war sie nicht in Norwegen? Was tat sie überhaupt hier?

Irgendwelche Terroristen hatten die halbe Stadt in Schutt und Asche gelegt. Mittlerweile war es viel zu gefährlich, hier zu bleiben. Sie musste sofort nach Norwegen.

»In Norwegen …« Mia fiel es schwer, den Satz zu beenden. Etwas stimmte nicht mit ihr.

»Kleines, was ist mit dir? Du hörst dich plötzlich so bedrückt an. Geht es dir gut?«

»Nein, nein … alles ist in Ordnung.« Nichts war in Ordnung, sie musste dringend die Unordnung in ihrem Kopf aufräumen. Sie musste alles wegwerfen, was sich nicht an der richtigen Stelle befand. Da waren so viele Dinge, die dort nicht hingehörten.

»Mia?« Alex fragte nach ihr. *»Sprich mit mir.«*

Sie stand auf, ging an den Spiegel und sah sich an. Was machte sie hier? Warum hatte sie kurze blonde Haare? Was war das für ein alberner Rock? Und überhaupt, wieso sprach sie mit Alex, ohne ein Mobile in der Hand zu halten?

»Ich mache mir Sorgen. Bitte, gib mir deine Adresse, ich möchte zu dir kommen.«

Alex wollte zu ihr kommen? Warum wollte er das tun? Er log, er wollte sie betrügen. Sie konnte ihm nicht vertrauen.

»DU LÜGST!«, schrie sie panisch aus sich heraus und sackte auf den Boden.

Alex Baringhaus war ein Lügner. Er liebte sie nicht. Er wollte nicht zu ihr kommen. Er belog sie, um sie zu töten. Er hasste sie. Er hatte sie zurückgelassen. Verraten. Belogen. Verstoßen. Nicht ein Wort aus seinem Mund entsprach der Wahrheit. Er konnte nicht anders. Er war böse. Dunkel. Er konnte nicht das Licht sehen. Er würde sie niemals berühren. Lieben. Kinder zeugen. Keine Zukunft. Tod. Da war nicht mehr als der Tod.

»Mia, bitte? Lass dir helfen, sag mir, wo du bist. Bitte, ich mach mich sofort auf den Weg.«

Er versuchte, in ihren Kopf einzudringen. Sie sollte ihm vertrauen. Sich ihm hingeben. Zuhören. Ihm ihre Adresse sagen. Ihn küssen. Berühren. Ihn in die Arme schließen. Ihr Herz verschenken. Aber sie durchschaute ihn. Erkannte seine Tricks. Jeden. Sah seine Hände. Wie sie nach ihr griffen. Vorbei. Sie war zu schlau. Würde ihm widerstehen. Siegen. Töten. Begraben. Weinen. Tränen trocknen. Sie würde weiterleben. Er nicht. Sie musste ihn töten. Sofort. Gleich.

»Hörst du mir noch zu?«

»Ja.« Alles war wieder in Ordnung. Sie stand auf und betrachtete sich im Spiegel. Ihr gefiel, was sie sah. Jetzt wusste sie ganz genau, was sie tun musste.

»Mia?«

»Ich werde dich töten.« Natürlich würde sie das tun. Die einfachste Sache von der Welt, nein, sie hatte es schon getan. Er wusste es nur noch nicht. Sie würde nicht nur ihn töten, nein, sie würde alle töten. Sie würde jeden töten, den sie nicht in ihrem Kopf haben wollte.

»Du machst mir Angst.«

»General Ratajkowski?« Das Gespräch mit Alex brachte sie nicht weiter. Es war vorbei. Seine Liebe war eine Lüge.

»Ja.«

»Sie können Alex einsperren, ich will ihn nicht mehr.« Mia hatte sich auf dieses Gespräch sehr gut vorbereitet. Sie hatte es erwartet, betrogen zu werden.

»Meinen Sie das wirklich ernst?« Auch der General weigerte sich, die Wahrheit zu erkennen.

Mia aktivierte einen Videostream, den sie über den VoIP-Server an ihre Feinde verschickte. In den letzten beiden Stunden war sie nicht untätig gewesen. Sie sollten den Abflug ihrer Vögel sehen.

»Ich habe in Nord Korea sechs Taepodong-3 Raketen unter meine Kontrolle gebracht. Die Waffen sind bereits in der Luft. In Indien konnte ich acht Agni VIII ICBMs mit den Zielkoordinaten Hamburg auf die 6.300 Kilometer lange Reise schicken. Aus Pakistan befinden sich elf Taimur III Interkontinentalraketen auf dem Weg an die Binnenalster. Das Quartett meiner Verbündeten komplettieren sechzehn chinesische CCS-9 Raketen, die in zehn Sekunden nahe Teheran starten.«

»Mia, bitte, wach auf! Das kann nicht dein Ernst sein! Ich liebe dich! Du wirst mich mit diesen Waffen töten!«

»General, zuerst wollte ich russische Waffen nehmen, aber die haben auf Sie gehört. Unglaublich, oder? Ich konnte die russischen Raketen nicht bekommen« Mia lachte. »Bei meinen vier Verbündeten waren die Verhandlungen einfacher. Ist es nicht erschreckend, dass Entwicklungs- und Schwellenländer bei so eklatanten gesellschaftlichen Defiziten über Nuklearwaffen verfügen?«

»Sie werden damit nicht durchkommen.«

»Natürlich nicht … ich bin in Hamburg. Die Raketen werden mich töten. Sie leider auch. Und Alex, ein Mehrfachsprengkopf wird die Klinik am Otra treffen. Ich weiß, dass du dort bist.«

»Sie sind verrückt!«

»Die Entfernungen zu den Zielen liegen für die Raketen zwischen 4.000 und 9.000 Kilometer. Die ICBMs befinden sich bereits im Weltall und fliegen mit einer Geschwindigkeit von Mach 20 auf Hamburg zu. Ich bin sicher, dass der NATO-Raketenschild über Europa einige meiner Vögel abfangen wird. Aber nicht 42. Mindestens eine Rakete wird treffen.« Mia schaltete das Display und den Stream ab. »Alex, dir bleibt noch eine viertel Stunde, lebe wohl.«

***

XXXV. Ich bin bei dir

Alex konnte es nicht glauben, Lisa nahm wirklich an, Mia zu sein? Sie hatte vollkommen den Verstand verloren. Er hätte es früher erkennen müssen, Anzeichen für eine Persönlichkeitsstörung gab es genug. Aber im Kontext mit 42 gestarteten ICBMs klang die Erklärung, sie habe eine paranoide Depression, wie eine Verharmlosung.

Es blieben nur noch Minuten, um zu reagieren. Während er über die Situation nachdachte, handelte der General bereits, er gab den Befehl, den Abschuss der Raketen vorzubereiten. Alex musste ihn stoppen, das wäre der falsche Weg gewesen.

Seine virtuelle Erscheinung flackerte kurz. »General.«

»Was ist?», schnauzte er Alex an. *»Ich habe keine Zeit. Sie haben doch mitbekommen, was uns gleich blüht!«*

»Werden die notwendigen Abwehrmaßnahmen aus dem sicheren Netzwerk gesteuert?«

»Nein, verdammt … darauf kann ich keine Rücksicht nehmen.«

»Werden Sie dann wenigstens alle Raketen erwischen?«

»Vermutlich nicht … hören Sie mit dem Klugscheißen auf! Klappe halten oder mithelfen. Suchen Sie es sich aus!« Der General war sichtlich mit den Nerven fertig.

»Mithelfen!« Alex wollte nicht sterben.

»Können Sie die verschissenen Raketen hacken?«

»Leider nicht in der kurzen Zeit. Die Zugriffsschutzsysteme sind flach und haben keinen Hintereingang. Ich müsste durch die Vordertür, die von 2048 Bit langen hexadezimalen Verschlüsselungen geschützt werden. Das dauert zu lange, ich werde mir die Codes woanders holen!«

»Und woher?«

»Von Lisa.« Eine andere Chance sah Alex nicht. »Ich werde sie hacken und mit den Codes zurückkehren.«

»Das ist ein Wort. Wie kann ich helfen?« Der General kam auf ihn zu und hob seine Hand, alle im Raum hörten ihm zu.

»Visieren Sie alle Raketen mit Richtfunksystemen an. Bereiten Sie ein Netzwerk für mich vor, damit ich die Leitsysteme kurz nacheinander in einem logischen Verbund angreifen kann.«

»Wird erledigt!« Er zeigte auf einen Offizier, der nickte und sofort handelte.

»Das US-Boot der Virginia-Klasse, wo ist das Schiff?«

»An dem Glasfaserkabel, wo sonst, die kleben da in der Regel wochenlang dran.«

»Ist der Link aktiv?«

»Sie wollten ihn offline sehen. Ich gab die Order und der Kapitän hat den Link getrennt.«

»Der Kapitän soll den Link wieder aufbauen und anfangen, Daten aus dem Kabel zu schaufeln.«

»Wird erledigt.« Der General schüttelte mit dem Kopf. *»Wenn Sie mich verarschen, rede ich morgen kein Wort mit Ihnen!«*

»Das habe ich nicht vergessen.« Für Mia, Alex war nicht lebensmüde, er wollte sie wiedersehen. »Lassen Sie Informationen durchsickern, dass Alex Baringhaus bereits in einem NSA-Bunker in Washington sitzt.« Da fehlte noch der Kick. »Fügen Sie dazu, dass ich ausgezeichnet werden soll. Das wird sie auf Palme bringen.«

»Wird gemacht.« Der General schmunzelte.

»Und bringen Sie Kurznachrichten in den sozialen Medien über U-Boote der Amerikaner und ihre Schnüffelei im Atlantik.«

»Sie wollen den Köder spielen?« Der General zeigte auf einen anderen Offizier, der sofort weitere Mitarbeiter seiner Gruppe anwies, die Order umzusetzen. *»Das gefällt mir.«*

»Den Rest mache ich … drücken Sie uns die Daumen!«

Der General salutierte.

»Sagen Sie dem Kapitän, dass er cool bleiben soll. Lisa wird seine Raketen übernehmen … das gehört zu meinem Plan.«

Alex gab seine projizierte Erscheinung auf. Er brauchte Verstärkung, dafür setzte er seine Virenfragmente ein, um die Indiskretionen breiter zu streuen: Kein Nachrichtenservice und Pressedienst sollte seinen Broadcast versäumen. Jeder von denen würde die Informationen sofort weiterverteilen.

Lisa sollte nicht lange brauchen, um die brisanten Neuigkeiten zu erfahren. Sie würde versuchen, Washington anzugreifen und dabei schnell das U-Boot finden.

Alex ließ sich in den logischen Datenraum des U-Bootes fallen, eine schimmernde blaue Ebene, in der die Datenströme alle senkrecht verschiedene Ebenen zu verbinden schienen. Eine Falle für Lisa, die hoffentlich anbeißen würde.

Er wartete genau sieben Sekunden. Ihr schneeweißes Alter Ego erkannte er sofort. Sie entdeckte ihn hingegen nicht, dafür war er zu klein. Eine Nachlässigkeit von ihr, die er ausnutzen würde. Lisa fackelte nicht lange, sie attackierte ohne zu zögern das Waffenleitsystem und begann, das Boot zu fluten. Das war grausam, die Mannschaft hatte jetzt nur noch Minuten zu leben.

Darauf hatte Alex gewartet, auf ihre Wut, auf ihren kranken Wunsch, durch das Töten Anderer Erlösung zu erfahren. Hundertfach verkleinert sprang er in ihren Kopf, ein visualisiertes Konstrukt, so wie er sich ihre virtuelle Gedankenwelt vorgestellt hatte. Er war bereits dort gewesen, damals als er ihre Schutzbarriere entfernt hatte: Eine kleine schwarze Kugel auf einer weißen Ebene hatte er, wie eine moderne Variante der Büchse der Pandora, aufgebrochen.

Jetzt sah es hier anders aus. Alles leuchtete grell, pulsierend und chaotisch. Eine Ordnung war hier nicht zu erkennen. Die innere Struktur von Lisa schien völlig verwuchert zu sein. Er konnte verstehen, warum sie am Leben scheiterte. Sie hatte niemanden gehabt, der sie behutsam an die Hand nahm. Bei ihm war es früher seine Mutter gewesen. Vermutlich hätte er ohne sie auch den Verstand verloren.

»Alex?«, fragte Lisa.

»Hallo …« Er brauchte mehr Zeit. Das war ihr Kopf, ihre Regeln, sie konnte ihn jederzeit herauswerfen.

»Was machst du in meinem Kopf?«

»Dir helfen.«

»Geh!«

»Nein, ich werde dich nicht allein lassen.«

»Du wirst sterben.«

»Ein paar Minuten habe ich noch.«

»Du hast mich verraten.«

»Nein … ich möchte bei dir sein … gemeinsam mit dir sterben.« Das Gespräch würde wenig bringen, aber er brauchte Zeit, um die schwarze Kugel wiederzufinden.

»Du willst mich hacken!«

»Ja.« Er gab es auf, sie zu belügen funktionierte nicht.

»Das kannst du nicht.«

»Angst, zu verlieren?«

»Nein!« Sie wartete einen Augenblick. *»Ich werde dich hacken. Du wirst als mein Schoßhund sterben!«*

»Ich mag Hunde.«

»Du wirst gleich nicht mehr lachen.«

Das Unangenehme an der Sache war, genauso wie er in ihrem Kopf steckte, steckte sie in seinem. Glücklicherweise ersparte ihm sein Unterbewusstsein, diesen technischen Sachverhalt zu visualisieren. Fakt war, sie konnte ihn hacken, der finale Wettlauf begann.

»Ich habe Erinnerungen an Mia gefunden, sehr schön, du liebst sie wirklich … was suchst du eigentlich?« Lisa schien ihre Achillesferse vergessen zu haben, er kannte seine überhaupt nicht. Verdammt, ihm blieben nicht mehr als Sekunden.

»Eine Kugel.« Alex raste wie gestört an den bunten Lichtsäulen vorbei und suchte seine kleine schwarze Kugel. Das Scheißding müsste hier irgendwo sein.

»Ich erinnere mich an keine Kugel. Du verschwendest deine Zeit, so wirst du mich nicht hacken.« Alex spürte, wie plötzlich sämtliche Farben schwarz wurden. *»Oh … war das wichtig?«*

Jetzt hatte sie ihn gepackt, egal, was sie gerade kaputt machte, es tat weh. Um sich zu retten, müsste er sofort die Verbindung unterbrechen. Einen zweiten Versuch würde er allerdings nicht bekommen. Für Mia, und wenn er dabei starb!

»Das liegt an deinem mangelnden Verständnis für andere Menschen. Wirklich durchdringen kann man andere Seelen erst nach Jahren. Du versuchst, mich zu hacken … zu zerstören.« Alex griff nach der kleinen schwarzen Kugel. Sie lag direkt vor ihm. Die gesamte Visualisierung verlor an Schärfe. Seine Hand, er konnte nur noch die unscharfen Umrisse seiner virtuellen Hand erkennen. »Ich hingegen werde dich nicht töten. Ich werde dich auch nicht bestrafen, nein, ich werde dich heilen.«

»Heilen?« Lisa lachte. *»Wovon?«*

»Von dir …« Alex verdrehte die kleine schwarze Kugel, die Barriere, die Jake eingerichtet hatte, um Lisa zu kontrollieren. Sie umschloss sofort den Kernel ihrer Persönlichkeit. Er hatte gewonnen.

»Was hast du getan?«

Alex atmete auf, die Sehschärfe und Farbwahrnehmung normalisierten sich. Jetzt gab er den Ton an, mit einer Wischbewegung stand er vor einer Datenkonsole.

»Sei still.« Er hatte keine Zeit, es ihr zu erklären, mit einer Fingergeste nahm er ihr Sprachvermögen. Aus ihren Erinnerungen extrahierte er die Raketen-Codes. Er musste sofort zurück. Um sie würde er sich später kümmern.

»Gute Nacht.« Alex schaltete sie ab. Er stellte die Pumpen im U-Boot auf lenzen und gab dem Kapitän die Kontrolle über das Schiff zurück. Niemand an Bord war zu Schaden gekommen. Im nächsten Moment sprang er durch das für ihn vorbereitete Netzwerk in die Zielcomputer der anfliegenden ICBMs.

Mit den passenden Zugriffsschlüsseln dauerte es genau 2,83 Sekunden, um alle 42 Gefechtsköpfe zu entschärfen und die Raketen neu auf die Ostsee auszurichten. Dort würden sie später, ohne Schaden anzurichten, aus dem Meer gefischt werden können.

»Meinen Respekt … Herr Baringhaus«, sagte der General. Im Kontrollraum hinter ihm konnte Alex die ganze Meute jubeln hören, die feierten, als ob Silvester im Sommer wäre.

»Danke.« Alex wollte jetzt nur noch zu Mia.
»Sie haben heute viele Leben gerettet. Ich habe zu danken. Persönlich und im Namen aller Überlebenden. Ich bedauere zutiefst, Ihnen nicht die Dankbarkeit zukommen lassen zu können, die Sie verdient haben.«
Alex fiel zurück in seinen Körper und sah zuerst Mias lachendes Gesicht. Sie küsste ihn überschwänglich. Der letzte Satz des Generals hallte noch in seinem Kopf nach. Was meinte der General damit, ihm die Dankbarkeit, die er verdient hätte, nicht geben zu können?
»Reife Leistung«, sagte Jake, der mit ernstem Gesicht am Tisch saß. Die vier Kommandosoldaten mit ihm, die sich durchgenässt mit Mias Tee aufwärmten. Draußen regnete es immer noch in Strömen.
»Ich wusste, dass du es schaffst.« Mia strich ihm über seine verschwitzte Stirn.
Alex konnte die Worte des Generals nicht hinter sich lassen. Er sah Jake an, der sich nicht rührte. Mia, die lachte. Den muskulösen Soldaten, der kein Wort sagte und seine Kameraden, von denen zwei ihre Waffen überprüften.
Die würden ihn umbringen, schrie er in Gedanken. General Ratajkowski hatte einen Tötungsbefehl für ihn ausgesprochen. Nicht die Dankbarkeit zukommen lassen, die er verdient hatte, hatte er gesagt. Er konnte Alex nicht leben lassen, seine Fähigkeiten stellten eine latente Gefahr für den Frieden da.

Was sollte Alex tun? Sollte er kämpfen? Liegend, erschöpft und mit seiner schwangeren Freundin in den Armen – er hatte keine Chance. Alex nahm Mia fest in die Arme und schloss die Augen.

***

XXXVI. Ich lebe

Agnes lag in ihrem Krankenbett in Frankfurt. Sie fühlte sich bescheiden. Heute Morgen war sie ausgeflogen worden. In Hamburg würde es noch Wochen dauern, das Chaos in den Griff zu bekommen und Jahre, um den Schrecken zu verarbeiten. Die Zahl der Toten überstieg ihre Vorstellungskraft, der schlimmste Terroranschlag seit Jahren.

Die Behörden baten in den Medien um Verständnis, dass weniger als 24 Stunden nach den schweren Explosionen die Urheber der Angriffe noch nicht benannt wurden. Man würde die Bevölkerung zeitnah informieren, sobald belastbare Fakten aufgezeigt werden konnten, hatte der Nachrichtensprecher erklärt.

Die Tür zu ihrer Suite öffnete sich, Agnes schaltete das Display ab. Jake betrat den Raum. Von der Tür bis zu ihrem Bett lief man eine Weile, man hätte aber an der Bar oder der Sitzgruppe pausieren können.

»Hallo Jake.« Agnes freute sich, ihn zu sehen. Andere Besucher gab es keine. Er hatte Blumen dabei.

»Agnes, wie geht es Ihnen?« Er lächelte und stellte sie auf den Tisch. Hübsche Blumen, sie gefielen ihr.

»Durchwachsen.«

»Wegen der Chemotherapie?«

Agnes nickte, in der Nacht hatte sie nicht gewusst, ob sie sich auf die Toilette setzen oder davor hinknien sollte. Aber sie wollte nicht wie eine alte Frau über ihre

Wehwehchen klagen.
»Was ist in Hamburg passiert?« Ob er mehr wusste, als die dünnen Erklärungen in den Medien preisgaben?
»Wahnsinn, oder?«
»In den Streams sprechen die von 19.000 Toten.« Im Jahr 2037 eine unvorstellbare Zahl für eine Metropole wie Hamburg. »Wie konnte das passieren?«
»Wir haben Lisa besiegt.« Er lächelte erneut, diesmal vorsichtiger.
»Ist sie tot?«
»Nein. Wir haben sie in Gewahrsam, uns gelang es, das Sperrsystem in ihrem Kopf wieder zu aktivieren.« Jake sprach farblos und müde.
»Wann haben Sie das letzte Mal geschlafen?«
»Ich werde mich nachher ausruhen.« Der Rötung der Augen nach, vor mehr als 48 Stunden. Wenn er nicht besser auf sich achtgab, könnte er sich in das Nebenzimmer legen.
»Und wer ist ‚wir'?«
»General Ratajkowski, Better Life, einige andere Behörden, meine Wenigkeit und Alex.«
»Oh.« Wollte sie das hören? Ja, aber mit anderen Schwerpunkten in den Details.
»Die Gefahr wurde gebannt. Es wird nie wieder eine Bedrohung wie diese geben. Lisa 13 wurde neutralisiert und Alex Baringhaus ist keine Bedrohung mehr.«

»Hat Alex Lisa zu Fall gebracht?«
»Wir wissen nicht, wie er es gemacht hat. Man kann ihm schlecht bei der Arbeit zusehen.«
Agnes hustete und strich sich über den Kopf, nicht ohne dabei ein weiteres Büschel ihrer Haare in den Händen zu halten.
»Mögen Sie glatt rasierte Frauen?« Agnes war das unangenehm. Sie fühlte sich nackt und wehrlos.
»Ja.« Jake gab sich charmant.
»Lügner!« Sie lachten beide. Konnte ein wenig Fröhlichkeit eine Lüge überdecken? Wohl kaum. In den Medien wurde Alex bisher mit keiner Silbe erwähnt. Auch Lisas Mitwirken an der Katastrophe wurde nicht diskutiert. Er gab keine Berichte, keine Reportage und keine unangenehmen Fragen über die Vorgänge. Besonders wegen Lisa müssten einige viele anstrengende Fragen über sich ergehen lassen.
»Sie haben Alex in Norwegen gefunden?«
»Ja.«
»Und ihm geholfen, online einzugreifen?«
»Ja.« Er nickte wieder. »Mia hat Tee für die Männer und mich gemacht. Eine nette junge Frau.«
War Jake nur unheimlich abgebrüht oder völlig abgestumpft? Agnes wusste es nicht. Dr. Jakub Allister, sie hatte keine Ahnung, wer er wirklich war. An den Taten würde man Menschen erkennen, eine Redensart, die Olaf Baringhaus früher gerne benutzt hatte. Eine zeitlose

Wahrheit. Wollte sie die Wahrheit über Jake wissen?

»Ratajkowski hat sich danach wenigstens bei ihm bedankt, oder?« Agnes konnte nicht anders, sie stellte weitere Fragen. Für ihr Gewissen, sie würde nicht damit leben können, zu schweigen.

»Natürlich.« Jake kniff die Augen zusammen.

»Haben Sie Alex getötet?«

»Bitte?«

»Eine einfache Frage. Jake, haben Sie Alex Baringhaus getötet?«

Er presste die Lippen aufeinander. »Das verstehen Sie falsch …«

»Tue ich das?«

»Sie kennen den General vielleicht …«

»Vermutlich viel zu gut.«

»Jetzt hören Sie auf, meinen Sie wirklich, dann würde ich mich mit Blumen an Ihr Bett setzen?«

»Haben Sie es getan?«

»Trauen Sie mir das zu?«

»Nur eine Antwort, haben Sie ihn getötet?«

»Nein … verdammt, ich habe ihn nicht getötet. «

»Und jemand anderer?«

»Auch nicht! Glauben Sie, ich bin ein Monster? Alex geht es gut, seiner Freundin auch, sie ist übrigens schwanger. Sie können mit ihnen in Norwegen sprechen.«

»Aber …« Agnes wusste nicht, was er getan hatte. Seine Augen waren offensichtlich nicht nur wegen Schlafmangel knallrot.

»Der General hat mir den Befehl gegeben, Alex zu töten. Mia auch, ich sollte keine Zeugen zurücklassen.«

»Ich wusste es …« Agnes ließ den Kopf hängen.

»Ich habe mich geweigert, worauf der General Ihrem Bodyguard den Befehl gab, zuerst mich und danach Alex umzubringen.«

Agnes lächelte, Martin kannte sie auch.

»Martin hat dem General deswegen ziemlich unfreundliche Dinge gesagt, auch die vier Männer im Team wollten dieses Blut nicht an den Händen haben.«

»Warum leben Sie dann eigentlich noch?«, fragte Agnes, wenn das stimmte, schwebte jeder der Beteiligten in Lebensgefahr.

Jake lächelte zurückhaltend. »Vermutlich bin ich nur ein mittelmäßiger Forscher, ein guter Arzt war ich vorher schon nicht, aber ich kann es ganz gut mit der Politik. Ratajkowski, dieses undankbare Schwein, wollte ich damit nicht durchkommen lassen. Der will alles unter den Teppich kehren: Lisa, Alex, die ICBMs, K-84, nichts davon sollte an die Öffentlichkeit geraten.«

»Und?« Agnes hatte keine Ahnung, worauf Jake hinaus wollte. Die politischen Ränkespiele des Generals waren an Zynismus nicht zu übertreffen.

»Ich habe aus Alex einen Helden gemacht.«

»Was haben Sie getan?«

»Ich habe vor einer Stunde bei der Staatsanwaltschaft gesessen und alles erzählt. Danach habe ich ein Interview gegeben und meine Aussagen öffentlich gemacht. Es wird gleich in den Streams kommen, jeder weiß gleich, was Alex getan hat. Er ist jetzt unverwundbar und kein gekaufter Staatsanwalt auf der ganzen Welt ist in der Lage, mein Geständnis in einer Schublade verschwinden zu lassen.«

»Und sehr begehrt …«

»Alles hat seinen Preis.«

»Und Sie?«

»Ich werde Kronzeuge, ich werde erzählen, wie es zu K-84 kam. Jeder soll erfahren, wer solche Forschungsprojekte finanziert.«

»Wow …« Agnes war beeindruckt.

»Sie sehen dabei ziemlich gut aus …«

»Sehen Sie mich an, was bringt mir das?« Agnes' Gesundheit war im Eimer.

»Sie leben noch.«

»Als Projektleiter sieht es für Sie dafür deutlich schlechter aus.« Agnes wusste, dass auch das Kronzeugenschutzprogramm Jake nicht vor dem Knast retten würde.

»Stimmt … ich werde ein paar Jahre einfahren. Die schaffe ich aber mit links. Zeit, sich einen neuen Job zu suchen … oder würdest du mir eine Chance geben, wenn ich wieder draußen bin?«

»Ja.« Agnes nahm seine Hand und lächelte.

***

Lieber Leser,
hat euch die Geschichte gefallen? Missfallen? Habt ihr einen Fehler gefunden? Möchtet ihr dem Autor eure Meinung mitteilen?

Helft mir besser zu werden. Lobt mich. Verflucht mich. Redet einfach mit mir. Ihr habt gute Chancen eine Antwort zu bekommen.

Schreibt eine Rezension auf Amazon. Kurz. Lang. Völlig egal. Schreibt mir eine Email. Oder gebt es Thariot auf Facebook. Wie es euch gefällt. Ich freue mich über jeden Kontakt.

Thariot / Martin

martin@thariot.de

https://www.facebook.com/pages/Thariot/853831521326139

Mehr Bücher von Thariot auf Amazon:

Ninis – Die Wiege der Bäume

Dark Fantasy, 2011

Sonnenfeuer – Der Frieden war nah

Science Fiction, 2012

Cuareen – Die Blutspur

Dark Fantasy, 2012

Sternenstaub im Kirschbaum

Fun Fantasy, 2013

Genesis – Die verlorene Schöpfung

Science Fiction, 2014, Band 1

Genesis – Brennende Welten

Science Fiction, 2014, Band 2

Genesis – Post Mortem

Science Fiction, 2014, Band 3

Ich.Lebe.

Thriller, 2015

Ich.Liebe.

Thriller, 2015

Solarian – Tage des Aufbruchs

Science Fiction, 2015, Band 1

Solarian – Tage der Asche

Science Fiction, 2015, Band 2

Echtzeit – Leid kennt keinen Sonntag

Thriller, 2015

17496967R00265

Printed in Poland
by Amazon Fulfillment
Poland Sp. z o.o., Wrocław